安塞县文艺创作基金资助项目

山丹丹文丛（第一辑）

行走的黄土高原

宇鹏 著

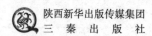

陕西新华出版传媒集团

三 秦 出 版 社

图书在版编目(CIP)数据

行走的黄土高原／殷宇鹏著. — 西安：三秦出版社，2016.3

（山丹丹文丛）

ISBN 978 – 7 – 5518 – 1231 – 3

Ⅰ. ①行… Ⅱ. ①殷… Ⅲ. ①散文集—中国—当代 Ⅳ. ①I267

中国版本图书馆 CIP 数据核字(2016)第 034721 号

行走的黄土高原

殷宇鹏　著

出版发行	陕西新华出版传媒集团　三秦出版社
社　　址	西安北大街 147 号
电　　话	(029)87205121
邮政编码	710003
印　　刷	三河市嵩川印刷有限公司
开　　本	889mm×1194mm　1/32
印　　张	14.5
字　　数	331 千字
版　　次	2016 年 3 月第 1 版
	2021 年 7 月第 2 次印刷
标准书号	ISBN 978 – 7 – 5518 – 1231 – 3
定　　价	58.00 元
网　　址	http://www.sqcbs.cn

中国作家协会副主席、陕西省作家协会主席

陈忠实题词

写出陕北高原
的灵魂。

书赠宇鹏作

刘成章

一九八七年十一月二日

著名散文家刘成章题词

宝剑锋从磨砺出　梅花香自苦寒来

陕西省作家协会副主席、著名作家高建群题词

目录

河套

大青山,即阴山山脉,它横亘于内蒙古中部。乌拉山,指包头至河套这一段山脉,属阴山山系。20 世纪 80 年代初,民歌研究学者韩燕如先生编过一本名为《爬山歌》的民歌专辑,里边开头的河套民歌其实就是信天游。

我们几个是从宁夏的贺兰山的落日余晖中走进河套地区的。确切地说,是沿着黄河北行的。所谓河套地区,实则是指黄河如"牛套"形的曲形地理而言的。这里包括陕北、内蒙古、宁夏、陇东地区的黄土高原。多年来我一直认为,这里是一个文化的概念圈儿。我们的行走是漫无目的的,但凝神聚焦于河套,愈走,愈确信这一点。

黄河真是一条不易的河,它的流向并不取决于自己,而往往要让步于那些阻拦于它的山。它曲曲折折,是因为有自己远人的目标和抱负。正因为如此,它才有了自己用柔情镶刻在大地上的那潇洒如彩带的风姿……哦,这就是黄河,这亘古的、永恒如梦的河流……

黄河有时会向北流,我凝视它的归宿似乎是北冰洋。大漠朔风中人有时会产生幻觉的。周围是无草的山,更无树,像到了月球的表面,似乎一万年也不曾下雨,也不落雪。河套周围有库布其沙漠,毛乌素沙漠和腾格里沙漠,这里既荒凉,又美丽,既多变,又永恒。美丽的是田园、是草场、是庄稼,或者是原野。有时,这里又像诗,又像图画;有时则是山一重,水一重,天苍苍,野茫茫;有时又落霞孤鹜,秋水长天,稻菽重浪,庄稼满川原;有时又是多少里路途遥遥不见茅店,只有孤灯冷月,苍狼向天……总之是走着,变化着。

　　夜里,我们在小酒馆里喝了河套酒。老板娘是一个陕北女人。在内蒙古的地界里多见陕北口音的人。其实,这就是河套语,他们的方言里,那些句子和语气,与陕北是一致的。她说她家是从陕北最北边的黄河边上的府谷来的,到乌海已经有80多年了。我想,那正是民歌《走西口》所唱红的时代。在我的想象中,河套地区的女人都会唱信天游的。她们生存的地方是那沙柳丛中,是那荞麦花开的塞北大原野。她经营的都是荞麦的产品,有饸饹、圪坨、剁荞面。荞麦是一种伟大的食物,它生长于北国秋野,入夏头伏才开始播种,用不了多长时间,便会在田野上开出一片绯红的花海。赶在深秋,又变成一派醉了的深红,那景致真像整个河套的黄土高原都醉了,醉得不省人事,醉得沉沉入梦。这夜我很快入睡了,是农历的九月九日,独在异乡为异客的时候。我梦见尽是穿着婚纱的女子,从黄河边的原野上奔来,我怀疑她们都如妖姬、狐仙、媚娘,我认定她们一定是那些过去唱着爬山调、海漫曲、信天游的女子,她们的灵魂还在信天游的原野上徜徉。难道她们也现代了,她们从河套的山水间走入城市的角角落落,经营着她们现代的生活,寻觅着她们的梦,那曾经的信天游是遗落在黄河两边的风，渐飘渐远，沉入那黄河的静默中……

河套地区有的地方地名叫"淖"。淖是水，神木的红碱淖就是例证。叫"海"的地名也很多。

这里离海这么远，却有那么多叫海的地方。曾经在多少年前，我就听说过"陕北老户海边来"的说法。在陕北口语里也常有"海"的语气词，比如说"大"是"海来大"，说"大吃大喝"是"海吃海喝"，说"大碗"是"海碗"等等不胜枚举。让我一直不得其解，总以为陕北人是来自东海、渤海、黄海和南海的沿线处，并一直在心里不去承认。今天我终于弄明白了，这个海就是遍布着叫海的地方的河套地区了，这个唱着爬山调、海漫曲、信天游的地方。爬山调、海漫曲、信天游，就是山、水、天、人。这就是所谓天人合一，物我皆非的大境，不是吗？他们把许多地方叫这海那海，或者海子，这广阔的河套地区，西北黄土高原就是海子，一个民俗意义上的海子，一个风情环境上的海子，一个地域文化的海子，一个民歌的海子，一个黄土高原人性格特征上的海子，一个无形的海子。

河套地区历来被誉为民歌的海洋。这里，虽然横跨了陕西、甘肃、宁夏、山西、内蒙古五省区，但它实则是一个文化的地理圈儿。阴山、贺兰山的岩画，那是远古人类自由想象空间的无限延伸。即使那些狩猎、渔获和日常生活的描绘，也有无限思想飞扬的证明。更远古，这里则是恐龙、亚洲象、犀牛、三趾马们驰骋的世界。当人类进入文明时代的时候，游牧文化与农耕文化没有一时一刻在这里停止交替推进，互相影响。因此，多元的，广博而浩瀚的文化从此繁荣。草原的长调影响了陕北民歌的叙事，变得抒情而悠长，耐人寻味。

再比如饮食，比方语言，那种一致性也是让人吃惊的。多少年前，我曾见过在陕北生活而实则他们是从内蒙古河套地区迁徙而来的人，他们的一切生活方式没有与陕北过多的不同。因此我说，这是一个文化一致的河套、民歌一致的河套、风俗一致的河套、是一片迷人的河套。我们要感恩于如母亲臂膀一样的黄河之水的养育，要感恩这广阔的黄土高原厚重的土地……

河套地区的原野上，秋草分明已经黄了。那些在海子边飞来飞去的鸿雁、鹭鸟似乎有些不安，做着南去的准备。毕竟，从西伯利亚吹来的北风已有些凉意，正在黄河的上空掠过，吹动着鄂尔多斯上空的一朵朵白云。古人曾说胡天八月即飞雪，如今是凉秋九月了。我站在河套黄河边的原野上向北望去，暮云飞渡，苍茫而浩然。这亘古的河，这永世屹立的山，似乎告诉着我们什么，是天苍苍野茫茫的浩思击光，是浮云千里的无限游思，是那如鹭鸟一样的春天的展翅起飞，还是秋风中的欲行而又落下的彷徨？哪一片土地属于自己，哪一片土地又是落脚之地。鸿雁于飞，星空乱语。对，行走的，河流是行走的过程，人生是行走的一个过程，星空迷乱的星球也是行走的过程。而一片足下的土地，或守，或望，或流连，或徘徊，亦足也。这就是河套，乡魂绵绵的地方。

土长城

　　长城是从东边毛乌素大漠的靖边方向延伸过来的,断断续续,时有时无。进入长城乡,山壑之上便有了那一道道划在天穹上的钢硬的线。从沟底往上,那边矗立在山峁之上的烽火台,愈发显出它曾经的气派和无畏来。那些尽是黄土筑起的四四方方的结构,如今历岁经年而不改其雏形,实在叫人十二分地惊叹。长城乡就坐落在这千百年的曲线上,像一个十分突出的点,延续着烽火与人烟。这三边地带,是那么的多元,又是那么的个性,在它偏东北方向不远,是大有名气的大夏王国的遗址,一座雄踞北方大漠的赫连勃勃的故国,白色的城堡,漠风雕出窟窿深邃的突兀于野的统万城。往西,是有名的山边草地,遍地滩羊,广泽清流,这里是真正的陕甘宁晋信天游的故乡,曾经在那长城脚下,沙柳丛中荡漾着信天游经久不衰的旋律。那野性的如沙漠中吹过的缕缕清风,如高原上飘过的云朵般思绪的信天游,令人魂牵梦萦,荡气回肠。"三姓庄外沤麻坑、沤烂生铁沤不烂妹子的心。"流传出的信天游是这样的句子,使人心灵震撼,这真是爱情的坚贞不渝，感觉够味，和如今的网恋、一夜情相比，不知逼真了多少，又让人怀恋，心中久久聚集一股子芬芳之气。但是这种关于陕北原野上的由信天游传出的情歌的回味，很快被长城沧桑感冲击而去，我想着如今还有多少人对长城充满着敬意。我不由得想起了几年前在长城边上的三边小镇认识一个叫李生程的人，一个乡土的摄影家，一个熟读长城，并且在他壮年之时随国外探险者从山海关一直步行到嘉峪关的徒步考察者。据说他后来也离开了三边小城镇，去了更大的边塞小城定边定居了。一次我去找他，在他工作的三边文化站，那个破旧的有些不整洁的小院子里，他的身影连同他那些三边文化收获一起带走了。出来的是几个披着滩羊皮袄的正在赌花花的浑身散发着绵羊脂膻气的老汉，他们似乎成了这个院落的主人，说李生程到定边去住了，让我很是心里一阵疑惑，沙漠上的一棵树长着是极其不易的，他怎么会移走呢，即使是带着足下的泥土与沙石。我对他继续的生长持高度的怀疑。坚守也是极其不易的，但最终他的走令我怅然，又不得不认可他的选择。

车子就这样从长城乡转到三边，又从三边回到长城乡以里的周湾。这地方从沙漠越过长城线，进入了黄土高原沟壑区，是白于山区的这个小的山系的部分。从文化概念上，是从曾经的草原文化区域进入了北方黄土高原农耕文化的地界，山峁上，坡洼上，尽是曾经犁铧走过的痕迹。如今退耕还林已近二十年了，草木覆盖了昔日的黄土，刚入冬的时节，黑苍苍像涂了一薄层淡淡的水墨，愈发有了山的质感和体积。山毕竟还处于黄土高原边缘，并不高，圆圆的一个山头，圆圆的一个坡峁，长着一丛一丛的并不高大的树木，看枝丫如铁线一般，密匝匝网络成一片伸向天空的丛丛簇簇，构成了一片线的高原上碧蓝透明的天空。山下便是涧地，平坦如砥，一垛子一垛子的玉米秸秆垒成的像堡垒似的阵容，村子就在这涧地的边上与山坡下沿线上，窑洞都成了废弃的古村落，代之而起的是砖石的房屋建筑。一道道乡村柏油公路不知从哪沟哪壑延伸而来，穿行于这沟壑之中，照例是各种的越野车、轿车不时从外边的城里驶来，又从这沟里驶出，车上下来的大都是忙忙碌碌的城里穿着打扮的年轻人，似乎这乡里有他们的牵挂，又没有了他们的牵挂。村头向阳背风的黄土墙下，站着的是老人，要不就是脸上抹着干了的鼻涕的又有着红苹果一样健康的脸蛋的儿童。一垄一垄的才在秋天里收回的玉米垛子，像一堵又一堵的金色的墙，几个雄鸡站在上面，不住地在那里打鸣。村子一位老人说，二圪蛋前两天才回过村，那天村里可热闹哩，来了电视台的记者，是来拍二圪蛋的。原来二圪蛋才从县里回来，前些日子他上了中央电视台星光大道，回来时买了米面油，也像过年前县长慰问贫困户一样慰问了一回乡里乡亲。回来时鞭炮、腰鼓、唢呐一哇声，村里像娶回了新媳妇一样热闹。老汉们嘴上没说，可心里都知道，这如今的农村，尽是些不安分的人，有的出去挣大钱，有的要出名，正月里村前闹社火的场子他们早就不想踢打了，一个个往出奔。正拉着，老汉的手机响了，又是城里的娃娃打的，问身体好不好，吃了没，别无他话。老汉接完电话，嘴里嘟囔着说尔格这农村是再也收不住年轻人的心了，都往县里城里赶。也对，就留下这好山好水好地。但是这些年越来越少见响吹细打地往回迎娶新媳妇，见的都是从村里往出去迎女子，一个个顺着沟里，都不知迎向了哪里，迎亲的车队一溜明光，出了沟，走了。他们高兴的是这些年山变青了，地变多了，日子越变越好了，照老人们的话说，你就是指头不抠地皮也能吃上喝上。

入夜,村外高挂着一弯冷月,天暗蓝暗蓝的,树木的枝芽伸向了天空,乡村之夜静寂寥落。不知什么人请来了书匠,远处的三弦声隐隐约约,直至深夜。

陕北古城堡（二题）

白城子

　　白城子位于靖边县境的沙漠里。白城子是沙漠中的古堡。穿过县界芦子关的隧道，便进入了靖边境内。在陕北，好些地方是与边塞有关的，如安塞就取意于"安定边塞"之意。而东西南北相邻的县份，如志丹过去叫"保安"，子长叫"安定"，还有定边，安边之类，可以断定这些地方古代确实为边塞地区。后来的文化学者们说它是中原农耕文化与草原游牧文化的结合部，文化是交融的文化，"结绳"的文化，多元的文化。那么，人也就有多元文化的痕迹，如陕北男人的鼻梁高一些，脸开阔一些，扎一块羊肚子手巾，自然就英武，美观，不同于秦兵马俑的脸形。女人更妩媚、俊俏，有着桃花般的肤色。说到民歌，也不一样，陕北民歌既有小调的情趣，又有山曲的张扬；既有号子的高亢，又有信天游的悠扬、动人。它有黄河船工号子的穿透力，也有蒙古长调的起伏辽远，甚至还兼了宁夏花儿的情调……因此说这地方确实有魅力。

春天时节，陕北的老黄风头一停，我们几个便向北走。第一站就往毛乌素沙漠的深处走。白城子在靖边境内，沙漠公路已经通到那里。此时两边的沙柳还未发芽，风中摇曳着永不静止的枝条。远远地，一座古城白晃晃地亮在那里，远看去像住满了无数鸽子的鸽窝。残垣，断壁，有时匍匐在地，有时高高隆起，身影直投天幕，和沙漠上空惊艳的蓝天映衬在一起，显示着赫连勃勃故都的尊严。

赫连勃勃在修筑城堡的时候，他是以暴君的形象出现的。用沙土糯米浆水和成泥而筑城，城堡每风干一块，便命人用锥子刺之，刺入者杀修筑城堡的劳工，刺不入者杀执锥者，这才有千百年不倒的沙漠城垣。据说，当年赫连勃勃欲在此建都时，也曾在此考察，站在这块土地上，赫连勃勃居然说了一句很富有诗意的话："临广泽而带清流。"

清流就在城的南边，距城不远，从沙石中穿越，至今清澈甘洌。沙河一路散漫，在沙漠与黄土高原沟壑中穿流，在这里隐起了身子，穿入砂岩的缝隙间流走。有人在此搞起了网箱式养鱼，是引进的"罗非鱼"。

进入城内，沧桑感油然而生。风雨剥蚀的痕迹自然会让人思绪万千，发思古之幽情，产生联想。恰此时一支马队从远处急驰而来，且都是土布的古装，骑手骑术高明，扬起一溜黄尘，我怀疑是赫连勃勃的马队由远而来，正朝着他的宫城里归来，像是历史的再现一般。而那边，从古旧的窑穴里走出几位腋下夹马刀，也是身着古装的人来，口音却是陕北口音。一个说"怎么主要演员还不来，让我们群众演员等了有两个钟头了。"另一个说："昨黑夜拍到十一点才回榆林。"原来，这里正拍摄电视剧《盘龙卧虎高山顶》，是央视的剧组，剧本是由作家高建群先生的长篇小说《最后一个匈奴》改编的。正说着，马队已在古堡前停下，拿刀的群众演员立刻上前打量，说起了哪一匹是"走马"，哪一匹是"驮马"的相马理论来，老汉说，走马能用蹄子挖开沙，到硬的部分，驮马走沙，速度慢……可想而知，沙漠地带的马与草原上的马的标准是不同的，当然，相马的理论也就有所不同。

大约十一点钟的光景，主角和大队人员终于到来。当他们出现在古堡时，女主角的美艳让在场的人震惊，同时，给古堡也增添了几分亮丽来，古堡在沉寂了多少年以后，又上演着一场活剧。

在古堡内，最让人们感兴趣的是许多窑洞的建筑。城堡的建筑其实就是一个窑洞群落，这充分证实了这一带是草原文化与中原文化的结合部的论说。如果沙漠草原与黄土高原是结合部，那么，这白城子就是一个结合点。

白城子的城墙、城垛、城楼一色是灰白的颜色，它突兀在沙漠上的蓝天下，愈发显示出一种沉静的白来。正是这种突兀的姿态，才显示出故都的沧桑感……几只野鸽子在高高的土楼顶上盘旋起落，是被惊乍而起的，因为电视剧开拍了，人马喊杀声已成一片，这座故都又仿佛回到了从前……

波罗堡

因为一个时期我去了陕北的一些古村落和古城堡，陆陆续续地走了陕北延川的会峰寨、宜川的蟒头山、佳县的香炉寺、米脂的姜氏庄园、横山的响水堡，以及崖窑石窟之类的地方。所见都是一派的残垣废址，让人沉思。在横山县的波罗堡，我们停留得最久。我们的身影投在城堡上，使我联想到城堡就是一个历史的背影。

梵语波罗就是"到达彼岸"的音译。相传如来游历东土返回的路上，经此地在石崖上留下了一对足迹，人称"如来真迹"，始得名"波罗堡"。明代成化年间筑此堡，由守军驻守。清乾隆年间后渐为民居，形成了至今还保留并有人居住的城巷、小院、当铺、门面等等。古堡有"凝紫"、"重光"、"风翥"、"通顺"等南北四门。并有参将府、凌霄塔、炮台、钟楼、庙宇等建筑。因为刚从宁夏镇北堡回来，在波罗堡转悠，感觉波罗堡没有镇北堡热闹，但比镇北堡真实，更像古堡；镇北堡粗糙一些，波罗堡更丰富，有情致。镇北堡像仿古的城堡，波罗堡是至今有人居的城堡。镇北堡是回味历史的古堡，波罗堡是能感受历史的城堡。波罗堡虽然是残，但不废，依然有炊烟升起，一户户古堡人家的门上和窗户上贴着鲜红的春联，显示着古堡的宁静与活力。

我一下子有了一个很深的感受，不觉脱口而出："这是一个活的古堡！"

是的，活的古堡，从六七百年前活到了今天。

我们停留得最久，好似找到灵感或者撬起沉重历史的支点一样，我们的脚步立即变得轻快起来。就在那些村巷阡陌上穿行，探幽。

一户当铺的院落里至今住着人家，完整程度令人吃惊。拔开古木门的门缝，青石铺成的院落磨得很光滑了，坑坑洼洼，像是走过岁月的无数斑驳的印迹。

另一户人家、院落的围墙都是用古砖砌成的，平添了古堡的神秘与古朴。一株刚刚冒出新绿的藤条歪歪斜斜地爬上墙头，点缀着古堡的生命力与存在。

古堡的吸引力是它的古、残、颓、废，是它的荒凉、沉寂、沧桑和历史的沉淀感；是它至今尚存的那些仍然在此生息繁衍的古堡人家和纷至沓来的考察者。据说在一年前，几个摄影家就将古堡作为展览的场地，在那些城墙上、院子里、古街巷上挂满了自己的摄影作品，吸引了不少观者。这是一个很好的创意。

春天的陕北高原上，大块的白云已经出现在天空。正午时分，正当我们行将离开古堡时，古堡的上空不知什么时侯聚起了一片巨大的云，而且是涌起的动势，和古堡的神秘相辉映，顿时聚拢成一幅风云波罗堡的图画来。

走三边

　　春天的陕北,在毛乌素沙窝子里,沙柳还未吐绿,杨柳也未发芽。在沙土上,绿色生命的感知似乎迟钝一些,倒是一只碎小的蜥蜴似乎嗅到了春天的气息,在沙土下爬行着。我和既堂、山桥先生三个人行走在三边的中心地点——安边镇。长城就在不远处,朔风扫过它的表面,露出坚硬的白。安边镇土生土长的摄影家李生程在远处拍照,看着他的影子,我们被感动了。

　　三边镇这地方,过去是很有名的。李季在二十刚出头的时候,就走入三边的沙窝子里,闻着令人窒息的烧焦的毛骨气混杂着的牛羊粪味,他写出了《王贵与李香香》。他是个国文教师,被陕北的信天游迷住了:"鸡蛋壳壳点灯半炕炕明,烧酒盅盅量米不嫌哥哥你穷";"三姓庄外沤麻坑,沤烂生铁沤不烂妹的心"。这是李季当年听到的,这也是当时真的感情,以至在安边镇,遇到那些年纪大的老人,我就想是不是发生在他们身上。行走中,我竟然忘了时空,像回到当年的三边。远处,有骑驴的人过来,我竟以为是教书的先生李季……他正听着那粗犷风趣的山曲，是的，他在听，是在坑坑洼洼、撒满驴粪蛋的盐路上，是在毛驴的脚跟后，是在沙柳丛中，是在羊羝角的海子边。这韵律是那样缠绵动人，那样如泣如诉，是思夫的幽怨之曲，还是念及心中恋人的苦苦等待？我的思绪跨越得似乎更远，我想到了长城建造时的时代，那个时代的女人早就唱起了这样的信天游……哦，信天游！信天游！信天游走，羽化成悬浮在高原上空的白云。

"回了——"

声音是李生程的。我看见，春天大漠的风已将他长长的、零乱的头发吹得更乱，像一缕飘动的沙柳。李生程就住在长城边上的安边镇。安边的长城保留的不如宁夏境内盐池县，已经断断续续，残垣断壁，更加深沉、沧桑、宁静、旷远。到了这里，你会感慨万端！

李生程就是一个这样面对长城的人。他家在安边镇文化站小院里。安边镇不大，但也不小。说它不大，因为镇子长不过一里地；说它不小，是因为在这毛乌素的沙窝子里，有这样一个镇子，足见其不凡。且安边镇历史久远，大概早在万里长城修造时，这里就形成了集或镇的原型了。我在安边镇的街上行走，我一下子不由地就有了又回到万里长城修造时的感觉。街上影影绰绰的人影是那些劳工的家眷？是从长城上收工回来的来自南方的修长城的人？要不是李生程一句"到了"的提醒，我还在历史中沉浸。

安边镇文化站破旧，年久失修。从窄窄的门里进去，我立即被李生程收到的一块"新边石"石碑吸引。这块石牌承载了安边镇的所有繁华的记忆。仅石料，也必定运自遥远的延安府。李生程家的二楼有两间展室，收藏展览李生程收集到的出土于沙窝子里的钱币、陶器、瓷器、杂物,还有各种各样的羊头骨……似一个民间的博物馆。看后使人觉得这些藏物使沙漠有了文化,沙漠又使李生程有了文化。

李生程是真真正正的三边文化人。但如果他不挎上照相机,你一定还以为他是一个普通的陕北三边汉子。高高大大的个子,一脸漠风吹拂出的粗糙。他或者像一个三边驮盐的脚夫,或者像一个倚在古长城垛口上披着厚厚的羊毛毡的牧羊人,或者像一个沙地上挖洋芋的农夫……总之,他就是这样的一个人。走进李生程的家,屋内并不规整,倒显得有些杂乱,看上去并不富裕。他的婆姨不在家。我们也不好意思去问那位帮助他、在他一收回羊头的时候就蹲在院子里支灶架锅为李生程煮羊脑的父亲还在不在。

李生程出版了两本摄影集。一本是以三边赛驴为题材的厚厚的摄影集,一本是以陕北长城为题材的《陕北长城》。著名史学家罗哲文先生亲自为他的第二本摄影集题写了书名。这是一本厚厚的沉重的书,掂量在手,仿佛能摸着长城人的脉搏。他还有一本画册,说起这本画册,就让人对他这个人肃然起敬。十年前,李生程和国际长城学会的几位外国朋友,硬是从西部的嘉峪关出发,靠着一双脚板,走完了万里长城,用了七个月的时间,于当年的隆冬时节站在了老龙头山海关上。在他的家里李生程将这本画册赠予我们。

三边,是定边、靖边和安边的并称。这里的土地,这里的风土人情属于黄土高原,既是陕北的,又不同于陕北。最不同的是它的沙漠,那海海瀚瀚的、漫漫无际的、令人困惑的沙,让人无奈,又让人一往情深,像那里的人一样。李生程也有自己的迷恋和困惑,前些年,县上曾要李生程到县城工作,李生程犹豫了,但

最终还是留在了这里。现在,他说他五十六岁了,似乎已经没有
必要上县城去了。年轻时没去,现在就不一定去了。这个执著
的靠双脚徒步走完长城的人,心境似乎平淡了许多。他守望着
三边,看着花开了,落雪了,长城还在眼前延伸,一直到火烧云的
西天……

陇山

麦熟时节一到，关中的麦田像一颗正熟的梨子，从一边渐渐黄到了另一边。

陇东黄土高原上的老汉们咂着嘴巴说："啊呀关中麦黄了，扬一下胳膊，八百里啊，你见过那么大的麦地吗?"于是就有甘肃的麦客出了陇东，越过关山，奔关中而来。出门前，站在干得土星子都冒火的碨畔上，老麦客对儿子扬扬手说："去沙，见了关中女子带羞怯呀!"老子的意思是让儿子顺便能像撸麦捆一样撸回一个儿媳妇，那样，像就麦蒸了的馍夹了油泼辣子，就美扎了。

这是多年前的事了。如今，每年五月关中麦子熟得一片黄，馋人哩。只是陇山的麦客都休在家里。镰都锈了，收割机把大大小小垃上的麦都割尽了，连麦草都粉成碎屑，风一样地扬在地里。去年这个时候，麦黄时，我们几个撵着麦黄，从秦入陇，过陇东的华池、庆阳、合水、天水一直走到苦甲天下的定西，去了一个叫通渭的县。赶上陇山的麦子还未熟透，一块黄，一块绿，都铺在条状的梯田上,像晾了一山一地的黄绿相间的被单子,煞是好看。遂感到陇山的梯田怎是这么多,是何时修造出的。遇见一戴着石头眼镜拿着旱烟锅的老汉,我们上前抱拳打揖行礼。老汉一见这姿势,乐了,笑得满口是粉红的肉芽,"你们从哪里来?"梯田是"文革"时期修的,那时改造河山,甘肃人硬是在一座座山上修了无数的梯田,可以说把他们身边的地球修理了个遍。如今的麦子,香喷喷的,漂满陇山河川,不得不让人感慨。

甘肃古称陇。陇中苦瘠,甲于天下。史籍上早有记载。"禾麦无收"、"民大饥"、"人相食"、"积尸梗道"这样的记述曾反复出现过。所以,物产丰盛的渭河平原,也就是人们常说的关中平原曾是多少代陇山人艳羡的富庶之地。而身在陇山,焦干焦干的身下土地,是他们留也不得弃也不得的故土。但是,甘肃人知礼,乡风的朴厚如陇山一样,故而你在陇山最瘠苦的土地上常能见到乡贤一样的农夫。到了通渭,这种感受更突出。

通渭这个县,是渭河的一个源,顾名思义也含着连着渭河连着八百里秦川的意思。种麦,更当然是一种亘古不变的农习。这就是说,陇山的农耕文化通着关中,麦子是主要粮食作物。民歌通着陕北,花儿一吼也那么悠扬:"上到高山望平川,平川里有一朵牡丹。"戏剧当然是秦腔,一直唱到河西走廊那个西出阳关无故人的遥远的地方。

而说起陇山有牡丹,这就奇了。牡丹历来被称为"花王"。自李唐以来,世人独爱之。苦瘠的陇山哪里能见?温柔富贵之乡的物产,何时落脚于此呢?行走在陇山,我心里一直在犯疑,我想起了牡丹。世上美丽的花太多,百态千姿,异彩纷呈。春花秋月,四时不同,梅、兰、荷、菊,或傲霜斗雪,或空谷幽香,或清气高洁,超凡脱俗,哪个不令人称奇,梅花傲霜斗雪,不畏严寒,是人格品质的化身。荷花出污泥而不染,高洁清雅,亭亭净植,婀娜多姿,美如仙客更叫人难以亵玩。兰花出于深谷,幽香扑鼻,处世低调,耐人寻味。菊花是百花杀尽她独放,内敛且耐得住寂寞,有蓄势待发的意味。当然,美丽的花远不止这些,而从美的方面来说,牡丹当属国姿,它美在姿态上,美在色彩上,美在寓意里……

"通渭人家家户户都有呢!"这话的说法就像陇山人说麦垛那样轻巧而意味深长:"那就是一个馍嘛!"带着这样的疑问,我们就往通渭的农村里走。

通渭是陇山里的一个县。山,也是黄土高原的山;地,也是连绵的沟壑,山里人家也就一洼洼窝在沟里或山凹间。既就是村里的年轻人少了,但村子保留得尚好,不见衰败的景象,瓦房依旧是瓦房,顶上是大片的红瓦;院是有门楼子的,且有一些四合院的味道:正房,东、西厢房。院当中是牡丹,院里院外的黄泥墙根下是牡丹,都是几十年上百年的。根扎得很深,长得自然繁茂,一蓬一簇的,占了很大的一片地势。入了一户人家,主人正摘菜。菜新鲜嫩绿,全都是自家园子里的出产。说是通渭城里的亲戚要来乡里吃饭,正准备呢。他们也看这里的山水物产,说城里的菜污染大,又想吸这里的好空气,看这里的好山……当然,牡丹才开过不久,牡丹开时,人来得才多呢,由此我们惊讶这牡丹的天地,牡丹的世界。

牡丹在通渭这地方生长据说起自唐朝。唐朝以后,牡丹从长安城里一直沿丝绸之路流传过来,在通渭扎的根最深。据当地人说,通渭牡丹是中国北方最西北的牡丹了,因为通渭土地贫瘠,生长周期慢,故而百年的牡丹也不见有多粗多壮,有乡谚语"年不生二寸"。因此这里的牡丹花大,浓艳,最具国色天香之姿容。最可称道的是，通渭家家养牡丹，这风俗恐怕是最具风雅了，偏僻荒远之地，偏有如此之风气，天下难觅。遂感慨，这是天下最具雅气的地方了。

种牡丹不说，通渭人还有一好习惯，这恐怕是第二雅了。原来，通渭人家家户户喜好收藏挂设字画。那户人家的堂屋上都有藏了几辈人的字呀画呀，都被浸得发黄发旧，一看便觉经年累月。喜好字画，乡间自然文雅之士颇多，而这文雅之士不是你想象的书生，而是当地农民。戴一顶遮阳的麦草编成的草幅，扛着锄头，架着有色的石头眼镜，见面你以为谈农活庄稼什么的，一开口却是文章诗词，满腹经纶，对着墙上挂着的草书也是一通熟练的咏诵。

通渭就是这么个地方。如果说，说一个有文化的县，我不认为是江南的某个地方，而是偏远的陇山这里。在这里，中国几千年的乡风还是那么浓浓的。庄稼地无论种了麦子、洋芋、杂粮，保护的还是那么一块一片的完美。田禾还是一枝一簇一片的茂密昌盛，农耕文明的遗风还在这里叙写着无尽的篇章，曾经普遍流传于乡间的儒雅仍然在这里保留着。入夜，我们就宿于通渭的山村。大野朦胧，一轮又大又圆的黄黄的月亮从麦垛旁上来了，近得伸手可摸。陇山的夜静得像熟睡了的婴儿。

2015 年于过云楼

魏塌

安塞乡人曰：县有"七十二塌"。塌者，村名也。泛指处于湾塌凹下平缓地形的村子。楼坪乡魏塌是这所谓"七十二塌"中的一个村子。20 多年前，我曾到该村下乡，住过这个村子。一上硷畔，但见一棵大槐树，笼罩住了村头人家半个院。院墙是花石插垒的围墙，因为人不住了，墙上的泥巴退得斑斑驳驳。老槐树下有一碌碡，碌碡上坐一老汉，指着这院说："这是姓魏人家的老院，这老槐树也有几百年了。"

进了村子，村人都收秋去了。偌大的村子显得空空落落。但院里院外堆着未打的庄稼垛子，还有窗台上、石板床上垒满了收获来的南瓜、向日葵陀子、玉米串子……又使村子院落显得比往常拥挤。一个老婆儿正在看院，我们问："庄子有多少户人？"老婆儿说："百十多户哩。"后来就了解到魏塌是安塞最大的自然村之一，有四百多口人哩。

这村子在安塞属于偏远村子。深沟山坳里有片开阔的湾塌地，土地相对多。去小镇楼坪，有十几里地，村子朝南山翻去，可以到当年张思德烧木炭的洞子沟和石峡峪。石峡峪过去，便是甘泉洛河流域。村子里的人好养羊，家家门院前有一个用木材插成或碎石垒就的篱笆型羊圈，一家一圈，散落了好大一片。因为离稍沟近，村子里的树几乎无人去砍，因之长得粗粗壮壮，大而又七扭八歪。有古的柏树、拐弯抹角的榆树、干子发白的杨树……和着那些石墙、旧窑院、发白的村路以及村前那古老的行将坍塌的村庙，组成了魏塌古村落的景致。

这是早先对魏塌村的印象。20多年我再未曾去过。几年前，我在县城，常有北京来的、南京来的、西安来的画家或采风者要去下乡。问他们去哪里？他们说："越旧越好。"我们理解是越古越好，就常领他们去北边的鸦行山秦直道，红花园秦直道，还去安塞与靖边交界处的古塞芦子关和仍处在无名状态的大红石山峡。他们说："我们不是来发思古幽情的，要体验生活。"这才恍然，他们要去有人烟的地方。就领他们去了一些村庄。去的都是好的村子，村容村貌尽显现代气息，白瓷砖贴了窑面，红砖铺了院子，黑铁大门扣黄铜铆钉，看后他们都有些索然。一日，居住在北京昌平的油画家陈晓光开着他的"乔梓艺术公社"中巴车来安塞，我们带他去了魏塌，留下他后我们便回去了。两个月后，陈晓光忽然来到县城找我们。问："何时又来？"他道："我们还没走哩！"他竟然在魏塌住了两个来月。他说他画了一批很好的油画，要请我们喝酒以示感谢。之后，再有画家来我们便打发他们去了魏塌，果然能留住。且都住在村头一个叫蒋明放的农户家里。

蒋明放五十好几了，是魏塌的村民。婆姨叫魏猴桃。他家住在村头大路上边。一院五孔石窑。人厚道、实在。来了画家，便吃住在他家。老蒋自接待起画家，本人也来了文化兴趣，从山里抱些枯朽的树疙瘩,运回放置在院里,又把那些废弃的石碾石磨石槽零落地分布于院子。有画家来了就在上面喝茶或放油画颜料,院子里立刻有了些氛围。魏猴桃脸黑黑的,是一个典型的农村婆姨,她总是不厌其烦地为来人做饭,熬得个好名声。于是,后来就有延安大学艺术学院、首都师范大学美术学院、中央美院附中、陕西国画院等在此挂牌并确定为写生创作基地。有一年,西安来了一百多学生,为了改善生活,她竟然将家里的一头肥猪杀了。

北京油画家陈晓光先后来了几次,一住就是个把月。陕西国画院画家邢庆仁来了就住几天,他一个人在村子四周的山上转悠,居然记住了哪座山上有几棵大树,比老蒋还清楚。陕西国画院院长范华把写生基地的字刻在村头的大石碾盘上,很是醒目。又在村头立一巨石,上书"魏塌古村落"。延安的一批画家也经常下来画油画写生,在魏塌村出了不少好作品,一时引起人们注意。去年,《人民文学》副主编、作家邱华栋来陕北,我随同刘江等陪同,也去了一趟魏塌,几个人在村头的大槐树下合影,并由大黄狗陪同着在村头转,见许多人家院落里有油画家在支着画板作画,全神贯注。老蒋家的窑院上,炊烟缕缕,窑洞里丁丁当当的切菜声传得很响。几个村民说:"老蒋这人还行,闹腾起来了。"他家的大白狗也眼界大开,居然是画家走哪里跟在哪里,像个卫士似的,但不再咬人,见生人都摇着尾巴打招呼。

魏塌村似乎忽然火了起来。村子里不时扭起秧歌,响起唢呐声。夜里有时腾然窜出篝火,红红的火苗映红了半个村子,客人们一夜无眠在此狂欢。平日里,也不时有小车窜进沟里,停在村头的大槐树下。车上会下来过去村人少见的北京、省上、市上、县上的客人,也有村民趁机拿出些剪纸、土鸡蛋兜售。还说要修路、建基地。过去不通手机，有的画家待不住，老蒋用摩托带着到楼坪去打。有天来了领导，说三天给通。三天后，老蒋的手机果然响了，一接，是领导的，问说："通了吗?"老蒋脸笑成一朵花，粉红的牙床露得更显，忙说："通了！通了!"赶紧骑着摩托，追到村外五里地，见了正在画画的台湾女孩廖哲琳说："你这下能住下了。"原来，台湾女孩廖卓琳去年曾在老蒋家住了三个月，手机不通，台湾的家人很是担心，怕联系不上。但她喜欢魏塔，今年又来了，并且要住整一年。一个二十几岁的女孩，不知魏塔什么迷住了她。台湾女孩每日里都在村里村外或邻村邻乡画画，早出晚归。我们去时，老蒋不在，老蒋婆姨拿出茶叶来为我们沏茶，并说："这茶具也是从台湾带来的。"细细品啜，果然味道不错。同行的江苏南通大学朱贵泉、广西师大秦剑等人也都说好。朱先生一边喝茶，一边说起他那篇《陕北赋》，想要有些改动，原来朱贵泉先生的《陕北赋》在1997年为一个画展而写，后来洛阳纸贵，转抄者甚多，有人也将此选入散文集，此赋在流传中不免有些错误，朱贵泉先生是一个极其严谨的人，于是我们建议正式发表一下。三天后，《陕北赋》就在《延安日报》副刊头条上发了出来。正说着，院外突然想起了"突突突"的摩托声，是老蒋驾到。他说正送台湾女孩去画画，在四十里地高桥街上接到老婆的电话，知道我们来了，便风尘仆仆地赶了回来。

魏塔地方虽小，名气却越来越大。先后有许多画家来此写生，著名的就有李爱国、袁武、许勇、孙志钧、陈钰铭、李乃蔚、邹立颖、马新林、邢庆仁、范华、陈晓光、盛沉等人。他们整天走村串户、钻沟溜洼地画，出了一批作品。盛沉在此画了一幅农家小屋，当场被美术爱好者购买收藏。过去我们知道，画家去绥德、米脂、佳县的多，现在来魏塔的不少。

老蒋接待画家才起步。这几年他在院子里修了七八间平板房，置了架子床，连同土炕，一次接待百十人不成问题。墙上也挂起了画家留给他的题词和油画。架子上堆起了画家送给他的一本本画册，文墨氛围显得越来越浓。但老蒋婆姨却在嘟囔老蒋，怕这不是长久饭哩。老蒋责备老婆说"悄声些"。

总之，魏塌村越来越有些气象了。走进的人也越来越多，还有长住一年或几个月的画家。可以说，这已经是名副其实的画家村了。上世纪八十年代初，著名画家吴冠中先生在张家界写生，第一次见张家界的奇异山水，颇为感动，回去写了一篇《养在深闺人未识》的散文，发表在当时的《湖南日报》上，后来就有人不断地去那里，张家界终成著名旅游景点。魏塌论山水，远不如张家界，但它小，小有小的好处：古朴，宁静，原生态。没有城市的喧嚣，没有城市的拥堵。人置身于此，闲散、自由，可寻找到一片心灵宁静的归宿，听羊咩咩叫唤，闻驴牛偶然间一声吼叫，或斑鸠、鹧鸪、野鸡的咕咕、冈冈、呱呱鸣叫，再置身于古朴的窑院、横七竖八的棚栏、花石砌成的泥墙，体会农人日出而作、日落而息的生存状态，或看野山弓伏，云起云落，心灵有一些安妥，不定是另一番情趣呢！

山的痕迹

我长就了一副宽肩背，这应归功于我的高原大山。

那年，我这个单薄的农家书生从校门走出，回到大山里时，最困惑的是自己的单薄。这单薄和大山、和我的那些山民兄长是多么不和谐！我的那些山民兄长不知何时造就了一副宽肩背，他们能背起石头，垒起一眼眼石窑，能把山前山后的庄稼一捆捆背回，完结他们一个又一个充实的秋。那沉重如山的累累日子被他们抛在身后……我的足迹就是循着山里人踩开的山道，从绵绵的虚土中走向大山的。不知不觉，我也就有了一副宽肩背。

宽阔的肩背是故乡的大山给予的，是故乡的河流给予的。自从落草于陕北高原，便和那山结下了终生终世的缘。那些貌似平凡的山，在每个山民面前都摆出一副严酷的面容，它默默地把艰辛传给它身下的每一位受苦汉子，同时也默默地告诉每一个山的子民：征服了这些山，方能生存。而征服这些山，必须有一副坚实的身骨。他们是在征服的路上跌倒又爬起的。就在这跌跌爬爬的人生旅途中,造就了山里人征服一切艰难困苦的性格。就这样,他们长就了一副宽宽的肩,阔阔的背……

在后来所谓的城里生活中,我渐渐觉出这副宽肩背的重要来。当那些没有经过大山磨炼的"汉子"感到生活的沉重时,我还真真切切未体会到什么。那种所谓的生活重负对于一个山的后裔来说,真的显得微不足道!我多少次感叹故乡那些憨态十足的黄土大山,它们是一座座风雨不动的雕像!而它留在我身上的痕迹,足够我在平凡的人生中享用了!

大山,我的永远永远的父亲哦!

无
定
河

　　一个人在旷野里走,有时是十分寂寞的。倘若有一条河横在前边,也许就会因为这河的流动调动起你全部的情绪。

　　初夏的一个傍晚,我来到无定河边。早些时候,就听人说,无定河是一条无定的河,没有固定的河道,也难看出什么特色。那时,我就想,无定河定不是我想象中的河。

　　已经是傍晚了,夕阳眷恋地沉在远处的山岫上,深沉凝重的晖光正映照着平静的无定河面,河川充满了宁静与和谐的柔美气色。河边,那一嘟噜的沙土地上,开满了各色野花,河面上的夕阳又与岸边清新的野花遥相呼应,把无定河装点得无限美妙。我在心底里默默承认,无定河,你是我心中的河。

　　我怀着虔诚的心情,独自在无定河边流连,心中产生出许多感喟。高原呵,你怀抱中的每一条河流,都在我面前展示出绝不相同的神往和遐想。

　　我顾不上考虑夜宿的问题,只沉醉于眼前的景象。看远处的山岫,夕阳分明在慢慢下沉,想不久夜幕就会完全充满这里的河道,我对四野的景观自然贪起眼来。夕阳下深红的无定河水面,水流潺潺,那一簇簇平缓的波纹摆动着霞影在款款流走。河边,沙柳丛里早已栖息下了水鸟,有时也极不安分地从河这面飞到河那边,在平静处用翅膀尖点一下水面,就有两层同时扩展的漪圈相溶。远处,是人家居住的屋舍,苍茫中,黑黝黝地立在天幕下的地平线上。延伸的沙包,丛簇的沙柳,都是无定河边充实的物景。

　　我在无定河边一直站到暮投大地,看远处的村落闪动起灯火,天穹也由原来的深红变成靛青,而且,一颗、二颗、间或更多的星星已经闪烁在空漠的夜空上,才匆匆地赶过河去投宿。

　　这一夜,我就投宿在无定河边一位老人的茅屋里。

　　老者膝下有儿亦有女。老人只喜好这里有山有水的清静,每日在野地里割些沙柳来,干些编织柳器的活什。儿女们常来这里看老人。

　　"早些儿睡,明儿你不是还要上路么?"

　　一躺下,我却再也睡不着。夜静,无定河的水声却响,它亲近地低吟着,像黄土高原怀抱中的每一条河流一样,温情、含蓄。我听着这亲切的水的流音,感觉不到一点儿身在异方的孤独。我听着这低吟的流水声,心中陡然生出一种空灵的感觉:每一处地隅,都是多么和谐的生命组合啊!太阳和月亮,默默地照耀着河流、土地、山石、小草,给予那些卑微者以伟大的生命,这正是我们的世界充满阳光的写照呵!在无定河边,在这静静的夜晚里,我分明感到正在召唤着生命的勃发与繁茂,就像那无定河的傍晚,夕阳分明勃发着晨曦的光辉,而那旅人产生于此的深深的爱,正在心地上留下了深深的踪迹!我想,早些时候人们说你是无定的河,那正是无定河人生活游走不定的写照。而今,可以说,无定河,你这永定的河,也正是我们事业和生命执着追求、永远向前的河。

我静静地想,无定河这美好的夜晚,这永远的水声将是比什么都珍贵的记忆。同样我今夜的梦境,也系着无定河那缀满露珠的晨……

作于 1987 年 5 月 20 日　深夜

茅店月

那年冬天,我在毛乌素南缘的沙包上疲惫地奔波了一天,夜里,来到一个叫茅店的小地方。说是村子,其实是几间茅屋。茅屋四周,长一片零乱的沙柳,傍晚浓重的暮霭重重地裹着这里的一切,朦胧得近乎于灰暗。投宿茅店,和一老人住在一搭,才说起这茅店只住他一人,儿女们耐不住这里的荒僻,搬到另一处的小镇上。说罢,我心里也不禁溢进一片暮霭似的灰暗。借着窗外的天色,见四周的沙包起起伏伏,阡陌交错,看不见应当看清的地平线,只有朦胧的暮色下影影绰绰的四周景物还依稀可见……立时,一种悲哀袭上心头,我默默地注视着苍苍茫茫的四野,体味着身在异乡的那种孤独。

"来,早些睡,明儿鸡叫,你不是说要上路么。"

噢,是的,我明天是要早早上路的,我该早一点睡。然而,一躺下,我便辗转难眠。我想着这年逾古稀的茅店老人。他栖息于这样一个荒僻的远村,难道不寂寞孤独么?但是,更多的则是喟叹人的命运了。我跋涉在这塞上的荒野沙地,投宿于偏僻简陌的茅店,不正是在走我艰难的人生旅程么?我想着早早撂下我的父亲,更感到生活之艰辛。喟然长叹之余,才想着应当怎样地走这生活的曲径。

后半夜,传出鸡声。

老人说:"你就上路吧!"

我出了茅屋,但见斜月浮在半空,茅店四周月光溶溶。沙柳、沙包、河川,都笼罩着一层淡淡的雾气,沙野呈现出一种恬淡、静谧如梦的意境。哦,天还早,月在后半夜还没落。我听着声声鸡啼,看着月下迷茫的茅店,它多沉寂啊,就像那在茅屋里隐居的老人。就在这荒僻的小地方,在这静静的月光下,我想到这个世界上我有多少不明白的事情!世界这么博大、广袤,但老人却固执地居住在这里,宁愿舍儿弃女。同时,我也想到我为什么投宿到这里。就在这时,我忽然想起晚唐诗人温庭筠的《商山早行》一诗来:"鸡声茅店月,人迹板桥霜。"那鸡声逝去了这么多年,而那诗的意境竟在这里重新映现,尽管商州山地非同塞上沙漠,但那同样的早行,同样的鸡声及茅店夜月又如何不牵人思绪呢?不过,当时思念古长安的心情绝非能由晨钟声所取代,也不同于此时的我的心绪。我对着茅店月下的老人,虔诚地想:生命在孤独与寂寞处是默默无闻的,但默默无闻的生命又何尝不是存在的标志呢?它存在的价值,往往要超过那种自以为不凡的生命。

于是,我的脑海里出现了一个老人的形象来;同时,也出现了两个希望的光坏:一个是朗照茅店的山月,一个在东方遥远的地平线上……

作于 1985 年 10 月 7 日 东沟门村

晚夕

　　我不知道海上日出有多么壮观,但我常常为黄土高原怀抱中的山川落日所沉醉。那景象,常常是在静穆悲怆的高原傍晚领略。如今每在静下来的时候,便如一幅清晰的画面铺展在脑海里……

　　那一年,一位从三边西草滩的古长城垛上画罢晚夕的画家,风尘仆仆地又投到了黄土高原的怀抱中写生,夕阳中,我们相遇了。

　　"怎么样,这高原山川落日也是壮观的吧!"画家和我同时站在山川间空旷的原野上,看着夕阳,我说。

　　"比起古长城垛上观赏到的大漠夕阳,好像少了点什么,但又好像多了点什么。"画家认真地说。

　　他讲了大漠落日景象。

　　"大漠风尘日色昏。"站在古长城垛上,大漠黄昏落日景象尽收眼底。长城蜿蜒西去,赤如巨龙。远处起伏不大的地平线,轻轻地托着一轮又大又圆的通红落日;几抹烟霞,如同彩色轻纱裹着一盘欲睡的少妇的脸,显出了几份温清,几份含蓄。近处,长城与大地在灰蒙蒙的暮霭中透出一种粗犷内秀的气质来。沙丘凹凸,阡路纵横。几蓬在晚风中瑟瑟摇曳的沙蒿、红柳,则是大漠晚夕中最秀美的灵气。一两声悦耳的驼铃声忽近忽远,在倏忽间又销声匿迹了。大漠在晚夕的映照下,静谧得像那轮不动的落日了……

画家由此感叹了:晚夕——大漠最壮美的画面;晚夕——大漠沉睡时彩色的梦境。

……

如今,我和画家正置身在高原山川晚夕映照的原野上。远处,是粗犷健美、轮廓分明的高原大山剪影;脚下,是在寂静的傍晚中显得空旷深远的大川旷野。我们从夕阳衔山,一直站到暮色合拢。至今还沉浸在那山川落日、晚霞夕照的高原山川美景中。

山川走向,有它粗犷的阳刚美,也有山川间流走的小河阴柔美,那美,充实着整个山川、整个高原、整个天宇。从近处直看到夕阳落窝的地方,满目是一个色调不一的完整的晚夕画面。

川间,不知什么时候漾起了一层如烟似雾的暮气,一排笔直清秀的白杨树亭亭玉立,融进了晚夕中;更远的地方,则是一片拥簇着的山川柳,清逸如竹的撑天椽子,托起了一片绿雾,还有浮在绿雾上的晚夕。山川的走向,剪断了高原紧紧毗连的大山,那一道一道的山弯,楼着一个又一个村庄,村村皆在晚夕的背景下显得朦胧含蓄,几柱白中透蓝的紫烟,燃起了村子蕴藏着的允沛活力。更远,则就是山川的朦胧的落日景况了,暮气中,山影恍惚,落日是一个又大又圆的蛋黄。看它那含羞的样子,人当然会想到它会孕育出一个更新的生命,更完整的日出呢。

晚夕悄然滑落了。树木影影绰绰,我和画家对着山川晚夕,沉醉在空旷的山川原野上了。

"哦,晚夕……"

画家的嘴在轻轻嗫嚅着。

"哦,晚夕……"

我在如此的痴醉中。

作于 1987 年 4 月 12 日夜　高桥

走洛河

　　安塞南缘与甘泉县雨岔乡交界地带,有一片森林。这森林的大部属于甘泉。少时,我曾从安塞境内出发,数次穿过这片森林,走洛河川。一山一山的苍茫林海,令人惊叹。那林间寂寞的小路,以及遥遥一整天的徒步行走,直到今天都令我难忘。

　　雨岔本来不是乡,是个较大的村子,隶属下寺湾乡。后来改成了乡,我都有些记忆。这在深沟拐岔,能有一个乡也是不简单的事情。洛河川和安塞南缘的人有必然的联系:亲戚多。小时候,有一次我到雨岔的亲戚家,正赶上那里唱戏,不知哪里来的剧团正唱山西蒲剧《韩琦杀庙》。乡村的戏一般是露天的。那时还没有乡,不过是"阳庄"和"背庄"组成的一个村子。往深处是花豹岔,往下是一个叫"石畔"的村子。离下寺湾还远,有十几里地。后来我翻阅民国午间编的《安塞县志》,发现原来雨岔、下寺湾一带曾属安塞县。"安塞十景"中的"石门夜月"指的就是洛河下川的石门村,现为石门乡政府所在地。而另一个记载是"香林寺"。出雨岔沟到洛河川道,第一眼见到的就是那高高耸立在洛河边上,有些险峻的"香林寺"。香林寺在安塞旧《县志》上有较详细的记载。这个寺果然不凡,坐落在洛河畔上的一座石山上,山上石窟遍布,怪柏参差,真是一处风景。而山下是民风极其淳朴的洛河川道人,他们操着浓重的方言,叫开水为"煎水",很是亲切。我曾形容过这里的民风酽得简直像煎水熬出的砖茶。到后来,我又在史料上找到,第一块安塞腰鼓画像砖就出土在雨岔乡,好像是一个叫"李巴圪崂"的地方。好在雨岔乡过去曾在安塞的版图内,否则这将又要引发些争论。

我曾在介绍已故作家路遥的文章里知道,路遥创作小说《人生》和《平凡的世界》第三部就住在甘泉县招待所。当他写完《平凡的世界》的最后一个字的时候,就把手中的圆珠笔从窗外抛出。后来又读《人生》,小说中的大马河川,简直就像是洛河川道。在洛河川,我曾以一个乡人的身份作为迎亲队伍中的一员出现。以后我常想,那顺川上下的女子后生们也许曾演绎过无数的人生故事。如果你在洛河川道上遥遥望见一个踟躇的女子,那简直就像巧珍的身影……而高加林呢,他们进城了,但他们永远惦记着乡下的那个"巧珍",她们太珍贵了!

不去那里已经好些年了。少年时常去的亲戚家已经搬出了那里。洛河川,那宽阔的川道,此刻正在溽暑的繁茂中长就了一川浓密的庄稼吧。

小地方

　　纵观安塞这片塞下土地，其形势是这样的：七沟八岔、几条大川。顺延安的西川公路拐进一条山沟，入深一二十里，有个乡，叫楼坪。楼坪不在川上，却在沟里。楼坪是一个偏僻之地，兴许太没名了，外界人知道者甚少。

　　大约在五十多年前的一个冬天，从延安枣园走出一个班的八路军。这个班是中央警卫班，原先的任务是给中央做警卫工作，因为北方天气寒冷的缘故，中央机关人员的取暖成了问题，于是这个班奉命踏雪开进安塞南缘一个梢林地带烧木炭。在这支小小的队伍中，有一个人后来牺牲在这里，他就是毛泽东在《为人民服务》那篇光辉的文章里赞美过的那个张思德。

　　楼坪，乡人当时唤作楼儿坪。一条土街，簇一堆人家，有窑有房，十分不规范的样子。乡上照例每五日一集。经常赶集的人中，张三能认识李四，俨然像一个大家族。最时髦的，是街上走来的妙龄乡女，描眉画眼，涂着猩红的口唇，乡人戏谑曰：出墓鬼。人们说，毕竟是开放年代，春风满园，红杏是关不住的。照例是少不了有几位民间艺术家登场的，因为在安塞这块土地上，处处绽放着民间艺术家的奇花异草。最著名的是张芝兰，这个从小从内蒙古靠近榆林的乌审旗逃荒落根于此的民间艺术家，晚年创作了许多剪纸、农民画作品，其中剪纸《十鸡图》成了其代表作。一位远在省城的民间美术研究专家见了赞不绝口。我也有幸目睹过这十幅作品，那精湛的剪工、形神兼备的构图征服了我们，其中一幅被人设计到了邮政明信片上，到处传播。

我去楼坪的那天，天上飘起了雪花，它使我想起了几十年前的那个冬天。就是这样的下雪天，延安更寒冷了，张思德和他的几个战友，从枣园出发往山沟深处走去，钻进了比楼坪更深的深山老林——石峡峪。那时，这里几乎荒无人烟，只有野兽出没。他们一捆捆伐木，再在用镢头挖出的木炭窑里烧成木炭，然后以人背的方式送往枣园。他们烧下的木炭成了照亮大地的圣火——有多少个不眠的夜晚，这炭火燃烧了寒冷的黑夜，迎来了东方的曙光。

在楼坪街上，我惊喜地发现，原来小街上建有一个新华书店！走进书店里，但见满满当当数柜子的书，有的书竟然因地方不够而高高地堆在地上。据说，一位县长在此下乡时，买了一套《资治通鉴》。我也买了几套书，其中一套叫作《西方画廊》的画册令我垂涎。这套精美的画册几乎收全了西方绘画大师的雕塑、人体、风景、静物等名作。我又买了一本《一日长于百年》，是苏联作家艾特玛托夫的小说，留作纪念。

原来，这个书店是国家新闻出版社驻陕西办事处援建的。这个小小乡村能有这样高级的书店，必将对此地的精神文明建设有益。新闻出版社驻陕西办事处还投资为楼坪乡建成希望小学 1 所，希望书店 16 个，地面卫星接收站 8 个，救助失学儿童 75

名。同时,他们还招收 100 名农村学生,为他们辅导美术。我相信,在他们救助和帮助的学生中,必将有勾画自己美好家园的人。

从楼坪返回途中,我们要路过枣园。就在枣园旧居不远处,有个讲话台,台子两边松柏掩映。徜徉在寂静的空谷,一个声音仿佛在回响。这是毛泽东在朗诵一篇题为《为人民服务》的演讲,这个演讲后来一直打动着许多人的心,今天翻开,仍然触动着人的灵魂,我相信这是一个共产党人永远的座右铭。

这样的小地方,但愿永远留在人心。

高原落日

　　我曾有过几度的向往，那便是到海上去看那里的日出日落，然而遗憾的是我没有到过海边，那迷人的海上日出日落壮观景象自然不能饱赏领略，我只有在我故乡黄土高原上观赏、享受那落日的瑰丽景象……

　　登上高高的古烽火台，高原山川原野尽收眼底，那山连着山、起伏延绵的黄土高原，多像一个充实富有的海呵！我想，高原是一个海，一个广袤博大的海！它气势粗犷，山形像大海起伏奔涌的波浪，那浪峰连着天，牵着遥远的地平线——一个广阔的海。就是在这个海上，那蔚为壮观、旖旎迷人的高原落日常常使人沉醉呢。

　　"大漠风尘日色昏"。然而，所不同的是高原落日是宁静、端庄的。离起伏延绵的山还有很高，但落日散发出的那种金红迷蒙的光晕好像被一块帷幕裹住了。光及远近的山脊，落一层金沫似的晖光，给山平添了含蓄、秀美。当落日渐近山尖的时候，落日的晖光更加强烈了，呈现出一种瑰丽、壮观的景象：它更红了，更亮了，金光耀眼，束束都刺向高原大地。我凝视，它是否是生命归宿的最后燃烧，要不，它光彩喷薄、气色浩然，几乎是一团燃烧的火。啊，多么壮美的高原落日！

落日渐渐沉没了，向山的深处冉冉下沉，整个西天边际上，漾起一抹红中透紫的烟雾，那烟雾在山影衔着的落日下显得幽暗神秘，于是，山添了几分阴柔和美，显现出了高原大山内质存在的无穷魅力。我对着那隐没在山间的落日沉思了：这高原瀚海的落日，不正也像大海的落日吗？大海的落日是生命力量的延伸、积蓄，它是为孕育出一个更新的、更完美的日出而做的慷慨收留，那么，高原的落日呢，不正体现着大地最慷慨、最真切的爱抚与真情吗？它是带着像海一样深切的情感，带着像海一样的寄托与希望来收留这颗落日的！

这就是高原的落日！它不仅仅是高原大地灵气的再现与生命延续的勃发，它是宇宙间物像星体最完美的和谐！哦，高原落日，它以非凡的景况，对高原、对大地深情的眷恋和神往，沉浸在那更新生命的瑰丽的梦境中。

我站在高高的古烽火台上，对着高原落日，虔诚地想：高原——海，一个多么和谐一致的母亲胸怀，它同样以宽宏的舒展，收养了一个将会更完整的生命。那么，明天的日出呢？

高原的日出更壮美！

作于 1985 年 6 月 25 日　高桥

拴过将军马的树

在崖上，红日每天早晨投出远山的阴影，再把红光涂抹到崖壁。树就长在那高处，如忠魂猎猎的旗帜。

把那些山峁看作是一个个堡垒。凉秋九月，山峁秃透了顶。山地裸露出灰白，一个单纯的色调。眼底下的山终于坦然承认了自己贫瘠、冷落、荒凉，甚至是死寂。

将军拴过马的树底已经没有了路径。地被耕翻过无数次了，荣盛了，又枯了，地上留着刈过的谷茬。

这是我故乡小村的事。去山野，你加入到山梁上刨坑烧洋芋的人中间，问起一位老者，他会向你讲述那事儿：将军转战这里的时候，把马拴在那棵（会给你一指我们小村脑畔山峁）老杜梨树上观察过周围的地形。后来这里真的干了一个大仗，将军胜了。现在，春天在山上耕作，常有弹壳把铧尖磕得哗朗朗直响。

将军的马现在在哪里，将军魂归何处？历史已经告诉了我们，并将告诉未来。将军拴过马的树，擎着厚土上的风云，也直到将来。

　　无法追述战争的宏大场面。我只记得童年时常上山拣弹壳。后来,弹壳成了我们响满高原的哨笛,成了给我们讲战争的祖父们的旱烟杆上的装饰品。

　　可是将军他在哪里?

　　将军走过这片土地后再没有回来。将军牵着他的马去远方了。将军的身影像树那样永远立在村人中间。

　　后来有人要砍那树,一位老人夺下了手中的恶斧,大声呵斥道:这是将军树!

　　这树是否记着将军那睿智的目光,是否记着马奔莽原的那声声长嘶……哦,将军树!

　　随着岁月的流逝,这棵树在故乡成了一个故事传说,那树上当然有深深的勒痕,但村人确信那是将军的威力神工。

　　山峁上常刮着自由的高原风,树的婆娑的枝叶舞成风中的马鬃。村人说:树的风度还在,马的精神还存。

陕北大转战

　　那年夏天，通红的天云覆盖着苍茫的高原。我的祖父在高原上跑脚户，战争的炮火炸开了沉默的黄土地，十来匹高头骡子的队伍散尽。骡队给西北野战军驮炮，祖父也和陕北的众多的父老支前去了。

　　我很小的时候，祖父已经很老了。他在那夏夜的土场上，冬夜的热炕头，给我讲过许多战争的故事。那些故事我至今还清楚地记得，包括那些充满传奇色彩的一个个细节，以至于今天我还经常想象那些如火如荼的岁月，那永远也让我无法想象和感受的日子。我祖父去世了，但那些故事却留给了我。每次，当我回到故乡，我总要在祖父给我讲故事听的地方上流连。黄昏的鸦群舞着村头那棵古槐纷飞，西天映着一片殷红的晚云。斜斜的山梁上走着晚归的高原人，一切景象都能带给人一种回忆的情绪……

　　……雷霆闪电象宝剑一样劈向大地。这是三四十年前的一个夜晚。电闪雷鸣，却没有下一滴雨。毛主席摸黑行走了整整一夜。矮小而又矫健的白马紧紧地跟在身后,也默默地走着,蹄足有时在路上的青石上叩击出坚硬的马兰花一样钢蓝的火花。次日凌晨,天将拂晓,积云消散殆尽。毛主席站在黄土高原上,习惯地把手叉在腰间,遥望着远方。那天的高原日出奇异而瑰丽。毛主席想着这块土地上那些编唱出《东方红》的高原农民,心中突然升起一丝激情。但他很快抑制了这种心情。伟大的战略转战开始了,这将意味着又一次的伟大胜利。

东方天际上涂出旗一样的一片深红。

我曾多少次驾着想象的翅膀去追寻那远去的岁月。像登上高原山巅,看那云海一般变幻的高原山之世界。祖父说过的那么多的故事曾发生在这片土地上,直到今天,当你低头在高原上行走,甚至还能拣到那一个个铜锈斑斑的弹壳。弹壳记录了一段历史,每一个弹壳,也就是一个故事。

如果说1947年3月胡宗南进攻延安是气势汹汹、得意忘形,那么,毛主席高瞻远瞩、运筹帷幄是胡宗南所不能想到的。安塞县最北端的王家湾,毛主席和党中央仅生活战斗了58天。我们重新拿土窑洞的灯光映红了高原作比喻,至今还觉得新鲜。毛主席曾对警卫部队说过不消灭胡宗南,我们就不过黄河!毛主席离开王家湾后,刘戡曾窜到这里。毛主席转战陕北走过了山山水水,敌人也跟着窜来窜去。陕北人民至今还传说,刘戡大部北犯绥德一带,遇雨,滂沱大雨数日不停,士兵行军爬上了山,又顺着稀泥溜下,山洪冲走的不计其数,不战自败。天意乎,人意乎?不得而知。

后来,毛主席还是过了黄河。老船工把毛主席摆过滔滔的黄河,他看着那渐渐远去的身影消逝在黄河对岸的大山间,泪儿湿了面颊。他也许是为陕北大转战的胜利而感激,也许是为主席的平安抵达对岸而欣慰。而我的祖父呢,后来听说毛主席安全过了黄河,就从队伍上跑回。人们说祖父没出息,但我却没有对祖父下定义的权利。小时候我只是喜欢听他讲的战争故事。

历史终究还是迈着沉甸甸的脚步在广袤的大地上走着,并且,直要走到那远不属于我们的未来。我们时时都在谛听着历史这个巨人的脚步声,我们在这脚步中追溯和反思过去,对于今天,对于将来,都不至于无用吧。

人类主宰了历史,因而人变得伟大。陕北高原上那些普通的老百姓,他们对于历史的奉献,应当中肯地说是有的。

我感激祖父给我讲的那么多关于那时的故事。它使我懂得了许多。我之所以在这儿没有把它全部讲叙给人们,是因为那美妙的故事太多了。作为黄土人的后裔,我将会把这些美妙而平凡的故事缀成篇章,呈献给这块有着奉献精神的土地和人民。我相信那是一种光荣而神圣的事业。

作于 1988 年 5 月 19 日　深夜

赶脚人

　　陕北高原上有多少赶脚人的屐痕？我不知道。但我听老辈人们讲过，有一条通道却是从我们小村前通过的。至今，在村魂——村前那棵硕大奇特的古柳下还有几个斜在土里的石凳。老辈人讲，这儿就是赶脚人歇过脚的地方。

　　望不见西北方向泛银的盐湖，望不见骆驼峰似的盐山。赶脚人的影子更难出现在高原上了，包括那信天游与铜铃哇哇响过的渐渐变得遥远的韵律。

　　我的祖父曾是无数赶脚人中的一员，我无法描摹祖父的形象，但我知道祖父是一个宽宏的人。一次去盐海子上驮盐回来的路上，一个小伙计背着祖父领着的驼队跑到这一家店铺里和年轻的店女人混了一夜，当夜被心黑的店掌柜连牲口带盐扣在店里。小伙计越墙逃遁，追上了迎着太阳向东行进的赶脚队伍。本来是要剥光衣裳抽打五十沙柳条子的，但祖父饶了小伙计。那小伙计第二天夜里又返到店里，偷回了牲口，并且追上了赶脚的队伍。

后来，陕北黄土高原成了争战之地。一朵朵奇诡的土花从地上掀起，像跃起的一只只鲸背。阳光突然变得不可爱了，人们过分地盼望着夜的黑暗。就在一个夜里，祖父被陕北红军的首领招到一孔草窑里。红军的首领说中央红军已到了陕北，要往延安移动，必须赶队伍到达延安不久从盐海子上驮盐回来。

"有犒赏没?"一个赶脚人突然冒失地问。

"没那指望，但不会白使唤你们。"红军首领说。

祖父的赶脚队伍增大了几倍。还有从邻县汇合来的赶脚人和牲口。队伍中有马、骡和骆驼。启程了。祖父骑在一峰骆驼上，双眉紧锁。他似乎还弄不明白，他这样自由的脚户，也要到战争之中去了。

形势影响着每一个人，包括那些平民。途中，他们甚至常常能看见握着红缨枪的孩童。

祖父是一个普通的陕北平民。他领着的十来匹牲口的赶脚队伍从此长年累月往返三边至延安这段黄土路。黄土绵绵的大山间，似乎常能看到他们的影踪。他们一个个皮肤黧黑，精神如马。这是一队在大山中显得行踪缓慢且坚定的赶脚人。一道赶脚人的屐痕延伸着，形成了赶脚人的驿路，一站又一程。天亮起身，天黑进店，攥着前面走过的赶脚人，攥着光阴攥着日月行进。行进在高原之中……

后来，祖父和他的脚户们从榆林南几县往延安运粮。又是一条漫漫长路。在漠漠沙地和茫茫群山间，他们又踩出一道道虚土厚厚的屐痕，这屐痕被滚动的风尘抹平了，沙尘和黄土沫重新组成了迷津和艰难。战争开始在陕北蔓延了。到处都有零星的枪声和漫无目的砸地而响的开花炮弹。赶脚人的队伍受阻了……山野是死寂的，但死寂酝酿着征战。

"你们愿意跟将军走不？"

将军？将军是谁，将军土地上的平民都知道。

赶脚人出身的祖父没犹豫，跟着将军的队伍走了。那一道道迤逦于高原之上的赶脚人踏出的屐痕被战争的宏图晕染成一片荒芜。我的祖父尽管后来归了故里，但他赶着自己的牲灵跟将军跑遍了整个陕北。他们的经历并非像信天游中唱得赶牲灵过来的人儿那么多情而充满罗曼蒂克色彩，他们处处经受着恐惧与死亡，他们又处处坦然地毫无准备地面对着死亡。多少年后，当我作为一个黄土后裔，站在那茫茫众山之上环望汹涌起伏之山体时，一种感慨、一种信念、一种伟大的悟性便如高原的灵性一般地闪现于我的心间。如情愫，如呜咽。我看见那远山之上有拴过将军马的树，我同样看到有高原祖父那一辈人踏出的屐痕，这平铺于大地表层的阡陌，就是通向世纪之路的最显眼的起点。

碉堡山

在苍凉的陕北高原,你会有一个奇迹般的发现。那么多的山,每一座都有自己的山名。

是这些平凡的黄土的山组成了一个平凡的世界。每一个平凡的独立的山名都包含了山下窑洞里高原人真诚的夙愿。祖先和后来的人把一个个名字赐给了自己生存的四周的每一座山,山便因为自己的名字而有了尊严。哪一座山肯长大树,哪一座山出产五谷,荣盛衰败皆在那些山上的黄土地里。如果哪一座山在战争年月打过一次伏击或是一次阻击,那么,这山便在村人中间显得无比荣耀和辉煌。

在故乡,你无论指一指哪一座山,村人都会告诉你的:牛头峁、凤凰岭、杜梨子山、走马梁……每一个美丽的或丑陋的山名给予了这些默默的黄土大山,像一个有名有姓活在这个世上的人一般。

碉堡山便是故乡最平凡不过的山了。它荒凉、贫瘠,满山是蜕去了植被的坚硬。料礓石夹杂于其间,山蒿也极其瘦弱单薄。白天,拦羊人把羊群围在山上晒晌;黑夜,夜猫子蹴在枯树上发出凄冷而恐怖的叫声。

碉堡山就是这么一座山，但村人坚信它是一座无比荣耀的山。听村人讲，它原先还是另有什么名字的，西北野战军在这里打了一仗，山上修筑过碉堡工事，才在后来不知不觉中改叫了现在的这个山名。打从我们这辈人身上，这山原先的山名便再也不为人知道。但提起这山，村人还会和你讲许多当时的故事的。

碉堡山打了一个恶仗。枪炮轰击着阵地。被围的敌人想从这里冲出一条生路，轮番向这里进行冲锋。后来，山上坚守阵地的士兵越来越少了，此时，敌人的冲锋也渐渐弱了下来。山洼上散布着敌人的一具具尸体……敌人溃败了，山上的士兵也因过度的奋力拼杀而耗尽体力倒了下去……

战争的炮火燃着的枯枝还冒着缕缕残烟。指挥这场战斗的将军勒马而至。在阵地上，将军足足站了有一刻钟，脚下抛弃着巨大死亡的战场由他来打扫了，将军获得了全胜。但将军没有在士兵的簇拥和欢腾下欢呼胜利，将军就那么默默地站了一刻钟。

此后，这座山就像四周所有的山那样，默默沉寂着，我们小的时候，就常上那山上拾柴火。那山是好贫瘠的，踩上去每一处都是那么硬邦邦的，像披了铠甲一般。我们常能因拣到枪弹壳而自豪。弹壳锈迹斑斑，落上夕阳的辉光也不会发光。

如果我们站在起伏的地平线上看早晨冉冉上升的太阳，会发现每一座平凡的土山都酷似一个平凡的母体。这山太让人惊奇了，它孕育出一颗血淋淋的新鲜的太阳，让人觉得众山都一致是那么辉煌壮美。这是一片纯粹的世界，这个世界将比任何世界都丰富。

在这片苍凉的土地上，每一座山都有自己的名字，就像一个有名有姓活在世上的人。这样谁都会想，山，大概也会像人一样不使自己在这个世界上变得毫无意义。

惟余莽莽

一九八九年冬天,我来到黄土高原偏远山村王家湾。下雪了。次日凌晨,一派北国雪境展现在我们眼前。山舞银蛇,原驰蜡象……我想起一九四七年初夏。那时毛主席和中国革命的司令部就住在山下的雪村里。现在,他们的房东——当年年轻的薛家媳妇,如今已年逾花甲的乔生兰老大娘依然健在。我们吃了她做的黄米干饭之后,便以足劲的脚力登上了高原雪野。

四周是一望无垠的雪的境界,积雪封住了千山万壑。这位毛主席的房东,大半生在美好的回忆中度过。尽管那时是残酷的战争岁月,在毛主席离后不久即被敌人占据了村子……在薛家住了四十多年的土窑洞里,昏花的煤油灯下,老人给我们一遍又一遍地讲述着,直至深夜。这家山沟黎民没有因为扎过革命的司令部而提出任何非分要求,住就住了,何况是毛主席!她认得毛主席呀,在画像上,她曾一遍又一遍地端摹过这位亲切和蔼的伟人,"像极了"的回忆使她一生耿耿于怀。老人不会忘记十几年前的那一次,双羊河清湛湛,石寨山的红叶红了,一封北京拍来的电报惊动了山村。北京请毛主席的房东上京哩！她去了，带着陕北的小米红枣，此时毛泽东老人家也已不在人世了，北京没有她的亲戚朋友，没有她认识的人。老人忽然觉得，毛主席如果在世的话，她不是还有熟人吗？毛老人家还会认得这位当年不显眼的小媳妇吗？她在主席纪念堂里看见了那位曾经在自家小院落里来来回回踱步的高大男人，她美美地哭了一场。一九四七年夏季那个响雷打闪的夜晚，全村人都撤离了，村子遭殃了，他们在远远的山头上眺见了村子的火光。地窖里的粮食也被敌人挖尽了，草棚茅庵被烧尽了，村人这些都不惦念，而唯一担心的是毛主席他们走远了吗？谁知敌人退后，毛主席却派人回来慰问乡亲来了。村子受了多大损失，人员安全吗？一句句滚滚烫烫的话语暖得人心窝发热。主席还没有忘记咱！村人奔走相告，喜泪盈盈："毛主席还和大家在一起！他就住在离咱不远的小河村！"

乔老大娘当然不会记得毛主席会说过这样的话："胡宗南进攻延安之后，在陕北，我和周恩来、任弼时在两孔窑洞里指挥了全国的战争。"周恩来也说："毛主席是在世界上最小的司令部里指挥了人民战争！"这两孔窑洞就是她们的家呵！

在北京的舞台下，乔大娘一个人看着台上的演出，她是最有资格发言评论的观众。"台上的毛主席像不像？""像。"布景上的石寨山还是那么高，这就是我们的王家湾！石寨山上的红叶依然一片红，映红了石崖崖；双羊河的水还是那么清湛湛，清湛湛……老伴薛老汉笑吟吟地站在硷畔上迎候她。老伴没见上毛主席，毛主席在她住的时候，老汉正支前，随王世泰将军的部队打宝鸡。老汉回来走上硷畔，几个警卫挡住了他。家里住上了什么？老汉和衣在炕上睡了一夜，又支前去了。年轻的媳妇没敢告诉他，直至多年后的今天，我们谈起这事，老汉依然是笑吟吟："那阵儿我支前着哩！"于是，薛家这段引人崇敬的历史，就由这个山村媳妇讲述了。薛家后代的祖父，毛主席的房东老汉薛如宪早些年已经作古了。

就恋这把黄土，就恋这山沟沟，一间温暖的土窑安歇过来他们一家大半辈子。祖上留下的那个院子，结石口土窑一九四七年以后再没有人住进过，成了主席旧居。现在住的窑洞，一出硷畔就能眺见那小小的庵棚形的小大门。怀念之情伴随了他们平凡的大半生。后来的几十年中，时常有人从老远赶到这里敬仰一代艰苦卓绝的人民领袖，他们带着各自的心情而来，又带着各自的心情去了，唯独黄原莽莽。

雪原上的太阳像一朵初开的玫瑰，无比绚烂。就在我们来的昨夜，村人奔走相告，高压电线架到后山了，我们也享受了他们的欣喜。雄壮的雪野下的黄土上发生过雄壮的故事，现在一切又恢复了平静。

惟余莽莽……

我们现在置身的就是这雪景雪境。

哦 小溪流

　　我时常有这样一种伤感，那便是对着陕北高原那连绵起伏的群山，因为它毕竟少于南国秀丽阴柔的水乡风光。但是，当我有一丝一缕思乡的情感升上心头的时候，我更多的是想到那条无名的小溪流来，它就在我们川道以西的一条深深的山谷里。少年时，我经常在那里进进出出，背柴、挖药材。记忆里，它是这样一条小溪流：

　　它的渊源就在山谷深处的森林里，像森林里每一片明丽、清新的绿叶一样。它的流水是极清的，清得发碧，像森林上幽幽的蓝天碧空一样，给人一种清洁明净的感觉。水呢，近乎是一条暗流，无声无息，平静得起不了一点喧闹声，只是在一步宽的泥沙淤积成的浅沟间流动，似一条扯过沟底的纤长的青藤。它美丽、妩媚，水边长满了青油油的蒲草，甚至时常会有几只纤巧俊美的水鸟飞到溪边觅虫、捕食、梳妆打扮……我凝视小溪，感慨油然！它毕竟太平静、沉缓了，出路似乎只有在漫流中。这时，我的心突然像秋草一样震颤起来——这就是小溪流的追求吗？

我默默地离开了。我的小溪流，带着内疚和遗憾，走出了这曾经孕育着一条绵长生命的幽静气息的山谷……

日子过去了好久。一个秋高气爽的秋天，我来到延河下游的一个县城。小小的县城，人如潮涌，热闹非凡。一下车，我便跑到延河边上。

这里的延河，流水要比上游的大多了，因为它再走不了几十里，便要投入气势磅礴的黄河滔滔洪流中了。这里，它的流水显示出了急湍的声势，浪花飞溅。我站在河边的一块青石上，凝视着哗哗流走的延河，心，逆着那流动的河水回到了我故乡的小溪流上。哦，故乡，哦，故乡山谷间流淌出的小溪流，看到了延河宽阔的水面，遥想黄河一泻千里的水势，我自然想起了你，我亲爱的小溪流！我掬一泓延河水，感慨万端。

我想，追求可以说是一条无名的小溪流，它像山谷丛岭间悄悄流淌的溪流，流过不甘沉沦的奋斗者的心田。它或许是暂时的无声无息，但它在朝着属于生命的延伸线上流，朝着展现自己雄姿的大河大海上流。当它走完一段苦闷的、沉缓的路，来到属于自己的河道时，它是那么舒展、坦然。啊，故乡的小溪流！

洛上奇峰记

　　"洛上奇峰"位于陕北洛河上游志丹境内。其山虽不高大，却以危崖奇异而使人流连忘返。

　　最初，我是在中央电视台《正大综艺》节目中见到"洛上奇峰"的奇美景色的。确切地说，我看到的不是真正的山，而似一位画家画的一幅水墨山水画。那赭红的石峰，黛黑的山裂缝，以一种奇异的方式展现在我的面前，触动了我心灵深处。

　　我到"洛上奇峰"时，正是秋高气爽、霜叶红于二月花的时候。但见一巨大的山峰耸立于洛河畔上，石色红褐，远看泛红，走近了，方知峰是红沙石的质地。巨石上，一条条裂缝深能插掌，布满石上，像古代瓷器上的冰裂纹。站在河滩里往上望，见石峰岌岌可危，上面是不知哪朝哪代的人为躲避兵匪之祸而凿出的崖窑，整齐有序，状如鸽窝，给人一种远古的洪荒之感。

　　绕过山脊，攀援至顶峰，再往下望，遂知峰危如累卵。往下走，人不敢站立，只能蹲或坐着往下蹭。人在峰上，洛河水汩汩从底下流过，恍惚间却不知是水走还是峰走；仰望，头上白云朵朵,却不知是云动还是峰动。这种感觉就如同攀上了一棵又高又大的树冠,人在空中随风摆动,遂觉"洛上奇峰"的奇异。

久久地站立在石峰上,头上是灿烂漫游的白云,脚下是滔滔前流的洛水,便生出一种"念天地之悠悠"的情绪来。陕北黄土高原上,奇异景点甚多,而"洛上奇峰"远没有榆林的红石峡、镇北台有名,究其原因,恐怕与其地处偏僻、人迹罕至有很大关系。然而,俗语说得好,好景离人远。坐在这景色奇特的石峰上,远离城市的烦嚣,静静地听一番心灵与大自然的对白,远比坐在游人熙攘的旅游景点拍一张照片要好得多!

作于 1997 年 9 月

王家湾记

晨曦映照着红艳艳的石寨山，山坳里传出鸟叫鸡鸣。双阳河水清清地流过了长满寸草的河湾，日子仿佛进了亘古的永恒。宁静、偏僻而懒懒散散。

"王家湾实在怪，山顶上有些沙石盖，气候恶劣土质坏，一年四季吃不上菜，三年两头受灾害。"这是流传在王家湾一带的顺口溜。其实，说起王家湾，首先得从它的偏僻与闭塞说起。王家湾地处延河流域与无定河流域的分水岭，山高、路远、坑深，甚是偏僻。1947年党中央毛主席撤出延安，转战陕北，于当年4月12日从靖边县的小河村来到王家湾这个偏僻的山坳，一住就是58天。昆仑纵队司令任弼时住的是一个不足两平方米的拐窑，于是人们说小司令部指挥大战争。在王家湾期间，毛泽东写了《关于西北战场的作战方针》和《蒋介石政府已处在全民包围中》两篇极有影响的文章。6月8日夜里，昆仑纵队撤出了王家湾，那是一个电闪雷鸣、风雨交加的夜晚，至此，这个小小的地方因之而进入人们的话题当中。

然而,话题更多的还是说王家湾的苦焦。其地位于毛乌素沙漠与陕北黄土高原的交界处,毛乌素的沙尘已经接近这里。土质松散、沙化严重、植被稀疏,冬春两季风沙严重,正像一首现代民歌唱得那样:"我低头,向山沟,寻觅远去的童年,风沙茫茫满山谷……"千里顽山,四周重阻,王家湾几乎成了偏僻与闭塞的代名词。

　　再说水。王家湾吃水困难是世人皆知的。由于地处高山,要到山底或者更远的沟里去驮水。清晨山道上传出驼铃声,便是驮水毛驴发出的。夏季缺水,冬季更难。山路崎岖,摔死驮水驴的事时有发生。王家湾好像是一块上帝的弃土。整整十年前,我随北京大学经济学硕士研究生李文东骑自行车走过王家湾。那时年轻气盛,不畏艰辛,踏平坎坷成大道,但在还未到王家湾的路上天就快黑了,这时我们正好走在墩峁一带的山梁上。冬天的残阳斜照着山梁上的古烽火台,甚是悲怆。自然、历史构成了一幅立体的图画,令人感到一种沧桑感。下沟时,我们碰见了一群背柴的人和驮水的驴队。我们吃惊于这样少水无草的地方,还在砍山柴,他们是从哪里寻找到这一背背长满利刺的柴火! 再看驮水的队伍中那一个个孩子,而且是女孩居多,吆着驴,那因外界人进入而吃惊的目光令我想起《中国青年报》记者解晓龙拍的那张后来成为"希望工程"宣传画的女孩的眼神,我彻夜难眠。没办法,高山无流水,那一眼眼高山清泉就是山上人家的救命泉。驮水的孩子唱着"双羊河清湛湛,清湛湛,毛主席当年住过咱王家湾……"的歌远去了。后来,当我再度去王家湾的时候,那里的山上已打出了水井,一股股高山清泉,不仅供山民饮用,也能浇灌蔬菜。据说,当县长将刚冒上来的井水接过喝第一口时,周围的人都问:"甜的?""甜的"。回答是肯定的,山地上哗地爆发出一阵欢呼，山上人眼噙泪花，但他们的眼泪却是咸咸的。

王家湾是一个小小的地方，但它具有历史的记忆，似乎谁也没有小瞧过它。它虽在偏僻一隅，但也印证着时代的变化。当我最近去时，一条柏油公路从我们当年骑自行车走的便道上新铺而过，入夜，公路两边的山峁上，尽是亮光闪烁，油田开发如火如荼。像这寂寞的山跳动着的强劲的脉搏。当然，我们也再没有碰见过驮水的山里娃娃，他们都背着书包，高高兴兴地朝学校走去。而真正下到那个山坳底，也就是王家湾的所在地，发现旧貌换了新颜，新铺了百十米的街市，且地砖都是彩色水泥机制砖。也难怪它这样的打扮，因为这就像一个山里女子，从山里走出，比城里还城里。

王家湾地方小，羊肉却香。山上有一种草，叫地椒，羊吃了此草，肉肥嫩且奇香，地椒入了羊髓。王家湾的肉香，是真香，只可叹的，那年随我一同去王家湾的北京大学学子李文东当时并没有吃到羊肉，现在他在大洋彼岸的异国他乡，还不知是否能再记起这个乡村。

石峡峪记

安塞县南端边缘地带,有一个偏僻的地方,叫石峡峪。此地为两县交界处,无村无户,人烟甚是稀少。一山又一山的乔灌森林,因少人打扰,长得郁郁葱葱。和北边的黄土群山相比,风景甚是美好,空气更是清新。林深、路幽、树密、杂木丛生,寂静异常,煞是一方清凉境界。偶有山风掠过,林涛阵阵,滚过一座座山头,群山像活了似的。静时,山雀鸣叫,高低不一,交织成这远山世界的生命回响。如果你是一个人行走,还确实有些害怕,你总担心有一只野兽突然窜出,又担心有什么山鬼显现。少时我去过那里,是戴着红领巾的年龄,在那里接受过一次革命教育,参观过张思德牺牲的地方。因为年龄太小,几乎没有留下什么记忆。好在那儿是安塞县的地界,又离我的家乡不远,乡风民俗,人情世故完全一致,陌生感少一些。上世纪80年代间,有一年我被县上从乡村里抽去搞土壤普查,走遍了安塞县南部四个乡镇的村村庄庄。一座山头、一块田埂地行走,最后在这年秋天来到了石峡峪。我们同行的四个人都不约而同地说,要到石峡峪。本来石峡峪也应该去，但大家说的是最好要找到张思德牺牲的地方，毕竟我们后来读了不少文章，包括毛主席的那篇精彩的演讲《为人民服务》，也知道那段历史的发生离我们是如此之近，不去是遗憾的。我们是从楼坪乡政府驻地出发的，先是每人骑一辆自行车，顺着偏僻的沟里黄土砭道曲折前行，只见山回路转，林深路窄，人迹渐渐稀罕，树木越织越密。路过石峡峪林场，车子丢在那里，换为步行。我们顺着林场工人指的路，朝着林木蔽天的山道上走去。那天天气真好。蓝天白云，秋高气爽，山林幽静，红叶片片。我们还忍不住唱了山歌，惊起树上的一只只山雀。后来走着走着就没路了。我们先是在山上采集了土壤标本，那土壤上的一层层厚厚的腐殖质土，是树叶一年年落下化做的泥土。随后我们来到了一个旧村庄似的地方，向阳的一面，留着好几孔土窑，院内荒草深深，杳无人踪。这里就是当年中央警卫班烧木炭小分队的住处。据说当年此处野兽颇多，每晚都有野兽在院里嚎叫。现在，这里荒凉冷落得更厉害，我们甚至不敢往窑里窥视，总疑心里边是野物的巢穴。旧窑洞的上方不远，留着那个有明显坍塌痕迹的地方。可想而知，他们那时的艰苦程度。八路军战士张思德是四川仪陇县人，和当时八路军的总司令朱德是同乡。但他是一个普通班长。我们想他们那时如果没有点精神，是无法点燃枣园领袖窑洞内的一盆盆照亮中国夜空的木炭火的。后来，我曾徜徉在延安枣园毛主席发表《为人民服务》的演讲台前，追忆那远去的延安寒冷的冬天，那偏远山坳里的木炭窑，那坍塌的一瞬间，那冬雪封山中背木炭的一个个八路军的身影，感慨良多。人是要有点精神的，不论在什么样的艰难困苦中，不论在怎样的卑微和寂寞中，这种精神永远不可缺少。及至几年后，我路过中南海大门口，几个字突然令我心旌悸动。"为人民服务"几个字出现在大门口的正中央,使我不得不又想起了那个偏僻的地方——石峡峪。我知道这几个字就来自那里,来自那个偏僻的地方。这使人感到历史是那么遥远,又是这么接近。你不能不联想那小小的远山世界,同时也感到世上的人并没有忘记那个地方,哪怕现在并没有人来这小小的石峡峪。如今那并不简单的几个字"为人民服务",已成为共产党人的座右铭,时刻昭示着人们。

绿与幽

安塞南部的山，稠而挤。少了一马平川，山就密密地拥在一起。路不是很畅，人烟自然稀少。能保留这一片绿，实属不易。夏天，受不了城里的热燥，就从城西出发，觅路往深山里走。从西川的山口往里拐进楼坪的深处，再拐入沟，不见了村庄，便来到了石峡峪林区。

石峡峪本来叫赤峡峪，《安塞县志》上这么记载着。是后人叫改了口，"赤峡"变成了"石峡"。原来这地方的沙石沟道皆为红色，像红霞一样。故曰"赤峡"。石峡周围的三处景观，一是石峪峡。石峡峪林场不算大，在一条狭沟里，养护育并举，一方面护林防火，一方面育些苗木，进行补植，如今沟旁沟底油松已森森然，浓绿如洗。二是南圪崂，此处离石峡峪还有一段路程，是楼坪沟的沟掌，有些树木，风景亦然。山上有林，林景美观；山下有沟，沟底有大片大片的草甸子，蒲草一片又一片，碧绿平展。蒲草上长有蒲棒，一枝枝，像落在蒲草尖上的蜻蜓，煞是清雅有致。三是屯子沟，就是当年张思德烧木炭的地方，树木以柏树和青树为主。青树木质坚硬，当年烧木炭的就用此树为原料。去年，安塞县开发旅游业，在沟里开了一条道，汽车可以直达当年炭窑遗址。那里就是沟的最深处了，景色就是从沟里开始越来越美了。

　　首先映入眼帘的，是盛夏才开花的一种当地人叫"蓝钵子"的树，崖畔、路旁，到处都是，开着金黄的细碎的小花，但这小花是整树地开，那么浓，那么密，那么金黄，远远望去，一树就是一朵巨大的金黄色的花，这花树在林子浓绿的映衬下，是那么光辉灿烂，那么勾人心魄，似山林仙客，如花中魂魄！而最吸引人的是路边一棵树龄在百年的老树，浓云一般的金黄，令人惊奇，我的同行说，如果这棵树长在延安的街心，如果是开花时节，延安的一切景物都要黯然失色了。

　　再往深走，车就直进入了一条有一里多长的绿色走廊了。树木密密，绿意浓浓，看不见天，只有绿树、青草和凉意，无比的惬意，无比的心旷神怡，你可以尽情感受它的"幽"、"绿"、"静"和"凉"。树的交织，藤的绕缠，叶的层叠，花的点缀使这个绿色幽静的世界展示了它的魅力。过了这绿色的走道，也就差不多到了沟掌的半山了。突然闪出一块开阔地来，几间爬满青藤的木屋，隐现在山林间，并没有人住。人来得少，这就愈发增添了它的寂静与幽深。我们参观了当年张思德烧木炭的崖窑旧址。顺着一道亮亮的、弯弯的山路上山，有"曲径通幽"的境界。绿，还是绿；幽，还是幽。在这样的境界里走路，是不能说话的，只怕一句话，这幽静的一层薄薄的膜就震破了。

　　上到半山，有一片很大的青树，树木高大、浓密，我一时竟然怀疑自己走到了俄罗斯庄园里。我们躺在树下，想城市如果有这样一片林子，那这个城市定然会魅力陡增。正想着，忽然同行者一阵惊诧,原来一对野羊正在不远处的山梁上奔跑,敏捷的身姿倏然间消失了。

感受石峡峪的绿与幽,我们仅仅用了半天的时间。半天的时间果然不够,如果一日游就好了。你感受了它的绿,它的幽,它的静,它的凉,以及顶上的那种"远山的呼唤"般的寂寥,看千柯竟翠,万木葱茏,你一定会为这秀丽幽静的景色所陶醉。

作于 2003 年 7 月 5 日

天泽山听泉

本地《县志》曰：天下事，有可求而不可遇者，亦有可遇而不可求者。时无论乎古今，地不分中外。

天泽山听泉，实属偶然。戊辰年春，余至县城北七十余里处，遇一奇山。其山土石相间，嶙峋挺拔，形容非常，遂择路游之。觅山径而前，但见山寂路静，草木蓬茸。天淡淡兮高远，云白而洁。途中，遇一垦荒老者，问曰：此山有无灵秀之物？老者曰山上有一泉，泉眼有声，四时不竭。泉名乃随山名也。山是奇山，水是美水，早闻这是方圆名山，不得造访，为憾事。今置于山中，岂能不游。

这里偏僻，人迹罕至。遂想，最美而无人知晓，山之悲哀也，如同马群有千里马而人不知也。观天泽山，山上土垄相连，参差有致。土下石层有灰岩、沙石和蓝石，色彩斑斓，纹路清晰，甚是美观。虽有几分留恋，但急于觅泉，不择荒路。至山深处，忽听有溅溅水声，如珠玉匝地，嘈嘈切切。顺声而去，声自泉眼而出，响遏山坳。那泉原是一眼古泉，泉边石壁上镌刻"瞿泉"二字，原是瞿王驻守塞堡时所留,二千余载,实乃罕迹!早在《县志》上读到,此泉冰至夏而不消;泉清凉甘沁无边,天泽山坳裹于其中,只见泉眼有十数许,像扬州瘦西湖的桃花开了般星罗棋布。有的从石缝渗出,有的从地下旋出,有的从石嘴上滴下,声音有汩汩、溅溅、叮咚、潺潺,交汇一起,音韵十足,喧喧哗哗,宛然拨弄丝竹管弦。乱泉而声有致,有如春雨潇潇,声韵不绝于耳。遂感喟:观泉乃见乱珠碎玉抛洒,直观也,而听泉乃如听曲,浮想联翩。似古琴曲《高山流水》峨峨兮若江河;似《梅花三弄》、《渔樵问答》、《胡笳十八拍》;是《广陵散》、《阳关三叠》、《平沙落雁》;是《十面埋伏》、《春江花月夜》、《渔舟唱晚》响穷彭蠡之滨……泉眼无声无息固然可爱,但这有声有韵之泉岂不更美妙?

　　在这静静的然而又是喧嚣的天泽山坳,泉声伴我进入了奇妙的境地。我忘记了尘世间一切恼人的事情,身心皆如泉般清纯,杂念倏然得到了净化。又想,集众腋而成裘,汇细流而成川,这泉声引我们去遐想美妙的未来。

延安土

黄土地,红土地。延安,是一块神奇的土地。

远古沉淀下来的难以更改的土地色泽,革命的艰辛与革命的浪漫又使她蒙上了一层无比庄重无比瑰丽的色彩。

山上的农民唱着"咱们的领袖毛泽东……"声音传播得那么久远,在山沟沟里长响不绝。

山下的延河在奔腾不息,以一种平静的声音叙说着永恒。

古老的信天游在这块土地上冲撞着,毫无倦意,越震越响。延安土,深厚凝重的土!

当年,毛主席和他的长征队伍尚未到达目的地时,心灵就已是一片明朗的天空:"天高云淡,望断南飞雁……"好一个天高云淡,这正是陕北高原用金子也买不来的十月天!墨如海,笔若虹,情如大江,空前绝后的革命浪漫主义诗情系着北方的延安土。

想起年轻的毛泽东,他是怎么指挥长征的最后一仗呢?头枕大山身披青天睡在山顶,枪声成了他的催眠曲。此时的陕北高原,草籽开始坠落,秋庄稼开始收获。

或者是毛主席躺在胜利山上指挥长征的最后一场战斗,或者是寂寞的山野,延安土地上的庄稼总默默地生长。这是一块永盛不衰的黄土。

我生于斯,长于斯,时时有机会站在这些裸露坦荡的黄土大山梁上遥望,广阔的黄土高原看到的只有山山峁峁,再就是那飘移着云朵的蓝格英英的天……

这里是祖先开垦过的土地。这里是马蹄耕耘过的土地。广大的黄土高原群山层层排列,起伏如波如浪,永远是一种力量的潜在……延安土,凝聚了这一切。

延安土,延安土,再也不是一种黄土尘埃的堆积和漠风塑成的形象,而是一种精神内涵。

历史毕竟不是一轮新日,但历史的土壤最终会在颓废中长出一派新绿,延安土,她裸露的黄土也会如此。

现在的陕北高原的天气,也像几十年前的那个天高云淡的秋天一样。屈指算来,我这代人在这个黄土世界上也活了二十几个春冬,我们的夏天还没有走来,或者说才走来,我们的秋天在哪里?

也在延安的土里。

厚重的延安土呵,我感觉你就在我的肩上,而不再在山峁上的黄土路上。

黄土地,红土地,双色的延安土,该我们来雕塑你的形象。

作于 1990 年 7 月 10 夜　漏屋

延安街市

延安这座城的真正出名,始于北宋。有一位被蒋介石称为"全民导师"的著名将领范仲淹一度驻守。范仲淹在延安领兵抵御北方的游牧民族的入侵,但范公成为历史上的著名人物不是"立功",而是因其"立言"。他最著名的便是"先天下之忧而忧,后天下之乐而乐。"这先忧后乐的思想影响了数代后来人。范仲淹所处的那个时代,征战连连,北宋与北方的游牧民族一直在"拉锯"战,至今延安以北的各条川道旁的山峁上烽火台延续不断,照民间的说法是"十里一寨,五里一墩"。所谓"墩"者就是古烽火台。在延安嘉岭山下的摩崖上,至今还嵌刻着"一韩一范"的大字。嘉岭山下的摩崖石刻,是延安的历史记载,虽经风雨剥蚀,但痕迹仍旧清晰可辨,仿佛那么远的历史就在昨天一般。

二三十年代,延安尚有一座四四方方的城池。中央红军入城前,那里已有了小小的街市,至今我们还在叫那时的城门"小东门"、"大东门"。但那时城池确实太小,以至连一个市场都没有。市场沟就是那时开的,可惜这样的城也要惨遭毁坏。日本飞机和蒋介石的飞机先后在三、四十年代多次轰炸延安,雄壮的宝塔山也被炸掉了一半。

七十年代,延安延续了蓬户瓦屋的主色调。南关、北关、东关三条街道组成了街面。宝塔山和延河大桥成了延安的象征。多少慕名而来的人都要站在东关的桥头拍照留影,越南总理范文同等各国领袖、政要,知名人士和黎民百姓都到此留影。据说五十年代刚刚释放的末代皇帝爱觉罗·溥仪也曾站在桥头留过影。这城里最多的不是楼房,而是乞丐。陕北九十个县,哪一个县没有若干个讨吃人流落到延安的街市。彼时,延安的街市上,能换到二两为单位的粗麦面馍馍,能闻到羊杂碎散发出的肉香,能闻到国营食堂的小笼包子和"钢丝饸饹"的香气。延安曾有"两硬",一是大桥的风硬,二是"钢丝饸饹"硬。"钢丝饸饹"是用玉米面加工成的一种"机器饸饹"。那时延安要接待许多国宾级人物,苏联正援助中国,延安宾馆是苏联专家设计修建的。七十年代周总理回延安,很奇怪没有住进当时延安最高档的地方,却下榻在原来的南关交际宾馆。后来我们感到周恩来如果住延安宾馆他一定睡不好,因为他发现延安太穷了,穷得到了让他震撼的地步,到流泪的地步。但越南贵宾却住在那里。那时延安的确是一种让人解释不清楚的穷。人们所付出的劳动是罕见的,但人的收获的微薄也是罕见的。在延安城里,那时就专门设有"遣返站",专门遣返那些各县来的"盲流"。延安有重大接待活动,"遣返站"最忙,他们一定要把那些有碍于市容,严格地说是有碍于延安形象的,衣着破烂不堪、蓬头垢面、到处乱窜的,严重影响延安市容的人遣返回原籍。但还未出几日遣返出去的人又从东、北、南的各条川道顺路而下出现在延安的街市上。

八十年代,改革开放的春风从沿海迅速传到了封闭的黄土高原腹地。延安的街市上做生意的人越来越多,先是温州来的钉鞋匠,接着是卖衣服的,后来,本地人也加入其中,以至出现了延安的"二道街"。二道街是个什么概念,这就等同于北京的王府井、西安的康复路、上海的南京路、南京的夫子庙……延安最大的变化是衣着的变化,不知从何时起,延安人就开始注重衣着打扮。高跟鞋响过延安街头,叮叮叮,那真是一种美妙的声音。二道街的街市拥挤、热闹、人头攒动。八十年代城市的变化,还赶不上人的变化。延安变美了,首先是人变美了。延安南关一位诗人,他每天必在楼上的窗户前站两个小时,看延安的街市,看延安城的变化。一个月后只写出一句诗,这就是"我爱你满街如花的姑娘"。

贾平凹描述过一段延安街市:"街面不大宽阔,坡度又陡,卖醋人北头跌了跤,醋水可以一直流到南头。"有些戏谑的意思,是一种幽默。其实延安街市的走向是由山形地势决定的。

延安是一座山川交汇,三山对峙的交叉地形。三川为东川、北川、南川。南川有南河,北川是延河来的路,东川是延河东去的路。三山为清凉山、凤凰山、宝塔山。三山名字皆有诗意。纵观山形地势,延安是一块风水宝地。于是乎,延安城里的人越来越多,从那些千沟万壑里聚涌而来的人,都想在延安落脚。延安人气十分旺盛。这些年,楼越来越多,越来越高,鳞次栉比。先是说不让修高楼,怕人们看不见宝塔山。宝塔山是什么,宝塔在延安城乡人心中的地位那是相当的重要。曾有一位老农,不常去延安,去延安的第一件事情就是看宝塔山还在不在。如果在,他就会踏实地逛完延安,仿佛那宝塔是自家的。但是,城市如果蕴积到那份力量,那就像底粪十足的庄稼一样,必然往高里冒。延安的大楼真的冒起了许多,这事情仿佛就在一夜之间。延安的老摄影家封营庄先生搞了一组延安变迁图,他用镜头照了从六十年代至今同一个角度的延安街市照片,不看不知道,一看吓一跳,看后的人都说延安的变化真大。七十年代是滩,八十年代杂乱,九十年代住宅楼增多,二十一世纪高楼林立。乡里人多时不进城,站在宝塔山下的街市里已寻不见宝塔的身影,真有些不识庐山真面目的感觉。连城里人也感慨,他们出去一趟,发现延安有几大怪。一是延安骑自行车的人少,而好车多。延安越来越多的人宁愿挤公交车、步行,也不愿骑车上班。二是延安女人打扮漂亮。延安女人的美,涵盖了所有现代女人的时尚元素,山丹丹的颜色不见了,都是现代的感觉了。关于延安女人的打扮,有一人进行了总结,他说:延安女人刚穿高跟鞋那会,他看见不顺眼,后来越看越好看。延安女人打口红时,曾有人戏谑曰:出墓鬼。现在看,也好看。延安女人披散头发并染发先前说"十七十八,披头散发",像个什么样子,后来觉得越看越好看。动员自己的老婆也染,说你看人家场面里女人,头染得多好看。这个时代是变化的,我们一定要用接纳的心态来观察欣赏,而不能拿传统的眼光来看待。一位老知青回到延安,在延安的街市上转了一圈,发现延安的感觉和北京差不多,他没想到延安会变得如此现代化。他从北京带回的水果糖,农村小孩也不屑一顾了,令他百思不解。

延安的街市越来越大了。街市一直向川道的远处延伸。过去是城乡结合部,如今是城的一部分。村庄在消失,城市在崛起。入夜,站在延安的宝塔山鸟瞰,但见延安的街市灯火辉煌,车流如梭。这座古老的黄土高原小城,如今正发生着巨变,令人不胜感慨。"几回回梦里回延安,双手搂定宝塔山,""千声万声呼唤你,母亲延安就在这里。"延安,这座令人向往、令人感动的高原古城,正蜕去它陈旧而尘蒙的衣衫,正向一座现代化新城转变。

南山行

　　顺着安塞县南缘石峡峪林场，走进一个僻静的林区山洼，我来到张思德当年烧木炭牺牲的地方。

　　蒙蒙的细雨不知什么时候停了。雨丝儿打湿的山洼葱葱绿绿，亭亭的树木竞相向上，呈现出一派清新的绿意。看得出，山桃花已经开过，枝条上依然挑着一瓣两瓣的花瓣儿。我顺着这幽静的山林，拣着那些樵夫踏出的山道，攀到当年炭窑崩塌的山崾崄上。

　　当年的木炭窑，如今已经盖满了荒草，一棵怆然倒下的树横在前面不远的空地上。一九四二年冬天，张思德领着十几名战士，从党中央驻地枣园来到这片山林里烧木炭。他白天和战士们上山砍柴伐木，夜里爬在炭窑口注视着熊熊燃烧的木材。他想着的是党中央和毛主席，是全国人民的解放。落雪了，厚厚的雪盖住了山林，盖住了战士们背送木炭的小路，张思德和战友们背着沉重的木炭，在山路上艰难地行走着，有时，前面的战友不慎跌倒了，他就把战友身上的木炭放在自己背上。他们那深深的脚印一直朝前延伸着,朝着枣园窗前的灯光延伸……

在当年的炭窑前,我一直沉思着,凭吊英灵。在这里,当时是人迹冥无的深山老林,只有野狼的嗥叫和茫茫的森林,可是战士们用斧头在藤萝绊腿的梢林里砍开了一条羊肠小道,在这条小道上,他们把一捆捆烧好的木炭背送到离这里百十里路的枣园。

在山上,我遇见了一位牧羊的老汉,他六十多岁了,身子还很硬朗。他说他少年的时候就在这里来挖药材了,自然知道这地方。他说张思德常常是吃苦在前,享受在后。一次,他和战士们上山打回一只野羊,他亲手给战士们做着吃,等肉熟了,他让战士们先吃,而自己又到炭窑口前添木材。老人说罢,也感叹:"那是些好人啊,革命就依靠了他们。"老人每年清明节上山来,顺手还要将自己随身带的酒壶打开,向这块土祭洒。

老人和我说罢,顺手指给我张思德和战友们当年居住的地方,赶着羊向山洼上走去。这时,山上响起了一阵信天游:"马里头挑马不一般高,人里头就数八路军好……"

我来到山洼下的一排土窑洞前。这里就是当年烧木炭战士居住的地方;依山凿出的一排低矮的土窑,土坑台、土锅台,能看出当时的艰苦。如今,门窗全然不存,只有在窑内的壁面上,有山南海北的人留下的留言和姓名。院内荒草没膝,不远的地方就是苍苍莽莽的山林。当年,他们就在这寂静荒僻的山林里扎下营盘,生活和战斗的。那时,除了野狼的嗥叫,伴随战士们的只有这森林沉沉的寂静……

雨后的南山洼是一个多么清新的世界啊。山雨洗浴过的林子,一片嫩绿。远处的山林上破开一片蔚蓝的天空。站在山洼的高坡上,遥望绿意盎然的南山洼,我思绪万千。四十三年前,在枣园中央礼堂沟口,响着一个伟大的声音:"为人民的利益而死,要比泰山还重……"

张思德同志虽然牺牲了,牺牲在这偏僻寂静的山林里,但他那为人民服务精神,永远激励着人们。他是冬夜里一团赤热的木炭火。

南山洼永远有充满绿意的春天。

芦子关

　　说起我国的古代名关,人们自然要说的是长城两边的山海关和嘉峪关。一个东头,一个西头,那是长城两端的龙头龙尾。一个太阳升起的地方,一个夕阳落下的地方。长城,使这两大名关名垂千古。

　　我爱连接长城两边的名关要塞,但我更爱家乡的古塞——芦子关。那是一座被历史尘烟湮没的关塞,那是一座被岁月无情剥蚀了的地方。

　　踏着秋天的艳阳,我的足迹像咚咚的鼓点,叩开了千年古塞的平静。古老的黄土地上,陕北高原与毛乌素沙漠的交汇处,一条深深的幽静的山谷,就是当年的古塞所在。不见春来时挂满山崖的金灿灿的连翘花,不闻经常能在黄土地上听见的信天游,有的就是寂静、寂静,岁月仿佛尘封了过去的金戈铁马、边塞鼓声,我的思绪随着这宁静的场景,走进了历史的时空。

　　芦子关,是我国古代著名的关塞。在唐代、宋代,抑或在另外一个朝代,这里都是边关要塞、军事重镇。在古代,安塞被誉

芦子关 \ 081

为"上郡咽喉,北门锁钥",可见其历史地理位置的重要,而芦子关则是这要塞中的要塞。安塞民谣说道:"芦子关,芦子关,风萧萧兮延水寒,安得猛士控北番。"芦子关在很久以前就能成为北方的边关要塞,最主要的原因恐怕还要在唐代的。公元七五五年,当时长安城爆发了"安史之乱"。次年五月,大诗人杜甫携妻将子,颠沛流离,避兵逃难北上。在羌村,杜甫得知唐玄宗逃出长安城,奔往西蜀,太子李淳即位于宁夏灵武。途中,他来到了风光壮丽的芦子关,写下了著名的诗篇《塞芦子》:"延州秦北户,关防犹可倚。焉得一万人,疾驱塞芦子。岐有薛大夫,旁制山贼起。近闻昆戎徒,为退三百里。芦关扼两寇,深意实在此。谁能叫帝阍,胡行速如鬼。"而后来也有诗词描写到芦子关:"芦关居要塞,北连沙漠边。阴山横其背,积雪冈峦巅。骑驴寻梅者,推敲访名贤。鸿爪留印迹,坐塞月夜毡。"宋代著名历史学家司马光也有"周水犹传檄,芦关未撤烽"的诗句留于后世。可想而知,芦子关在当年曾使多少文人墨客触景生情,赋诗作词。

芦子关既是名关,必然有名将把守。自西汉以来,有不少名将镇守芦子关。汉初,名将李广做上郡太守时,曾驰骋芦子关内外,驱逐匈奴。唐长庆四年(公元八二四年),李彝为朔方节度使,在芦子关建造城防,以护塞外。芦子关成为抵御外敌的边关重镇。宋淳化五年,金明镇使李继周修筑城,使芦子关进一步闻名天下。而最具特殊意义的要数北宋名将范仲淹,他在驻守延州时,曾在这里大破西夏,书写了一曲壮丽的诗篇,为芦子关的历史添上了悲壮的一笔。

芦子关不仅地势险要,而且以风光壮丽而著称。芦子关最以雪景而闻名。现在季节虽然不是白雪皑皑的冬天,但我依稀能看到雪的世界、雪的奇迹。冬雪覆盖下的芦子关，更加映衬出山的雄奇、谷的幽深。如果登高，观望塞外广漠的雪野，但见大漠一望无垠，阴山山脉横亘在其遥远的背后，辉映得古塞旖旎雄壮。历史终究是历史。历史并没有被人遗忘。新中国成立后，芦子关被选入《中国名胜大词典》一书。

芦子关的山是雄奇的，高高的古烽火台耸立在不远处，似闻边鼓声声，如见狼烟滚滚。站在古烽火台向下俯视，状如葫芦籽的旧城城址依稀可辨。我不由得要感慨，岁月真是一个无情的东西，它能剥蚀了一切，但只有历史的痕迹无法抹去，今天，当我们面对这一切的时候，一切都仿佛发生在昨天一样。

芦子关在人们的印象中，是高原雄关，是悲壮的历史，但如果当我们真正深入到其中的时候，我们会发现芦子关有温情的一面。也就是说，它既有雄壮的关塞之美，又有温情的阴柔之美，这雄壮与温情组成了奇妙的世界，雄壮的山与柔美的水结合，是自然造化。我顺着一条浅浅的小河往深处走。对了，可不要小看这一条小河，它正是延河的发源地。谁人曾记得，那条闻名遐迩的延河就发源于芦子关的脚下呢？两边是成行的陕北柳，它们伸展着硕大的枝丫，寂寞地生长，顽强的生命酷似当年威震边关的边塞守关士兵。再往深处，有一处奇妙的世界，那就是一处石与水构成的奇景。一层层红砂石岩，远望去，红得像落了彩霞一样，白练似的延河细流穿石而下，跌成瀑布，银珠四溅，水花横飞，而形成于石上的水涡，倒映着蓝天和白云，像明镜一般。最耐人寻味的是石上的层层纹理，真像一个凝固的水流。我凝视着一处处美景，追溯着悠久的历史，深感芦子关有些寂寞、冷落，如果有一天这里开通了道路，芦子关将以它的历史价值和自然风光展示另一种风姿。

芦子关,巍峨的名关!我沉吟着,沉思着。我的脚步能叩响你远古的心灵吗?秋阳越发明亮了,金黄色的叶片纷纷落下,给了这古塞萧瑟的气氛。隐隐地,山谷里似有朔风吹来,我凝视,古代的边关士兵正呐喊着,敲击着隆隆的战鼓,从历史走来。

桥儿沟

只一眼，就看见那高高的天主教堂。天上盘着几只银白色的鸽子，桥儿沟在明净的蓝天下沐浴着高原玫黄的阳光。那一排排低矮的土窑洞就在半山坡上，我的心留在那远去的岁月上。

我是一个匆匆经过这里的过客，自然没有谁留意我。冬阳把那无私的辉光洒在我的肩上、脸上，温柔而可爱。现在没有树荫，没有绿叶，我想如果是盛夏，这里的树木也会无私地给予我一片可爱的荫翳。

我曾仔细地浏览过我们的艺术，它们有许多根深蒂固的创造和发展都与这里分不开来。鲁迅艺术学院，一个伟大的名词，就在这里响遍华夏。一九三八年，延安创立了第一所综合性的艺术学院，一九四零年后改称鲁迅艺术学院，从此，革命的艺术家纷纷从这块红色的土地上走向自己的世界。一九三九年八月，鲁艺从北门外的半山腰迁到桥儿沟，桥儿沟就成了革命艺术的摇篮。

追溯那远逝的岁月，我思绪翩翩，多少革命的艺术家就在这些简陋的窑洞里刻苦求索,讴歌光明,走向火热的战斗生活!如豆的灯光下发放出的艺术的光辉,照亮了黑暗,迎来了光明的前程。

马兰纸是粗糙的,但写出了无数篇艺术的华彩之章;豆油灯盏是昏暗的,但照亮了光明的新世纪之路!我们忘不了周立波、丁玲、欧阳山、孙犁,是他们的笔把我们带进了艺术的广厦深宫;我们忘不了古元,他的刻刀下刻出了一重新天地的生活斗争情景;我们忘不了《义勇军进行曲》,忘不了《黄河大合唱》……

冬阳异常和煦地照着这个城郊乡村。桥儿沟我从前是不曾来过的,但我很向往它。现在,当我拖着沉沉的步履行走其间的时候,我感喟:艺术啊,你就是在这里和人民大众亲近的!今天,当我作为一个过客,顶礼膜拜于你神圣的境地,这将是我生命长河中极其富有的瞬间。

法国哲学家丹纳说:地质发生一次深刻的突变,必然会有新的动植物出现,社会和时代精神发生一次变化,也必然会有新的理想形象出现。我想,时代无论如何飞跃和发展,艺术必将是人类永恒的追求之一。

作于 1988 年 1 月 22 日

高桥

　　吾乡高桥,位于安塞县南端,距县城偏远,离延安城却近,历史上它没有辉煌之处,却因一座高高的拱桥而得下名来。至今吾乡仍流传这样的乡谚:高桥的桥,烂泥湾的窑。至于桥有多高,窑有多深,已无意义去探究了。如果说村周围还有什么别的,那便当说村背后的寨子了。寨子呈东西走向,两边极陡,且临石畔,只有一头与山接连。1935 年 6 月 11 日,盘踞在山上的财主被刘志丹率领的红 27 军围住,贺晋年、张达志二将军部和安塞游击队没费刀枪,便解放了寨子。随后,吾乡高桥便成了"红区"的一部分,在那时就流传着这样的信天游:

对面洼上红紫梢,

跟上哥哥走高桥。

……

那时吾乡周围的山上长着无穷无尽的梢林，可"红紫梢"这种灌木后来却无法考证其究竟是一种什么树，是至今仍长在山上的龙柏树（紫丁香），还是红柳？也无法去考证了。但是，那种充满新旧时代交替的革命浪漫主义色彩无疑影响了吾乡的民歌。在接触安塞已故的民间艺术家曹佃祥老人时了解到，延安时期，高桥可红着哩！吾乡不仅是赴三边运盐的"官道"，而且是"鲁艺"艺术家们的教学实习基地。那一次曹佃祥听说高桥来了画画写生的美术系的学生，便从砖窑湾拐沟的山路上赶来，来回好几十里路。但那一次却没有见到那些大学生，而见到了他们学习民间剪纸的一些习作。曹佃祥后来以表现新生活为内容的剪纸作品，就是从那时候学来的。

吾乡高桥村的东边有一座关帝庙，建于何年我未曾考证，它至今仍保留着。墙上的壁画写尽了"神刀"关云长一生的辉煌：过五关斩六将，擂鼓三声斩秦阳……尽是关公用大刀挥砍的图画。这种文化非但没有造就出一些武将来，却使一些"受苦人"喜好上舞文弄墨，使村上出了几个能写一手好楷书的人。这种乡风在穷乡僻壤的吾乡诚然可贵，那种文化乡风甚至影响了后代。

　　　　　　高桥川，川不宽。

　　　　　　我的名字叫张凤兰。

　　　　　　……

这首民歌是吾乡人张凤兰自己编唱的。

60多岁的张凤兰不识字，却剪了一手好剪纸，能画农民画，她的画在全国得过奖。1989年，安塞把全县的民间艺术家聚集

在一起,举行了一次剪纸大奖赛,张凤兰一举夺魁。她创作的具
有汉唐文化鼎盛时期遗韵的大幅剪纸《犁牛》的确出手不凡。

　　时间如流水。如今,高桥背后的那山寨尚存,但窑已赤土摊
平。今天,富人也罢,穷人也罢,不再会有人上那封闭的、作茧自
缚的山寨了。那旧日的桥呢,早已不见了。而今,陕甘宁大气田
高耸入云的井架也立在了吾乡的村边。吾乡毕竟迎来了强劲的
时代雄风。至于那岁月中记忆的痕迹,终究要随着耕夫犁铧远
去的声音而埋进乡土的深处。

砖窑湾

　　砖窑湾是安塞县的一个镇子,延安往西走 35 公里处便是。
这镇子很有些异乡情调:一条曲街,青堂瓦舍,灰灰的石板房和
瓦房有着南国古镇的情韵。这镇子就地理位置而言,前不搭村
后不着店。可这镇子妙就妙在这前不着后不搭上。于是那些探
不上城池摸不上府邑的县境边缘的"边民"便可带上他们的山
货物品入镇交易。镇子五天逢一集,且一集四县(市)人,志丹、
甘泉和本县的商贾旅客每每云集在此。又有三边、宁夏一带过
客于此住歇,煞是一方热闹之地。印象中最红火的生意当属皮
毛、药材和牲畜。若你是个钟情山水者,镇前的一景则会令你过
目不忘,有一前一后两道瀑布,瀑上飞练,万斛银珠,抛溅出的水
声远远可闻。到瀑前走一走,可令人清心寡欲,亦可一洗风尘。
怎奈现在钟情山水者甚少,都投入生意场。远的不说,镇上仅有
的几个文学青年也都把他们的文学社变成了"贸易社"、"运输
社"什么的。好在此地各种交易甚是红火,于商贾有利,于居民
有利。成不了名发财也是一大快事。

　　镇街上的居民中,老辈人中有河南的铁匠、安徽瓦匠等等,

都是遇饥荒年迁徙到这里来的。现在,他们都是稳坐镇街的老户了,与本地人攀了亲,结了缘,大家已不分你来自大槐树下我来自河那边了,且他们的光景过得红火,开店的、立铺的,打坐于此,很是富贵殷实人家。如果说一段镇子的历史,当属三四十年代陕甘宁边区时期,镇子就名副其实地属"边区重镇"。当时的延安丰足火柴厂、边区难民工厂、兵工厂等都设在此处。文学家柳青的散文记叙过这镇子,而作家丁玲专门有过一篇《记砖窑湾镇骡马大会》的作品,后来选入到她的集子。本镇人对这篇作品知者甚少,但老辈人常常能说起当时交易的情景来。

砖窑湾是我常去的地方,因为镇子离我们村子还不到10公里地,村上的人都到这里来赶集。然而,亲缘更深的则是我10年前在镇上读高中。学校就在镇子的一个高坡处,与延安农校遥遥相对。延安农校更早以前是西北农学院陕北教学基地,故而砖窑湾农校又有"陕北小杨陵"之称。那时我们极羡慕农校的学生,因为我们学校就是从农校的校园里搬迁出来的。10年后,我们再去校园,其中有我栽种在校园里的那几排白杨而今已挺拔高昂了。树干足有碗口粗细,风在上面呼呼有声,令人感到亲切。

镇子在时下的大好气候下,愈发活泛了。各路生意如小河涨春水,泛泛地活跃起来。先是镇上建起了农贸市场,继而是那些进镇的人生意做得特红火。干部们不再被他们看中,拉起关于收入的话,他们会说:"你那两个工资,时下真不够花哩!"最后又补充说:"甚时候用着钱的话,就到我窑里来拿。"

西河口

大凡乡镇,其格局总是这样的:所有的店铺、饭馆,要么紧挨乡政府坐落着,要么直接对着乡政府的大门,像古代张衡发明的地动仪四周下张口蹲着的小蛤蟆,等着那珠的坠落。农民说:"大树底下好歇凉。"这话虽有些不妥,却不无道理。乡政府干部虽不能一掷千金,但手头总比那些从七沟八岔出来的山民要阔绰一些。当然,这是早些年的事了。

西河口为西河的发源地,翻过山嵝硙便上了保安。这里山不见高,地也平缓,却是一块灵性之地,已有好几部电影、电视剧在此处拍过外景,西河口的腰鼓手们自然也就出过好几回风头。腰鼓是西河口的名声,安塞腰鼓中所谓的"南路"代表,就是他们。

在西河口这块地面上,云集了安塞不少的民间艺术家,诸如已故的美术收藏家延喜芳,民间艺术家曹佃祥、高金爱、张凤兰等。说到这里不得不提一下西河口村人常振芳——一个有时精神有些失常的老者。就像唐诗最早的发表是"题于墙壁"一样,她的剪纸、绘画最早也是在自家的锅围、炕围上"发表"的。她剪成的《龙与凤》使人联想到五千年前的艺术。有专家考证过,她的剪纸与在河南濮阳西水坡仰韶墓内摆塑的龙凤极有相似之处。可以这样说,常振芳在她的剪纸与绘画中表现出了大自然的远古气息。她在西河口是不应小视的。

经济的薄弱和文化底蕴的深厚有时是那么地不相称,所以出现了文前所言的即使开个饭馆也要寄生于乡政府大院的现象,它不仅仅存在于某个乡镇,似乎很普遍。

西河口在地理上并没有什么优势,在物产上也并不出众。就说石头吧,这个现时富裕起来的农家造窑盖房的主材料,它却没有。西河口距高桥不过三四十里地,高桥的青石有时是整山整坡的,而到了西河口的地界上却成了清一色的红砂石,硬度远不及青石，且易于风化。原来这里的红砂石正是地理史上所言的那种白垩系地层，是几万年前形成的。几万年前，造物主就把这个不公留给了他们。

有砂石，自然就有沙子。西河口在这一资源上进行了开发，办起了沙场，这在钢筋、水泥和沙子构筑城市的今天，它的开发是极有价值的。西河口还有香米加工业。这里出产的香米，可以说是陕北盛产的谷物的一次"革命性"的换代产品，它的香度已超过了被民歌无数次赞美过的小米了，它终究要成为人们日益精细化的食品中的抢手货的。

在西河口的山峁上，你随便遇到一个后生，他说不定就是走州过县、进京打鼓的腰鼓手。他们排列起来，就像一排赫赫然立于黄土高坡上的红高粱那样迷人，他们的力量足以使他们在黄土地上再造奇迹！

作于 1994 年 5 月—8 月　青藤书屋

乡村桃梨小记

　　我家窑洞坐落在一个向阳的山坡上,那里生长着一坡桃树。每年春来三月间,桃花盛开,一坡的桃花像一片片粉红的彩云落下,煞是美妙迷人。我在乡下期间,这个时节常常徜徉于桃花丛林,似在彩云中穿梭游走,不由想起人生的美妙来。乡间耕牧五六年,记忆中桃花盛开时,总逢雨水。春雨不同夏雨的暴戾,总是温顺而柔和,那雨点点滴滴,常常下个不停。好在花与雨是同性,雨的轻盈,正合花的柔意,雨打上桃花,似有说不尽的妙趣。

　　桃花,本是娇美之物,可是乡村的桃花总是让人觉得应该赞美:不嫌贫瘠的土壤,常与农夫田舍相依相伴、相互依恋,辉映一起。看妖娆的桃花,一个个生动如女子,仿佛一婷婷仙子立于人前,嫣然含笑,美不胜收。人面不见,桃花依旧笑春风。人行其中,只当伴丽人而行,又像在唐风依依的宫墙外……这时,又落雨了,一坡彩云,一山落霞,在雨雾中似往山下飘动,只见瓣瓣桃花之上,雨的柔情使花倍增亮丽,尽含娇嫣;空山灵雨,仙境般的意境。

为什么总是在这桃花时节落雨呢？总归是天有情吧！作为农夫，知道这时节是太需要雨了，耕田要雨润土地，而桃花逢上甘霖落，也更见其生命的鲜活与生机！我也曾在雨中观察过桃花的叶。桃树开花时，叶总是不肯出来陪衬的，只露些尖尖的嫩角。我理解叶的用意，它知道桃花的美自身就具备了，是不需要叶的扶衬的，这是叶的高风亮节。人与物的对话，我想就应该从这里开始。

就在坡上的桃花盛开的同时，梨花也开了。这二者一直是我为我们贫瘠的乡村引以为豪的两大美景。我们小村的家家户户，几乎每家院落里外都生长着梨树。关于梨花的开放，我愿用"怒放"二字来形容！它的繁盛，它的茂密，它的几乎是棉絮或积雪压枝的景象令人叹为观止！我家的院外就有这样一棵巨大的梨树，十多年以后的今天，当我已不在乡村居住时，这棵树龄已有 30 多年的梨树依然年年开花、年年结果。它喷发的一树梨花，常常让我为它的生命投去礼赞的目光。

梨花开了，开得那么朴素、那么洁白，一树树，一片片，交织成一个圣洁的雪国，一个白蒙蒙的乡村世界。桃花和梨花交相辉映着乡村胜景，令人停车驻足；也令人深感大自然的繁盛与奇妙。它们所给人的一次次希望，连同它们组成的美丽风景，像花的瀑布、花的激流，交织成一首乡村乐章……

作于 1998 年 3 月 13 日夜　安塞

陕北桃花

陕北桃花是以灼灼之鲜、芳菲之艳而微笑于大自然的,甚至比武陵桃花美妙三分。

陕北桃花每年三月中旬盛开。遍山红树,满目桃花。陕北桃花多开在人家居住的四周:硷畔,坡洼、路旁,艳若霞霓,落英缤纷,远眺令人心醉,近闻花香袭人。

陕北桃花色调可分为粉白、粉红、淡红、嫣红几大类。而最美的则以粉红为好,花瓣、花蕊艳丽无比。因此,传说貂蝉当年将三月桃花搓碎成汁,溶混于胭脂,擦抹后面若桃花一般。

"坐爱红树不知远。"每年桃花盛开时节,有不少外地游人来陕北观赏桃花。虽然往往是"春来遍是桃花水",但那"百般红紫斗芳菲"的桃花依然含露笑春风。有诗赞曰:"绛雪随流水,红云落洛滨。谷中声汨汨,疑是武陵春。"

据载,清代诗人,陕北才女李娓娓曾有描写陕北桃花的脍炙人口的诗篇,可惜在战乱中失传了。

眼下,即将就是阳春三月的季节了,随着绿草的发芽,那桃树也将绽出花蕾,开放她那艳若云霞的粉红色的花朵来。

迎春花

我常常到迎春花开放的地方去。

我为的是在春还未来临的时候,看到她那俏丽的身影和独具的英姿。

陕北的春天总是姗姗来迟,然而,我寻觅迎春花的脚步却早早地叩开了早春的门扉。

我流连于山川、田野、河湾、溪沟……我是带着一种淳朴的希冀、美好的愿望来寻觅的。我想,春天,大地是会尽如人意的。因为在那习习的春风中,我想到了土壤与春风的恩赐,想到了春的慷慨,气候的温煦。

一日,我终于在一条小沟旁觅到了迎春花。我看到了那纤小的却英姿蓬发的迎春花。不禁感到春趣盎然、美妙无比。立刻,我觉得我所置身的灰蒙蒙的山川变得生机盎然;春潮,早已涨满我年轻的心怀。杨柳簇拥的沟壑,星星点点的野花在报春女儿的招引下,泛起了春天最清新、最美丽的神韵……

于是,最早的春景,我也算觅见了。

作于 1985 年 2 月 24 日　东沟门村

在延河的源头

　　延河在一个时期曾被称为延水。它漫漫散散,流得很不经意。多年来,这条黄色的小河被涂抹上了一层玫瑰般的红色,红得惊人,红得有名。几年前,曾有首《黄河的源头在哪里》的歌子流行,一位因喜欢这首歌的作家,为此而直奔黄土高原,一路行吟道:

　　　　　黄河的源头在哪里
　　　　　在牧马汉子的酒壶里
　　　　　黄河的源头在哪里
　　　　　在牧马人的帐篷里……

　　这个歌寻根究底,把一条横贯东西的母亲河的本源归到牧马汉子的酒壶里头,不简单。联想到延河,那条哺育了我的母亲河,她的源头在哪里呢? 出延安城往北行,顺路而走,但见一道河卧于沟的深处,路有多长,河有多长,河弯路亦弯。走过七十华里地,有一座小城,四周环山,河如巨臂托起城郭,城如鱼状困在沙滩。好在有河,照风水讲也好。如果再溯河而上,延河的源头差不多就到了。在这河的源头有一古塞,名曰芦子关。芦子关自古以险要闻名,北控沙漠,是兵家必争之地。杜甫在"安史之乱"北上宁夏灵武时曾到过此地,并留有诗作《塞芦子》,民国年间编撰的《安塞县志》就有记载。《县志》上关于芦子关的诗句有:"芦关居要塞,北连沙漠边……"安塞的民间的艺术家们在八十年代之后领起了风骚,她们的家就落户于延河两岸的山山壑壑之中,用她们的手,用她们的剪刀与画笔,勾勒出延河两边的风景。几年前,有位民间艺术研究家唱了一首陕北民歌:"蛤蟆口灶火安了一口锅,信天游虽小意思多"。岂止信天游虽小意思多,一枚小小的剪纸也藏着意思:《抓髻娃娃》中的阴阳交替,物质轮回的深刻哲理,《牛耕图》中的"物候历法",《娃娃坐石榴》中的"生命启示",《鱼戏莲》中的生死概念等。安塞剪纸就像一幅幅画,成为瑰丽世界。在这样一入冬季就满眼苍黄的平凡的世界上,黄土构成了四面风景,以致剪纸追求色彩的大胆与无所顾忌更是赤裸裸的、火辣辣的。农民画同时也为延河源头的这块土地赢得了"画乡"的美誉。

延河的源头在哪里呢? 在安塞。安塞是陕北高原腹地的一个县,属黄河流域,县境内成千上万的黄土山峁向黄河输送着泥沙,但它却是保留黄土文化最完整、最集中的地方。蜿蜒的黄土山峁拥簇着,挤在延河的两岸,那么多的沟沟壑壑,都跟着河的走向一块聚拢来。河岸边,村庄错落,橡柳笔直的枝丫伸向天空,在上面浮出一丛丛淡淡的水墨似的柳烟。安塞所有的民间艺术家同饮一脉水,就生活在这河的周围。如果有个筏子或木船,顺流而下,山曲水曲,另有一番情致。可是延河载不起舟船承载着民间文化艺术。从延河的源头出发，黄土地上的儿女们顺流而下，带着本源的纯粹，走向大河，跨向海洋，丰富了大世界……

安塞变迁史

1252 年（宋淳祐壬子年），安塞设县，距今已 700 多年。安塞取名，意为"安定边塞"，因为在古代好长一段时间里，安塞都是战乱频繁、兵燹连连的边塞地域。

随着岁月的流逝，城墙坍塌了，古烽火台不见了狼烟，历史又将这片土地还原成本来的面目：连绵的群山、纵横的沟壑，偏僻、闭塞、宁静。然而，在遗留下来的为数不多的古风中，有一种形式颇让人自豪，那便是腰鼓。

公元 755 年，"安史之乱"爆发。次年五月，安塞这片土地有幸接待了一位路过的著名诗人——杜甫。为避安禄山、史思明的长安兵变，杜甫去追寻在宁夏灵武继位的太子李亨。路过芦子关，他写了一首名叫《塞芦子》的诗："延州秦北户，关防犹可倚。焉得一万人，疾驱塞芦子……"杜甫称安塞为延州和秦地的北方门户。

日子在平静中流到了公元 1936 年，从当时的保安（今志丹）山上过来了一位 20 世纪叱咤风云的人物周恩来。当时他骑着马,在安塞县真武洞的白坪村迎接一位美国人斯诺。这也是有记载的第一位踏上安塞土地的外国人。那时,真武洞还是一个小小的村子。

1947年,处于极度困难时期的西北野战军在青化砭、羊马河和蟠龙三战三捷后,扭转了陕北战区的局面,中央决定在安塞县城所在地真武洞举行五万人参加的祝捷大会。西北野战军的彭德怀等领导来了。中央来了周恩来,他是从北边的王家湾来的。之前,中央机关已在安塞最北的王家湾居住了很长一段时间。王家湾是一个更加偏僻的山村,对面的山叫石寨山,清一色的红砂石。四周逢山,其地形像一口锅似的。毛泽东和中央机关在此居住了58天。在此,毛泽东写了两篇后来入选他个人选集的著名文章:《蒋介石政府已处在全民包围中》和《关于西北战场的作战方针》。王家湾成了世界上最小的司令部。

安塞县境内,与瘠土荒山的王家湾遥遥相对的,是南边的楼坪——一个深山老林区。延安时期,一个名叫张思德的人,在这里烧木炭,过着再平凡不过的生活。他后来牺牲在安塞的土地上,毛泽东为此发表了一篇精彩的演讲《为人民服务》。"为人民服务"这句话至今仍然镶刻在中南海的大门里,时时提醒着每一位共产党员。

细心的人会发现,安塞的版图像一只巨大的手掌,是因为它境内的延河川道、杏子河川道和南川川道像三条纹理清晰的掌纹。这是这片土地的源和根所在。开祝捷大会的时候,县城所在地还是一片敞滩。直到20世纪70年代末,人们对这座县城确切地说还没有留下什么印象。只知道在县城街道中段的石崖下,有一个传说中的洞穴——真武洞。传说那是唐僧西天取经所遇的九妖十八洞之一。据说,洞一直能通到北边靖边县的柠条梁。每年三月,洞中有桃花飞出,那是柠条梁上的桃花开始落了。

20世纪70年代末80年代初,安塞的面貌仍然小而土气。一条土街,中间铺了些沥青,行人稀少。有人曾形容说,安塞县城内前街的人打一个哈欠,后街人也跟着打一个哈欠;后街人若一打喷嚏,前街人就伤风。延安每天发往县城一趟公共汽车,摇摇晃晃非得走到点灯时分才能到达,而县城发往乡镇的班车两三天才有一趟,人挤得难以形容。通往更偏远的乡镇的班车,情况更糟,有些人因为要进县城而要等上三四天。

历史,总会给人一些机遇的。就像一个人,在人生的道路上总要有一两次转折一样。20世纪80年代初期,安塞利用当年延安保育学校的关系,引来了一个大型电视差转台,从此接收到了更多的信息,也寻找着自己的发展机遇。进入90年代前后,安塞人迎来了陕甘宁石油大会战的契机。于是,就出现了火热的一幕:在安塞的油田区块之上、群山之巅、万壑之间,逢山开路,遇水架桥,机声轰隆,马达轰鸣,以长庆、外协和本县为开采单位的石油大军日夜奋战,使一口口油井喷涌出滚滚财源。紧接着,安塞的乡镇变了,小路变成了通衢大道,县城第三产业异军突起,文化生活和社会总体发展水平出现了前所未有的发展。

然而,要说安塞的出名,还得益于以民间剪纸、民间绘画和安塞腰鼓为代表的文化"三套车"的资源开发。安塞县地处中华民族的发祥地——黄河流域,陕北的新石器时代的仰韶文化、汉代画像石文化和宋代石窟文化高潮,都在安塞体现得十分明显。得益于传统文化深深的根基,安塞这棵民间艺术之树长得枝繁叶茂。民间艺术家走州跨省,漂洋过海,腰鼓手走遍大江南北,县上也举办艺术节展示黄土地的文化风采,招商引资,广交朋友。在全国各地，"安塞腰鼓"，更成了一张响当当的"名片"。

随着安塞各项事业的发展，一首新民谣也诞生了。这首民谣出自一位建国初在天安门广场打过腰鼓的老人之口：

> 东海岸上一钵瓜，
> 西海岸上开蔷花；
> 延安府里拉开蔓，
> 北京城里结大瓜。
> ……

民谣是一个时代的写照，也是历史。安塞人连同他们自己创造的故事，已广为流传。安塞人仍在艰苦创业。他们自己美好的梦想也远没有实现。未来，安塞将发展成为延安的经济重镇和桥头堡，并以其特色经济和特色文化取得更大的辉煌。

1998 年作

告别古塞

> 大江东去，
>
> 浪淘尽，
>
> 千古风流人物。

一千多年前，北宋文豪苏东坡写下了千古绝唱《赤壁怀古》，情绪忧愤但大气磅礴。我就是吟着这首词，站在安塞最北端的古塞芦子关的。

面对残垣断壁，面对被风雨剥蚀过的累累黄土，一种历史的沉重感袭上心头。古代戍边的将士哪里去了？难道放下手中的战戈之后已化作一抔黄土了？我朝着一个牧羊人走去，我试图向他打听一下，他的祖先是否曾在此戍边守疆（或许包括我的祖先）？

牧羊人摇头不知。

看来，这里有的只能是缄默不语；有的只是历史留下的沉寂和一种眺望远古的悲悯情绪。

我来这座闻名遐迩的古塞，已经是第二次了。

第一次，是我结束学子生涯，以一种勇往直前的勇气和毅力，蹬自行车北行一百多公里，从我的小山村来这里的。初春给土门两侧的山壁上挂满了黄灿灿的连翘花，古塞比这个时候美丽一些。而现在，节气似乎还早，苍凉感和悲壮气氛极浓。一只苍鹰盘旋在天上，像一个被绳子悬在空中的铁钩，荡来荡去。鹰所俯视的地上，正是古塞之所在，还有从大老远赶来的漫无目的的我。在鹰的眼中，我们也许太渺小了。是的，连这名垂千古的古塞对它来说，也只像一朵小小的浪花。这就看你站在什么样的位置审视生活，审视人生和历史了！那么，当年写出著名诗篇《塞芦子》的杜甫呢？

我眺望古塞以北的漫漫山丘，在这里，视野更开阔一些。那如海浪凝固般的山峦，一直向北延续，而更远的，则成了一抹淡灰色的雾气。其实，那也是山，我确信那就是遥远的阴山山脉幻化而成的，诚如远古的一个个将士，看似已不存在，实际他们已凝固成一座座山了。

远处，牧羊人和他的羊群渐渐地去了。这里已不属于我。在这块偏僻封闭的瘠土以外，世界正发生着纷繁的变革，一切都需要人们重新适应，全身心地去投入。世界不会考虑每一个人的承受能力，它要求人们、逼迫人们，只能无条件的投入。

荒草一派，终究会被新绿覆盖。古塞也一样，春天不久将会姗姗而来。我告别荒凉的古塞，大口呼吸猎猎朔风。既然古塞的历史已烟消云散，那么留在古塞的苍凉气息和这个世界已无法一致了，我们从中找寻的应该是一种心志。

圣人条

史载:秦直道是 2200 多年前秦始皇令大将蒙恬修筑的从关中直抵内蒙古阴山的大型军事交通工程。本世纪 70 年代以来,陕西、内蒙古一些学者对秦直道进行了认真地研究,并将安塞县镰刀湾乡境内鸦行山以南到淳化县、淳北至内蒙古伊金霍洛旗红庆河以北的直道遗址基本查清。

安塞镰刀湾乡境内的鸦行山,海拔 1600 多米,是安塞县境内的高山之一。其山浑圆高大,兀自突起,气势非凡。秦直道鸦行山段就在山下。有关专家根据民国年间编撰的《安塞县志·地理志》"望路台,在城北一百五十里,即秦始皇北望阴山处也"的记载考证,证实了这个"望路台"即就是现在的鸦行山。这座山非常明显地高于四周的群山,可能是一座人造山,是由成千上万的民工为秦始皇北望阴山而专门建造的。安塞至伊金霍洛旗有 250 公里,秦始皇为何要在这里建造这样一座"望路台",当然是个谜了。

圣人条，圣人条，

云中直道宽又长，

只要秦皇一声令，

胡人拔腿往回跑。

……

秦直道当时被称为"秦驰道"、"云中直道"。当然，对于这条古代的"高速公路"，这首民谣还称它为"圣人条"。条，乃路也，这无疑是说秦直道是皇上走的路了。无独有偶，在安塞县王瑶乡境内有个地名就叫"圣人条"。新编《安塞县志·文物志》记载了近年来文物考古工作者的考证："秦直道由志丹县杏河镇老庄村北道关进入安塞县王瑶乡境内后，经后陵湾、圣人条等地……出王瑶乡境内后，经化子坪乡红花园、杀人崾崄……一段修凿的垭口宽达 55 米。

红花园在此值得一提。它在化子坪境内，文物考古工作者在这里的秦直道遗址边发现了大量夯土层，确认为城墙墙基遗存，可见残砖板瓦、筒砖、陶器和少量瓦当残片，初步认为是秦直道上秦始皇行宫遗址。

杀人崾崄这个地方听起来挺吓人的。"崾崄"在陕北地形中一般是指山与山的过接处。请看一首来自秦代的古老民谣：

郡郡修直道，

县县送粮草，

误了日辰误了天，

杀人庄上把头斩！

杀人庄与杀人崾崄固然有某种必然的联系。从这首古老的民谣中能体味出来些东西,秦始皇时代修筑的千里直道在它所经过的安塞境内留下了这些内容,绝非是偶然的。历史的痕迹,是抹不掉的。

流瀑小记

　　流瀑,在距某县城二华里的某家沟。其地清静优美,别有风景。我们且走且观,渐渐听得有溅溅水声,远处观望,见一溪分为两股,双双挂在青崖之上,如少女秀发般飘逸,又似雪白的帘子,真乃千丈飞练,万斛银珠。清流双瀑,原是一溪,可谓"姊妹瀑"。

　　此流瀑可站崖下观望,也可以居瀑上高处俯视。耳边虽是飞瀑富有节奏的流音,然感觉不尽相同。凝视银河飞落九天,恍若万斛银珠滴落石上,铮铮有声,沉浸高山流水之弦音;居高俯视则宛如少女洗浴,纤手舒绢,遂想:景美自变幻之中,然而变幻之中又归根于自然。

　　至不远处,有山溪在此流入石间。令人赞叹不已。原来那溪竟在石上冲刷下一条深达四五米的凹槽,形成一个千回百转的流水长廊。凹槽迂回延伸,山溪在其中汩汩有声,如音绕梁,实为罕迹。

　　溪出凹槽,下有小潭。潭边岩层参差跌宕,纹路美观。石下潭水平如明镜,深不可测,又碧如绿豆色,归于天然。

　　古人游山水胜景,写下这样的话:"当其得意时,心与天壤俱;闲云随舒卷,安识身有无。"心与风景俱化,达到忘我之境。此景近是清泉石上飞流,远为秋林晚照,怎不令人陶然而乐、流连忘返呢?

新区的春雪

一

　　纷纷扬扬的雪，从天穹而下，降落在新区平坦如砥的原野上，曾经原驰蜡象的北国雪景，却化出另一番的景致。纵横的阡陌，描画出棋盘一样的格局，让人浮想出新城通达浩大的风景。

　　北国的雪野，奇异的童话世界，崭新的构图。

二

　　绵延的厚土，雄健隆起的北方躯体，沟壑延伸的奇特世界，第一次踏上这片土地的埃德加·斯诺，曾言这里是希腊酒神造山的土地，人类能在如此的土地生存简直是一个奇迹。然而，历史不曾忘却，这厚重深沉的黄土，演绎着生命生生不息的传奇、浩浩大河永不消逝的滔滔巨流。亿万年漠风雕琢的土地，风华至今延续。

新区的春雪

111

三

雪是无声的,黄土是静默的,隆隆机声曾经在这里奏鸣一曲黄土地的时代强音,大风起兮般的旋律。冬野虽然静寂,但阡陌延伸着思绪,远处鲜红的身影,是燃起在地平线上的火苗,跳动,跳动、像音符在五线谱上。

四

不知什么时候,新区的原野上站立起一棵小树的身影,白雪披上它的肩头,像围着轻纱的少女。这亭亭玉立的身姿,预示着希望,当春风的纤纤柔指掀去她的薄纱,希冀化成城市的绿韵,归于田园之梦。

五

新区是山之原,雪是梦的轻纱。飘飘扬扬的思绪,轻扰着高原人的梦,孕育着春之声。这不是小夜曲,这应该是一曲高原的黄钟大吕。

六

新区的雪,高原的雪,北国的雪。雪中的脚印在原野上延伸,延伸,像无尽的音符,像无声的叩问,踏醒冬日的早晨。这洁白的、晶莹的精灵,不久将溶入土地,化成春的讯息。泥土因雪而更加芬芳,高原因雪而更加美丽,山之魂、山之韵、山之精神,大地之风韵。

黄土地,高原人从春天的故事里走来的渐行渐近的身影。

张冠道上

时令入秋，陕北高原的天气凉爽下来。秋风轻吹，明月朗照，一片片白羊肚云浮在高远明朗的夜空。田野苍穹中，夜空显得空旷而辽远。

随着佳令而至，溽暑退却，陕北迎来了一年最好的时节。夜空下，那一轮硕大的明月升起在不远处，夜空成了深蓝与银白交织成的世界。此情此景，由不得叫人浮想联翩。

这是一九四七年的秋天，算算从三月中旬撤离延安，毛泽东他们不知不觉中在陕北高原上转战了半年了。从延安出发，走了延川、清涧、子长、子洲、靖边等县，毛泽东似乎一直在思索着什么。眼前虽然是千里顽山、四周重阻的陕北高原，但他似乎兴趣很高。这里不就是那片自己吟咏过《沁园春·雪》的陕北吗？

一九三六年二月，也是在陕北高原，在清涧县袁家沟白姓人家的木炕桌上，他写就了《雪》。雄奇而宏大的气势，使诗达到了一个无与伦比的境界，非一般胸襟而所能为。似乎那时他就有了充分的自信心，自知中国历史的舞台上，今朝一代风流人物必领风骚无疑。诗,像一道闪电,像一道彩虹,闪耀在心灵的空间。

那是一场多大的雪啊,整个陕北大地被大雪覆盖了,原先就酷似凝固的大海的陕北高原,此时更像一座银白的雕像。世界冰冷得像进入了极昼。北冰洋的冰雪,也没有如此之气势,如此恢宏的场面,"江山如此多娇"呵!初见大雪的毛泽东不禁诗兴大发,遂作此诗。诗在一九四五年的国共和谈中,一石激起千层浪,当时重庆"洛阳纸贵",蒋介石甚至组织了一帮"御用"文人决定回击《雪》。然而上下五千年,谁又能有此指点江山的胆识与气魄呢?两年之后,毛泽东开始了陕北大转战,平日繁忙的公务使他没有雅兴,及至这一天,在这秋月朗照的夜色下,在转战陕北的征途中,他忽然又来了诗兴,写下了《张冠道上》。

这是一首五律诗,是诗人毛泽东经过一条陕北小道上写就的,我们至今无法考证其究竟是在哪里。很可能在延安以东的高原上吧,诗作弥漫着一种淡淡的思绪:"朝雾弥琼宇,征马嘶北风。露湿尘难染,霜笼鸦不惊。戎衣犹铁甲,须眉等银冰。踟蹰张冠道,恍若塞上行。"征马在北风中长嘶,露水打湿了黄土地,衣服又湿又硬,结冰如铁衣一样,队伍徘徊不前,这是何等的艰苦。毛泽东的诗还从未有如此的愁思,因为他的诗从来都是黄河之水天上来,一泻千里不复回的磅礴大气。正是这淡淡的"愁思",诗的意境似乎更真实了。

未过多久,陕北战场上就发生了变化。西北野战军在青化砭、羊马河取得的胜利,又一次让毛泽东有了诗兴。还是在转战陕北的途中,还是类似"张冠道"的行军中,时令不觉进入了中秋,毛泽东又写了一首五律《喜闻捷报》:"秋风度河上,大野入苍穹。佳令随人至,明月傍云生。故里鸿音绝,妻儿信未通。满宇频翘望,凯歌奏边城。"这首诗同样笼罩着淡淡的人情味。所不同的是,对陕北高原秋夜景色的描写,极富新意且真实。一句"明月傍云生",使诗达到了很高的境界,再则,与妻儿未有任何联系,月圆人不圆又勾起了诗人思念亲人的情绪,像"举头望明月,低头思故乡"的句子一样,但是,最终的安慰是"凯歌奏边城"。

张冠道在哪里最终也没有人考察出来,在陕北高原上穿行,这样普通的山道随处都是。不过,那陕北秋夜的大境界,还是常常引起人们心灵的共鸣。毛泽东说:"词有婉约、豪放两派,各有兴会,应当兼读。"他的兴趣是偏于豪放,不废婉约,这两首诗大概就是那种意境苍凉而又优美的婉约词。

《雪》是高昂的主旋律,代表着历史的主流和必然,而《张冠道上》是人生的插曲,是一时的心境。陕北的秋夜,依然月明风清,秋虫唧唧。

黄河日记

关于黄河,小的时候是一个梦。

故乡的小河夏天发大水,一改往常的温情脉脉,变得像一个粗野的汉子,泥浆、山柴、巨石、牲畜全冲走了。

不解地问:"水朝哪里走了?"

老人们说:"水朝黄河走了,朝大海走了。"

"哦,黄河,一定很大吧?"

"很大,多少条河的水它都容下了,能不大吗?"

有容乃大。

后来,听了冼星海先生的交响曲《黄河大合唱》,对黄河更加向往了。秦晋峡谷的黄河虽然离我的故乡——黄土高原腹地不远,但未能有机会谋面。真正见到黄河,已是 1986 年的 8 月了。那年,我在延安文学创作会上结识了刘江,他约我去看壶口,这才圆了我从小就有的梦。

这次行程,我记了日记,现在翻开,这日记距今已 16 年了,真是光阴荏苒,岁月匆匆。然而,日记却像酒,越久越浓,越陈越

香,越能勾起记忆中的美好东西来。这是16年前所记日记:

1986 年 8 月 28 日　故乡安塞县高桥乡

刘江的盛情与友谊我是永远难以忘怀的,他这次约我到壶口,我是衷心感谢的。我也是第一次知道了友情的深厚与分量。壶口,我久已向往的壶口,那咆哮着黄河怒涛的大瀑布,我终于要扑向你的怀抱里,领略你——我们中华民族力量的渊源与动力的滔滔大河的雄姿了!

也许,在我目前的境地面前是需要这种力量和动力的,我坚信,这就是一次给我力量的机会。行前,刚刚结识的朋友明洁又赞助了我,叫我又一次感激。还有,我还又一次能与宜川文友侯波诸友会面了,我们可以尽情地谈理想、谈事业!

8 月 29 日　延安—宜川

出发前,有幸在延安认识了白玉奇。玉奇与刘江是宜川同学,又是好友。我们相约在宜川见。

这是我第一次出远门。20 出头的我最远走到延安城。一路上,我见景就过目不忘。

劳山。劳山是延安的关隘驿道之地,山高路陡。其地因当年周恩来副主席遇险而人所皆知。劳山的山险而峻,山上瘦树丛林,从山顶披至崖下,劈崖为路,路曲折穿行于陡崖中间。车从山下而上,路疑被红土崖面所堵,上乃知是通途。山屏恍如舞台之帷幕,原来乃虚帝而已。

鄜州道上,富县县城生得怪异,偏偏避过了秦川与陕北的要道,落脚在一个河州的三角地上。山上,有古塔一尊,遥遥望去,颇具一番古风清韵。山岚幽幽地浮在山腰,古塔显得旖旎雄壮。

时是正午,茶坊小街生意正忙,客栈立于两侧,公路穿于街道,酒旗飘摇。道遗憾有二:一曰鄜州茶道重新兴起,据说延安有一文人将此写成一文,发于《散文》,天下尽知,故不能在此品茶;二曰州夜月有凄凄之美,然不能在夜间浴于明月之下享受月之清凄。杜诗曰:"今夜鄜州月,闺中只独看。"

进士庙梁实则是鄜州(富县)与丹州(宜川)的分水岭。路边两排山皆梢林密布。惊见丛林之中有月白色及黄色山花孤放于期间,这种花为野灌木的一种,植根开放于这孤山旷岭,与杂木百草为伍,实是平俗中的一种高洁之花。

看远山,青山之上蓝天白云,连绵横亘,引起人无限情思。

丹州。宜川县城为三角状,道是三角的广阔,退让出宽裕的街道来。街上花草绿柳皆长,人也多,女子不失花容月貌。更为甚者,宜川文人皆才高八斗,刘江、白玉奇、侯波、刘文科、赵伯涛个个崭露头角,为众人刮目相看,《当代》、《延河》、《文学家》成了他们的用武之地。我因此对刘江说:"黄河作为中华民族的摇篮,它在秦晋峡谷已经骤响了几千年,也许今天的才子们是壶口喷发的灵气。"

8月30日丹州(宜川)

早晨,东方天际一片霞霓。丹州最先亮的是城后的土崖。

下午我和刘江登虎头山。宜川县城呈三角状,由三条川道汇聚而成。三山对峙,形势与延安相同。北曰虎头山,东南为凤翅山,西曰丹岭山,这三山分别为宜川八景之内:"虎头夜月"、"凤翅烟霞"、"丹岭秋容"。山上,为初秋山色。四周,群山茫茫。虎头山上有古城堡,城壕。山上的高原人家依山凿成窑洞,居于其中。

8月31日壶口

同行为刘江、玉奇、侯波等一行五人。上午 10 点多钟从宜川县城启程,搭坐的是县城去黄河滩上的拉沙车。车穿行在山回路转的高原群山间,路下有一条极清的河流一同前往黄河。我们走了一路,跟了一路,甚感亲切。河的流水是极美的,有时是哗哗喧喧,有时在石涡或水潭里静泊,美姿天然。沿路众山上石崖有严重的风化痕迹,自然拙朴。有石龟卧半山峭岩之上,形态酷似伸长脖颈的老龟。越往黄河畔上走,山越显得巍峨峥嵘。峭石兀立的石山上有灌木孤芳自赏,灰蓝色的山岚地气浮在南坡上,气氛氤氲。

黄河终于展现在眼前!

就在我们身下的山间默默流走。这是我有生以来第一眼见黄河。我没有表现出那样狂喜的劲头儿,只注视着想着滔滔远去的黄河。这里就是秦晋大峡谷,黄河流水最湍急的地方!

孟门,是黄河间的两个河心岛,然而却叫孟门山,一大,一小,其实颇似两条在水间航行的船。上游不远就是黄河大桥,钢铁与水泥的身架,犹如长虹。而两边的山高高耸立,陡峭且奇峻,此处真是山河辉映,灵气浩然。

我们几个在黄河大桥上流连着,足迹踏着陕西省和山西省的两省地界,黄河两边的山西和陕西公路上有车东西往来。据说,山西也在壶口建设旅游点,比陕西迟一点,陕西人说壶口是"陕西壶口",山西人说壶口是"山西壶口",两个邻居在争执不休。玉奇说:"谁的也不是,是中华民族的。"

在秦晋峡谷穿行的黄河,是我们中华民族的摇篮,那么,这壶口应当是我们整个中华民族的了。

从孟门山上行三华里,便是壶口,"天下黄河一壶收"之处。这里,山摇海倾,"涌来万岛排空势,卷作千雷震地声。"这里,云升雾腾,雨雾迷濛,深处达几十米的峡谷间大浪滔天,雪白的泡沫和奇诡的弧圈卷作一团,以每秒七百立方米的流量滚滚下倾。这里,谁人也无法写尽此情此景。现实主义者说:你是流水,浪漫主义者说:你是流火。

远眺上游,黄河水天茫茫。在壶口,又突然收成一壶小口状。但见巨浪如山崩地动,浊浪排空,冲进"龙槽"时,浪遏岩石,似长久的凝固状。飞瀑在翻江倒海,地动山摇,莽流冲击着的峡谷,传出喧天震地的涛声。

在宜川我又住了一天。刘江嫂夫人为我包了饺子吃。9月1日下午,我坐在刘江在县委宣传部的办公室,对着窗外的秋景沉思着。此刻,黄土高原的残夏似乎还没有消逝,太阳依旧是火热的,知了在树上没命地嘶嘶着……别了,黄河。

第二天,我就踏上了返程的路。

黎明,繁星闪烁的天空上,深蓝的天幕上澄着一轮山月。夜凉了,一天的暑气全部消退,大地上升起的凉气在夜里已经全部漫在地面上。黎明,刘江送我上了宜川到延安的公共汽车。

回来以后,我写了组诗《大河之音》,宜川的《飞瀑》文学报发表了。散文《黄河彩石》发表在《黄河报》上。这篇散文也是刘江的提示引发的灵感,他说:黄河边上的浅水中有一种小小的美丽的石头,在水中很美,一出水面,就变得黯然无色,这是人生的启示。

是凝思时心的怦然一跳
是久烘着岁月的炭火

是瀚海中写满叮咛的素帆

是不知不觉中眼角的一滴灼热

……

朋友

朋友

不知道朋字为什么

是两个

月亮

　　"这首诗能道出你我心中的那个'朋'字,愿我们互作烘着
岁月的炭火。"

　　刘江生儿子了,他写信告诉了我;《延河》上发小说了,也告
诉我。1986 年 12 月 25 日,当他看到《人民文学》上发表的一首
李琦的《朋友》的诗时,他把全诗抄写给了我,并写下了上面那
段话。他就像黄河。

　　关于黄河,关于壶口。后来我又去了两次壶口,一次是柯受
良驾车飞越黄河,一次是朱朝晖驾摩托车飞越黄河。每一次的
激情飞越都勾起我对黄河的回忆,我都记起刘江和玉奇他们来。
黄河里映着一轮明月,我的心里也映着一轮明月,明月为"朋"。

2002 年 5 月 20 日整理　于青藤书屋

陕北的云

鄂尔多斯台地的陕北高原，每年农历七月是天最蓝云最白的时节。这是没有草原，没有马群，却有着千千万万座势如奔马的黄土丛山。这个时节，原来是黄黄的土地被青草和庄稼遮盖住了，一座座黄土的山有如披着秀发的陕北女子，变得更丰满、显得更沉静而含蓄。

地是一块绿，天是一块蓝。天与地辽远而透明，像是玻璃与锦缎隔着一块偌大的空间。

最最多情的，要数那从遥远的鄂尔多斯草原上飘来的白云，一层层、一团团连绵不断，一直要飘到秋高气爽的八月天。这样的云，整整有一个月才能飘完。人说，陕北的信天游就像这不断头的白云一样；又说，陕北信天游的诞生和发展完全得益于这来自鄂尔多斯草原上空的云。

　　　　一疙瘩白云山峁峁上走，
　　　　咱可着嗓子唱信天游。

陕北高原的农民对这种自然现象予以解释:每年春夏在山峁上劳动,看见夏南风将一层层黑黑的云朵送往北方,他们叫"上云"。这样的"上云"要经过整整几天哩!而到了秋天,这云再向南移,将云中的水分降尽了,云就变得轻盈而洁白无瑕。

或许,这是经过了草原的沐浴,才变得如此洁白!

而一位学者则说:陕北高原地理上处于北方游牧民族与中原文化交叉的"结绳"地带,这云聚云散也是一种缘分哩!

无论如何,这云是美得可爱极了。走遍大江南北,我还未见过如此洁白而浩大的云阵!

我在故乡的山野生活了将近三十年。这种生活完全是山野,是农人式的生活,身心完全融入自然,融入山野了。在我们劳动和耕耘的山野,是几十里望不断的黄土群山,眼界及处无非是山、是天。而每年的七八月间正是上山最多的时节,作为农人,几乎每天都在山上。在山上看见的风景就是云,使人心情开朗、忘记烦恼和忧愁的云,也解心焦的云。但见云从头顶上飘过,纵然是农人也压抑不住激扬的心情,要可着嗓子吼几声信天游了:

> 背靠那黄河哟面朝着天,
> 陕北的山来山套着山。
>
> 东山上糜子西山上谷,
> 咱黄土里笑来黄土里哭。
>
> 山曲好比那没梁子斗,
> 甚会儿想唱甚会儿有。

蛤蟆口灶火安了一品锅，

信天游虽小意思多。

抓一把黄土撒上天，

信天游永世唱不完！

　　是的，就像这连绵不断的陕北云一样，信天游永远也唱不完。陕北的云就是黄土地上无声的信天游，而陕北的游天游呢，也就成了陕北高原上无形的云，它年年岁岁飘过陕北的山。飘过陕北的天，经久不息。

高原厚土

　　我眷恋故乡的黄土高原,深信那黄土的大山如父爱那样永恒和不朽。可是,当我真正坐下来回味故乡的那片厚土,我的内心竟然涌动出一种浮躁和不安。

　　年前,父亲来信了,他说,村子东山上的那山塬地荒了好些呢。我不知道是如何做荒的,但心里还是隐隐不安。那片山塬地无论如何是不该荒的呢!我记得那是村子最好的一块土地,种上高粱,秋天就是一片醉人的火红;种上杂豆,长出的像是一块摇曳的绿手帕,而长得最好的莫过于老麦了。小的时候,夏天我总到那里拾麦穗,故乡人的面食,差不多全是那里收割回来的。至今,我还常常想起那黄洋洋的一片片麦子呢,甚至,那山地麦林里山鸡的"咯咯"的叫声也常响在耳边。

　　故乡贫瘠的黄土山地上,最数那里能显山富有。你看高原远村,四周堆积了多少座黄土山,但是,最好的山莫过于这块山塬地了。它出田,长庄稼,也最肯扬起那悠扬的信天游……

　　如果说我最早认识的山,那便是这里了。黄土地的孩子,土命,一跌落下来,就在厚实的黄土坑上。长到四五岁,就开始在大山的胸襟里奔走了。父辈和先人们爱山,后代自然就爱山,他们认识父母最早,认识大山也就最早。他们生命之路的第一步也就是在这大山的厚土上走起的。

那时,父亲常到东山的山塬地上去劳动,我就常来这里送饭。早晨,我常常能看到旭日跃上高原的那种情景。太阳又大又红,像滚动在高原远山的一个红色圆环,父亲的犁犋就在那日头里走。太阳的晖光照着刚耕翻起的黄土,泛着潮气,脚踩上去,软绵而厚实。犁下的垄沟一道一道地布满了山塬,像父亲额部一条条簇叠在一起的皱纹。

我更加依恋故乡这温情脉脉的厚土了,也爱这厚土上瓦蓝明净的天空和悠悠飘移的白云,爱这厚土上静穆通黄的落日和轮廓分明的高原大山剪影,不知不觉地唱会了许多信天游小调。

然而,最终,我还是没有守住那里。我长大了,自然热切地向往外面的世界,想要从沉寂封闭中走向更大的世界。那年,我真的离开了故乡的小村,离开东山的那片我的厚土。当我真要舍弃那片厚土时,我顿时感到,故乡所有的一切都仍是那么美好,值得人留恋的东西确实太多了。离别,也许将意味着从此的疏远,一切都将只能隐入漫漫长夜中的回忆了。但我确信,高原故乡厚土,将常会温馨地进入我的长梦。我也相信,我在梦境中,一定能走进故乡的那片厚土,走进那火红的高原上的太阳。

乡思终究是不能改变的。厚土上的绵绵之爱像是熔铸进了我的骨子里,那生活中屡屡遇到的困难,也许就是因为故乡厚土给我以滋养的力量,才使我去直面迎接呢。我在坎坷而充实的人生道路上明白了一个极其简单的道理:生命之根在厚土上,希望和追求的路也在厚土上。正是在前行中每每回首故乡高原上的厚土时,才觉得万分珍贵!

高原的厚土啊,你在我心中永远是那样的凝重!

父亲带给我的消息是这样的,他说村子分开种地已经七八年了,现在种地不像从前那几年了,有的人干脆撂了地出门做活计。东山山塬地上的那片麦地也有好些荒芜了。父亲哀叹年事已高。他说若再年轻上几年,他会把那里的地全包下来的。想起那山塬,我自然会想起那一片片黄洋洋的麦子呢!黄土高原上的作物是以糜谷为主的,能种越冬小麦的地,是要上好的向阳土地才行。夏天拾麦穗,说着"六月六,新麦子馍馍熬羊肉"的乡谚,走过那一道道垄沟,只能永远残留在童年那纯朴而浪漫的记忆中。

我的心情多少有些沉闷,独自迎着初升的太阳,登上那高高的山巅。一个人走在空寂的山野,寂寞且自由。高原上的太阳从遥远的黄河那边升起来,那黄金般的晖光洒满了整个高原大地,我看着这温暖静穆的黄土地,想起故乡的那一片片黄麦子,红高粱,独自感喟:黄土高原上的每一寸厚土都是希望之地!我们不应做出任何有负于这片厚土的事来,更不该遗弃它。

远古,北方高原是一片蛮荒的处女地。第一个挥动笨拙的老镢开垦的祖先,就是高原上第一个不屈的精灵,就是高原的人文初祖、国魂。人类尽管走过漫长曲折的道路,但没有一时离开过脚下的土地。他们在沉沉黄土上开创出华夏江山,开创出一个农业中国。故乡的厚土啊,我多么想像童年拾麦穗那样,扑进你温暖的怀抱。

但这也不现实了。当年,我,一个地道的黄土高原的孩子,如今也只能像旁观者一样站在这土塬的尽头感叹了。高原呵,我是你怀抱中的孩儿,你以你的宽宏,怎样看待我们呢?

荒原默默。

叛逆,归罪于对土地的负义。我的心被痛苦地撕咬着。默默看着这依然是金色太阳光线下的高原厚土、希望之土。

夏南风吹来了暖乎乎的空气。我嗅到了高原上紫丁香的苦馨,闻到了高原青纱帐里含露的禾香。哦,又有谁在用双手缔造了高原厚土上可爱的绿夏?只见那一片片田野,一块块庄稼地,固执而低沉的响动飒飒声,隐隐约约地显出农人的身影,不时有熟悉的信天游断断续续飘出。只要有黄土,就有守候黄土的人!高原后辈,还会本本分分地作务这些土地么?还会本本分分像父辈一样精心耕耘、播种、锄草、收获么?高原厚土培育了他们负重的耐力和殉难的品格,他们把坚韧与自信建筑在这里,还是像我一样,曾经热切地企盼走出大山?

哦,高原厚土!我的充满繁茂生命力的高原厚土呵。

腊月回乡

　　每年腊月,我都要回一次乡下。有两件事要办,一是去看年迈的母亲,二是上祖坟烧纸。后来,母亲随我来到县城,乡下的事情似乎只有一件了,就是上一次祖坟。本来,按照民间的说法上坟烧纸最重要的是在清明节,可陕北这些年似乎春节的上坟要比清明节更为重要。生活富裕了,吃喝比过去强了,花样比过去多了,对祖先的孝敬之情也更浓一些。然而,母亲在两年前的冬天去世了,回归故土,乡下活着的人里我真没有什么牵挂了。家族里祖父辈这一代人早都已仙逝,我的兄长和弟这一辈的人就算为大了。我虽未入年长者行列,但辈分高。我记得我十岁以后,上坟这事情父亲就不再干了,他说:小子娃娃不吃十年闲饭,你们就能打发出门了。如今,我膝下有一女,才十二岁,她还未上过祖坟,所以,临近年关,我必须要回一次乡下。

　　母亲的坟上也长满了荒草,我常疑心她会有阴灵的,会远远地眺见我给她来上坟烧纸的。但是,我回乡更多的是要到我们村到处走走,看看乡亲们。村子的变化先不说,只说人,每当我在村路上走过,我总感觉要有一个个熟悉的身影从这边那边走来,这些都是我在乡下务农时熟悉的身影,然而,现在一个也没有了,村里人年长一辈的大都已去世,几乎找不到一个,那些留着山羊胡子,拢着羊肚子手巾的像刘文西笔下噙着铜旱烟锅的老汉们一个也不见了,即便是五十六十的村人已经不噙旱烟锅了,我这才真正意识到老汉们常给我们说的话:唉,人是一茬顶一茬哩!真的,这一茬子人就像被镰刀割去一般,而随之而来的,是又一茬我似曾相识但又不相识的娃娃们,像我们小时候的伙伴一样,流着鼻涕,毛着头,而女孩则是扎了小羊角辫儿,脸蛋儿被冻得红通通的,像红苹果一样的颜色。这些小娃娃们在村院里遇见你,用异样的好奇的目光打量着你,像看一个陌生的人一样。其实,他们真的不知道,面前的人也曾是这个村子的娃娃,当年也像此时的他们一样,在这个村子里走来走去,或在山野上奔波,或在冬天里背一挂滑冰用的冰车,在西河的冰滩上玩耍。古人诗言"笑问客从何处来"的心境此时真的体味到了。

冬日的村落,鸡缩着脖子,在清闲地走动,似觅食而又似活动着身体。猪在圈里哼哼。有婆姨扯着高高的嗓音在唤儿女回家吃晚饭,声音是从远处传来的。我一惊,这颇似小时候母亲唤我回家的声音。红苹果似的冻脸蛋、严寒中通红的鼻子。叮叮、叮叮,有劈木的声音传来,忽然从那边飞起一只"起火","丝"地划过一道长线,"咣"的一声在村落的上空爆炸了。一群孩子和狗在追逐着。"通通通",三弟的"飞毛腿"三轮从集上回来了。他停在我面前,问我怎不回窑里。他说他家的鸡早已为我杀好了,并且要我不要吃那些从城里蔬菜市场上买回的鸡,那些注了水的用无机饲料喂大的鸡肉不可食用也无什么味。城市也像注了水的鸡,不论城市大小,人情都无味。我也无味了吗?三弟说你还是我的哥哥,我梦里还常梦见和你一搭里,只是你仗着年长仍然在欺负我。送灶的鞭炮响了。又是一个贤惠的女人的身影。三弟挽留我,我却不愿回去,因为我要回自己的家。我的家在哪里? 分明在上院的窑洞里,窑洞还在,土院还在,硷畔上的老枣树还在,但是,那里已不见了一个盼儿归的张望的母亲的身影,那儿已不见有炊烟升起。我说我就回城里了,车还在等。

哦,阳坡里,东山下,我的乡亲,他们生活还好,不富不穷,充实如年节。哦哦,我真不知什么时候,也成了一个异乡人。

我的父亲

　　普通人的历史就是民族史的一部分。我的父亲是陕北普通的农民。父亲曾说，我们殷氏早先时候是从山西大槐树下过来的。"要问祖先何处来，山西洪洞大槐树。"民间有乡谚这样道来。这是明朝的事了。到了民国十八年，也就是公元一九二九年，陕北大馑，赤地千里，饿殍遍野。陕北黄土高原土质松散，历来靠天吃饭。遇干旱就易遭灾。"灾"和难民是一个相连的词儿。就是这一年，我的曾祖父殷大海带着大儿子殷起世和三儿子殷起宽逃荒从横山县艾蒿峁乡一个叫奶头圪塔的村子来到安塞。二儿子留在横山老家。听父亲讲，逃荒的路上，一天夜里，我奶奶饿得不行，见远处有一灯火，遂去讨食。前窑黑洞洞，后窑麻油灯亮着。进了后窑，见无一人，锅里正冒着热气，煮得嘟嘟直响。一揭锅盖，吓了一跳，锅里正煮着大御了块儿的人胳膊人腿。我奶奶灵醒，知道不好，撒腿就跑。逃荒的路上就听人说有食人者，来了真的给碰上了。刚跑出门，却见回来几个人，追着叫着撵过来。逃荒的人都知道，吃了人肉的人眼睛是红的，腿是软的，追不上饿人,也活不久长,只能当时保住性命。而食草根、树皮和观音土的都能保住命。观音土是庙上的纸灰土或火烧过的土。后来我相信了有人食人的现象,这是从我父亲口中亲耳听到的。

民国十八年逃荒的人的目的地是"南老山",就是现在的安塞、志丹、延安一带。那时这里还有一片原始次生林,长年的落叶,地上积了几十年的腐质土,开垦过,土地肥沃,很长庄稼。据父亲当年说,年馑是民国十六七年"跌"下的,陕北人把年馑叫"跌年馑"。天无滴雨,颗粒无收。而民国十九年却是一个收成年,照父亲的话说是几乎是把谷籽儿撒到地里,用镢头盘一盘就能有收成,连犁也不用耕。逃荒走的都是在民国十八年底十九年开春前就走了,因为下来要赶上春播。

我的曾祖父殷大海共有三个儿子,都是一顶一的受苦汉,照父亲的话说是"苦水好"。所谓苦水好是陕北方言,就是特别能吃苦干活儿的人。一八四零年前后,英国的鸦片传入中国,后来大量在北方种植,并且很快适应了这里的土壤和气候。罂粟疯狂地生长,美国作家斯诺在《西行漫记》一书里写过:"沿途的罂粟摇摆着肿胀的脑袋,等待收割。"成片的罂粟,盛开着艳丽的光朵,像花的海洋,看上去十分迷人。陕北过去鸦片盛行,需要大量种植。许多人都以吃洋烟为时尚。陕西的灾荒直接原因一是干旱,二是鸦片种植。我的曾祖父也吸食上了鸦片,作为大清帝国的子民,几乎不干什么。吃洋烟的人一般都赖在炕上,精神的麻醉使每一个人都再不愿去劳作奋斗。就这样,三个儿子给有钱人揽工,供自己的父亲吃洋烟。当时,陕北已经觉醒到鸦片的危害,有陕北民歌唱道:"洋烟本是外国草,谁吃洋烟谁倒灶。"

祖上逃荒落户的第一个村子叫何家沟,位置在安塞高桥乡拐沟地段,有董姓和张姓人家。村前有一座古庙,供奉着沙石雕成的一座佛像,佛像为唐代造像,至今保留。父亲小的时候,家境已好转。冬闲时候,平时揽羊挡牲口的父亲破例念了两年"冬书"。学的是《三字经》、《诸子百家》等,用沙盘写字,还练起了毛笔字。两年冬书下来,父亲竟然会打算盘,写得一手好楷书,成了远近闻名的"先生"和识字人。

我的祖父殷起世育有二子一女。父亲殷德仁,长子。二大殷德洲,次子。姑姑殷桂兰。后来,我家又搬到了高桥川道一带的小刘沟居住。以后,又迁居当时属于安塞县,现属甘泉县下寺湾花庄居住。花庄是一个梢沟里的村子,山上有一丛一簇的牡丹春夏之际开放。《安塞县志·民国本》曾把"花庄赏春"列为"安塞八景之一"。记载曰:花庄,牡丹满峪,杜甫游此所植。邻村还有个村子叫蛇盘山。我爷爷就是在那里去世的。当年,我父亲身强力壮,善于经营家业,兴旺到了极点。我的爷爷去世"过事",据父亲说待了三天的客,杀了五头猪,十二只羊。还请了和尚作了"道场"。一九八三年父亲去世时因我年纪尚小,棺木用的是几年前从我家旧窑的硷畔上伐下的一棵大杨树。

爷爷去世后,我家搬到了下寺湾街上。父亲在那里开了一个"字号"。所谓"字号"就是一个商行,叫"顺义鑫",小时候我还经常玩那图章,只可惜那时不懂收藏,不知何时弄丢于何处。

父亲精于务农,又善于经营,能打会算会写,在当时已是不易。上世纪四十年代,搬回高桥,住在高桥街上。高桥街上有一个古寨子,村前通往延安的大路上有一座高高的石拱桥,村子由此得名。有乡谚道:"高桥的桥,烂泥湾的窑"。说的是高桥的桥高,烂泥湾村的窑洞深。桥不远处有一座关帝庙,它是清嘉庆年间建造的,庙墙上有"关公故事"的壁画。高桥村是大一点儿的村子,有郭宋两大家族和一些杂姓人家。郭宋两家皆为本地人,家业大,人口多,是一方财主。七十年代农田基建大会战,高桥后滩一个叫枣树滩的地方被平了,不知是郭家还是宋家的祖坟,光人就埋有十几辈儿,可谓历史久矣。街上住了一户尉姓人家,是张学良从东北调到西北部队的一个军医,大家都叫尉医生。"文化大革命"尉医生吃了大量安眠药而终。

一九四七年胡宗南进攻延安,党中央毛主席撤离延安,胡宗南部队沿川西进,烧了许多村庄和庄户人的门窗。后来陕北人每遇比较混乱的场面,首用一句形容的话叫"胡宗南来了。"陕甘宁边区招兵,和父亲要好的高桥区文书蒋锡白曾让父亲当兵,父亲是孝子,母亲不让,他就未去。蒋锡白是南方人,后来常说像你这样的文化去部队发展肯定大。当时去当兵的有父亲从小一块玩耍的张正谦,后来当了甘肃省粮食局长,瓦子庄的高有华后来当了河南省洛阳军分区司令。《安塞县志》均有二人记载。蒋锡白后来当过西安市副市长,几年前才去世,我在《陕西日报》上看到过他的讣告。可惜的是讣告上把他工作过的高桥区错写成了高检区。

胡宗南在高桥区掳走的妇女儿童众多,把他们像羊一样圈在枣园以北的裴庄村的几孔破窑洞里。他们想从这些妇女儿童口中得到青壮年男人和部队的下落,结果谁也没说。我的姑姑也在其中。她的丈夫,陕甘宁边区公安保卫处的高尚贤正在楼坪一带开展对敌斗争。西北野战军战地记者汤洛在《延安游击队》一书有记叙过高尚贤的文字。就在那孔破窑洞里,姑姑的儿子降生了,取名叫"和平"。全国解放,姑夫先后在北京、长春等地工作。作为农民的父亲被邀请前去做客,破例坐了一次飞机。这在六十年代初是一件稀罕事。

六十年代中期,父亲的艰苦人生开始了。先是死了我的前母,后来续弦我的母亲,两家人凑合在一起,这九口人吃饭,正壮劳力就他一人。不得已,从高桥搬到了更小的村子墩沟门。这一年,我刚刚出生。

墩沟门位于高桥以北二公里处,通往志丹的路边。村上有两座宋代古烽火台,远远望去,颇像大地母亲的乳峰。赶我记事起,父亲就是这样的一个形象:和蔼、善良,留着一撮山羊胡子,挽一块永远有一层黄土的白羊肚子手巾。父亲和蔼是和蔼,有时脾气也暴躁,多半是我不听话的时候。我就是这种情况下被父亲训练成一个听话娃娃的。夏天村里的娃娃都下沟耍水,我一个人坐在河边石头上看人家玩,绝对不下水。别人家的孩子到瓜地偷瓜,桃树犁树上偷果,我手都不敢伸。

我们村的人家,姓孟的、姓董的、姓陈的、姓邢的、姓刘的都是从榆林的子洲、横山、神木一带下来的,个个善良。

墩沟门生产队共有三十来户人家,父亲挣工分才九分,满分是十分。其实父亲干的活和青壮年一样,别人驾一犋牛,父亲也驾一犋牛。记忆中家里常常是缺粮。我不知道那些年是怎么过来的。其实,父亲是一个颇会做生意的人。新中国成立前他年轻那会儿,曾在延安做过生意,我小时候得了黄胆肝炎,就寄宿在父亲在延安姓冯的朋友家里。当年和父亲一个店里做生意的张明奎,后来成了国营延安市药材公司的干部。父亲病重那年,他去西河口的深山里取豹骨,他是听说那里有一副豹骨的,顺路来村上看了父亲。一九四七年胡宗南北犯榆林时,父亲正背着布匹行走在沙漠边缘的路上,远远眺见了国军行在不远处,他躲在一个沙丘下才不使身上背着的布匹落入国军手中。这些虽然是为了生计,但也说明他确实是一个手勤眼活的农民。然而,就是逢上了那个时候,他只能一年四季在土地上实受地劳作。七十年代是陕北农村最苦焦的岁月,庄户人过的日子最困难。正是这个时候,北京来的知青,乡政府来的下乡干部,还有北京来的下放干部,是我们家的常客。北京来的下乡干部朱成贵留着大背头,很有干部的范儿,暑假期间,他的女儿想吃煮玉米棒子,就经常来我家。那是一个七八岁的城里孩子,父亲经常从自家的自留地里掰回玉米棒子。夏天快要过去了,一天老朱从公社来到我家,给我家留下了一块钱,说他要返回北京了,特来感谢。父亲怎么也不要,老朱硬是塞给父亲,并说了许多感谢的话。朱成贵据说是刘澜涛的秘书。

七十年代中期,陕北兴起了农业学大寨热潮。邻县的志丹成为延安地区各县学习的榜样。当时提的一句口号叫做"学大寨,赶志丹。"农民在秋收结束后,便开展农田基建大会战。公社的干部蹲点在村上,每个农民要分十二方土,从这边搬在那边。梯田从这边到那边虽然不过50来米,但十二方土要从天不亮赶到工地后一直干到天黑看不见,有的时候还要挑灯夜战。父亲的脚上开了韭菜宽的裂子,晚上回来只能用烧熟的洋芋糊。整整一个冬天就这样过去了,秋冬农田基建大会战几乎把劳累了一年的农人的冬闲时节占尽了。那时,家家户户的深翻铁锹磨得锃亮,寒光闪闪,在月夜的会战场地交织成一幅难以名状的场面。

农田基建大会战的人海战终于把一排排梯田推到了我家祖坟前。公社要求或搬或压,必须选择。父亲说很是为难。搬迁是不想搬迁的,祖辈父辈已安息多年。不搬,又挡了社会主义的道。最终,我父亲还是决定压吧,农田基建大会战结束了,我家的祖坟被压在了厚厚的梯田下面。事情还没完。一天,二妈被"罚"倒了。陕北人解释这种现象叫"邪病"。二妈分明是代表九泉之下的祖辈父辈们说话,意思是他们被压得太重,盛不成。要找墓吧难了。就说找纸吧，纸灰吹那儿就在哪儿挖。果然一挖就准了。在那样困难的日子里，父亲搬迁了一次祖坟，更是困难加上困难。

我家有一棵很大的梨树，那是父亲亲手栽种的。每年七月，梨子熟了，香气四溢，乡上下乡来的干部在梨树前驻足。父亲就摘了一筐一筐的梨让他们吃。所以我家人气好是方圆皆知的。一九七九年夏天，我考上了镇上的中学，在院前的梨树下，父亲为我理了发，我就步行去镇上上学了。就在镇上念书的时候，村里开始分产到组。分产到组一年中，虽然生活有了一些改善，但还不是明显的改善。有一次父亲到镇上来赶集，他到学校来看我，当时我正在上课，我见教室门外站着父亲，我竟然没有勇气去认。父亲是为我送干粮来的，他从裆褛里取出了一些干馍，递给了我。我看见父亲又老又土，心里非常难受。我说："爸爸你以后再别来学校了，同学们看见如何想。"至今，我常常想起这话，每次想起心就难受和后悔。

在镇上我念了不到四个学期的学，就返回村里劳动了。我没有参加高考，原因一是那时我爱上了文学，一心想要回到现实生活中去，二来我的学习成绩一般，并且想起年迈的父亲，村里又实行了包产到户，家里分来的土地正需要人种呢。就这样，我回到了村上，和父亲学种地。

作为一个农民，父亲给我说的一句话是："娃娃，就当个受苦人吧，受苦人气长。"这话当时听起来确实是一种农民的无奈。多少年以后，当我对人生的体味越深刻，我越觉得这句话就是箴言。受苦人固然有身体上的劳作艰辛，但芸芸众生的世界上，那一处的活儿就是那么容易，个中的艰辛，酸甜苦辣，特别是劳心之苦让多少人难以承受。而受苦人是劳力，但心灵世界却单纯的，轻松的。此中滋味谁人解？不然哪有陶渊明"羁鸟恋旧林，池鱼思故渊"的诗句呢！

　　夏天，陕北大地山川沟道庄稼绿蓁蓁的，非常茂密，像被无边的青纱帐笼罩着。农历七月十五，是农民挂锄的日子。父亲也没闲着，他跑到后沟的梢林里割了好些荆条回来，编了一个又一个装粮食的囤子。父亲是一辈子做务庄稼的老农，他估摸出今年粮食要大丰收了，原先的囤子肯定不够用。初秋明亮的阳光下，父亲坐在我家新修的三孔窑洞院里编织着囤子，这情景被我写成小诗《农家生活速写》发表在《延安文学》杂志上。劳动是艰辛的，劳动是美丽的。秋天，经过一年的劳作，我和父亲在黄土高原高高的山场下打下了一场荞麦。秋风凉爽，天高云淡。自从实行了生产责任制，农民喜悦的心情是不言而喻的。秋天的风是金色的风，秋天的原野是金色的原野，秋风醉了山乡，醉了村庄，醉了整个黄土高原。秋收一完，父亲拾掇着，他跑了几趟延安，他说他要到延安开个旅店，地点也选好了，就在清凉山下的一处房子那里。父亲说："我年轻的时候就在延安开过门面，现在政策好了，不经商富不了。"他有他的打算，打下的荞麦，放一两年不成问题，到时我结婚时过事情用。钱，家里没有，他可以出去挣。

　　然而，父亲终归是老了，这年他已七十岁了，只能是老骥伏枥。第二年春上，父亲就病倒了。我推着架子车，拉着父亲到镇上去看病。父亲病得不轻，医院让准备后事。这一年，我才是一个刚从镇上中学毕业两年未满二十岁的人。父亲最大的遗憾是没有给我说下个媳妇，陕北老话讲：父亲欠儿子一个媳妇，儿子欠父亲一口棺材。父亲的棺材是他几年前从年轻时曾住过的甘泉境内的花庄自家的硷畔上的一棵大杨树取材的。他自知自己的儿子身单力薄。而他欠我的这个媳妇看来是不能在他手上完结了。这是他人生最大的遗憾。那个春夜父亲在我怀抱里去世了。

人的一口气是难咽的。父亲最后的一口气是长长的、很大的一口气，像吐完了人生的一切不如意和遗憾。就这样父亲去了，永远走了。在初春的乡村夜里，父亲告别了他七十一岁的人生，告别了他耕耘过的土地，生活过的乡村。午夜时分，院里忽然狂风大作，掀起了一阵阵猛烈的风声，捶打着门窗。我不相信什么神鬼，但第二天和我家邻住着的二妈忽然口吐白沫，不省人事，她分明就是以我父亲的说话口气出现的，说着他遗憾的事，说着他对我不满的话。难道他去了另一个世界，就变成了另一个人？我们不相信唯心的东西，但还是被亲戚家人叫去聆听。好在几个长辈祷告，最终还是去了。二妈清醒了，复如常人。

　　我的父亲是一个普通农民。他除了能识些字，和别的普通农民没有什么差别。他去世已经整整三十二年了。父亲母亲是每个人一生最难忘的人，而且随时光的流逝，自己的儿女渐渐成人时，这种思念变得更加长久，难忘。我没有什么业绩告慰先灵，但值得欣慰的是，作为儿子，本分做人，诚实守信，与人为善，热爱生活，珍惜一些美好的东西，自认为已经足矣。

　　如今，我家的三孔窑土院已经荒废了多年。但父亲与我们生活的情景依然常常清晰地出现在我面前。就在父亲去世的那年春上，我从对面山上抱回了一株丁香，栽在院子里的那个矮墙下。如今，丁香已枝叶繁茂，每年春三月繁花似锦，浓香袭人，常常在这个时候，我必回乡去看一看。徜徉于小院，睹物思人，感怀年华如逝水，一去不复回。院外不远处的那棵大梨树早些年已被村人砍去，但根还留在原地，那一树的梨花也消失在乡村的三月天里，幻化成永远的乡愁。

于 2015 年清明前

乡间那一缕炊烟

——献给母亲

　　小的时候，我们这些乡村的孩子，一天里的时光总是在野外度过，或做活儿，或玩耍。整个童年，也似乎就是这样不知不觉度过了。有一天，当我们终于意识到这些光阴的时候，它们却又在不知不觉中离我们越来越远，有时会在静下来的时候落入一种无限的回忆中。这回忆，像咀嚼着一枚苦涩的柳叶，虽然不是那么甜美，但它似乎比甜美的东西更有味道。

　　一年前，那个寒冷的冬天，母亲走完了艰辛而不易的人生之路，在平静中告别了人间。那一年，已临近春节，再过七天时间她就年满80岁了。多少次，我一个人静静地凝视着母亲住过的房间窗台上的那束黄花，她老人家的身影清晰而又模糊，模糊而又清晰，我心头的思念堪比黄花稠密。我几次努力想为她写点什么，但这思念过于浓郁，像凝滞不动了一样，使我无法动笔。春天来了，我知道乡下的老窑院的丁香花又开了，就跑回乡下。我久久地徘徊在丁香花前，小院已不见炊烟，不见母亲，而只有丁香寂寞的身影。

丁香花盛开得那么繁茂、那么浓郁,浓烈的芳馨沁满了整个小院,似我无尽的乡愁和怀念。

我从小在这里长大。这是我的一个土院,这是我魂牵梦萦的地方,这是我的一块土炕,那温热的梦升起的地方。欢乐、痛苦、眼泪、微笑,这就是家的概念。而当我们走出这一巢穴,在山野上度过一天的日子,牧归时,荷锄而归时,背着背子而归时,第一眼看见的就是窑顶上升起的那缕炊烟。我想,此时此刻,母亲一定开始为我们准备晚饭了。灶膛里的火红了,烧得旺旺的,这就是家的概念。

回到家,母亲果然正伏在灶膛前用口吹火,一口一口地,一股股青烟从灶膛冒出,和着那火苗,映照得母亲的脸膛红扑扑的。也许是烟熏火燎的缘故吧,我看见烟炝得母亲的眼睛泪光莹莹。以至多少年后,这情景依然在我的眼前不时浮现。

长大以后,我们像一只只燕子,飞出了那巢。但是,如果一有时间,我还总是想回去,看看母亲,看看故土。那一次,我记得是从县城赶回家的时候,已是夕阳西下的时候,我有意在村外不远的地方下了车,感受那种双脚踏上故乡路的亲切感。一踏上故乡的土地,我的脚步就变得轻盈,心情就变得急切。我想很快回到故乡,回到母亲的身边。就这样,赶在太阳落山前,我就眺见了那个落日余晖下的山村。远远地,我第一眼眺见的就是我家窑院上升起的那一缕炊烟。我知道,农家的晚饭是很迟的,但她今天怎么早早就生起了火呢? 一瞬间,我的心头不由一热。此时此刻,故乡那熟悉的山、村落、树木、窑院和那升起的一缕淡蓝色的炊烟,像一幅熟悉的画图,一下子打动了我。我急匆匆地赶回家,见母亲坐在一个矮凳上,正伏在灶前烧柴火。我赶忙去帮她烧火,而母亲则执意让我休息。恰在这时,灶膛里扑出一缕火苗,燎了她的头发。我赶忙上前拨拉,就在这时,我猛地看见母亲的头上已经有了那么多的白发,这白发是什么时候有的?我不曾注意,母亲则更不会留意。呵,岁月的痕迹就这么匆匆染上了她鬓发。以后很长的日子里,我总要记起这一幕,直到今天。

啊,炊烟,故乡的炊烟,你升起在故乡的村落,升起在我们梦中的家园。哪一缕炊烟的下面,没有一个饱经沧桑的母亲;哪一缕炊烟下面,没有一个坚忍顽强的故事;哪一缕炊烟下面,又没有一个希望的梦呢?同样,我也懂得,家是什么?家就是那一缕炊烟。故乡是什么?故乡也就是那一缕炊烟,以及炊烟下的那位母亲。

母亲去世以后,我一方面觉得这是自然规律,难于抗争,另一方面,那无限的亲情一时又无法抹去。很长一段时间,我几乎在一种回忆中度过,因为父亲早些时候去世了,母亲又走了,我常常一个人独坐,思绪穿过山山水水,回到故乡,回到我和父母在乡村生活的时空,一幕幕,一页页,清晰而又难忘,尽管那是定格在贫瘠土地上和物质匮乏的童年里,但那才是真正的美好的、相依为命的生活。我也真正体会到失去亲人后的人生孤独。人,最大的孤独是感受相依为命的双亲都远去以后所体会的那种孤独。世界上,只有你一个人在地球上孤零零地走了。

啊,故乡!那一缕缕相望的炊烟,再也不能在我眼前升起了!炊烟下的那个熟悉而又亲切的身影再也不能出现在我的眼前了!那无尽的相思,将伴随我的一生。

匠作陕北

乡谚道:"七十二行,打狗卖糖。"人生在世,为生计所迫,生旦净末丑,要扮演各种角色。匠人便是一种。

在古人的观念里,要耕读为本,故有诗曰:"耕读传家久、文章济世长。"这些句子在关中和渭北一带的农家门楼上处处见得。其实,耕者,乃几千年农耕文明遗风,读书为了知天理,明礼仪,取功名。陕北过去文化落后,乡间读书人甚少,因此,匠人在陕北曾经备受推崇。匠者,手艺人也,民间常引导人曰:"技不压人。"手艺人通过技术,在耕作之余能挣些钱养家糊口,自然是好事。手艺人也有技艺高超者,故有"七十二行,行行出状元"之说。

时序更替,这些曾经活跃在陕北乡间的手艺人越来越少了,有的手艺已经失传,渐渐留在人们的记忆当中。

木匠

木匠的祖先是鲁班。这是木匠们常说的话。木匠的工具也是鲁班发明的,斧、锯子、锛、推刨、线斗等,我在乡下生活的时候,常听木匠们说:木匠知一理,便是"曲"与"直"。陕北的木匠,一般打家具,做门窗,多在民间活动。上世纪八十年代初,改革开放,陕北农村大量修建石窑,木匠做门窗忙得不亦乐乎。村里来了个木匠,手艺不错,本村姓孟的四小子叫四毛,小时候患骨髓炎,瘸了腿,每天里用柳条编了笆篱送乡亲,村人说:"四毛这辈子怕是问不下个媳妇了。"后来他学了木匠,成了一方有名的手艺人。一次去邻县的志丹做活儿,回来就娶了个漂亮的婆姨,皮肤也嫩。村人说:"还是手艺人行。"

　　这年我才从学校里回来,在家务农。我家新箍的三眼石窑要做门窗,请来了四毛。父亲要我和四毛学木匠。我那时迷上了文学,每日里拿着一本《农村短篇小说集》读个不停。学着用锛平整木料,结果砍了脚,拄了十几天拐棍,丢了棍以后再也没去学木匠。

　　四毛木匠到是好木匠,一直在乡里做活,光景也过得殷实。上世纪末,我回村上,那时就听说木匠没活了,门窗改成了铝合金的,家具都买现成的,木匠的活路也渐渐少了。

石匠

　　石匠要的是力气活儿。开山破石,垒石箍窑,出碾打磨,都凭的是劲儿。过去,陕北遍地是石匠,因为石活儿多,能揽着营生。在陕北农村,哪一个村没有几个石匠才怪呢。陕北石匠尤以绥德一带的好。绥德的石匠会打石狮狮,手艺精,造型能力也强。绥德的石匠最爱唱的信天游是《三十里铺》;"提起家来家有名,家住绥德三十里铺村。四妹子爱见那三哥哥,他是奴的知心人……"

老一辈人说,旧社会石匠最苦的活儿是给财主家打"崖窑"。崖窑是悬崖上躲土匪的地方。高高的悬崖上硬是凿出石窟,十分不易。至今陕北农村仍然留有崖窑。

上世纪七十年代,陕北兴修水利,常见众多的石匠在一起打石头,锤钻丁丁当当响成一片,像一曲清脆的交响乐。现在石匠也越来越少了。

毡匠

毡匠过去在陕北的山路上常能见到。他们一般由两个人组成,其中最显眼的是毡匠身背的那张巨大的弓,用来弹毛的。如果是三四个人,那多半是他们带徒弟了。

擀毡也是手艺活儿。陕北过去光景差不多的都要擀几条毡铺在炕上。山羊毛的叫沙毡,绵羊毛的叫棉毡。过去陕北人装新(结婚),必然要擀两条上好的毡铺新房。不铺的,叫"溜席子"或"溜光炕。"

毡匠做活儿,先用大弓弹羊毛,再把蓬松的羊毛铺在竹席上卷起,然后用生清油和杂面喷洒铺好的羊毛,卷起用脚踏着擀。毡匠一来,村子里到处是生清油的气味。

高桥镇宋庄村有个姓刘的毡匠,据说少时练过几天武。他打得一手好腰鼓,"三脚不落地"是他从师傅那儿继承下来的,现在会的人已很少了。他还健在,七十多的人了,腰杆挺得很直。他现在早已不当毡匠了,在延安城里的车城里看车场。

铁匠

陕北的铁匠,一般都来自河南。铁匠守一炉火,用大风箱扇火,打镢头、锄头、镰刀、斧子、菜刀、剁面刀。常见炉台前火星四溅,丁丁当当。

铁匠的功夫不在炉面上,全在那"淬火"上。烧红的铁器,特别是刀锋那块儿,全凭在水里那么一沾,钢的软硬就出来了。过去哪个镇子上都有一个铁匠炉子,现在,镇上卖铁器的有,但铁匠十分少了。

毛毛匠

毛毛匠早就消失了。但有过,什么叫毛毛匠,简言之就是织毛口袋的。农业合作社一直延续到上个世纪七十年代,那时,我们村上还有来织毛口袋的毛毛匠做活儿。毛口袋用来装粪的,用毛驴驮着往山上送。毛毛匠一般干活在离村子远的坡下的河滩里,那里开阔,也因为毛毛匠捻线要退得很远,这样线就长。后来有俗话比喻人不进步就是"毛毛匠倒退退。"

油匠

油匠不是榨油的。榨油的地方叫做"油坊"。我们邻村过去就有榨油的,地名就叫"油坊坪。"

油匠就是做油漆活儿的。撵着村油门窗、箱柜。过去的油匠一般都会画画,也叫"画匠"。

陕北人过去装新(结婚),一般是两床新被褥,两只新花箱子,如果新媳妇家陪嫁了两只大红箱子,且画了花儿的,那就是最体面的了。结婚那天往驴身上一驮,一路由唢呐引着,足了。

那年,我们村来了一个从子州下米的油匠婆姨,领着两个女子,都十七八了,手艺不错。他们已干上了流行活儿。画木纹油法正在乡里时兴。我在乡里务农,农闲时节正好能学点手艺,本来要去学油匠了,结果油匠婆姨说要把其中的一个女儿嫁给我。

我那时是个有文化的农村青年,心气儿高,一听,便没有去。

柳匠

柳匠是编簸箕、笸箩的,也叫篾匠。一般用水柳为材质,编织农村实用器物。那时我记得这种匠人就很少,多来自北边长城沿线的靖边、定边一带。现在据说那里会这手艺的人更少了。有的办起了厂子,叫柳编品加工。但民间的山道上再也见不到这些人的身影了。

席匠

陕北人过去打席子铺炕。常见集上有卖席子的人,卷着高高的席筒在集上卖。秦岭以南人用竹子编,陕北人用芋子编。芋子是陕北人的土叫法,其实就是芦苇。

冬闲时节,席匠来到村里,搬下碌碡辘在村道里平展的地方把芋子杆儿轧扁,然后抖去苇叶,常见雪白的芋杆变成扁平的条子在席匠手中跳跃,冬阳下闪闪发光。编好的苇席要放在大年三十那天铺,图的就是一年都能崭新崭新的。

会手艺的,一冬里编上十块八块的,到集上一卖,能置办些年货。

改匠

改匠是什么,乍一听,有些不解,其实很简单,改匠就是锯木板的。过去陕北乡间电锯还未时兴,一般锯木板都要雇用改匠。

我中学一毕业就回乡务农了,那时队里已把旧庄对面山上的一棵老杜梨树分给我家。父亲说:这树原来是照庄树,照庄树一般都不砍,可现在村人都在向阳的前坡箍了新石窑,村子都移出了,这树就不叫照庄树了,砍了兴许能够打一个米柜哩。

树打下,村里正好来了两个河南的改匠,就雇着改板。我守在改匠跟前,帮着干活儿。改匠师傅是一个脾气暴躁的人,二十来岁,他拉上手。打下手的或许还是他的亲戚,他不过三分钟就发一次脾气。我疑心这样的脾气咋能合作共事,一路从河南走来呢。

几天里,师傅都跟我合得来,一说话,笑笑的,简直是两个人。他说他的家在河南光山。我常想这人放在战场上,绝对行。改木板,这活儿干不长。

辊辘匠

辊辘匠,其实就是补锅的。

过去陕北人家,买口锅是家中大事。锅用久了,会裂。还有,婆姨女子粗心,干锅烧火,锅也易炸。补锅的辊辘用两个铆钉打在裂纹上,锅就能被补好不漏。

辊辘匠一般担着担子,手头木箱里装着工具,走村串户,远看似是摇货郎折,其实是补锅的。

粉匠

陕北土瘠薄,干旱,出产洋芋。洋芋也叫土豆,或山蔓儿,学名则叫马铃薯。陕北人历来有粗粮细作的习惯,比如洋芋打成茨(淀粉),漏成粉条,和猪肉做在一起就叫"猪肉炖粉条",那是最常见,但最好吃的一道菜。

粉有细粉和宽粉两种。宽粉炖菜烩菜,吃法不同,口感亦不相同。粉匠漏粉时,用一个叫"瓜篱"的东西,其实是用葫芦做成的瓢。粉匠漏出的粉叫"手工粉",劲头好,很耐炖。

挂面匠

过去，陕北好些地方穷得怕来客。来客没个好招待上的。而生性又好客的陕北人，却总也不甘心就这么过光景。村里来了挂面匠，你三升，他二升端上麦子挂挂面。

挂面挂好，扎紧把子，整整齐齐的。客人来了，煮一大碗雪白的挂面，上面漂着油花花酱点点葱丝丝，打一个荷包蛋，就是最好的招待了。

挂面匠也是手艺活儿，这手艺早已绝迹了。

皮匠

"三个臭皮匠，合一个诸葛亮。"皮匠在中国民间是很普遍的手艺。陕北的皮匠一般做皮袄活，先将山羊皮、棉羊皮用硝、矾水等物腌制发酵，再用月牙铁铲铲去掉皮面上的脂肪和碎屑，皮子才能变软，羊毛才能变得雪白。再脏再烂的皮子经过皮匠的打造，都会有脱胎换骨的变化。

山羊皮一般是穷人的穿戴。小时候，我见的拦羊老汉们穿的都是这类皮袄。绵羊皮好，毛被皮匠打造后，毛一束一束的，洁白，保暖、体面。最上等的是羔皮，这类皮袄人称"羔皮筒子"，做成大衣后还要要挂一个细绸面子。旧社会是有钱人穿。

羊皮最好是宁夏盐池县和陕北定边县的滩羊皮，被列为"三边三宝"。

罗匠

罗匠是织罗面罗子的。过去陕北乡间经常有挑着罗筐儿的人走村入户织罗卖罗。现在一想起罗匠，我就想起母亲做碾磨时罗面的辛劳情景。她被飞起的面粉遮成一个满头白发的人,好似岁月在她的头上写出了艰辛。

陕北的匠人还很多,比如钉鞋的叫鞋匠,钉掌的也是一种匠人。还有杀猪的屠家,糊仰尘(房顶)的叫糊匠,开油坊的,做纸火的花匠,阴阳(阴阳叫平师),巫神,砖匠、吹手等等,不能一概而论尽。

总之,凭手艺能吃上饭的,才叫匠人。

村
人

　　我们小村的四周全是山。我恨而又爱那些山。山挡住了我们的视野,使村人祖祖辈辈过着安分守己的日子。牵制他们生命线的,是村对面山顶上如垂挂一般的那根"绳子"。确像一根绳子,因为它细且陡。娃娃们是从熟悉这山路开始认识世界的,而他们能认识的,仅仅就是这山。攀沿着"绳子"上到山盖,俯视身下的小村,却见有更多的细小而密的山路从村边延伸而去,相互交织,纠缠不清,村子活脱脱像一只网上蜘蛛。村人攀沿着这网丝般的山路,为自己寻食亡命,为生计而奔忙,来来回回,周而复始,没有外界的影响,也无外人莅临。于是,一年又一年地完结了春种秋收、土圪崂里寻食的历程,终岁面朝黄土背朝天。日子拖进腊月,便是一年最逍遥的日子,这个腊月,才是名正言顺的暖窑热炕的腊月,也是红红火火的腊月。唢呐呜哩哇啦地从山路上娶回了新媳妇,又呜哩哇啦地吹着把村里的女子迎去。那山道上行走而过的半遮面女子把希冀留给未来的岁月,于是村人才在色彩中完成了简单而又丰富的梦。

第一个爬出这"蛛网"的人，是堂哥了。那年堂哥已十八岁，他跑到乡上报名当了兵，而这时的堂哥已是一个娶过婆姨的人。他瞒过了乡上，走进了队伍的行列。当兵探亲回家的堂哥很神气，引得全村娃娃大人欢心。村人挨家挨户地叫堂哥吃饭。堂哥在村里吃遍了饭，也就到了回部队的时候。堂哥当兵探亲回来，村人因此也就吃到了那一根机器卷的香烟。村人一把鼻涕一把泪地目送堂哥上了山路，回去教育娃娃说："看你哥，走了那么老远的大地方！"于是世界之大才在村人中间形成概念。

第二个出村的人是我，我考上了县第二中学，能够到镇上念高中的全村仅我一人，我怀着既风光而又孤独的心情离开了村人，爬上对面山。我回身望小村，却见村人还站在原地眺我。我不禁眼泪模糊了视线。我看见，村人正像当年送堂哥那样目送我远行，一种悲悯之情升上心头，他们恐怕这辈子就留在这里了，想他们怀着希冀，盼望一个守山的儿子走出去，哪怕是穿一身像堂哥那样的军服回来！我懂得他们的心情，更珍重他们的这种心情。我扭过头急急走了。两年以后，我学无所成，背着一捆用黑山羊毛毡捆着的铺盖回村了。正是秋天，收获的黄土高原人影挪动，我看见村人背着庄稼上山下山。顺着那一根根纤细的"蛛网"，忽然想起贝多芬的《命运》交响曲来。眼前的情景不正是一曲命运的交响么？他们悲壮极了，巍然不动的黄土大山，村人的影子连同他们沉重的庄稼背子投到天幕上，像一幅幅剪影，村人在自己山的世界中依然在创造着一种不屈，他们似乎力求挣断着"网"，却又织着新的"网"，他们亦无法离开这"网"，也离不得这"网"！

某次，我搭上从黄土高原开出的列车，向南驶去。无法回避眼前的现实，铁道沿线那里的土地最荒芜，而那里便是最富的地方,其地工业环境和经济环境良好,而穷困的山野里,土地还在精耕细作,在他们一双勤劳的双手下,他们所经营的土地犹如艺术品一般。世事的变革正在消亡着传统,而故乡小村的那张"网"还在交织着什么呢?

不久,小村就会恍若隔世的!

干草垛

老家一带,庄户人看哪一户人家富足,是要看户外的干草垛的。因之,凡干草垛,必垛至高处,或场院外、或村头上。

小时候,老家人一个村子吃一大锅饭,大家挤在一起干,粮食总成问题。凉秋,干草垛起垛了,立在村头,臃臃肿肿,形象高大。冬季,集体的牲口总有饿死的。

老家人没有专门看管干草垛的,但它总不会被破坏。就像前坪里的那座古庙,当时总不见有人来管,但总那么完好地站立一样。只有不懂事的孩子们偶尔抽去一两根干草,追逐打闹着玩,但大人只要看见了,就要追上去呵斥一通的。二叔穿一件很破的山羊皮袄,长至膝盖,跑起来显得很笨拙。喂着十三头驴,十六头牛。草垛,自然在心中比什么都重要。

有一年冬天,冬干,大北风夜夜撕着村头的干草垛。不知是哪里刮来的野火星燃着了干草垛,一时,干草垛像风中的火把,越烧越旺,照亮了半个村子。村人惊骇了,喊叫着向干草垛扑来。却见二叔正挥动着那件年年冬天穿在身上的"半截长"山羊皮袄。无奈他的皮袄也燃成一团火焰,哔驳作响汇到那猎猎上卷的火舌之中。二叔也燃着了,他嘴里喘着粗气从草垛边跳出来,头发眉毛全烧焦了。

二叔后来被队上评为先进社员,但他的容被毁坏了。干草垛,也在村头消失了。

这一年,老家人把村前村后的地划成零块,责任到人。一年一年过去了,山地上的谷子收了一茬又一茬。干草垛像雨后的蘑菇,从村里遍地长起。夜里在村道上行路,总有人要撞在干草垛上。外村人来了说,吆一个瞎眼驴进村,驴也准能碰在草垛上!

村人看重草垛。其实,老家人只喂些犁地的牛、送粪的驴。干草垛在村人中间也许只是一种象征物。但新起的一茬子年轻人可不认这个,几个人商议着就把草垛卖了。村人开始还议论,后来见有利,便纷纷拆除了干草垛,像收拾一个个蘑菇。太阳早晨一下子就让一切暴露无遗,人们这才看见,前坪上的古庙已坍了不知多久。

重阳的雪

　　去年重阳节,白杨树上的叶子还没有脱尽,逢了一场大雪。

　　雪过早地预示了北国高原冬天的到来。山那边的顶巅上落满了白皑皑的积雪,又很快在平地上积存起来。

　　这是一场奇雪,所有的人都在这一天着上了冬装。孩子们过早地进入了玩雪的季节,猎人们也踩着雪踪,比往年提前走进林区深处。

　　霏霏的雪花铺天盖地的投向大地,雪渐渐加大。山野一派银装素裹,世界进入诗一般的意境之中。

　　重阳节本来是登高去的,雪阻了山径。然而,这毕竟是好些年也不能一遇的雪景。坐在室内,没了雪天读诗品茗的雅兴,看窗外的雪分明又在加大。雪花漫天飞舞,洋洋洒洒,落满了屋顶、田畴和那些绿叶葱葱的白杨树。人凝视着绿树白雪,如阳春白雪一般高雅神圣,世界像升到了另一个天地之中。雪积厚了,不时有雪团从树上投下来,带下一片片依然恋着树体的微微泛黄的叶子。落叶飘忽着从高处落在雪褥上,圣洁中布置上了典雅之美。我最留心的是头上白杨树的枝丫,它们的叶子上积满了雪团,棉蕾一般的形状,沉沉甸甸,显示出一种从来不曾有过的成熟的神态。

这种雪天没有那种寒冷的感觉。远处,雪地上拍照的姑娘发出惬意的笑声。雪还在下着,积雪已经厚了,树木在雪雾中透着清新的绿韵。这重阳的雪真的太可爱了。雪使我们从凉秋的凄冷中走出,告别萧瑟,这美妙的人生体验,也许不亚于桃花夭夭的春月天吧!

哦,去年重阳的这一场雪!

作于 1988 年 3 月 21 日夜

苹果树

高原那山的皱褶里有我的家。我们的村庄就在那黄土的怀抱里静静地卧着。天上飘着白白的云,很蓝。原上的青草绿了一层又一层,我想我该回去看看我家的那棵苹果树了。它也许还长在那里吧。

春天真正地来到高原了,它来得迟,也留得久,而且热烈、浓郁。原上的花开了,我的苹果树,你吐出嫩芽了吗?或者,有一朵两朵的淡白色的果花了么?

确切地说,我的思绪确如一场梦。其实,我家的这棵苹果树已经死去几年光景了,我如今的惦念和希冀如幻影一般。但是,几年前它确实还长在我家的窑院外。它雍容的身影尽管变得枯瘦了,丑陋不堪,但我敢说它是一棵实实在在的、有过旺盛的生命力的绿树。

早先时候,家人就说过,这苹果树年岁长了,但它的果子颇丰。春时,花是绣在一起的,到了四五月果子亦绣在一起,繁稠极了。母亲说,果子太稠,许不会能结大。我们就往稀里摘。到了秋天,果枝还是压断了许多。母亲说:"这果树兴许身力不济了吧!"我们都没在意。秋后,山原上的果树都熟红了,我家的那棵苹果树的果子还青青的。果子比往年迟下了一个月,后来那果子还是青的。未全熟,倒下了好多好多。而且,叶子也存了许久,青苍苍的直到打干霜的天气里还发乌地长在树丫上,不肯凋落,像是恋树。第二年春天,芽子发得很迟,母亲说:"八成这树要死掉了。"山上的花差不多都开罢了,连我家门前那株迟开的丁香花也要败了,那苹果树仅在没有新芽的枝丫上开出几朵白白的花来。那花开得出奇,也格外醒目,惨白中带着微红,像对它生存的世界微笑。母亲说:"树寿终正寝了,它在笑世呢!"至少,我当时还不明白母亲说的"笑世"是什么意思。像人一样在临终前看破一切的苦笑么?毕竟,它存在于这个世界上,几十年如一日,给了我家那么多的甜甜的果子呀。

婆娑的身影远去了,包括那春天香香的果花,秋天散溢出的醇香、包括孩童时夏天的凉荫、母亲凝望远山时的那种情景。

我们终不忍心砍掉它。它就像从前那样,还长在那个属于它的位置上。它虽然枯萎了,但它留给我们的想念太多了。我们因此不嫌弃它的丑陋。我甚至常想,春天,在它的枝头上,还会发新芽么?还能吐出一朵朵果花么?后来父亲去世了。我这才记起,这棵苹果树是父亲亲手植的呀!树死了,父亲也去世了。按说,树龄是要长于人龄的。父亲的一生不就是好长好长的故事吗?

父亲去世的第二年春天,我意外地发现那棵枯树的身底下活着一根果条,那是一棵苹果苗,头上挑着几个嫩嫩的新芽。我大概没留意吧,那是父亲栽种的,就在他去世那年的春天。

现在,春天来了,我真的思念那棵老树呢!尽管它又有了接递生命的新的树种,但我毕竟吃过它的太多的果子。它的身影伴随着岁月的流走,在童年、少年的我的眼前出现。从来没离开过我,就像我那亲爱的父亲一样。我怀念苹果树,是在怀念我的父亲,我在这里,只不过是找了一个感情的寄托。其实,就连老树的身影我都看不到了,春前,终究嫌它碍事,把那棵枯萎的苹果树伐了。父亲栽种下的小果苗尚嫌幼小,园子地荒芜了是好可惜的,就种上韭菜、芹菜,还在一边又植了些其他树种。不是么,村子四周还有好些不长树的山吗?我爱那苹果树一样的绿色。

作于 1988 年 3 月 21 日夜

山川记

我的故乡,在一个开阔的山川间,那是离三关西川五十华里的地方。小时候,我和年迈的父亲到川地上做活,小憩时,父亲告诉我,这地方原是修县城的地方,天地广阔,有一天,县令插下占地的木楔,次日天亮,就被狐狸叼到另一个地方,因此这地方就冷落到今天。但他又说这地方有灵气。传说总归是传说吧。

我从小就深切地爱着这块土地,爱着这里的山川,那是因为它养育了我。然而,我却对更大的世界有着热切地向往。

有一年夏天,父亲出门,我是撵着他去了。

那是十年前的一个夏天,我十二岁,正是一个不谙人世的小少年,父亲说他要走南川。南川,就像我所置身的山川南坡上清晨飘浮的山岚那样,似乎是一个散发着迷蒙气色的神秘地方。怀着猎奇之心,我跟着父亲上路了。

黄土高原怀抱中的群山大川,是有它们的起向的。山势是粗犷的,山形是起伏的。那连绵数百里的两排大山,是川道两边天然的屏障;川呢,则平展展的,蜿蜒的西河从中间穿过,体现出一种田园的秀美。西河把川田分割得一嘟噜一嘟噜,田块跟着山的曲势,分布得那么均匀,即便出现几个村庄,那景致也是极好看的。一片片如烟似雾的山川柳映掩着窑屋房舍,缝隙间显露着白净的窑面和青石板房顶。山川柳那翁翁郁郁的深绿色调,怪迷人呢。

转过一个石砭崖,眼前豁然开朗起来,川出奇地宽了,山仿佛向两边隐退了似的,以至天也显得空旷高远。西河,正舒坦地朝前流呢,它的流向是顺着我们前行的方向,一路流水,一路温情。直至到了三关城什字,我依然觉得一切都还是那样亲切。三山对峙,三川交汇的古三关,气度非凡,我迷恋地站在那里。

"走,再往南走,南川还远哩!"父亲拉起我的手,徒步走南川。

忽然间,南川的河水逆着流来。我们刚才还是顺河下行,一时,我被迷惑了:难道我是在山川间转九曲?但是,南川秀气的山,使我又把一切都忘掉了。

远处是坑坑洼洼的山坡。山坡上有草,也有树。草是蓬茸的,树是蓁蓁的,给山增添了几分妩媚,几分生气。半晌光景,山洼里溶着淡紫的山岚,似乎永远在离我们很远的地方。我一路追赶,总想体验一下山的温柔秀美,但始终走不到那岚雾的跟前。原先溶着山岚的山洼移到我们身后,尽是明晃晃的阳光;远处,山岚依然笼罩在虚无缥缈间。

大路两边的川台地上,是密密麻麻的庄稼,高秆的玉米、麻子,已经组合起了北方的青纱帐。我和父亲歇息在一棵很小的山川柳下,一会儿挪挪位置,躲日头,撑阴凉。忽然,有一朵绚丽的牵牛花映入我的眼帘,它就在离我不远的田埂上,阳光下,它煜煜闪现着迷人的紫蓝色泽,绚烂夺目。纤长的藤条高高扬起,翘首以待,向附近的庄稼上攀去,像是执着地追求着什么。

我正要采撷下来,可父亲说:"甭采,采下来就蔫了,留着,它会开得更好。"哦哦,野牵牛,一朵点缀生活的野花,但愿回来时再看到你更加姣美的身影。

十二岁的少年,走这样长的路还是第一次。过七里铺时,我兴致还是极高呢,可现在,腿也困乏了,身子也疲惫了,委屈间,父亲鼓励我说:"我当年走陇东华池当脚户,那也是走路呵,隔山跨岭,分着省界,脚打起血泡,还企盼着脚下遥遥远远的路。"哦哦,路,自然界的大路小路,生活中的凹凸崎岖之路,一切的路,都是人走出来的。我在朦胧中明白。

走到三十里铺,正是赤日炎炎的正午。太阳把大地烤得火烧。一片谷地里,蹲着一个胡子拉碴、拢羊肚子毛巾的老汉,正唱着信天游解心焦。唱的恰巧是《三十里铺》:"三十里铺遇大路,大路上天天过队伍……"

我问父亲:"《三十里铺》就是这达儿唱出来的?"

父亲说:"是从绥德,那儿也有个三十里铺,都遇着大路。"

口渴了,父亲很心疼我。因为急于赶路,他只好安慰我,过了三十里铺,拐进山谷,就凉爽多了。

眼前是一个绿色的山谷,深深地藏在大山的皱褶里,遥遥望去,蓝幽幽的雾气笼着一沟绿油油的树丛。迤逦的小路牵着山谷浓郁的景色从一个狭窄的山谷到山外大川。这就是黄土高原山川的渊源,像那奔流的大河所牵动的小溪一样,这里,也蕴蓄着粗犷的内质,壮美的感发,甚至是无形的力量……

父亲带着我,就是从山川间走向这幽静清逸的山谷的;当然,我还会从这里再走回山川间的。

就这样,我童年的一只神奇的金箭,便射向了这样一个笼罩着绿色梦幻与绿一样希望的山谷;同样,童年幼稚的帷幕就被射破了。

已经是过去好些年了。父亲刚刚扶我走完少年之路,便溘然离世了。一个夏天的早晨,二十出头,血气方刚的我走到了我久违的三关城。站在宽广的街道上,我孑然一身,一切都陌生了许多,我觉得我仿佛来到了另一个世界上。就在十年前,我站在这里,一切都是那么亲切而美好!三山对峙、三川交汇的古三关似乎属于我,我也似乎属于它;而今天,大千世界巨大的变迁使我看到了一张张陌生的脸——一个陌生的世界。怅然间,我悲哀地感到,我被这里遗弃了。

但是,当我回首身后的山川时,一种对山川的眷恋和一种对新生活的向往又重新回到我年轻的躯体里。我周身的血液也在澎湃。我想,我一定要从山川间走出,走向一个更大的世界。

作于 1985 年 6 月 11 日夜　高桥

红马

　　我记着村里的红马，或许，村人也都记着红马。

　　红马是村里的马，由父亲饲养着。村人也只放心父亲饲养红马。我们的村子不算太偏僻，土地也不错，那时候口粮够吃的家户少。

　　清晨，父亲从队里的牲口圈棚边提着潲桶饮牲口。唯独红马不在潲桶里喝水，每天，父亲都要牵着它到河边去。父亲把红马的缰绳丢开，红马便涉过河，驰上了村东边的黄土塬。火红的马一直从塬的这边往那边奔去，扬起一路黄尘，远远地，见马的长鬃在风中抖动着，很是威风。红马跑到山塬的尽头，站在那里向远处望着。有时，它在我们的视线中正好站在太阳里。

　　小时候我常恨自己不能骑上马背。我很爱那马，父亲是不容许我骑的。对于村里的后生们更是毫不客气。

　　红马是值钱牲口，队长差不多每天后晌都要来牲口棚前看看。还是小马驹的时候，红马就踢过队长，可队长没有抱怨那马，却连连称赞那马是好马。

红马每天清晨必到山塬上飞跑一次。许是父亲的调教,红马也很自觉。它在塬的尽头站上一会儿,就自动跑回来,让父亲捉住缰绳。

记得那些年,村人中间凡劳力皆上山还是没粮吃,凡牲口皆犁地驮粪还是不出活儿。一天,队长说让红马也上山吧,山地上的麦粪无论如何得送上去了,农事是不敢耽搁的。父亲拍着红马的脖子说:"上山吧,可不敢奸走。"

红马由一个青壮后生牵着。山路很陡,红马总走在送粪牲口的队伍前头。驴们驮单装子,红马驮双装子。最高的山地粪场由红马来上。山地远了,青壮后生回来时再骑在红马背上,一驰即下山来。一年下来,红马的精神不减,早晨,仍然能到山塬上驰奔一通,威风凛凛。

第二年了。往山地上驮粪土,红马仍走在前头。这年村里为了广种些地,队长让粪土早些送上地,又给红马加成了三装子驮。红马不情愿落在后头。山地上,送粪的牲口吃力地往上爬着,高原上的太阳把驮粪上山的牲口晒出了水,红马的肚膛和上腿汗水淋淋。晌午回来,牲口棚阴,父亲不让给牲口卸鞍,红马就备着鞍子吃上一中午草料。

红马就这样随村人一年一年上山。后来,许是山地上的苦太重了,红马很少每天去塬上奔跑了。偶尔见红马到塬上跑一次,也是很久很久地站在塬的尽头不肯回来。莽塬上,红马把头昂得很高,有时,还报以一声长长的嘶鸣。

那时,集体的牲口个人也可以使用,闲卜,村人可以套上做些拉碾磨活儿。有时,农忙时间也不免要使用,就在天麻麻亮到早饭前这段时间。红马常常天不亮就被牵出了圈棚,套在磨道里拉磨。父亲很是心疼红马拉碾磨,他曾建议队长说,拉磨是伤大牲口的。队长说也没办法，村里的牲口瘦的瘦、乏的乏，最红马有精神。

红马拉着石磨在磨道里一圈一圈地转，它那力气拉石磨像是嫌轻了点。总像在那里空着转圈儿。它那四蹄也嫌磨道场太狭窄了，迈出去的每一步都显得小心翼翼。尽管这样，红马还是跨着大步子，来来回回地在磨道里转着转着，直至老妪们把它的蒙眼布取下来。

我到镇上读书的那年，村里落实了责任制，牲口也分给了家户喂养。但没有人要红马，它的身子瘦瘦的，长鬃也被人剪去。一个在乡村里收破烂的老汉买去套上拉他的破烂车。

后来，我常见红马拉着破烂车从我们村前走过。村人已经忘记了它，但红马常常走在村前的路上就不肯迈步，因为那不远处就是红马曾经驰骋过的莽原，是它奔向初升太阳的莽原，那里，它曾扬起过猎猎涟动的长鬃，留下一声声长久的嘶鸣。

作于 1985 年

单管猎枪

太阳快要落山了。猎人独自一人走在山野。残冬昏黄的夕阳把他的身影拉得长长的,投进了小林子。他疲惫地走着,在林子里做着最后的搜索。山野,空旷寂寞;他,孤身只影。

他抚摸着身上的单管猎枪。猎枪,太古老了,像带着云盘山林区古树的木腥味儿。它是从祖父手上流传下来的。记不清,枪柄已经坏了几次了,也不晓得在它下面倒下过多少猎物,野猪、豹子、羊、鹿,还有那些只供猎人下酒用的野鸡。

他往山下走去。

残阳的余晖还没有完全消失,云盘山林区的千树万树间升起了一层淡淡的暮气。林子静穆极了,静穆得安详,仿佛不曾有猎人的枪声打破过这宁静似地。

早晨的时候,他发现了那只野猪。看那青面獠牙的公猪多雄健,足足够它三百斤!它专横野蛮地领着它的母猪和猪崽子狂奔乱窜,胳膊粗的桦松在它们身边"格巴巴"断裂。

"太专横了!"他在林子里做过短暂的窥视以后,迅速向野猪们接近。

"好,瞅准那家伙的脑袋。"他屏住气,心里在说。单管猎枪移向那只雄健的公猪。他瞅准了那愣头愣脑的脑袋!

"呼——"

森林里荡起一声清脆的枪响,公猪猛地窜起身来,"嗷嗷"地尖叫几声,拥簇着向林子的那头狂窜,身后,留下树枝权断裂的"叽叽"声。

"偏一点!"他焦急地一下蹿起来,迅速地朝野猪逃遁的地方追去。他觅着地上的斑斑血迹,追了下去。

他是撵着地上一点一滴的血迹,在林子里追到现在的。

公猪是负伤逃走的。他看得太清楚了,就偏那么一点,打在猪的前腿上方。猎人的讲究他是清楚的,好猎手出山不空手而归。可今天……

"必须见到猎物。"一种猎人独有的自尊心立刻占据了他的心,他要追下去。

太阳就要落山了,林子里依然很静。鸟雀们纷纷攀上了高高的树桠,栖息了。他真有些心急。

"好猎手是不会赤手空拳而归的。"他心里还在想。他开始下山。他要到沟旁的溪边等那些来晚饮的野鹿了。

一条小溪流,在林子间暗暗流走,虽然是那么纤细,但飞禽走兽们总要在晚归的时候来饮水。他缩在溪边一簇密匝匝的灌木林里,等待着。这是猎人"晚补"的诀窍,但他心里仍然有些懊悔、沮丧。

"呦——呦——"

来了。是公鹿诱唤母鹿的声音。

终于,一只公鹿跳跃到水边来。这是一只剽悍的公鹿,七岔犄角立在头上，很威武，俨然是一个勇敢的斗士。公鹿站在溪边。并不饮水，而是回头朝林子里叫。叫声过后，才见一只秀气的母鹿钻出来。

母鹿立在溪边。沉下头去饮水。清清的溪水和母鹿的嘴头吻合在一起，有一圈又一圈的涟漪在层层扩展。公鹿呢，仍然昂着雄健的身子翘首以望。

一个多好的目标啊！就是对于一个常年在林间奔走的猎人来说，也实在是难得的机会。然而，他踌躇了。

单管猎枪对准了公鹿的头颅，又微微滑向一边，一种难言的情感徒然升上他的心头，并在顷刻间漾满了他孤单的心。

他想到了自己孤单的身世。

他有过自己的恩爱和甜蜜。但很短暂，年轻的妻被病魔把命勾走了。就这样，他在森林里闯荡了好几年，孤孤单单整日与一支心爱的单管猎枪为伍。现在，猎人从来没有过的同情心软化了他周身强健的筋骨，有一种鹿们即将死的悲哀，油然上升到他的心头。

十鹿九回首。那母鹿饮罢，公鹿才贴着溪面饮；母鹿又像公鹿那样，翘首环顾着四周。

"哎，它们多和睦。看那母鹿，肚子圆鼓鼓的，怕快要下羔了吧，妻死前，也是五个月的身孕了。"

他轻轻地叹息着，单管猎枪从他一双软酥酥的手中掉下。

太阳完全落山了。灰蒙蒙的暮霭溢出了林子。林子完全暗卜来了，像有一个无形的帷幕将一切都裹住似的。他在摸着他心爱的单管猎枪。

单管猎枪的枪柄早就磨损了，然而，枪管子依然是油黑发亮。他摸着光滑的枪管，依稀觉得像摸父辈粗糙的手，像摸森林里树的躯干。

　　他把猎枪轻轻地挂在溪边鹿饮水的地方的一枝树桠上,然后朝林子的那边走去。

　　他要走出森林了。

作于 1985 年 3 月 2 日夜　高桥

走西口

　　手扶拖拉机在沙柳丛中的大路上行驶着。这是早晨,东边地平线上的一轮红日平照着漫漫无边的沙丘和沙丘上生长着的簇簇沙柳。早春时间,毛乌素沙漠南缘还有几分寒意,然而,那沙柳的蓬蓬枝条上,已结满了毛茸茸的柳絮蕾。

　　开拖拉机的是一个二十八九岁的壮实汉子,裹一件老山羊皮袄,黑毛领,四方脸膛专注地对着前方。他的身边,也就是车拖斗栏杆旁,坐着一个年轻俊秀的女人,红羊毛围巾围在脖颈上,衬得脸白嫩透红。这是他婆姨。

　　女人用手在男人背上戳,想叫他停住机子。可男人不回头,也不吭声,只顾往前开。

　　女人看着男人执傲地、毫无牵挂的样子,心里酸酸的。十几年前,他的父亲在这条路上送走了哥哥。哥哥回来时,脸上的神情比离别时更加难堪、悲伤。可如今,他也要走西口了。她忍不住抬起身子,又扯了扯男人的衣袖:"西口那地方好?"

　　"好,人稀生意稠,不像咱们这儿。"

"那人编信天游,咋把西口编得那么苦焦?"

"那是过去。"

"西口那地方大?"

"大哩。"

"能养活住那么多走西口的人?"

"养活得住。你放心,不用'实难留',也不用'泪长流'了。"

"你看你,把话说到哪哒去了。"女人嗔怪道。

　　拖拉机"喷喷喷"依然往前走着。她要把他往哪里送,她自己也不知道。反正送远一点吧。这次一走就是一年半载见不了面。她沉着头,看车轱辘下麻花花向后移动的路,轻声哼唱起来:"哥哥你走西口……"

"行了。别送了,四十里铺都到了。"

"你就这么走?"

"走,老人、土地,家里的一切都指靠你一人了。你劳累上一年,我到西口里闯闯看。听说四十里铺几个匠人到西口里包工赚了钱,手艺远扬宁夏、内蒙古一带哩!我也去试试。咱这陕北匠人的手艺,砖活儿、柳活儿、木活儿,哪一个也打不下马。"

"……"

"我就走了,路还长……"

"你走……"

"我就走了,再不敢留了。你看,沙柳都冒芽了,雁也要飞过头顶了……"

　　手扶拖拉机依然"喷喷喷"地朝前走着。飞转着车轮,不回头,也不打弯,只有向前,向前,仿佛要往遥远的天边走。女人总是牵连着男人,就像沙丘间飞窜的麻灰色小鸟,总牵连着沙柳丛一样。

"四十里铺都到了,越走离家越远,你还是回去吧,总不能送到西口。"男人停住机子。

女人下了车,走近男人:"你……"

"我走了,别牵肠挂肚的,西口路,我熟。"

"你也该常想家。别走了,就甚也不想……"

"我晓得。"

"还有……"

"你说。"

女人的脸上微微泛起红晕,低下了头,说:"……还有,我是生四月的,娃满月时,你要回来……"

"我回来。"

塞上,早春的阳光意外地变得暖融融的,那柔和的光线彻照着广袤的沙丘和棋格似的防沙旱田。密密麻麻的沙柳丛下,洒满了斑斑驳驳的日光及柳枝条投下的阴影。两只麻灰色的小鸟在枝条上跳跃,急促地叫了一声,一闪身飞出了沙柳间,倏地向西天去了。

"走吧,我不留你了。"女人说。

"唱上一曲解心焦吧。"

男人对着女人,轻轻一笑,"就唱《走西口》。"

女人的眼里有了晶莹闪亮的东西。她抿抿嘴,压抑着心中的依恋和激情,轻轻唱了起来:"哥哥你走西口,小妹我实难留,手拉住哥哥的手,送你到大路口……"

这时,女人的脸上有了悲凄之色。男人也动了情,走上前,一手搭在女人的肩上,一手梳理着女人的鬓发,眼睛盯着女人,半晌,才说出一句:"换个调调吧,太苦情了,我是去挣钱哩,又不是逃荒去。"

女人低下头，用手背抹抹眼角，略想了想，又轻声唱到："哥哥你走西口，妹妹我不再愁，西口路是富裕的路，日子就有奔头……"

男人笑了，女人也含着泪笑了。这一刹那间，那一路的缠绵依恋，都变成了一种渴望和追求。

作于 1985 年 2 月 10 日　高桥

啊，绿叶

　　入冬了，自然界给人带来了满目的荒凉景象，我的心也随着枯草震颤。这一来，就常常流连于山野、村旁、道路、田边。然而，绿是寻觅不到一点的。我气馁了。这日，在路上信步，低头看脚踏碎叶，忽然想到，我笔记本里，不夹着一片绿叶吗？

　　于是，我又重新打开笔记本，看看我心爱的绿叶，看看这一件我珍藏着的记忆。

　　这是一片普通的绿叶，叶柄纤细，叶的边轮是锯齿形的、柔美的曲线勾勒出叶的优美的图案。那茎也是那么和谐、对称均匀地分布着，像叶的交织着的血管。常常猜想，那里的叶绿素准像人的血液一样循环，流淌吧。

　　绿叶，我的绿叶！她像森林里的每一片绿叶一样，享受过阳光的恩爱，经受过雨露的滋润，同时也得到过大地母亲赐丁的水分、养料。她也曾接受过晨光的亲吻，暮色的围笼；也曾在凄风苦雨中呻吟、颤抖。哦，我的几经风雨剥蚀，几经阳光沐浴的绿叶啊！

绿叶,她来自森林。森林里每一片绿叶,都随着季节的变幻而无声无息地落入泥土;而她,却像刻印在心上,常绿于我的心地。她化作一片永恒的绿,充满了我的心怀,带来四季永远不会枯萎的春的活力。

那年夏天,我随猎人到云盘山林区狩猎,路遇一位从省城来的林业考察工作者。他三十来岁的样子,几年前才从林学院毕业,为这次到陕北考察,还牺牲了自己的假日呢。

寒暄之后,便是一番热情的交谈。我们谈得很融洽,一见如故。那一片绿叶,一棵树木,那一沟梢林,一山林涛,一切一切都引起我们极大的兴趣。我们兴致勃勃地谈着,从一片绿叶,谈到对整个高原的绿色希冀。

临分手,林业工作者亲手采撷下来两片绿叶,一片赠予我,一片夹在他的考察日记本里。林业工作者有他的使命和意愿,有他对黄土高原赤诚的心,而我……

我捧着绿叶,像捧着一颗淳朴的、圣洁的、热烈跳动的心。啊,绿叶! 一件多么平凡而又充满深情的礼品! 她带着一往情深,她带着含蓄的韵味! 多少对恋人曾以她作为爱情的标记,她像一根红线一样,牵动过多少恋人的心? 她像一块多情的手帕,掩遮过多少爱的羞涩。而我们,则带着另一番的意味。呵,绿叶!

就这样,我把这位素不相识的林业考察工作者的馈赠——一片鲜嫩的绿叶带回,夹在我的笔记本里。秋天,每当秋风扫得黄叶漫天飘飞时,我取出她,她便给了我无限的安慰——那黄叶凋零的季节后面,不久将是冬的积蓄,春的萌发了。冬天,毛乌素的风沙和黄土高原上的土尘卷在一起,掠过陕北这块广袤而深沉的土地,搅得周天寒彻,我取出她,她便给了我绿色新生命最坚定的信念。而春天,当山川柳显现出一派鹅黄淡绿的气色的时候,我还是要取出她,她便给了我春的满腹希望。她同时预示出:柔风徐徐的春天后面,还有更加热烈,更加繁茂的绿夏呢!

啊,绿叶!

作于 1984 年 11 月 3 日夜　高桥

桃树与记忆

去年春天,我顺延安西川往乡下的家里赶,在裴庄等车时,我忽然被一株桃花所吸引住。那桃花开在半山坡上的一孔行将倒塌的石砌的窑洞旁,分外妖娆。裴庄村人的家院都集中在公路边的川台地上,山坡上堪是荒寂。有那一树桃花的装点,也增添了无限春色。我忽然激动起来。我想,我的表哥能看到这景色,也一定会激动吧!

我的表哥就出生在那孔窑洞里,那是战争年代,胡宗南进犯延安的一个夜晚。新生婴儿身边只有他的母亲,他的父亲在陕北游击队里,正和敌人战斗。故事若详细叙述起来。那得很大的篇幅。我的表哥的名字取了"和平"二字。

那孔窑洞由于年代太久,风雨蚀剥,快要完全倒塌,消逝在黄土地上的僻静处。现在,那株野生的小桃树开花了,那么鲜艳,它的存在显示出血染过的黄土地生命的永恒和旺盛。

大约是好几年前,表哥回延安来安葬姑夫的骨灰。那是清明节,姑夫的骨灰终于回到了家乡延安的土地。新中国成立后,他在外边工作了几十年。事毕，表哥和表姐们到乡下的我家看望我们全家。他们都是在城里长大的，延安山川土地上的一切对于他们来说都是新奇而陌生的。车过枣园，便到裴庄，表哥把头探出车窗外。"就在那儿——"表哥兴奋地指着那孔破窑洞说，"母亲说过，我就生在那孔窑洞里。"那年表哥已是三十大几的人了，他竟然兴奋得像孩童那样。

我的姑夫早年参加革命，在延安的土地上留下了革命的足迹。五十年代，他到北京工作。后因故调离北京后，组织要安排他到陕南山区的一个地区工作，当时他身体不好，征得组织同意，就到关中的一个地委党校任了职。三年困难时期，姑姑带着几个孩子回到陕北，生活的艰苦，使他们捡吃菜叶，姑夫都没有向组织提过任何要求。一九七八年，姑夫由于积劳成疾，深夜伏案而死。

接到信的那天，家父才从地里回来。他揣着信半晌说不出话来，一滴浑浊的老泪顺着他的脸面流淌下来。姑夫在外工作的那些年，家父曾到东北、北京等地看望过他们。回来时，姑夫还特意为父亲买了飞机票。一个农民，一个老革命，血缘上的亲情正是他们感情的根源，但正像陕北千万农民与革命一样，他们的感情还建立在另一个基础上。后来我就常常思考这个问题，我还是终于找到了一知半解的答案。画家石鲁的名作《转战陕北》，画了一个伟人的背影和陕北高原。伟大与平凡是并存的。那黄土的山地仿佛就是支撑陕北人革命的脊梁。他们的感情深沉而又凝重。

陕北高原在战争年代有许多美妙的故事。姑夫去了，延安的土地又收留了他。那破窑洞前的小桃树上的桃花的芳菲和艳丽，正是因为有黄土的映衬呢！

高原人

陕北高原的天空永远飘着大块大块的白云。

从鄂尔多斯草原上空吹来的疾风,正吹拂着瘠土上的一派青绿。一个臂膀强健的高原汉子在虚土厚厚的庄稼地里甜蜜地等待。

这汉子很年轻,正爱着后庄里的一个小女子。他等来了那女子,在后山顶上的一片稀疏的庄稼地里享受着阳光。一颗炮弹落在了不远的庄稼地里。他们的头上落满了黄土。汉子很刚强,但那女子却被这突如其来的炸响惊得魂飞魄散。汉子把那女子按在坑里,独自跨上山梁朝四面的山头望了望。这个女子的情窦被汉子的爱欲刚刚点燃,现在她一人瘫在庄稼林里。

汉子回过身来。赶紧说:"走吧,赶快回家咯!"

这是几十年前的事。

战火很快笼罩了陕北高原。一天,两家大人都说:"你们成了吧! 兵荒马乱的。"成亲的那天晚上,意外发生了。庄子遭难了,全庄人一散而尽,都躺到山窑里和密集的庄稼林中。黑暗中他们也走散了。

天亮，那轮又大又圆壮烈宁静的太阳跃上高原。那汉子从原路绕回来，想寻那女子。可他只看见昨夜逃难时留下的散乱的脚印。他爬上庄子上最高的山盖上，向太阳跪下磕了几个响头，祈求那女子平安，祈求他再能遇上那女子。

那如火如荼的能燃烧瘠土的爱欲突然蒙上了一片虚土般厚重的死灰。那纷纷散尽的然而又百般缠绕牵连的神往突然只留下怅然。

后来，这汉子参加了陕北红军，无数奇妙的故事在发生。据说，当年那几个骑马去迎接疲惫不堪的长征红军中的陕北红军中的一个就是他。他们的坐骑都是剽悍的骏马。十月的陕北高原把一切都养得健壮。

那情景从我听说了此事直到现在我还为之自豪。他们以主人的姿态去迎接了一支远道而来的伟大队伍。我想象当时他们拢羊肚手巾的风度一定很潇洒！远道而来的队伍当然不会把他们当成是外族人。他们的黄肤色一定像这片凝固的黄土色泽一般亲切可爱！

呼啦啦扯开一道蓝格英英的天。沟底里的庄子里鼓乐喧天如雷似吼般震人心窝。有十几个安塞受苦后生挂起老榆树圪节镂空镟成的腰鼓，扬起地上一片迷人障眼的黄尘……

那汉子突然从人群中发现了一双熟悉的眼睛！那是山盖上稀疏的庄稼地里的那双眼睛！他刚欲上前，队伍紧急集合的号声响了。

九月里黄河冰不消。这年冬天，队伍过黄河了，他们成了陌路人长而去。

西河三章

西河傍晚

啊,西河,我故乡的河,亲爱的河!

最难忘的是傍晚,当我荷锄而归来到你旁边,你使我沉醉了:晚霞,橘红色的晚霞映在水面上,平静处,你就像少女含羞的脸,激湍处,你又如无数落花飘入。啊,西河,故乡的河!

捧两手清水泼在我的脸上,好像有无数珍珠碎玉滴入心上!甘甜啊,故乡的水;凉爽哟,母亲的河! 再没有什么比这更亲切了,西河! 你像母亲抚慰着孩儿,使我一日劳动的疲劳全然消失。啊,西河,故乡的河!

美丽的西河傍晚,你既映着西天的晚霞,又映着农家后生女子那健美俊秀的身影。劳动后的欢娱在你旁边荡漾起一串串甜美的笑声,扬起一片片碎玉似的水花。啊,西河,故乡的河!

当揽羊人赶着羊群,当牧童吆着老牛走进你那浅浅的水中,你又变成了另一种景象:霞影斑驳,水纹四溢,层层的涟漪把牛呀、羊呀全都映在一个个大大小小的水圈儿里。啊,西河,故乡的河!

啊,西河傍晚,美丽的时刻!你流动着的,是五线谱上的音符;你映衬着的,是乡土画上的彩色一笔。啊,西河,我故乡的河!

作于 1984 年 7 月 26 日夜　荷锄归时

西河

我爱你,西河!西河,你是我故乡的河!

你流水哗哗,走了百里路,终于注入延河。百里水路,千回百转,经山崖,过浅滩,历尽坎坷,九曲十八弯,唱了一路歌,投进了高原母亲河的怀抱。

啊,西河!我爱你质朴而柔美的姿态;我爱你清澈而透明的流水。你清清的流水哟,变幻无穷;你柔美的体态哟,朴实自然!

你流过乱石丛生的浅滩,水便喧闹起欢畅的曲子。水底那五彩斑斓的鹅卵石,是映在你心底的优美的图案;你注入深深的水涡,水便铺成碧绿的镜子。水中那洁白的云片,是浮在你心中虔诚的婵娟;你跌下高高的石瀑,水便唱起欢舞的歌儿。水上那雪白的浪花,是你跳动的音符。

啊,西河!你流不尽的清流哟,淌不完的甘乳;你抛不尽的浪花哟,溅不完的玉珠!你是延河最深的根蒂。

啊,西河,我故乡的河!你在我的心中,烙下了深深的印记。你用深情,吻着山根,吻着平川;你用深沉,激发我对大海的向往……

啊,西河!

作于 1986 年 10 月 11 日

西河冬咏

冰下的故乡河啊,叮咚有如琴弦在弹拨;水的流韵,河的欢歌,流淌着乡土上生生不息的生命清波。

不要说你表面的封固就是生命的停歇,不,你是流淌在故土上温情的河。

冬野里的故乡河,也是源远流长的感情河!你是牵着故土上浓郁的情谊,勃发着生命热浪的河;你牵来了,弯弯的山根,错落的村庄,牵来两岸乡情梦呓,活力四射的生命……

冬野里的故乡河,暗暗流走的生命河!你流动着不屈的信念,流向七九河开、春意萌动绿韵的河;流向河川开满迎春花、马兰花的三月河。

哦!西河,故乡的河!我赞美过你夏日的满河落霞,秋天涟漪和清波,但这冬野里的故乡河,更令我眷恋、神往!

我爱你,雪天河畔上玉树琼花中盛开的枝枝腊梅花,爱你雪落河畔的画意诗情。圣洁静美中的故乡河啊,我在冬野之贫匮中咏叹你活鲜的生命、奋进的旋律和向着生命顽强进取。

作于 1986 年 11 月 26 日

行走的黄土高原

186

高原之雨

高原之雨，是在久久期待的日子之后，是在山峁上落满虚土的时候才肯降临的。

山原上，驮水的驴队的铃声脆生生地响个不停。山地上的玉米叶子蜷曲成一片。山女紧锁着眉头在山路上行走，脸被晒得黑黑的。

高原，多旱的土地，不像江南，总有那淅淅沥沥下不完的黄梅雨。柳叶草帽下的祈雨队伍还在汗水淋淋地奔跑，高原上有一曲沉重的歌谣。

那高原远村，便系着这沉沉的歌谣。

山道上清早就响起了信天游。信天游是任性的，怎么想就怎么唱，从来无拘无束，像一阵风，又像一阵雨，远村人家更能放得开。高原缺雨，但多出了个信天游。

毛驴队伍伴着远村人家到几里以外的沟底里去。深沟里盛着一汪井水，也盛着远村人的命根，那一汪井水，牵着远村人一生的生命步履。

雨之于高原人是那么神圣,高原之雨会在贫瘠的黄土上长出一片丰稔,在远村人家的心田里也会长出一片丰稔。那遥远的深沟里的一口井,更是远村人心田里永远的雨季。

　　叮咚,叮咚……是泉的声音? 不,是人从沙石通道往沟底走的声音,一步一个叮咚,一步一个生命的跳动音符,走向深处。祖先开凿出的这一通道,走了好几代人。一道道錾迹屐痕像是岁月的记载。

　　终于灌满了水桶,山路上又响起了信天游的声音,好一阵淋漓痛快的落雨!

　　这就是不气不馁的高原人,他们的心田里永远有一口不干不涸的深井,干旱的高原永远是一个万物生长的雨季。

　　山道的那边,是高原远村。山道的这边,是深深的井。

作于 1990 年 6 月 3 日

高原远村

　　你如梦幻一样保留着远古的闭塞和宁静,没有山泉的叮咚,没有喧嚣的黎明。

　　你是一个古老的远村,山地的脉搏牵动着你独特的乡音。晨雾中在山沟里驮水的驴蹄声是清亮的,林梢上鸟儿的啼叫是清亮的,连村姑那含着野性的吆喝也是清亮的。清亮中走出山原上瑰红的黎明,走出驮水人在山畔上剪出的身影。

　　高原远村是一个好长好长的梦。

　　高原远村太偏僻了,山风吹拂着山上的玉米叶子,舒展不安的躁动。问节气是芒种、大暑、秋分;问岁月是葱绿、金黄、火红。

　　走不完的是弯弯曲曲的山道,写不尽的是热热烈烈的纯情。远村有一条小路通着山顶,山顶上的杜梨树长着浓浓的期待和憧憬。

秋
感
集

背子

农人背上的背子越重,步子越细碎,山路也越觉得长。

背子越重,收获便越多,秋也显得越充实。

有背起背子的力气,便也有背回山的意志;有背山的意志,便有背回整个秋天的希望。

背子的分量是比金子更重的,因为背子里藏着比金子更珍贵的梦。

山

山是富有的,也是慷慨的。然而,当农人收割过,山便显得空旷、寂寞,甚至是单纯了。

单纯,是收获过的单纯,因此,山仍然是富有的。

行走的黄土高原

190

西川晚照（外二篇）

夏日雨后的傍晚，浓云消散，天空放晴，大阳绮丽的辉光从西川天际上斜射过来，好一派满目青山夕照明的山川景象！

西川是由西向东的走向，山顺河排列在两边，一直延伸到西部的崇山峻岭中，太阳落窝的地方也不一定是它的尽头。这夕照是美丽的、新艳的，雨过天晴，云破日出，落雨后的山坡、平川上的绿清新鲜嫩，仿佛透明一般，就连山野婷婷树木的叶片都有一层闪亮透明的晶体。

一条山道从山对面牵下来，落在西川的平地上，又隐进了绿葱葱的庄稼地里。山道边，是一坡苜蓿地，苜蓿地上浮一层紫色的花，平展厚实；一阵阵浓郁的香馨从山坡上溢下来，漫过山洼，随着傍晚的清风流得好远。山道上，牧童牵一只奶山羊，那山羊边走边捋着苜蓿吃。牧童已割了好些草背上，走在山道上，融入了瑰丽的晚霞中，平添了几份山野情趣。

整个山野充盈着明丽、清新的气息，风清山秀的山川乡野，连鸟叫、羊咩也是清丽的韵味，土地，似乎都渗入了乡音……

西川晚照实在美。故乡的景,令人迷恋的情,山道上晚风的清爽,早漾满了漠漠西川。

槐树花事

单位门前几棵中槐树开花了,是在入伏前后开的,但越来越繁茂,勾起我们心中早已没有了的诗的意境。

我记得这几棵中槐从前不曾开过花。早晨,院里有一层鹅毛似的落花,铺得像雪一样,这才记起看树,方才明白中槐开花了。

中槐的花很不起眼,如果不留神,偌大的树冠上你是不易见其花的。它的花太碎了,颜色太淡了,状如丁香花。树木开花,有几种很不引人注目,但确实美丽动人。丁香曰紫,泡桐曰粉,中槐曰白,但都是开出特色来的。今年天旱,早早中槐叶子也有些卷曲,却努力地开出如此壮观的花,又让人不得不对繁茂的生命进行赞美。最值得赞美的是开在溽暑里,开在盛夏中。是的,好多花赶在春天的潮头前开花,而中槐则在盛夏溽暑里。

开得猛,谢得快,虽不能久留,但也要完成一次热烈而繁茂的生命涅槃!

那时,我正荷锄从乡野上而过。

一只蟋蟀

秋夜,我在乡村的农舍里读书。

窗外,皓月当空,深蓝的天空上抹几片薄淡的云。夜,静极了,在秋虫的低吟下愈显出的静。毕竟是入秋了,天似乎一天比一天凉了,伏在桌上,脊背不时感到几分凉意。

"蛐蛐……蛐蛐……"

好清亮的声音。它是从我住处的墙角传出的,吹口哨一般地清亮,弹琴一般地富有韵味。

我顺声寻觅,果然见一只蟋蟀从那里跳起,灯光下,它的两根长长的胡须颤动着,周身散发着幽幽的暗光。

哦,蟋蟀,一只通人性的蟋蟀。

我没有伤害它的意思,去捉它。然而,它一蹿,竟跳得好远!

"蛐蛐蛐……"

它又弹起那天造的琴弦了,在静夜,那声音依然是那么清亮和谐、悦耳,像一曲优美的乡歌。

我静下心来,倾听着蟋蟀的乡音。是的,生活是不需要寂寞的,应当歌,应当用自己生命的琴弦来歌,无论是伟大的,或者是卑微的生命……

"蛐蛐……"

"蛐蛐……"

难忘的铃声

一

儿时,我们背着书包的身影,从故乡长长的小路上走过。在村头的那孔小桥上,我回首杜梨树下的村庄。那里,妈妈正向我挥手,示意说:听,学校的铃声在响。

二

那个雨丝霏霏的早晨,故乡村前的小河涨水了。岸边,我们撑着小伞,望着涟涟水波,一片片列石隐没在水中,我们在焦急地想着学校的铃声。我们去央告棚圈里的老牛,去搬动河边的块块石头,心如丝弦,系着大杨树下绿茵茵的梦。

三

坐在童年的书桌前,我瞅见了窗外大杨树上一只啼唱的鸟儿。我出神地望着它,竟忘记了已经响过的铃声。同学们都到操场上去了，我伏在桌上记起给我一位远去的老师写信，告诉她自从失去了她的歌声，我常常不知道下课的铃声。

四

难忘啊，校园铃声——我感情的神钟！

春天，我听到你，仿佛在谛听翠鸟的歌吟，还有早晨，那如同祝愿的声音。是的，无论春夏秋冬，无论雪雨阴晴，你总给我们寄托着希望的梦。

啊！我听惯了，校园的铃声，但我并不烦腻——因为你常常就像妈妈那温情的话语。

失去与懂得

我苦苦地追索，是因为我失去得太多；我失去得太多了，因此要苦苦地求索。

我得到了安然的睡眠，便同时失去了黑暗中憧憬的星星；我得到了成功的瞬间快乐，便失去了那永远追寻不止的自我。

哦！我在得到和失去中懂得了生活！

我在得到，我又失去，失去时歌声也带不走我的烦忧——我的烦忧有深深的源头。

但我还是追求得到！

我得到了友情，便告别那深恶痛绝的狡诈；我得到了真诚，便告别那貌似善意的虚假！我得到了希望之舟，便告别那忧郁的岸之彷徨；我得到那光亮的一闪，便告别那黑暗的深渊。

哦！我在得到，我在失去，我在得到和失去中懂得了生活！

攀山路，我懂得了人生的艰辛；蒙受欺骗，我懂得了真诚的呼唤！黑夜使我懂得了黎明，失败使我懂得了成功；爱情使我懂得了理智的冷静，看夕阳的滑落使我懂得对时光的珍重……这些人生的真谛我都是在失去中懂得的。

风水录

　　我心中有一幅淡雅的水墨画,哦,山镇砖窑湾;我心中有一曲优美的抒情曲,哦,山镇砖窑湾!

　　我来了,你镇头悬流下的水瀑哟,唱起了迎宾歌;你河畔上的山川柳哟,扭起了秧歌舞!看清了你,我熟悉的山镇面容,扑向了你,我亲近的山镇怀抱!

　　豆绿色的西河水呵,铺在你身旁,她是映照你这朴素倩影的一面天然镜。青堂瓦舍的石板房、灰砖窑,竖在你心中,她是你一镇的宏丽建筑!

　　小小的街道,在随着弯弯的柏油公路延伸,延伸到一条川道的尽头。栉比的家屋,在向高高的上空崛起,崛现到一个时代的高度。

　　呵,小小的山镇,你多么富有! 古朴的风土人情,在你身上处处体现:红窗花那纤巧秀美的姿容,映着窗棂;悠远的乡风习俗,在你中间代代流传;婚丧嫁娶的唢呐声,时常回荡在小山镇上空!

白鸽喜鹊飞旋在上空,俯瞰山镇新姿新容,蓝天白云喜吻大山健美身影,映衬小山镇! 呵,醉歌在这里升起,香风在这里飘飞!

　　如今,"一集四县(市)人"的说法未免显得寒酸;那高高的电视塔,那高高的钻井架,才值得我去挥洒如金的笔墨去赞美,去抒情!

　　哗哗的西河流水,早有代替她的声音,那钻井架在日夜不停地轰鸣;宁静的小街道,早有来往的车辆穿梭!

　　川水流泻,引来民情变异;岁月无意,带来万象更新! 你古老的山镇风水,让清澈的西河流水带去;你现代化的风韵,让高高的电视塔、钻井架来接收!

　　呵,我心中的山镇——砖窑湾! 容纳我一份深切的激情,接受我一段沙哑的歌声! 我赞不完你的美哟,也写不完我心中的情。你驾上我神奇的想象,再托上我幻想的翅膀,起飞吧,飞向远方。

作于 1984 年 11 月 28 日　高桥

古塞吟

踩着散弃着彩陶碎片的黄土地,我寻访古战场的关隘。匆匆的步履,踩开了荒漠驿道。

乱石丛生的山谷间,马兰草已经拔出了长长的箭,湛蓝的花儿,正把古塞姗姗来迟的春交给夏天。

远远地,我看见古塞的残垣断壁上涂着一抹烟色的幽蓝。崖头上悬长的丛树也生出蔚蓝的叶片,金灿灿的连翘花开满了崖畔。

昔日的东西二城今日何见? 遥想与追忆,追忆着边土英灵的宿愿。一千多年前,骑驴寻梅的杜公为避兵变,曾走向边塞,走向烽烟染尽的芦子关。

据说,昔日的古塞最以雪景闻名。冬雪覆盖下的塞外,广袤无边;古塞旖旎的风光更为雄壮! 多少人面雪冈峦巅,坐寒月夜毡。

我凭山远眺,思绪万千。古塞呵,接受我深情的拜谒!

你若无灵气,山谷间哪来的缥缈的山岚;连废弃的砖石瓦块,也镌刻着你昔日豪迈的轮廓!

呵,古塞,沉寂的古塞,一个造访者感花溅泪!

我曾恨,恨我迟来踏开你紧闭的门扉;你可曾,可曾把那民族的正气注入我血气方刚的躯体?

古塞,沉寂的古塞,我寻觅岁月的真谛。

作于 1986 年 5 月 13 日 高桥

安塞腰鼓

　　粗犷的高原人,在强劲的牛皮鼓声中,把自己强悍的性格写就在黄土地上。一片沉寂的土地,回荡起高原人不屈的呐喊和着蛮荒中飘荡出骤响鼓声中的心声。

　　红、白、黑,高原生命三原色,飘动在金字塔群间。

大河之音
——黄河壶口印象

一　素描

涌来了,千岛排空的雷霆震地声,大地,龙跃似的一次奔腾。

长鬃烈马扬起了剽悍的长鬃,似一阵旋风卷过。雷霆、海啸、山倾。火的奔涌,桀骜不驯,日夜不停地轰鸣。

二、河之子

我是大河之子,愤懑的时候,我的心像狂暴的怒涛,我想把心的礁岩跌碎,我想开凿出属于自己的河道,像你,鼓起满身肌肉的躯体;像你,远上白云间扬起生命的风帆。走一条曲折的驿道,走出呼啸着风的黄色古谣。

我是大河之子,我有满腹的歌谣,我多想歌唱呵,然而我的声音在你宏大的水声中显得那么弱小。

走在你回旋着孤圈的浪峰前,你心的岩浆打得我思绪飞溅,翻蹈起我心海的片片雪沫,流呵,流出我心底无声的情河……

三、观瀑

我的大河之滔滔洪波,你蓄满了满山满谷的思索。跌碎的一万次希望,被你用心壶收容,然后放出一道道远翔的羽光。飞练流土,喷涌凝思,似一股浩大的热流。

你每一分钟一次狂想,一瞬间又是千变万幻,瞬间凝固的生命雕像,亿万年大河灵气的再现、发光。

四、河心岛

狂飙冲刷着河心岛,似一条颠簸在惊涛之中的船;运载着悠悠岁月的真谛,沉浮着世态沧桑变迁。搏击大浪,狂流卧镇,浩然如两岸巍巍青山。

河心岛呵,行色壮,对着岸边的沙砾,翻滚出辽阔的河床,和属于自己的古渡,属于时代的新港。

五、忆流凌时节

开河啦,黄河的流凌时节,千万块冰排涌簇着,如山崩地裂。解冻的大河,像卸下铠甲;蠕动了复苏的大冰河,金鳞蟒龙之躯。

河岸上最早开出的,是一朵花光煜煜的迎春花。微暖的河托着自身的负荷,开河之隆重的典礼。友善而低沉的咆哮,翻腾着大河胸间不安于封固的鼓噪。

流凌时节的黄河,不朽大地之绝唱。

作于 1986 年 9 月 15 日　安塞

晓意萌动
——乡土琐忆

　　陕北高原冬天的黎明来得迟。鸡叫过两遍,天上还亮着启明星,一闪一闪地。山在晓意萌动中,然而沟壑还沉浸在黑乎乎当中。而此时,有早起的人,已经点亮了灯,哗哗地拉着风箱,开始为上学的娃娃们烧火做饭了。上学的起得更早,他们一个个不知什么时候早已穿好了衣服,整理好了书包,匆匆忙忙地吃了点早饭,就朝校门口走去。差不多在同一时刻,娃娃们已经聚集齐了,他们一个个戴着长耳棉帽围着头巾,袖着双手,踩着微微泛白的山路,消逝在黎明的黑暗中。

　　说实话,这个时节,山里的庄户人大都还未起床哩,因为是冬闲,他们都还躺在被窝里。山路向前延伸而去,渐渐的,这一个个小小的身影也向前延伸而去。朦胧中,远处的山嵊里,忽然闪现出一点亮点,原来是学校的灯光亮了,老师们不知什么时候已经到校了,这些山里的孩子就是朝着那个小小的、但却是充满闪亮的地方走去。

　　多年以来,我常回忆起这里的一幕,怎么也忘不掉。这是我小时候所经历过的。后来，比我小的、更小的山里娃娃，他们差不多都经历过这样的早行，这早行实在令人难忘。如果没有这早行，人生也许会是一个迟暮，山里就会没有希望。那黎明中透出的微弱的光亮，正是照亮这些山里娃娃未来的希望之光。

如今，那山路上，还有早行的山里娃娃，他们依然是冬天里第一道划破乡村晓意的亮光，他们的身影和山路以及那远处小学校的亮光成了一条划破黑暗，奔向希望的光亮。

高原独树

在故乡黄土高原上，山峁一个连着一个。峁在地理上讲，是很独特的山。是所谓独冒出的一个个山头。常常能见此情景：一座高高的山峁，上面孤零零地长一棵柳树或者一棵杜梨树，风景十分奇特。这种树，很有用场，揽羊人或者山上锄地的人，撑不住毒辣的太阳，就会躲在这样的树下歇晌，这种树真是一种精神，撑一片树荫，燃一炬希望，摇曳着高原风云。如果是杜梨树，秋天霜重色浓，红艳如炬，堪称高原骄子。

"山下孤烟远树，天边独树高原。"王维似乎写过这风景。这样的树，真的有高原人的精神，它似乎就是高原人幻化成的，他就像那些一辈子守望山峁的受苦人一样，一生没有离开过山，本身就变成了一座亘古屹立的、再平凡不过的山峁。

瓜棚

夏天，川道上的青纱帐起来了，高秆的玉米、高粱、向日葵、麻子组成了密不透风的绿色方阵，把山川大地打扮得庄重而神秘。依次是谷子、糜子等中等层次的作物。低矮的作物是洋芋、豆类，铺就了一地，川道里就显出前所未有的生机。绿色固然浓,但有趣的地方自然是瓜庵。一地碧绿的、一望无际的西瓜、甜瓜。瓜快熟了,需要照看,于是瓜农就在地头或路畔搭起了"人"字形的瓜庵,用柳梢一扎,里面铺上门板,门口扫出一块空地来,支一张地桌,摆出一把紫砂茶壶,开始看瓜。

对于瓜庵,我常想,这属于蒲松龄的,这真是谈天说地、海聊神侃的地方。过路的人歇息,会有多少故事留下呢! 其实,瓜庵里真正的乐趣是乡土人的那种与自然亲近,呼吸大自然芳芬的乐趣。对于孩童来说,瓜庵更是乐园。城里的孩子,人们给他们准备了公园。瓜庵,就是乡下孩子的公园了。一望无际的瓜田,时不时溅出蚱蜢。瓜庵里中午的那一觉甜睡,多少钱也买不来。小时候,我们常听拐子爷讲《东周列国志》的故事。他不知哪来的这些学问。瓜园开了,南来北往的吃瓜人就多了,瓜棚热闹了起来。清静当属夜里了,一轮又大又圆的乡里月亮升上来了,清空朗朗,有几丝白云,乡野宁静的夜呵,幽幽中映出瓜棚的影子,那一颗颗横七竖八在瓜藤丛中的西瓜,泛着明明的月光,乡野,就在这清风明月中入睡了……

乌云结掌

夏天的夜晚,庄户人纳凉的方式极其简单。晚饭后,躺在光净的土院里,看着满天的星斗拉着家常话。

我记得小时候,夏夜坐在农家的土院里纳凉,忽见川掌上黑云生起,母亲就会说:"乌云结掌,半夜雨响。"天上的云是那么变幻莫测,先是块状的黑云,渐渐地,乌云聚拢。形成墨一样黑的密云,山与天的轮廓看不清了,天就像墨缸一样黑,紧接着,雷声呼隆隆,就像推石磨的声音,沉闷不高,但一直不会间断。刺眼的闪电也时不时在遥远的地平线上闪击着。于是,人们就开始收拾院子,盖好猪圈鸡舍什么的,回去睡觉了。果然到了后半夜,电闪雷鸣,滂沱大雨随即倾下,山泉哗哗吵得人不能入睡。于是,有人就复穿起衣服,下河捞柴去了。漫河的大水在夜幕中白花花一片,河槽里成了水乡泽国。大树河柴顺流而下,在手电光下时隐时现。有人打捞到一棵大柴,许多人就围上去帮着往出拉,有人还看到牛羊的身影在浪上翻滚,鼓起的肚子白光光。一夜人们就在捞柴的希望与失望中度过了。

早晨起来,乌云不知什么时候退去,天空瓦蓝瓦蓝,地下沟沟壑壑,似有水声淙淙流淌,像暴风雨夜的尾音。

连阴雨

秋天的连阴雨,是庄户人的享受。绵绵细雨一直下着,也不知还要下多少天。烧火的柴禾已经没有干的了,女人不得不在灶膛里往干薰。窑外,雨淅淅沥沥,下个不停,远山如黛,笼罩着雨雾。窑檐下,水已把地面滴下了深深的坑。公鸡母鸡们也出窝了,在雨地上拣拾着食物,鸡毛已经淋得透湿,尾巴拖着水,颜色格外鲜,叶子格外绿,醒目异常。忽见有人从田埂边走来,披着麻袋或塑料布,庄户人去惯了田里,几天不去,就想看看庄稼的长势。庄稼几天不见,果然是长了许多。顺便,路上还能收些野蘑菇,回去是一顿美餐。更多的人是在热炕上歇着,乡谚道:"连阴天,歇工天。"只有学生娃娃们没有办法待在家里,他们不论雨下不下,都要准时到校的。雨幕中,他们的身影显得那么小,湿淋淋的头发贴在脸上,很狼狈,也很可爱。

土院

从故乡那小小的山村走出,不觉已过了十几年了。回首人生,不禁感慨,人生中美好的年华就这样付水东流了。真如古语所云:人生如白驹过隙,匆匆地。由不得想起那些年的流行曲来:"我曾经豪情万丈,归来却空空行囊。"

流连于故乡的老院子,石窑洞还是石窑洞,门窗虽历经风雨,也不曾松散或者腐朽。人不如物,一张纸或许都能耐几辈人哩。土院子依旧,只是长满了荒草,这是没人踩踏的缘故,那株长在院子一堵土墙下的紫丁香还在,它长大了许多,原本就是山野的东西,移植于土院,依然生命茂盛。一蓬刺玫瑰也还在,只是在临近的猪圈的顶上和墙上又长出了几棵,互相辉映着,成了一些气候,也多了一些伙伴。少年时,随父躬耕于山野,在这再普通不过的农家小院里生活,毕竟相伴过春夏秋冬、朝朝暮暮,怎能忘怀呢!真想抚摸它,这久违的问候,土院虽平常,但美好似乎都留在了这里。

天河

走乡村的夜路,最引人注目的是天上的那条银河。那横亘于苍穹大野上的神秘的景象,它似乎不存在,又分明存在;它近在眼前,又似乎十分遥远。它是天上的路,但又分明是铺给人类的。民间故事里有它,人的遐想里有它,奶奶的故事里有它。

乡语道:"天河直东直西,吃上新米;天河直南直北,吃上新麦。"庄户人用天河来观测天气变化,也十分准确。小时候,最能引起我们这些乡下孩子好奇的就是天河那缥缈中的神秘了。那天河仿佛是一条神秘的"天路"横亘于茫茫夜空,让人感到高远而不可期及。再说,人们一旦讲起牛郎的故事,就使人感到世界的博大、奇妙、神秘与充满想象力。人与世界的联系是那么近,又是那么遥远,这就是世界永远无穷无尽的魅力吧!

乡路

　　走过各式各样的路,最难忘的是乡路。最美好的感觉是赤脚走过乡路。

　　农家的孩子从小在田野里走,细细的,穿行于草丛或田埂的乡路,曲折光滑。双脚踏上去,温热、舒适,温情直透心田,土气穿入五脏六腑。我从小就爱打赤脚,从春天土地一温热开始,几乎就不穿鞋了。其实,农家像我这样的孩子多的是,尽管有时候脚底会扎一根芒刺,但一拔掉,跳着拐着去了,无所谓的事情。现在回想,再没有比这更惬意的了。乡路弯弯,青草连片,野花点点,蚂蚱飞溅,只有乡土上,只有少年时才有这样的享受。

蛙声

　　那年，我从居住多年的小屋搬到了一幢矗立在延河边上的楼房的顶层。从高高的阳台上望去，延河像一只臂膀，弯弯地从楼边流过，尽管那么瘦弱，但是曾被历史赋予成的红色以及因为生态变化所导致的黄色，仍然像一条多姿多彩的河流，日夜从梦中流过。每当夜深人静，延河才摆脱了白天的喧嚣，水声变得清澈而生动。它的生命，似乎成了一种诉说。

　　黄土高原静谧的春夜里，夜莺开始吟唱春天，一声声的啼叫，打破了沉寂的夜空。就在这啼鸣的同时，我听见了延河里发出几声青蛙的叫声。

　　关于延河的蛙鸣，我的朋友与我有同感，因为他是搞环保的，相信他比我更关心这些，他的环境意识和人类生存意识更强。

　　对蛙声的记忆，莫过于我小时候在河边上所听到的那种。每当春夜，那青蛙的叫声不是此起彼伏的，而是大合唱、交响乐。整整前半夜，吵得人是无法入睡的，无数只青蛙的那种宣布着生命强盛的"咯咯咯"的叫声,是人与自然的一种和谐之音。而交夏,每当有雷雨过后,河里发大水,成群结队的大大小小的青蛙,纷纷跃向河两边的青纱帐和公路,形成蔚为壮观的青蛙大迁徙。而当山洪发过之后,又见它们返回的身影,阵容之强大,数量之多,永远无法在记忆里抹去。然而,仅仅是十几年的光阴,这种情景永远在生活的屏幕上消逝了。

关于听到青蛙的叫声,朋友发表了他的议论。他说:我们不能因为听到了几声青蛙的叫声就认为环境好转了。对于这些现象,我们只能感慨这是生命的奇迹,这是一种物质不灭的抗争,尽管这种抗争许多都以灭绝告终。

延河过去的一年几乎没有涨过几次像样的水。普遍的干旱使人们不得不纳闷起来。曾经是水草丰美的土地,如今也像干旱的非洲大陆一样,人们对雨水的期盼简直到了虔诚的地步。

一年一年就这样过去了。河的变化,河的每一声喘息都在人们关切的眸子下变幻着。终于又到了这年夏天。上游的千沟万壑之上,云彩把一次充沛的甘霖洒落下来,人欢马叫,干涸的土地敞开了它的所有,像过节一般欢迎着天庭之上的雷声和雨声。哗啦啦,哗啦啦,雨点敲打着无数庄稼的叶子,像演奏一曲美妙的乐曲,无数的青纱帐呼应成一个合唱,简直不亚于黄河壶口瀑布的跌落。

终于见上游下来山洪,尽管浑浊,尽管还是充满泥腥味,但它毕竟是一次实实在在的降雨过程,激起无数生命的活力。走下楼去,看山洪,颇有感慨。延河真是一条神奇的河,它那么干瘦的胸膛,那么瘦弱的样子,突然间变成了一头醒狮,从千沟万壑间汇聚而来的雨水,顷刻间变成了一条肆虐的巨龙,湍急地向前冲锋,简直就像黄河诞生了一个儿子,或者像黄河的一条影子,什么力量也不可阻挡。

就在这时,我终于发现了一只跃上河畔的小小的青蛙,像一颗蚕豆般大小。又一只,但仅仅是这两只,像它们的祖先那样,是想躲过这场洪水的浩劫,跃向更高的地方。正当其中一只跨过公路的时候,一辆急驶而来的轿车驶过,溅起一串泥浆,我再也找不到那只小小的青蛙的身影,而那只更小的则站在公路与河的交界处,踟蹰不动了。它似乎意识到了什么,它茫然四顾,感到生存的巨大危险,世界留给它的是什么?

又一场雨落下了。这年,在挨过整整半年的干旱之后,雨水似乎变得丰润起来。延河丰腴了许多。站在高高的阳台上望去,它像一个富有的少妇那样,把自己的水势作得更响,我赞美这种水声,但浑浊的颜色,似乎在抱怨着什么。在河之源,一个人想说些什么呢?

作于 1999 年夏　青藤书屋

　　一位作家说过,中华民族的历史,其实是一部饥饿史。这话不一定全面,但有一部饥饿史。这话不一定全面,但有一些道理。粮食问题,历来是居家过日子,或者是关乎国家大政的问题。朱元璋曾说:高筑墙,广积粮。朱皇帝曾经是一位叫化子,他对粮食问题有切肤之痛。后来的政治家也说:无粮不稳,无粮则乱。是的,饥荒是影响人类生存发展最直接最基本的问题,一个致命的因素。明朝安塞邑人马懋才上书《备陈灾变疏》于崇祯皇帝,言陕人已到食观音土的惨状,触目惊心。陕北地区最大的也是最后的一次大移民,也是因为饥荒:民国十八年(1929年)北路人口稠密,被称作"水草丰美,群羊塞道"的无定河流域,人口纷纷南下到"南老山"的延安,安塞一带,

　　乡民叫做"走南路"。20 世纪 70 年代,陕北又一次被拖进饥荒。一位有良知的人民记者把这一情况以"新华社内参"的形式报告了中央,引起关注,才有了玉米、高粱等粗粮为主的返销粮。延安人忘不了周总理回延安的情景。在延安交际宾馆,总理说了一席话:"延安三年变面貌,五年粮食翻一番"。在场

的几位延安领导面色难受处境尴尬一脸窘迫,勉强应允。在延安处于饥荒最边缘的时候,迎来了党的十一届三中全会的召开。可以说是这块备受饥荒折磨的黄土地的新生。

1981年,我正在砖窑湾上中学。我看见那些每个星期六回家背酸菜的、背糠窝窝的年纪尚小的同学们开始背馍了。这是一个小小的、几乎不被人注意的变化,但分明是一个巨大的分水岭。

这年秋天,学校破例放了几天假,要求学生娃们回乡帮助家里人收秋。看到满山遍野的庄稼,忙碌的村人欣喜之情溢于言表。这种喜悦之情弥漫在乡野,弥漫在山坳里,田埂上。到处是庄稼的垛子和挥镰收割的人们。家院里,墙头上,丰收的南瓜、玉米、蔬菜。那金黄、火红的色彩、像彩色的河流、流动在乡野、小路之间,流入庄户人的日子,流入他们劳作一日却又甜美的梦里。山路上,汗流浃背的农民正喘着粗气,吃力地背着又沉又重的背子。背子是沉重的,但人们的心情却是轻松愉快的。就连山里姑娘的脸庞也在满山遍野的山菊花映衬下显得那么美丽、动人。

当一垛垛玉米,一袋袋粮食倒入父亲新编的囤子时,已到了这年农历的九月九。陕北乡谚道:"九月九,家家有。"说的是秋天家家粮满囤子谷满仓。关于囤子,我记得暑假时,曾随父亲到后沟里割过荆条,编了好几个大囤子。父亲作为一个农人,是有预见性的。他早在夏天就为这多少年没来过的秋天做起准备。粮食一丰收,每家每户的心都一样。我记得村上种了一辈子庄稼的孟老汉噙着旱烟锅坐在谷堆旁自言自语道:"地,是过去的地,人,是过去的人,可咋就不一样哩? 可咋就不一样哩!"这情景我至今记忆犹新。这天中午,父亲破例让母亲支起了油锅,吃炸油糕。在陕北,炸油糕是一种有代表意味的吃食。过年了,支个油锅炸油糕,是在过年。小孩子满月了,要吃炸油糕,显得娃娃金贵。儿子成婚,也要炸油糕待客。老人殁了,过事要吃炸油糕。油,历来是农家贵重之物,人们所以拿贵如油来比喻春雨。

新压成的糕用新的小麻子油炸,其味特别香。一时间,小院四周弥漫着这独特的,只有黄土高原才有的奇香。农家娃娃,吃好饭最喜欢跑到硷畔上去吃。当我走到院外,才闻到,九月九这天全村家家户户都在炸油糕。我感到了整个墩沟门村都弥漫在新小麻油炸出油糕的奇香味道之中。

回到家中,我对父母说:"今天,庄里好像都在吃好的。"母亲说:"你没见,这两天庄里的碾子轮不上压糕,这些年,庄稼人吃喝上太受了。"父亲的一席话更具意味,他说:"信天游常唱受苦人盼得好光景。这话看似简单,你当容易?"他手里端着那碗热腾腾香喷喷的油糕和他那饱经风霜的脸庞像著名油画《父亲》的神色一样,永远定格在我的记忆里。

时过境迁,光阴不觉已过二十多年。如今,我们身边所发生的变化太多太大。我的小村墩沟门的祖辈父辈们已绝大多数作古。只有村后山头的两座古烽火台依然站在那里,但它似一种召唤,永远能勾起我的乡思。

哦,山村,那浓浓的远香,已长久地埋在我的记忆的深处,永远不能忘怀。

短章三则

雪灾

2000 年冬季，我国内蒙古发生严重雪灾。自然灾害对于依靠土地的农牧民来说，是最大物质伤害。科尔沁大草原白雪茫茫，寒风呼啸。零下三十多度的严寒，使成群的牛羊骡马困于大雪之中，无数的牲畜倒毙于严寒之中。尚未倒下的牛羊竟然啃着同类身上的毛充饥。除了政府的支援和一辆解放军的运输饲料的卡车在风雪中艰难地行进，我们看见有另外一支队伍出现在这冰天雪地中，这就是凤凰卫视报道组。他们冒着严寒，把镜头对准了饱受雪灾之苦的牧民，对准了那些处于绝望中的牛羊，对准了政府的救灾人员和英勇无畏的解放军。他们跟踪报道，迅速将灾区的情况详细传向每一块银屏，引起了人们广泛的关注和同情，于是，一双双援助之手伸向那遥远的大草原。

作为银屏前的一双眼睛或一个心灵，我被他们感动了。这种关注少有自私，关心是人类的大爱所在。凤凰卫视类似的

"出击"曾有过好几次,我记得他们到过战火纷飞的中东,到过水患严重的长江流域,一幕幕关注着人类生存的镜头,引起人们的思考。"在世界某个地方,有一群人正经受着绝望。"田震的歌那么真切地鼓舞着人的灵魂,面对雪灾,许多人在电视屏幕前流泪了。

一百只蝴蝶

　　蜜蜂是一个六岁的小女孩,正上幼儿园。她口甜,会说话,常常引起大人们的喜欢。暑假快到了,妈妈每天唠叨着说,放了暑假要带她去乡下看望一个孩子。因为妈妈常给她讲一个故事,说乡下有一个孩子,没有巧克力,没有游戏机,没有花花绿绿的衣裳和那么多好玩具,当然,也没见过高楼。没有钱,她辍学了,每天在田埂上捉蝴蝶。

　　"蝴蝶真好玩,我要蝴蝶。"蜜蜂经常说。

　　幼儿园放暑假了。一个星期天,妈妈租了辆车,向乡下开去。先是柏油路,后是黄土路,最后是只能容人走的羊肠小道,终于,眼前展现出一个蜜蜂从未见过的世界。开花的田野上,一垄垄田埂上开满了各式各样的花,她看见一个孩子正在追逐着一只蝴蝶。蝴蝶飞呀飞,越飞越高;孩子追呀追,不觉渐渐地来到她们面前。

　　追蝴蝶的女孩在她们面前愣住了,但她很快像醒悟了似的,对着蜜蜂的妈妈说:"你就是资助我上学的阿姨吗?她说要来看我的。我想定是你。"

　　"是的。"妈妈上前握住了山里女孩的手。

　　"阿姨,我已经捉了九十九只蝴蝶了,就剩最后一只没有捉住,我一定要捉够一百只,然后送给你爱蝴蝶的孩子。"山里女孩说。

蜜蜂看着妈妈,像是明白了什么似的。

原来,她就是蜜蜂妈妈资助上学的那一个山里女孩,妈妈一直要资助她上到中学毕业。这是她们信中约定的。当然,山里的女孩从信中也知道资助她的阿姨有一个女儿叫蜜蜂,于是山里的女孩要给这个未见过面的阿姨和一个叫蜜蜂的城里孩子一百只蝴蝶。她一直捉到了九十九只。今天,她们相见了。

山野上,她们共同追逐着最后一只蝴蝶,她们相互给了对方一个美丽的世界。

种西瓜的女人

村里自从修了一条水渠,村前的那块平展展的川地就成了水浇田。许多人家不约而同地都种上了西瓜。于是,村前成了一望无际的碧绿的西瓜地。清湛湛的渠水哗哗地流过村前,灌溉到无数的垄间。瓜苗长得好,村前很快成了一幅田园牧歌式的画卷。

自从种上西瓜以后,二嫂每天在西瓜地里忙活,一夏干下来,人晒得比男人都黑。现在西瓜快开园了,她每天盼着男人能回来帮助她卖瓜。再说,晚上女人在田里看瓜,也多有不便。

春上的时候,男人对她说,今年她种瓜,他进城做生意。秋后要修一座小楼房。

男人的话正说在她的心上。她做梦也想修一座二层小楼。看村里人如今都富了,再不起楼盖房,面子上不得过去。

就这样男人进城了。西瓜地的活儿一天比一天忙,苦一天比一天重,二嫂都挺下来了。只是晒得像非洲黑人,眼珠也似乎比从前白了。

开园的日子终于到了,村里人纷纷把西瓜拉到城里去卖。每天早晨进城,晚上回来,多多少少有些钱赚回。二嫂急了,她发动起院里的那辆锈迹斑斑的三轮摩托,进城去卖瓜了。一个女人驾驶摩托,就像无人驾驶摩托一样,路上车见车躲,人见人躲,比警车开过还要管用。

就这样,白天卖瓜,晚上看瓜,二嫂坚强地挺着。

这一天,她又进城卖瓜了。远远地瞅见了自己的男人。男人正和一个时髦女人相跟着,靠得那么近,那么亲。早就说男人一有钱就变坏,她不信。现在,她一切都明白了。她大声地喊出了自己男人的乳名,那个近乎难听的乳名:

"狗嗳!"

狗嗳比人们惯叫的"狗剩"都难听。"狗剩"是狗也吃着吃着要剩下的脏东西,"狗嗳"是指狗吃进去都要脏得吐出来的东西。但现在,人一有钱,什么都不嫌,是一堆狗屎也有玫瑰花愿意插在上面。

二嫂当下软在那里。她怎么也没想到男人会那样对她。她不明白了。什么起楼盖房,什么过日子,她什么都不想了。

村里的西瓜快要卖完了,二嫂家的西瓜还在地里烂着。明年,它能长出西瓜吗?那瓜庵子,也一直孤零零地撑着……

麻雀

对于大自然中的小动物，我总有一种悲悯的感情。这或许是因为小时在乡下生活。那一只只爬行于乡野土道上的蚂蚁，那一只只爬行在绿叶丛中的瓢虫，这些弱小的生命，既让人怜悯，又让人敬畏。其实，它们也和人一样，在这个星球上有同样的生命权利，只不过我们熟视无睹，或者是只看到了我们的自高自大、自我膨胀和目无他物。

小时候在乡下，山村是寂寞的，尤其是冬天，万木凋零，自然界的一些小生命似乎销声匿迹，而只有麻雀，会成为乡村一首冬日里的生命之歌。他们在瑟瑟的冬日寒风里，在乡村的院落、树梢、碾道或牲畜圈周围空地上飞来飞去，寻觅着地上的秕谷或细碎粮食颗粒。

麻雀是弱势群体，他们成群结队是有智慧的，组群飞翔是对付天敌的一种有效手段。乡间的野鹞不知从什么地方飞来，以矫健的身影和闪电般的速度猛攻麻雀群，有得手之机，但也常有落空的时候。原因是麻雀的躲避也是迅疾的，它们一旦穿入密密匝匝的树丛，野鹞便只好悻悻地飞离而去。

下雪了,扫开一片空地,选择的地点当然是牲畜圈草窖洞口前的一块开阔地。筛草的筛子下支一丫状的短木棍,木棍上系一根长绳,一直拉到一个隐蔽的地方。所有小孩子便藏匿了,就在散发着马粪驴粪或牛粪臭味的圈棚下。劳累了一年的牛终于歇息了,它们用木然的目光看着我们的儿戏,而我们的乐趣却刚刚开始。

冬雪压住了山村的一切。真有千山鸟飞绝,万径人踪灭的意境。村里村外的野物们似乎再也见不到踪迹,只有麻雀活跃着。麻雀的活跃不是因为对雪的呼唤,而是因为雪压荒野,一时难以找到食物。此时的麻雀显得那么弱势,缩着脖子,脑袋还不停地东张西望,像是在打量一切可以充饥的东西。风吹起了它们灰黑的羽毛,皮毛又显得那么零乱。刚撒下的一把秕谷,对,一定是秕谷。因为金黄的小米对于饥荒的乡村来说是多么重要。鸟儿禁不住诱惑,终于有胆大的最先从树枝上下来了,紧接着,两只、三只,一个个都飞了下来。它们围在草筛的周围,蹦蹦跳跳。终于有耐不住的,一只、两只,所有的全进去了。我们一拉绳子,麻雀哗地飞起了。跑去看,仍然有几只被扣在下面。这时,孩子们一片欢呼,寻来了喂牲口的直杠二叔的破棉袄,围了草筛,伸进手捉出了麻雀。这时,直杠二叔来了。他是来扫牲口圈院里的雪的。草窖门上的用麻秆做成的栅栏打开了,直杠二叔让我们散去,他不知怎地今天有了参与儿戏的兴趣。草窖门一开,麻雀一会儿便鱼贯而入,一个个进入去刨那干草底子里的谷物或碎粒。这时,直杠二叔从他匿身的草窖旁的牛料窖里悄悄地出来,蹑手蹑脚,手里提着一个带刺的长扫帚。这扫帚一般是用带刺的马茹或柠条的荆条捆绑成的,用来掠草,也就是把地上方的草轻轻扫起,装入草筐,这样土或灰尘就沉在地下,这样牲口吃了好。且说直杠二叔已到草窖门前,只见扫帚在草窖门口的上空左右横扫,受惊的麻雀呼呼飞去,但也有不少的麻雀被扫落在地。我们便一呼而上,像拣拾树上坠下的果子一样。一会儿每人的衣襟里撩着几只带血的眼睛还睁着的神经还抽着的麻雀。很快院子扫开的空地上用干草秸打起了一堆火。麻雀纷纷落入火堆,焦煳的气味扑鼻而来。被烧焦的,已经散发着肉的清香的麻雀像颗黑枣一般被我们拿在手中。腿快的孩子已经从家里取了盐,我们就着盐饕餮起来。

那年夏天,我从高桥镇上的初级中学毕业了,回到了村上。我自知学就上完了,虽然还小,但已彻底从心里放弃了上县中的念头。母亲给我的任务是每天到山村后墩山背后的湾塌地挖一化肥袋子野菜喂猪,因为此时家里养的唯一的一头猪已经开始上膘。赶中秋前后可以拉到砖窑湾集上卖了。打早和村里的伙伴们出山,赶中午已经返回,这一天我的任务就算完成。六月初山上的麦子开始黄了。转眼间,山地上的一片黄消逝了,村前的麦场上积起了各家各户的麦垛。麦垛上空斜斜拉过的电线上,总有一串串麻雀蹲在上面。我们最大的乐趣便是拿着弹弓打麻雀。一个夏天下来,晒得黑不溜秋。

这年暑期似乎比往年的长。临近开学,忽然村上有人从高桥镇上回来说,你考上了。上学前,父亲叫了剃头匠在我家碹畔上的枣树下为我剃了头,之后就到砖窑湾镇中学去上学了。中秋节前后,我回村里,母亲说那头猪卖了,还了借人家的学费,还有盈余。

时过境迁,不觉我在小城生活了快三十年了。楼上早些年搭下的一个电视外接线未拆,时常有一只麻雀每天清晨天蒙蒙亮时一定在那里叽叽喳喳地叫几声,我每次都是被它吵醒。有时懊恼,有时又想起一句诗来"你好像一只小鸟飞到我的窗前,"又有些惬意,美好的一天在鸟叫声中开始了。

我有空儿也观察起了城市的麻雀来。

我发现城市里的小麻雀很少像乡村的麻雀一样会成群结队。它们都是几只或一两只结伴而行。它们栖息的是水泥管子或废弃在高处的塑料棚子等等,总之环境相对安全。它们的食物是在垃圾筒旁,或人口密集的地方。食物是路上小孩们遗弃下的面包碎杂,膨化食品,方便面丝儿等等。有一天我路过一条水泥街巷,远远见一只小鸟在往下吞一块显然比它的口大得多的类似白色的厚纸片东西,我以为这鸟儿一定是找不到食物。走近,这只麻雀倏地飞去了。我拣拾起,想着这城里的麻雀一天都在吃什么,却见是一块膨化食物,好在它并没有选择吞噬塑料或纸片什么的,又庆幸城里的小麻雀自有生存的本领。毕竟它们少了天敌。城里的人忙忙碌碌,没有人去注意麻雀了,它们有也罢,无也罢,忙碌的人们已在物欲横流中再也不会关注它。它们寂寞,它们快乐,有了这些,它们还算在城里生活的好。

　　　　　　　无助的小鸟,
　　　　　　　你的命运微小。
　　　　　　　你不会飞得太高太远,
　　　　　　　但你在寂寞的飞翔。
　　　　　　　洪流中的人群像河水在汹涌,
　　　　　　　我的归宿是那岸边的沙丘。
　　　　　　　我会随太阳蒸发上升,
　　　　　　　化作天空一朵彩云,
　　　　　　　重新降成雨丝下落。

　　这是我献给城市麻雀的一首诗,它带着我乡村的梦,城市的梦和明天的梦……

麻雀

223

陕北老汉

一

他们的目光，一辈子也没有离开过眼前的这片黄土地：贫瘠、苍凉、布满了纵横如阡陌的沟沟壑壑。

你看他们的脸，那简直就是这块黄土地的一个翻版，或者是一个浓缩，上面布满了深深的皱褶。

这是一张父亲般的脸，一张对折的刻痕，就像版画家的刀痕，深刻、凝重。

这又是两张平凡朴素的脸，一张对着人生和岁月，一张对着苍天，坦然、庄严。

哦，这就是陕北老汉，这就是黄土高原！

二

有一次，我听一位画家说："陕北老汉最好看！"这是我第一次听说。

乍一听,令人吃惊,后来我玩味其语,像品味陈年老酒,像饮醇香的浓茶,越咂越有味。

于是,我仔细地阅读这张脸。

深沉而充满慈祥的眼神,坦然、沉静;山羊胡子的下巴;嘴里噙着黄铜烟锅;额头、面颊、眼角,甚至脖颈都布满了皱褶。这是沟里背谷,山上锄禾被黄土高原强烈紫外线晒成黝黑的陕北老汉;这是农闲时手把钢钎,凿石不止的陕北老汉。这些形象,已化成石雕,藏在我心……

三

我确信:

一个陕北老汉,就是一座山峁,一个山峁,就是一个化石的形象。

一个陕北老汉,有时也会成为一种声音,他的声音虽然不响,但却像黄河的暗流一样成为无声的汹涌。

一个老汉,有时又单纯得像一把镢头,它深深地嵌入高原,早已写满了人生的一切。

四

凝视陕北老汉的脸,我像凝视整个黄土高原。沟沟渠渠、山山梁梁的纹路,深刻、清晰、凝重、沧桑。

每一条皱纹,都盛过青春的河流;每一条皱纹,都化成岁月的页岩;每一条皱纹,都成了生命的河床。

哦,我的乡亲,我的父亲!

2005 年 4 月 20 日

他是一棵树

陕北黄土高原有数不清的道道山峁和条条沟壑。而河流却屈指可数。天下雨,山存不住雨水,沟就毫不怜惜地将雨水连同植被和泥沙一泻而去。形成无数干涸的河道。山峁一个个越来越孤立,沟壑一道道越来越纵深。然而祖祖辈辈生于斯长于斯的高原人渐渐习以为常,黄土高原支离破碎的外形成了司空见惯的景象。然而,当一位从太平洋彼岸远渡重洋而来的人第一次踏上这片土地时,惊呆了:"这是一块奇异的土地,像希腊酒神制造出的世界。人类能在这样的土地上生存简直是奇迹。"这是美国记者斯诺三十年代来延安采访红军时对这片土地的描述,让人触目惊心。

面对这片沧桑土地,人们终于惊奇地发现它的状况恶劣到如此的地步。小河干了,树木枯了,沙暴强了。它的贫瘠拿现代标准的要求看,就是少了植被,少了草木,灰黄成了主色调,沙尘也不时袭来。许多人面对苍凉的黄土地发出的是无奈的感喟和一味的埋怨。怨天、怨地、怨人。一些环境恶劣的地方,当人掏舀不起最后一勺泉水的时候,选择了背井离乡。曾经是祖辈赖以生存的土地,成了咒骂对象;本来应该无限怀恋和魂牵梦绕的地方,成了再也不愿意回忆的噩梦。然而,有一个人却是我们眺见的那种固守在山上的一棵孤独的树,一片我们呼唤的绿叶,一片撑起高原沧桑的绿荫。

黄土高原千沟万壑中的一条更小的山沟,一个老头头顶烈日在骄阳似火的山地上劳作着。他像众多的陕北父老一样,脸色被太阳晒得黝黑,密密麻麻的皱纹像一条条沟沟渠渠,遍布了前额和面颊。汗水和着黄土在脸上遮了厚厚的一层。他的个子不高,腰腿不便,明显地佝偻着,挥汗如雨地干着,动作缓慢而坚定,性情倔强而固执。他一会儿使镢一会儿拿粪,随时传出一两声寻常的呐喊声,像是招呼他的家人好好干。这年初夏陕北照例干旱,土圪垯翻起硬硬地遍布了一地,镢头㞘子砸下去冒起一股股的黄尘,传出很响很响的声响,这声音传出去后,又被对面的崖洼洼遮了回来,传出一声又一声的回音。这劳动的场景似乎平凡不过,然而,不远处却有一台摄影机在一点不漏地记录着。这一天,来自东南沿海发达地区的浙江省电视台正用镜头把近乎琐屑的、平凡得不能再平凡的劳动场景传向了收视率极高的浙江卫视。我是在银屏前被这一幕感动了。当镜头摇向他辛勤劳作了二十来年的这个叫韭菜沟的地方时,我见到的是一棵棵葱绿的树、茂盛的庄稼、摇曳的果木和一片水塘。

"沟底里一座座连环坝如雕刻一般铺上了高处;陡山陡洼一排排桃树、梨树被累累的果实压弯了枝头;山坡上平展展的梯田上大片大片的果树散发着诱人的果香,水塘里还有鱼儿跃出水面。"这是人们对这条老人经营的山沟的描述。这田园牧歌式的风光,是老人的杰作。他像一位不用画笔的山水大师,用粗糙的双手把一片贫瘠的土地打磨成一个不平凡的世界。在这里，他把陕北人那种坚韧，那种固守一方热土执着追求，只问耕耘不问收获的精神抒写得十分饱满。当联合国粮农组织总干事把"亚洲杰出农民"的奖杯和证书颁给他的时候，他仍然是那么平静，好像，在他身上什么也没有发生。因为他自知农民永远是平凡的，没有杰出一说。给土地奉献气力，是本分；在土地上创造丰稔和收获，是应该；把绿色留给后人，是当然的愿望。于是，他又回到了沟里，一镢一痕，步步为营，像一位绿色的守望者。

　　一个地方没有"魂"，这个地方便没有生机、活力和希望。一个村子有"魂"，村头的老槐就是"村魂"，历经百年风雨，枝繁叶茂，根基不动不摇。老人也是村魂，年轻时挖山不止，像活愚公；年迈时又植树不停，在贫瘠的土地上播撒绿荫，山之精神，树之精神集于一身，就像那立于高岗上的一棵老杜梨树，撑举着浓荫，飘摇着绿意，召唤着那染遍整个黄土高原的绿色。

　　他是一棵树。

动物杂说

一

人与动物，走过了一段十分漫长的相处道路。先是共同相处，无高无低、无贵无贱，在一片原始的林子里共同生活着。既而，又发展到了另一个境界，大脑发达的人，开始用石块、长矛袭击对方，肉食对方，最后到火烧食其肉。捕杀动物的能手，可能成为部落里的英雄，受到年长者的器重和年幼者的尊崇，当然，也会受到异性的爱慕。这种情形一直延续了一段无比漫长的过程，直到武松打死老虎，受到披红挂彩的待遇，以及无数的猎户成为当地英雄；直到最后一个以打猎为生的鄂伦春人和鄂温克人走下高高的兴安岭，再无猎物可打，那句"棒打狍子瓢舀鱼"的情形在后人听来简直难以置信时，人类突然发现，自身孤独了。当然，这点外国人好像比我们觉醒得早。像一位诗人的一句诗所写："一个人孤零零地在地球上行走，有时会有一种没名的烦忧"一样，才发现动物已少得可怜了。

二

不是说所有的动物都行将灭绝,《动物世界》也给我们带来过一个个全新的视觉。非洲大草原上的动物王国里,动物们组成的是一个像集市般的乱哄哄的世界。各种动物或以类居、或以群分,或单独行动,都在争夺着地盘,抢占着草场,甚至为一小片泥塘而争得面红耳赤,互不相让,打斗不息。角马的疯狂繁殖,以至迁徙时,组成了浩浩铁流,在大草原上奔突,长颈鹿鹤立鸡群,傲视群雄,狮子有时也不敢冒犯(据说长颈鹿能踢死狮子);猎豹豺狗行踪诡秘,逐鹿于野;大象是动物王国的主角之一,不时地耍着脾气,长号着,不时推倒一棵棵树木,显示着它的不可冒犯;狮子的食肉大餐每天都在进行着。鳄鱼是最阴冷的杀手;猎狗和豺狗是最可恶的家伙,有时狮子在它的面前也要丢下食物,它们的厚颜无耻到了登峰造极的地步;犀牛一幅憨厚的样子,但一旦跑起来简直像重型坦克一样;斑马美丽得像非洲小姐一样……这些非洲大草原上的动物都给人留下了深刻的印象,它们组成了一个奇异的世界,那便是野生动物的世界。

三

北极熊和南极企鹅生活在地球的两端。

这是两种孤独和聪明的动物,它们走向极端,选择了北极和南极两个极端,在很长一段时间躲开了动物最可怕的敌人——人类。

北极是一个寒冷的世界,北极熊靠它厚厚的皮毛和脂肪,抗拒着冰冷,能在冰天雪地里呼呼睡觉。南极企鹅在冰大陆上行走,憨态可掬,成为人类很好的朋友。

别的动物与人类相距太近,吃了不少亏,它们的骨肉和皮毛成了人类争逐的对象,动物们不得不向人类退缩,地盘被逼得越来越小。

四

"狼又回来了。"这个过去引起人们恐慌的话,如今成了一种惊喜。某地为了宣传其生态恢复得好,就用了"狼又来了"这个题目。过去人们不能接受的词,比如"怀念狼","想念乌鸦"之类的,现在时时有人用起。

动物园我们去了不少,那里不是动物的乐园,而只是动物活标本的展览。那里的动物不敢恭维,皮毛肮脏,表情木然,有些动物简直成了神经病,在铁丝网里来来回回,来来回回地走动着,每一刻都想逃出,年复一年,日复一日,缺少了自然界的机灵与凶猛。

五

在非洲,我们看到的是一个动物野生状态下的世界。一个个野性的,充满活力和生命力的世界。摄影家镜头下捕捉的画面,与动物园中的动物截然不同的两种状态,这里构成了动物与大自然和谐之美。即使演绎着一幕幕弱肉强食的画面,那也是生物链中极其正常的事情。

《动物世界》完成了一个人与自然,人与动物沟通的窗口,展现了一个无比奇异的世界,人类由此引发了很多思考,增强了生态的保护意识,从这层意义上讲,是一个非凡的收获。

书斋

　　春节前,我买了一盆水仙花置于书房的案头。水仙正开着,有着酒盏一样的花蕊,黄黄的,和白色的花瓣映衬在一起的小花朵的水仙,清新淡雅,楚楚可人,给书房增添了几份雅致。听着新年钟声的响起,我坐在书房的案头前,沉浸在书斋的悠闲与清静之中。

　　我爱书斋,这是我一直以来对生活的渴望和最值得满足的一部分。少时,家在乡下,窑洞里唯一的最爱是土炕上的那个小炕桌。每逢过年,身为庄稼人的父亲拿起毛笔,在炕桌上写春联。红红的春联,漆黑明亮的墨迹一直留在我的记忆深处。也许这就是一种从小的熏陶吧,我后来也喜好上了舞文弄墨。在乡下务农那些年,家里请人做了一套书桌,每日劳动之余,坐在书桌前读书写字,成了一种乡间劳动之余的乐趣。那年,我的一篇散文在《延安日报》文艺副刊"杨家岭"发表了,署名是"安塞农民宇鹏",当时,就引起了县上的关注。而编辑这篇散文的正是后来成为著名作家的高建群先生。后来,我混迹于县城,几经辗转搬迁，先是书房与家共为一室，后来，有了单独的书房，但拥挤不堪，拥挤归拥挤，但乐趣还是有的。三架挤得满满的书，全是些文学艺术类的。最令我欣赏的，是墙上的一幅荷花图，那是原中央美院国画系主任、画家姚有多先生的笔墨。姚先生那年到陕北体验生活，为我画的。姚先生以人物画见长，曾为几位来访的外国总统画过肖像。他留着背头，戴一副宽边眼镜，有儒雅的学者风度。他已在几年前作古。另一幅字是陕西著名书法家石宪章为我写的四尺整张榜书。那是陕西文艺家来陕北采风时留下的。记得那天刮着老黄风，天气不好。石先生几年前也已去世。还有一幅是张炬先生的字，他很有才华，字写得好，可惜他早逝。看着这些逝去人的墨迹，我常常内心发出感慨，人生苦短，岁月不留情地要抹去许多，这个法则谁也无法阻止，人生的紧迫感常常油然而生。还有刘文西先生为我写的墨宝"求索"。那天停电，刘文西先生忽然来了兴趣，在蜡烛下写了这两个字，尺幅不大，但很珍贵。刘文西先生当时说，吴作人（已故国画大师）给他写了小小的一块纸，他一生都满意了。作家高建群书法的内容是"宝剑锋从磨砺出"。高建群为我发表了好些作品，多年来一直为师为友，看他的字倍感亲切。还有靳之林先生的墨宝，他曾是徐悲鸿的学生。朱贵泉先生的书法最显眼，笔力遒劲，书法功底深厚，超凡脱俗。他人如苦行僧一般，对艺术严谨而认真。他现居江苏南通，每年要来一次陕北。张雪丹先生的《春风玉美人》是一幅玉兰花的写意作品，出神入化，墨色高雅。清华大学艺术学院张建利的焦墨山水，置于书房，也令寒舍蓬荜生辉。那年，他来陕北，酒后他答应为我画画。一般酒后人易食言，但他没有，半月后他果然为我寄来了他的画作。

我爱书斋。我也见过一些令人玩味的书斋。作家陈忠实先生在西安霸桥区西蒋村的那个书斋简朴但有所不同,因为他在那里写出了著名的长篇小说《白鹿原》。说是书斋,其实就是普通的农舍,书斋的窗户紧临着白鹿原边的土崖。正是五月天,窗外的一株葡萄长出了簇新鲜绿的叶子,阳光打上去显得明亮而鲜美。青藤顺窗爬上,使书斋很有些诗情画意。一排陈旧的书架上塞满了文学名著。书架下是一个并不十分大的写字台。陈忠实坐在案头前,抽着雪茄,喝着浓茶,表情平和。他像一个正在田野上收割的农人,他正沉浸在一部巨著的创作中。也许他太爱书了,书架上贴着几个字:"君子动口不动手"。看来,书籍对于书房的拥有者太重要了。那次,他为我用钢笔在笔记本上写了"自主"两个字,这两个字一直在生活上和艺术的追求上激励着我。

贾平凹的书斋最有特点。满屋的书,满屋的陶罐,石刻造像,取名"大堂"。曾有上海一位作家造访"大堂",说他背负的东西太多了,太沉重。书斋可以看出一个人的兴趣,甚至人生观和价值观。友人玉奇,在西安城南有一居处,书斋里拥书数千册,书架蔚为壮观。一日我去,见后自愧弗如。买书成了他的一种生活乐趣。作家高建群常在书斋为友人写"拥书自雄"几个字。他在书斋里创作了许多作品。他抽烟甚多,他的书斋是用烟熏出来的。画家杨晓阳的书斋气度大,内藏雄厚,集收藏家和画家于一身。巨大的战国陶罐古朴沉雄,厚重端庄,是其书斋的一大特点。书房的陈设往往是一个人情致和品位的表现。书斋到了一定的文化品位,是会滋养人的。更多的人愿意给自己的书斋起一雅号。李可染先生喜欢画牛,其书斋就取名"师牛堂"。言下之意是向牛学习,学习牛的精神和牛的品质。

书斋是一个人的天地,一个人的心灵世界,一个人的灵魂安妥处和精神归宿。即使是家徒四壁，但有一个书斋，人生也许就有了满足的一部分。连古人也云："家有藏书宜子孙"。有书斋，工作之余，一个人静静地坐在书斋，沏一杯清茶，享受孤独闲适的生活情趣，或深思，或如达摩面壁，自是一种惬意。偶有兴趣，挥毫泼墨，嗅着满屋松烟墨香，神游物外，作庄子逍遥，会当击水三千里，自信人生二百年，发思古幽情，抛生活烦恼，心旷神怡，也是一番天地。有一位朋友搬家了，他刻意为自己做了一个很大的书架，几乎布满了整面墙，当书塞满后，他对着书架说，我这半辈子，没有什么值得炫耀，就这一架书，仅此而已。我感到他的人生有充实的那一部分。我觉得现代人应当追求高水准的物质生活，享受舒适，但如果在此基础上有一个书斋，则更尽如人意。这话也许又归结到物质与精神相统一的层面上，但这二者都是重要的。

　　书斋里有享受，也有惆怅与无奈，这就像生活不可能尽如人意一样。有的人在书斋里完成了自己充实辉煌的人生之旅，创造了自己的一番天地和世界，也有的人在书斋里会感喟人生。明代画家徐渭曾在书斋吟过这样一首诗："半生落魄已成翁，独立书斋啸晚风。笔底明珠无处卖，闲抛闲掷野藤中。"徐渭以画葡萄见长，他的笔底"明珠"就是谓葡萄而言。他在书斋里感慨人生"半生落魄已成翁"，独自一个在书斋面壁长啸，令人感到书斋不仅是一个清静的个人天地，这里和外面红尘滚滚的世俗世界也有一番对照。书斋，是人生的归宿，还是眺望远方的滩头和踟蹰的角落？

作于丁亥年正月初四

忆
旧

　　我刚刚有了模糊的记忆的那年冬天的一个下午,村里的毛驴从离村四里地的高桥公社接回了一群从北京来的知识青年。隐约记得,他们当时骑毛驴的样子十分可笑。毛驴队伍就停在了我们家的当院,邻居家陈老汉紧挨着我们家,他家是接待知青的点。

　　我们的村子位于安塞县高桥公社以西,交通方便,延安至志丹和吴旗的公路就从我们的村下通过。村子离延安56华里。大队部在刘坪村,辖刘坪墩沟门、孙家沟、烂泥湾四个生产队。队里分了十来个知青,都是北京市东城区的。在七十年代末,村上还经常能收到从北京来的问候信。知青吴青顺的地址是北京东城区八宝坑。知青住下了,我们第一次闻到面包的香味,品到水果糖的香甜。这些知青的名字我至今还能记起几个:尹升山、吴俊青、赵爱英、吴青顺……后来他们都陆续回北京或到外地工作,村人还常说着他们的故事。传说知青吴青顺回北京探望父母常常是爬火车回去的,去一趟北京,只花5分钱,有一种传奇色彩。赵爱英是一个美丽的姑娘,村人传说她去了香港,从此再无音讯。吴俊青都叫她吴英儿,她是吴青顺的妹妹。吴英儿嘴馋,常在我们家的酸菜缸里捞腌酸菜里的白菜心解馋。前几年几个知青结伴回来,听说我们村的知青回来的就她一个人,到村里住了一天。

留得最久的是在烂泥湾村插队的郭少奇。全大队知青都回村了,郭少奇一个住在烂泥湾村的山坡上高处的一孔土窑洞里。大队的四个村子的人他非常熟悉,他和我的一个堂兄关系好,经常来村上玩。有一年回北京他带回来一块金鱼牌扑克,那崭新、光滑而美极了的扑克我至今记着。他常到公社驻地高桥去转,路过村上,有时就留在村里吃饭。一来二去,我成了他的小伙伴,他常常邀我到他插队的烂泥湾村。村上山坡的高处有一棵梨树,那是村里分给他的。秋天,梨树上的梨儿黄了,他就请我去吃梨儿。1978 年,郭少奇终于最后一个离开村子,回到了北京,至此,大队的知青全部返回北京或在外地工作。他们留下的窑洞有的废弃了,有的被村上的孤寡老人居住了,有的甚至坍塌了。郭少奇回北京后,也常保持联系。他住在北京西山的一条山沟里,家里搞些养殖。他的妻子是个盲人,几年前去世了,听说他又续了一个女人。有一年,他带着儿子和孙子回了一趟陕北。村上也有人去北京,他必邀请到家里坐。有北京念大学的,星期天他常请到家里玩。他是一个心地善良的人。他留的时间最长,对村上人的感情也最深。知青在陕北插队生活是艰苦的,他们吃了许多苦,他们也有许多美好的东西值得回忆,成为他们人生的宝贵财富。特别是陕北人民的吃苦耐劳和忠厚善良给他们留下了深刻的印象。他们也把许多先进的生活观念、方式教给了陕北人。他们教陕北青年人刷牙,往脸上抹粉。有许多陕北姑娘嫁给了知青,去了北京生活。有的女知青留在陕北,和当地青年结婚。

陕北人总觉得知青和陕北是有缘分的。小时候我常听老人们说他们:"这些娃娃们来陕北受苦来了。"80年代初,在延川插队的北京知青史铁生写过一篇短篇小说《我的遥远的清平湾》,写他在陕北放牛的故事,获了那年的全国优秀短篇小说奖。小说中那淡淡的乡愁以及陕北高原独特的乡村生活打动了许多读者。而同在延川插队的陶正也写过一个短篇小说《逍遥之乐》,也获了全国小说奖。他的调子更轻松一些,洋溢着快乐与诙谐。由此我爱上了反映知青的小说。同时期著名的作家有梁晓声、史铁生、陶正以及在北大荒插队的女作家张抗抗等等。可以说知青文学成为新时期文学领域的一道风景线。我尤其感兴趣《遥远的清平湾》里的那种描写,原来我们祖辈生存的土地竟然这样富有诗意,但在外人眼里又是那样一个奇异独特的世界。

不管怎说,知青到陕北来插队,对于他们个人来说既是一种吃苦,又是一种锻炼,许多人在回忆插队时的经历无不表露如此心迹。我们的民族今天,明天,还是在今后更长远的历史时空里,要不断有人深入生活,下基层锻炼成长,了解民情民意、接地气。高楼万丈平地起,这样在走向未来的遥远的前方才能步履沉稳,一步一步向前迈向我们民族更加伟大征程和辉煌的明天。

『专号』的回忆

在过去的岁月里,我曾阅读且订阅过无数的报刊。然而常常能勾起我美好回忆的,仍是人生中订阅的第一本杂志——《延河》。

1981年冬,我还在陕北高原偏僻的一个山镇上学。那时,确切地说我还没有订阅过报刊。一次,从同学那里,我得知有好几种文学刊物可以通过邮局订阅。我从极其有限的几个学费中省出四块二毛钱(那时是个多么大的数字呵!)和家人商量,订阅了1981年的《延河》杂志。

庆幸的是,这一年《延河》的头三期都是专号,我记得第一期是"陕西青年作家专号",第二期是"陕西中年作家专号",第三期是"新作者专号"。尤其是第一、二期,当时活跃在陕西中青年作家几乎人人一篇,并在作品前配发了作者小传和照片。之前我对陕西作家知之甚少,就从那一期起,我认识了陕西青年作家。作为一个普通读者,这个阵容中的人物成了我后来一直关注的对象。

那时,陕西的中青年作家还没有写出后来的那些重要作品。路遥也没有写出《人生》,贾平凹也刚出了几本集子,陈忠实也只写出了《信任》等小说,但是他们无疑已立于读者面前。

　　后来,我回乡务农了。在偏僻的陕北农村,我在有限的书报来源中,不断地关注着《延河》小说专号上认识的这些作家。我在后来的多年中,几乎读到了这些作家中每篇重要的或者是不重要的作品,并且在一些场合见到过作家本人,留下难忘的回忆。

　　第一次见到贾平凹是在延安文联组织的一次文学讲座会上。我清楚地记得贾平凹穿一件灰色夹克衫,他谦逊而平和,语言缓慢。他谈文学时说了不多的话,但只强调了两个字"独特"。这和他作品一贯追求是一致的。这在他的作品中能看得出来。正是他追求独特,使许多读者喜爱上了他的作品。我记得我在能知道的报刊上,千方百计地搜罗他的作品,在很长的一段时间里这几乎成了我生活的习惯,我一篇不落地看了他所有的小说、散文和为数很少的诗歌。可以说,我曾是他忠实的读者之一。

　　路遥也是在那一次讲座会上见到的。他结实而粗壮,像陕北的山峁一样。他的《人生》是我在一位乡村小学教师手里的一本《收获》上读的。我被他那像民歌一样简约的叙述方式震撼了(当时有许多读者被震撼了),小说中主人公的人生遭际,正是像我一样的陕北众多的有志青年,他们正为自己的出路而迷茫和苦闷。(好在今天人们有了更大的竞争余地,这种城乡的分界线不再那么无情了!)《人生》拍成电影后,我放下手头的农活,骑着自行车一天往返百余里路,赶到延安城观看了影片。《平凡的世界》出书前,曾在《延河》上选发了个别章节,当时还加了编者按。这部长篇当时的名字叫《普通人的故事》，选发的那章叫"水的喜剧"。我记得当时我给作家路遥写了一封信，我提了一个建议，我认为作为一部长篇小说，以《普通人的故事》做题目太平常了，建议他另选一个题目。我不知道路遥先生收到我的信了没有，反正后来小说取了《平凡的世界》，这个题目是好的。

陈忠实我也关注过他几乎所有的作品。印象深的早期作品当是《信任》《第一刀》《初夏》等中短篇小说。我认为他和路遥一样，有政治家气度，他们首先是个政治家，其次才是作家。1988 年我第一次去西安，见到了陈忠实，地点在灞桥农村西蒋村。带我去的是陈山桥老师，陈老师本是西安灞桥人，他的家兄陈鑫玉时任灞桥区委宣传部长，据说是陈忠实的同学。那时，陈忠实正在灞桥区西蒋村的农村写作他的长篇小说《白鹿原》，西蒋村是他的家。吉普车在一条黄土路上颠簸前行。陈鑫玉先生说起陈忠实开完十三大（他是党的十三大全国代表）后，连西安也未回就回农村了，很使人感动。在灞河边上一间紧靠白鹿原的关中农村普通房间里，我见到陈忠实，他手中夹着雪茄烟，那么和蔼、率真、朴实，我记得当时他还在我的本子上写下"自立"两个字，给我不小鼓励。

赵熙是一位写陕北题材的能手，他的作品具有浓郁的陕北乡土气息，我们更是喜欢读。1998 年深秋，延安文联在安塞举办创作座谈会。会上，才有幸见到他。我的书架上，有他写陕北的早期小说集《长城魂》，他在返回延安后还为我邮寄来了他的墨迹。我想，这是读者与作者之间的真诚之所在。

《延河》"小说专号"上介绍的其他作家我虽然未曾谋面，但他们的作品我也是时时关注着。与其说是关注他们，不如说是

「专号」的回忆

在关注陕西文学。作家们把他呕心沥血的文字奉献给读者，自然有真诚的读者为其倾心。我们看到，他们对文学的追求，已经铸成了陕西文学的辉煌，以至后来的"陕军"这个陕西作家群的代称，也堂而皇之地出现了。

如今，时光流逝了许多，这些人中间，有的已经作古。从"专号"到现在，我作为普通的读者，仍然关注着他们。记得那期"专号"的前言是老作家胡采写的，叫《延河水长流》。我如今的居所，距离真正的延河只有几步之远。我每天都听着延河的流水声入梦的。每当夜深人静，延河的流水声就更加响亮，这条有着极不平凡经历的黄土高原深处的普通小河，曾经有过多么不平凡的辉煌，而作为文学意义上的"延河"，它对我的生活也有着不寻常的记忆与影响。是的，延河水长流，夜夜入梦来。在它的源头深处，每每有人用他的眸子关注它的流向，它的每一声喧哗……

1999 年 2 月 18 日于　陕北

旧笺忆事

今年,正月初五,有一场好几年不遇的大雪降落在黄土高原。逢着春节假期,可以尽快地享受那些来自天穹的精灵无声地飘落,可以看它们用圣洁把大地山川装扮得一派美丽,如童话世界一般。在享受黄土高原雪国的静谧与美好中,坐在书斋里是别有一番情趣的。户外白茫茫的银装反射回来的是柔和洁净的自然光线,把整个书房辉映得充实而富有诗意。在这种天气里情致是颇高的。忽然来了兴趣,翻开了我青年时的信件,这些信件大都是二十年前的积累,我并没有把它丢弃。书信有时候是人生回忆的火花,一个小火星就可以点燃岁月的激情。当下,书信几乎再没有人写了,我记得自从传呼和手机上来以后,写信的人就越来越少了,至少我不写了已有十几年光景了。使我心动的第一封信是上海的《少年文艺》编辑写给我的,那是一封字迹娟秀美观的回信。八十年代初我上中学,给《少年文艺》写了一篇散文《燕子飞回来了》,那是一篇极不成熟的散文,但编辑给我写的回信竟然比我稿子的篇幅还要大。现在每每拿起,就不由自主地进入了美好的回忆之中。还有作家邹志安的回信，他教我一个乡下的农村孩子如何写作。他在十几年前就去世了。高建群先生当时在《延安日报》文艺副刊做编辑，他给我写信并编发了那么多稿子。同在延安报社当记者的王天乐具有很高的文学天才，他是路遥的同胞弟弟。利用下乡采访的机会，他跑在我做临时工作的高桥乡政府看望我，给我长了很大的劲儿，可惜他在十多年前也英年早逝，令人惋惜。更多的是生活中那么多的朋友，他们的信给予了我各种各样的鼓励，虽然有的近在咫尺，有的在大江南北，但那信件中单纯而又朴实，充满激情憧憬的文字，现在品读起来仍然令人感动。那生机勃勃的脸庞和对生活、事业充满希望和奋斗的激情，至今令人难忘，让人感到年轻是多么好哪！

转眼又过了些天，上班翻阅报纸，一则新闻吸引了我，中国导演刁亦男新年刚过便获得了柏林国际电影节"金熊奖"。随他去的男主角廖凡也获得了影帝。看到高高举起金熊的刁亦男，是那么熟悉，多的只是他嘴上的胡须。我这才记起雪天翻旧信件时，不是还看到了他和当时在北京大学读研究生的李文东的几封信件吗？二十年不见，他成功了。今见音讯，还是颇有一些感触。对于成功的人，我们还是要祝贺的。

1989 年冬天，当时我正在高原小城安塞县文化局做临时性工作。常接待一些外来考察黄河黄土文化的人。我平时喜欢文化人，且又愿多与他们结识。记得现在大名鼎鼎的中央美院副院长、著名画家徐冰从中央美院赴美国留学时，临行前要些安塞农民画去美国，是我帮他选，并亲手送到来延安飞机场接画的他的手中。著名编剧芦苇来安塞，我陪他吃了陕北炖羊肉，那时他们都是并不出名的人。李文东是 1989 年秋天从北京大学来安塞实习的研究生。同行的三个北大研究生，一个来自山东青岛，原来就在北京大学就读，另一个由武汉大学考入北大。李文东是东北人，他父亲是一个乡镇干部，他由上海机械学院考入北大研究生的。三个同学中，两个在忙于学习，只有李文东兴趣广，喜欢书法。他真聪明，平时不见他学习，总喜欢谈艺术，和我成了好朋友。这年冬天过春节放假，他从安塞县城买了一辆自行车，赶春节收假，他已骑着自行车从四川成都往返了一个来回，令人敬佩。第二年暑假前他离开了安塞，还是骑自行车，从黄土高原小城安塞出发，一直骑到新疆的天山脚下，然后卖了自行车，乘火车回到了北京大学的未名湖边。他回信了，他说"天然的隽秀不但没有激发出我的灵感，对于人生的陶冶，出于山水之后者"。他说他回去以后，一心只读圣贤书。安塞的一年生活，是他人生一种不可再得的财富，将永远留在记忆当中。他说他不会忘记黄土地的沧桑，不会忘记延河水的涓细，不会忘记鸦行山上我们临风眺望，也不会忘记窑洞火炉旁共谈志趣……那个冬天，我们用了两天的时间，骑车在满是虚土的道路上艰难跋涉，翻越了秦直道口鸦行山。那天傍晚，行走在黄土高原山巅之上，远远近近的古烽火台在落日下苍凉而壮美，几个背着柴火的女孩出现在道路两旁，她们瞪着大大的美丽的眼睛看着我们这些"天外来客"，那目光我一辈子也忘不了，尽管我的童年也是这样过来。那目光离我们近，比那张著名的摄影，也就是后来成为希望小学形象"大眼睛女孩"更令人震撼。后来李文东来信说"未名湖畔很少能见我的影子，我在寝室的一角送孤灯入夜。"他同样也有所震动吧。后来据说他去了美国深造，再无音讯。而有的杳无音讯，但突然在你面前出现，又令你产生美好的回忆。刁亦男虽短暂结识，但很快成了朋友。1989 年 12 月，正在北京中央戏剧学院文学系上学的刁亦男来到安塞,随他来的还有他的女同学刘颖。刁亦男是西安人,家在西安话剧团,他高个子,白净,人很标致。刘颖年轻漂亮,洋溢着青春的风采。晚上为了省钱,不住旅馆,我为他们找了安塞政府大院后院县人大的窑洞办公室住了下来。刁亦男雄姿英发,脸上透出欲干一番事业,但又略显踌躇的神色。他是来感受陕北文化的。那时,陈凯歌的电影《黄土地》正红遍全国,黄土地上的一场安塞腰鼓震撼了北方。剧中还有民歌大王贺玉堂的一曲酒曲儿《酒瓶抱在怀》令人沉醉。我领着他们听了民歌大王贺玉堂的民歌,看了李秀芳的剪纸,观赏了安塞农民画。第二天安塞政府大灶刚好吃羊肉。那时穷,临时工工资太低且灶上给每个上灶的人一份儿羊肉,也就是一碗羊肉。我的那碗就由我从灶上打来,端给在我办公室的他们。至今我常常想起那碗羊肉,觉得两个人一碗羊肉实在不够吃,因此常怀歉疚之心。我对刁亦男说:"作家刘成章那年来安塞体验生活,写了一篇《安塞腰鼓》,很不错,那次我们去王家湾采风,他听了王家湾老农讲了毛主席在王家湾居住时,给老乡了一根纸烟,他回去还写了另一篇散文《山峁》,获了《人民日报》征文一等奖。"刁亦男说陕北文化真迷人,他就是冲着这个来的。刁亦男回到北京给我先后写了几封信,那时写信是最好的联络方式。他说回到北京后和几个朋友一起排演英国作家哈罗德·品特的名剧《送菜升降机》,准备在北京有影响的大学演出。也盼望无论在什么地方我们能再见。激情永远属于年轻。他说:让我们一起跨入九十年代!二月份他来信说,他原准备去陕北,后来去了秦岭。原因是去延安的道路被雪封了,很遗憾。他还代问文东好。因为那些天李文东也一直与我们在一块。在信中,他的一段话令我深思,他说:"上学真没意思,这

行走的黄土高原

246

里培养不出艺术家,这里只能出骗子、白痴、呆子和好事之徒,因此,我时时想念着那次陕北远足,想着你们那边最纯粹的生活,那是一种受纯精神支配的生活,至少那里能捕捉到艺术追求的最佳境界的一部分……"

"我没事时,一听到贺玉堂的歌声,就觉得我们彼此离得很近,毫无物理上的远近。"贺玉堂已于2013年腊月去世,一代民歌大王陨落黄土地,刁亦男尚且不知。25年过去,弹指一挥间。"海内存知己,天涯若比邻"。展笺沉思,颇感深味。不论怎说,刁亦男走上了自己艺术追求的高峰,可喜可贺。那时我们都怀着对艺术的追求与志向。我们有激情,但我们偏激单纯;我们虽短暂交往,但友情足够永远回忆和感受。作为在火炉旁彻夜谈艺术的青年,曾经的美好会永存的,至少在我们心间。我见到蝴蝶美丽的翩翩舞姿,但我亦见证蛹的平静。

"天空也许不记得翅膀的痕迹,但是我们曾经飞翔过。"我用泰戈尔的诗,结束我的这段小文。

黄土地绿色的梦想

"这是一块奇异的土地,像希腊酒神制造出的世界,人类能在这样的土地上生存简直是一个奇迹。"三十年代,远渡重洋的斯诺来延安的时候,这是陕北留给他的第一印象。然而,无数的黄土子民们生存安居下来,繁衍生息。他们和山结下了不解之缘,山,决定了他们的命运。

1999 年 8 月,对于故乡的村民们来说,是个极不寻常时刻。当听说从此将要告别他们大半辈子耕牧的山时,心中泛起复杂的思绪,有的农民流泪了。这种心情表明他们那么爱他们曾经耕牧的土地。村民郭老汉说:"1973 年周总理来延安城,他从人群中挤过去,和总理握了一手,至今难忘。这回听说朱总理来延安,又给咱们办了这么一件大好事。"他说他打算今年秋天,收打完山上最后一场庄稼,将永远告别去山上作务庄稼。原打算不动弹了(不劳动了),现在看来不行,还要干哩,他耕种过的山不绿,他是死不瞑目,他要耕于黄土、葬于青山。

村民们把朱总理的指示概括了几句话:"庄稼汉下山入川、牛羊回圈、农民吃粮。"

对于山,农民们有他们自己的感情。如果说最早认识的,便是山了。黄土地的孩子,土命,一跌落下来,就在厚实的黄土炕上。长到四五岁,就开始在大山的胸襟里奔走了。父辈和先人们爱山,后代自然就爱山,他们认识父母最早,认识大山也就最早,他们生命之路的第一步,也就是从大山的厚土上走起的……大山和他们多么亲近。他们走惯了那弯弯的山路,看惯了高原的日出日落,厚土上的爱熔铸进了他们的骨子里,哦,高原,我们充满繁茂生命力的高原!

想到他们祖辈、父辈们在黄土地上无法消失的身影,以及他们耕作的往事,百感交集。

春天,清明未过,就该出牛了。人扛着犁具,吆着牛,往山上走去。犁铧插入地里,翻起松散的泥土,撒上种子,耙糖黄土,就算种上了。种子从干巴巴的土圪垯间艰难地冒出,农人们又扛着锄上山了,一锄一锄地刮着黄土表面,留下稀疏的苗子。好容易来了一场雨,山坡上被雨水冲下无数个大大小小、深深浅浅的壕沟,庄稼的根须裸露了出来,农人们又顶着酷暑,忍着干渴,三番五次地锄着,挨到了收获季节,好一大片的土地上收打的庄稼,几背子就背完了。凉秋九月,黄土高原难得的绿色消失了,山又空旷寂寞了,荒凉、冷落,北风一吹,黄尘滚滚,人们不禁心寒起来……这是我对山地农人一年四季劳作的简要的描述。尽管如此,陕北庄稼人还是不忍心丢弃这种山地。这山地有传统农业留在庄稼人心中永远抹不去的刻痕,也有他们不敢愧对第一个开垦这片山地的祖先的因素,总之,对于这些薄瘠的山地,他们的心情是复杂的。然而,黄土高原水土流失,更使他们对山地既爱又恨。

黄土高原的水土流失有历史的原因,但流失情况的确严峻,

黄土地绿色的梦想

249

已引起全国性的关注。

在延安境内,最大的河是延河和洛河,而那些遍布于黄土山沟间的无数小沟和干涸河道,是带走黄土高原泥沙的必由途径。每年夏季,黄土高原反复出现这样奇异的景象,每有暴雨落下、山洪暴发,往日温顺的河沟,山洪组成的浊流像一头发怒的怪兽,用头拱、用牙啃,组成一股难以抗拒的洪流,带着冲刷下的泥沙,涌向下游。每年近10亿吨的泥沙,从这块孕育中华大地文明的土地上消失了,使这里的土地变得越来越瘠薄,每年冬春季,滚滚的黄土搅得天昏地暗,本来干旱的土地从一年伊始便失去了水分。因此,有专家急呼:黄河流走的不是泥沙水分,而是中华民族的血液。

有着五六十万年河龄的母亲黄河,出现了断流现象。而断流现象后边,又说不定隐藏着更大的汛情。

三四十年代,陕甘宁边区掀起了新秧歌运动,延安的革命文艺工作者王大化先生等人,根据当时的边区生活,创作了一部著名新秧歌剧《兄妹开荒》。这次朱镕基总理来延安视察提起了这个故事,他说要把"兄妹开荒"变成"兄妹种树"。因为,黄土高原面临的问题太严重了。

黄土高原曾经有过它美好的往昔。据研究,古代黄土高原曾经林草丰茂,许多河川流域也有森林,这是著名的史念海教授根据大量的历史文献,近代考古发现和现场实际考察得出的结论。陕甘宁黄土高原是怎样恶化的呢? 西周春秋时期,农田迅速地在汾河流域和泾渭下游的两个平原地区扩展,加之畜牧业的发展,森林相应地受到破坏。到了秦汉魏晋时期,因为秦和西汉都建都关中,为了营造宫殿,供给粮食的需要,滥伐滥垦的问题就越来越严重,生态恶化也就逐渐明显。西汉时,"黄河"的名称出现,之后黄河也出现了频繁的泛滥改道。特别是明中叶后,迄于民国时期,山地森林面积已经相当狭小,有的则所余无几,生态恶化加剧,原先面积大而丰坦的大原被侵蚀,分割得支离破碎。黄土高原生态的恶化和农牧业的衰退,完全是长期人为破坏的后果。

遥想古代,黄土高原的确是一个群羊塞道、水草丰美、临广泽而带清流的美好世界。

恢复原来的面貌,已成为今天人的共同夙愿。

1997 年,江泽民总书记视察延安。他提出"再造延安秀美山川"的号召。1999 年 8 月,朱镕基总理来延安视察,希望延安人民能够"下定决心、持之以恒、治理黄土高原水土流失。"并在 10 万平方公里水土流失面积里,每年倾注 20 亿,用 10 年时间,使延安的千沟万壑出现林海茫茫、水草丰美的绿洲。

这是中央新的思路、新的考虑,激励着延安人民。

延安的工作面临新的考虑,要由围绕粮食生产抓农业转变为围绕生态环境建设抓农业。农业和农村经济都要服从、服务于林草建设这个中心。几千年以来,"以农为本"的传统观念将彻底改变,农民的命运将发生一次深刻的变革。

五十多岁的老农董老汉在村里说:"以往山上去种地,打不下粮,人和牲口都受罪,现在这个思路好,庄稼人做梦也想不到。自种责任田以来,农民沾了不少政策的光,这回的政策,又给美了,咱不干,不行! 要让山山梁梁、沟沟岔岔变绿,咱有义务、有责任呀!"

"所有的山里空地田块都要绿化,把山封起来,保护植被,人和羊都不要上去了,所以叫'封山绿化',谁造林、谁所有、谁受益……"

人们对足下的土地有了新的思考和打算，这将随着治理工作的全面铺开，而触动千家万户、村村乡乡，我们可以设想在延安10万平方公里的土地上，人头攒动，营造绿色的宏大场面，延安人民将改写生态历史，谱写生动而崭新的篇章。

夕阳斜照着黄土高原，夕阳下的黄土高原起伏充满神秘。我面对夕阳下的土沉思，在这片土地上劳作过的人们都有自己的思想。看着他们就要告别的山山峁峁、沟沟岔岔，几辈人耕作的感情难以割舍，但是，他们更憧憬明天的美好。

朱镕基总理视察延安的讲话传达以后，在延安的各级干部中产生了强烈的反响，特别在县、乡两级干部中产生了较大反响。

一位领导干部说："10年是一场营造绿色的大会战、持久战，谁也不能松劲，二横一竖——干！仗打胜了，我们都是赢家！"

"农民的问题，是引导的问题，和传统农业告别，要从根本上转变观念，宣传要上，行动更要上！"

一位干部即兴编了首《农村工作歌》：

千头万绪一根线，

狠抓落实是关键。

小康路上带头人，

乡镇干部莫等闲。

如今国家发号召，

封山育林把草种。

厉兵秣马齐上阵，

基层干部打头炮。

千山万壑齐绿化，

誓叫山川美如画！

延安人民正准备迎接历史赋予的使命和挑战，一场"绿色大生产运动"行将掀起，层林尽染的 10 万平方公里的大会战大幕正徐徐启动……

惊回首，看黄土高原有多少山峁被无情的洪水刮去肌肤，又有多少河流在淌血……植被破坏了，水土流失了，庄稼人用毛驴驮上山的一袋袋如珍宝般的农家肥，保证不了当年的肥力。

"我们一定要以对人民、对历史、对子孙后代高度负责的态度，发扬艰苦创业精神，下定决心，持之以恒，植树种草，绿化荒山，保持水土，治理黄土高原水土流失。"朱镕基总理的讲话发人深思、催人奋进，我们真切希望各级领导和干部肩负起历史的使命，不辱使命，不愧对故土，把这项工作引向深入，涌现出众多的"种树"县长，"种树"乡长、村长和种树人……

回眸往昔，这责任更是重于泰山。

笔者曾站在因干旱而断流的黄河滩上，见农民开着拖拉机在坦荡如砥的河道上自由往来穿行，思绪万千，这本属于船行走的河道，却让给了拖拉机，母亲河的踪迹何处寻觅？

站在黄河壶口瀑布前观瀑，那里不是流水的瀑布，是流土的瀑布，它一忽儿是整座整座的山的跌落，一忽儿是血色的倾泻……

黄河的源头在哪里哟，

在牧马汉子的酒壶里。

黄河的源头在哪里，

在生生死死的歌喉里。

黄河的源头在哪里，

在昨日沉沉的史书里。

黄河的源头在哪里，

在今日融化的积雪里。

……

　　这是一首现代民歌，叫《黄河源头在哪里》，唱得委婉、高亢、悠扬。它激荡在黄土高原的千山万壑之上，每一座山、每一条沟都发出回声，黄河母亲，你的源头在哪里？

　　这回声，就是用我们的双手缔造绿色的回声；这回声，就是我们绿色的梦想、期盼和未来。黄土地，你绿色的梦想不再遥远。黄河，你的源头就在千万人营造绿色的梦想里。

信天游的故乡

陕北黄土高原,每年农历七八月是天最蓝云最白的季节。这里没有草原,没有马群,却有着千千万万座势如奔马的连绵起伏的黄土群山。天是蓝的,云是白的,天与地辽远透明。置身于高高的山峁上,看着晴朗澄明的蓝天,人不由得要放开嗓子吼一声:"噢——"声音传得很远、很远,在沟沟岔岔里形成悠长的回音,人们说,陕北民歌最早的起始就可能是这一声悠长的"噢——"这声音或许是拦羊人喊出的,或许是在山坡上犁地的农人喊出的;也可能是这山上呼喊那山上的人喊出的。在地广人稀的陕北高原,这声音是排遣寂寞的最好也是最常见的办法。

多情的是人,多情的也有山上飘浮的白云。人们说,从此陕北的信天游就像这飘不断头的白云一样。

一圪垯白云天上走,

咱可着嗓子唱信天游……

陕北民歌,当人们走近你飘扬的旋律,走近你无比丰富而独具想象力的歌词时,会为你所陶醉、沉迷、感慨。你流传究竟有多远,吟唱你又如何迷人,这正是你祖祖辈辈、世世代代能流传下来的缘由。今天,你并没有消逝,依然在流传。但是,你的生发之谜、传唱之谜和自身魅力仍然让人不能不提起笔,再加以述说。

20世纪80年代初,安塞县文化馆响应当时延安地区文化主管部门的号召,在全安塞境内进行了一次民歌普查,对全县范围内的民歌手录音,记词记谱,编辑油印了一本《安塞民歌》。安塞民歌固然是陕北民歌的范畴,但从地理位置和民歌的影响程度来说,她又极具代表性,因此,安塞被誉为信天游的故乡。安塞民歌既是陕北民歌包括的形式,又具有一定的地域性和代表性。这里的劳动人民世代传唱,口传心授,是活态的记录形式。

关于陕北民歌,如果从地理概念上来讲,我们觉得更准确一点是要包括更广泛的范围的。说民歌,必应先从人的口语或方言上讲,与陕北口音相似的,要北上到内蒙古鄂尔多斯高原地带、河套区域,包括山西西北部。因此,陕北民歌是这一广大地区的产物。安塞民歌非独立存在的,从民歌的旋律上讲,陕北民歌又受周边如内蒙古长调、宁夏花儿等高腔的影响。总体上说,是一种山歌或山曲儿,以悠扬的旋律为主,注重声音的延长,波及越远则越能达到主唱者的意图。这就注定了以信天游形式为主的演唱形态。在安塞民歌中,又有一些分类,一般人们习惯将它们分成信天游、劳动号子、小调、风俗歌曲、歌舞曲、秧歌调和祭祀曲等,其中以信天游、小曲多见。而信天游则是人们最喜欢的形式。

民歌的流传非常久远，作为一种口头文化，它应当远远早于文字。人们在没有文字的情况下，用口语记录所思所想，表达心情，抒发喜怒哀乐。有文字记载以后，《诗经》在两千六百多年前就成为当时一部诗歌总集，也可以说是一种民歌总集。其中《豳风》就是陕西民歌。汉魏六朝"乐府"中的《秦风》记载的就是秦地民歌。"饥者歌其食，劳者歌其事"。"感于哀乐，缘事而发"，说明民歌就是劳动人民的心声，也是时代和人民情感的记录。

安塞民歌真正引起人们注意的是 20 世纪 40 年代延安时期。当时，延安鲁艺的一批革命文艺工作者曾深入到延安以及周边的安塞、三边等地采风，当地民歌引起了革命文艺家的高度重视。有的以民歌的旋律创作了一批新民歌和秧歌剧，在边区及全国解放区上演，有的以信天游语言形式创作了新诗，如李季的《王贵与李香香》。有的还编写了陕北说书新内容进行宣传演出。1982 年，根据文化部、中国音协的安排，安塞和延安地区的文艺工作者深入安塞乡村，进行了全范围的普查和搜集整理。他们翻山越岭，走村串户，克服了生活艰苦和设备落后等困难，忠实地记录着当地民歌。发现了胡世山、佘步英、朱起章、贺玉堂、烟有贵、张慕胜、雷生盛、徐桂花、冯三丁、杨保山、吴桂珍、郭中孝、吉秀英、张启旺、梁尚书、高炳耀、吉志庆、王芝翠等一大批安塞民歌手，他们大都是农民，有的目不识丁，像田野里的庄稼一样普通，无典集记录，无人为之树碑立传。但他们是真正的民歌艺术家，在此我特意一一列举出他们的姓名。在这些人当中，有的当时就已 70 多岁。而其中的大部分人，现在早已作古。1986 年我初到安塞县高桥乡政府工作，乡政府大院来了一个 70 多岁的老汉，一问是与高桥乡毗邻的砖窑湾镇窑子沟村人。几个乡上干部知道老汉爱唱民歌，就让他唱。谁想他坐在乡政府院子一口气从上午一直唱到下午。他究竟会多少首民歌，连他也说不清楚，这是真正的民间"歌王"，民歌的宝藏。如果他活在今天，那才是真正非物质文化遗产优秀传承人之一。在普查中发现，安塞好一些的民间剪纸能手本身也是民歌手，像佘步英、徐桂花等。佘步英当时已年届七十，她剪的剪纸好多内容就是以自己的生活经历为内容，而且一边剪一边唱，剪不断，歌不断。她是真正的民歌创造者，我们想陕北民歌就是这样创作流传下来的。

随后，县上编印了油印本《安塞民歌》，选录安塞民歌320多首。为这本书付出心血和劳动的编撰和记词者于志明，采录记谱者党音之、王爱玲，美术陈山桥，摄影和刻写殷超，还有县上的有关领导和文化局领导赵体仁等。让我们记住他们的名字，并感谢他们所做的工作。

安塞是信天游的故乡，民歌的海洋。在这片神奇的黄土地上，还流传着安塞腰鼓、安塞剪纸和安塞民间绘画等民间艺术形式。在县委、县政府以及各级各届领导重视下，安塞民间艺术像黄土高原上的奇葩，根植于黄土地，声名远播，成为国家级非物质文化遗产，在全国乃至世界的舞台上一展雄风，饮誉中外。这是地域特色文化的幸事，也是文化与时同行的必然。今天，我们将这本《安塞民歌》重新出版，既是文化工作责任使然，又是保护工作的具体体现。过去的油印本，随着时光流逝，已不多见，甚至很难找到。今天出版，作为安塞县非物质文化史料加以保存，又是种历史责任感和文化工作使命。近年来，随着经济社会发展，陕北民歌又遇上了新的发展时期，通过影视等现代传媒，其影响力不是在减退，而是在增强；其状态不是失传或消失，而是在发展与创新。这正是陕北民歌的魅力所在。

> 蛤蟆口灶火安一口锅，
> 信天游虽小意思多。
> 山曲儿好像没梁子斗，
> 甚会儿想起甚会我有……

安塞，是艺术的土地，是信天游的故乡。

2011 年 1 月

民歌的海

　　西北黄土高原，一片广袤雄浑的土地，像一片凝固不动的海，永远吸引着人们的想象力。无论谁走上这片土地，都会被一种激情所占有，这就是信天游的旋律。

　　一位诗人给这里的一位民歌手写下了这样的诗句：

　　　　"你的歌声把多少人吸引征服，

　　　　连续高歌四小时嗓音不哑。

　　　　谁不惊叹你这少有的天赋，

　　　　你的歌有黄土的特殊风韵。

　　　　陕北人最爱这硬铮铮的艺术……"

　　歌者是"民歌大王"贺玉堂，一位黄土地土生土长的汉子，他站在你面前，像一棵红彤彤的高粱一样朴实。

　　　　信天游好像没梁子斗，

　　　　甚时候想唱甚时候有。

1986 年岁末,典雅的中国音乐学院里举办大型音乐沙龙,由《光明日报》社和中国音乐学院主办的西北民歌暨贺玉堂专场演唱会,倡导民歌自然生动的表演形式,无伴奏演唱。刚刚参加完全国民间音乐舞蹈比赛的贺玉堂,一口气唱了几十首陕北民歌,首首引来的都是热烈的掌声。这村野之声第一次给充满现代感的大都市吹进了一股西北风。人们惊呆了,200 多名首都音乐界人士和新闻记者为他那高亢、深长、悠远的歌声所打动,那奔腾而来的嗓音使人联想到那奔腾不息的黄河……

贺玉堂的祖父叫贺加表,一个陕北受苦汉子,当时就是黄土地上的民歌手。老汉拦着羊群在山坡上漫走,常常忍耐不住山野的寂寞唱几声山曲儿。"山曲儿好像没梁子斗,甚时候想唱甚时候有。芝麻黄芥能出油,信天游里甚都有……"小时候,贺玉堂跟着羊屁股走,他懂得信天游里什么都有。

他唱着信天游从黄土地走出,有一位老民歌手令他崇敬不已,那就是已故的陕北著名民歌手李有源。佳县农民李有源在一天早晨去黄河驮水,途中看到东方欲出的红日,唱出了著名的陕北民歌《东方红》,那时伟大的领袖毛泽东正在陕北高原上生活和战斗,李有源唱出的那轮红太阳成了中国革命胜利辉煌的前兆。民歌,是神奇的。

他常想着那位平凡的陕北农人,想他也有一副好嗓子。他直唱得群山应和,直唱得大地回声不绝。

他坚定了对民歌不懈追求的信心。

> 圪垯子犍牛捎铺盖,
> 欢欢喜喜走安塞。

民歌大王贺玉堂生得中等身材,黑红脸膛。坐在陕北人中间,你会猜想他是那种被太阳晒黑了脸的足劲后生。在农村的红白宴席上,他常常被请作座上客。他不喝酒,朋友就请他唱,或者是对唱:他一首歌,饮者一杯酒。常常是不等歌者唱红,喝酒者已烂醉如泥。陕北农民箍新窑合龙大吉,他用歌声祝贺。垴硷畔上畔下全站满了听歌的人。

他的歌,带来了《王贵与李香香》、《兰花花》自由新鲜的爱情故事,带来了情感,带来了享受。他不论走到哪里,都是唱不完的歌。旷远博大的黄土地,产生的艺术总是那么强烈,那么纯粹。

在高原上,他的歌响遏行云……

红腾腾的高粱黄土里长,

谁不知有个贺玉堂。

如同魔力,他的歌声使无数人沉醉。天赋的嗓音回归到黄土的世界像鸟翼伸展在天空。

那年,陈凯歌携《黄土地》剧组来安塞拍摄。他一唱唱了3个小时,直唱得热泪涟涟,欲罢不能。他在这部影片中被陈凯歌安排了角色,扮演了个穷汉,出现在婚宴的酒席上。他唱道:"二锅头烧酒掏钱买,一样的朋友一样待。一样的烧酒一样的菜,一样的朋友一样待……"用民歌渲染着黄土高原浓郁的生活风情。

"婚宴上的民歌实在感人。"台湾《中国时报》评论电影《黄土地》时这样称赞他的歌声。

日本当代著名电影评论家佐藤忠男为他的民歌所沉醉:"……突然响起的歌声是那样美妙,民谣的旋律是那样悠扬,我顿时屏息静听,而且完全被这部影片所吸引。"

人们自觉不自觉地开始称他"贺歌仙",只要你随便点起哪
首陕北民歌,他都会唱。

黄河畔上的灵芝草,

长得不高生得好。

1984年12月,贺玉堂被邀请到西安音乐学院讲学。在讲
台上,在校园里,无处不响起他的歌声。民族文化与黄土民歌的
吸引力,产生了超乎寻常的魅力。

1986年9月,盛况空前的"黄河歌会"在延安举行。在这次
强手如林的歌会上,他获得了优秀民歌手奖。同年,在中日合拍
的电视片《黄河》中,他手扶木犁唱道:"桃花红来杏花香,一料
落地万石粮。娃娃哭泣是要娘,土地哭泣是要粮……"

在西部音乐风光片《陕北民歌集锦》中,他唱道:"哥哥走来
妹妹照,眼泪滴在大门道。山又高来路又远,照不见哥哥照山
峁。百灵子过河沉不了底,忘了娘老子忘不了你。有朝一日再
见面,知心的话儿要拉遍……"

在电视片《中国人》中,他唱道:"羊肚子手巾三道道蓝,见
面面容易拉话话难。一个在山上一个在沟,拉不上话儿就招一
招手……"

在中国摇滚《好大的风》中,他唱了《劝酒歌》。

在电视连续剧《平凡的世界》中,他以剧中人的身份唱了
《转九曲来到双水村》等陕北民歌。

几十年来,贺玉堂先后为40余部电影、电视片配唱了几十首
(次)陕北民歌,可谓歌震九州! 这在民歌史上也是罕见的。

山丹丹开花背崖崖红，

　　跟死还是陕北人。

　　蓝色的大海从下榻的宾馆窗户上就能看到。1989 年 9 月，首届中国民间艺术节在海滨城市大连举行。贺玉堂作为特邀代表参加了艺术节。他的民歌演唱获得"突出贡献"，并获得"争奇斗妍、独具风采"锦旗一面。

　　中国民间艺术家协会主席钟敬文先生给他题的词是："民间艺术是民族艺术的根源。"

　　著名诗人马萧萧的题词是："口里唱不完的信天游，手里的花样儿剪不断头。"

　　海是博大宽广的，它永远激荡着，翻卷着一排排雪白的浪花，冲击着海岸。

　　高原也是博大的，它宽宏、静默，蕴积着一种内在的巨大潜力。

　　他情不自禁地唱起了《黄河船夫曲》，尽管他的声音在大海面前显得那么微弱、渺小，但在眼前，俨然出现了那条奔涌的黄河——永远流淌着不息的生命的巨流黄河，穿过西北苍茫的高原厚土，朝海奔涌而来……

　　你晓得天下黄河几十几道弯？

　　几十几道弯里有几十几条船？

　　几十几条船上有几十几根杆？

　　几十几个艄公哟把船扳……？

"悲鸿恩师的油画《箫声》,

引我进入艺术的殿堂。

古元同志的版画《菜圃》,

送我到了黄土高原之乡。

陕北窑洞里的老大娘,

交给我两把金钥匙。

一把叫生生,

一把叫阴阴。"

打开了中国本原文化的宝藏,打开了人类本原文化的宝藏。

靳之林先生今年 85 了,在他的一辈子里,最难忘的三个人就是徐悲鸿、古元和陕北剪纸的老大娘。全国解放前夕,他正就读于北平艺专,被校长徐悲鸿先生的《箫声》所迷,报名投奔于徐先生名下,并由徐悲鸿亲自口试录取。1948 年第一次见到

《抗战八年木刻选》，他被古元为代表的解放区木刻震撼，随后有他在延安的十几年。而陕北老大娘在靳之林心中的地位，更是一时难以言表。靳之林是一个艺术传奇人物，非得大书特书才能记述。

2012年6月1日，靳之林随中国国家画院纪念毛主席"5·23"《讲话》发表七十周年的一批画家来延安，纪念仪式结束后，有的画家回京了，有的去了北边的佳县、横山一带。靳之林先生去了延川，并在宜川画了一天黄河壶口瀑布。晚上两点才回到延安住下。第二天上午，靳老师来电话了，说他要上安塞，一来看一看正在安塞的原延安市艺术馆美术组的朱贵泉和秦剑。朱贵泉现居江苏南通，秦剑住广西桂林。几十年未见，想见一见面。二来是想再到他曾经考察过的安塞秦直道，会会民间艺术家，并要到化子坪镇黑泉驿石窟再次考察。考察黑泉驿石窟是他一直惦记的。2011年春我去北京靳之林位于王府井煤渣胡同的寓所，他曾谈起这事，就是20世纪80年代，他跑遍了延安所有的石窟，但对于黑泉驿石窟的考察，原来认为是唐代的，几十年他一直在质疑。

靳之林的艺术成就不仅仅在一个方面，他在油画创作及历史民俗研究上也颇有建树。他家挂一张照片，是他和齐白石、徐悲鸿、李可染、李苦禅等大师的合影。之后60多年的创作成果与积累那不是一个简单的数字能说尽的。

来到我简陋的办公室，靳之林先生随便地和我们攀谈起来。虽然是忘年之交，但他一直与我以"老友"相称。他来安塞，常常在我的办公室小憩，没有一丝一毫大艺术家的"范儿"。由此我对这位大师尊重而崇敬。2011年春，在北京王府井煤渣胡同原中央美术学院寓所里，靳之林拿出李苦禅、吴作人等大师赠他的画作,仔细给我讲解苦禅大师的黑点如何滴在宣纸上,吴作人大师在他人生最困难的时候鼓励他"踏千程"。今天,85岁高龄的他居然是一个人出门,重访故地,这是一种精神,更是一种严谨。他看了我涂鸦的花鸟画作,鼓励我要一条道走到黑。陪同他的延安画家、他的学生马建飞说:"老汉昨晚两点多才睡的觉。"但我觉得他兴致极高,毫无倦意。中午在曹村农家院吃过饭后,我们执意要他休息。在我的办公室床上睡了大约二十分钟,靳老师竟然兴冲冲地出来了,说了一句"好了",就要我们向秦直道进发。

沿着高速公路北上,坐在车上的靳之林说:"变了,一切都变了。"从化子坪下高速,拐进贺庄沟,他一定先要找一下当年剪纸老大娘胡凤莲的家。胡凤莲早已不在人世,他的儿子,曾创作过安塞著名的农民画《奔马》的杨守明早不在当年的土窑洞住了,新修的一院石窑干净、漂亮。但门锁着,打问到他在山上为井队做饭,靳之林执意追到山上与他见面叙家常。回忆起30多年前在陕北普查民间美术的情景,仿佛历历在目。

史载:秦直道是秦始皇令大将蒙恬修建的一条从秦咸阳到内蒙古包头的古代"高速公路"。靳之林在延安期间,曾对此进行了艰苦的考察,前后形成一个完整的报告并划出秦直道走向图,为我国史学研究做出了巨大贡献。脚踏在秦直道铺过的高高的山顶,黄土高原云白风清,85岁高龄的靳之林有一颗年轻的充满激情的心,他回忆着考察的日日夜夜,讲述着历史上发生在秦直道上的一幕幕故事,我们仿佛看见六路纵队的秦军"车辚辚,马萧萧"地从远处的地平线上急驰而来,向着北方,向着遥远的阴山山脉奔涌而去……古代的金戈铁马早已化作历史的烟尘匿远去,而白发的靳之林先生仍然站在历史的遗迹上……

从秦直道下山归来,靳之林又回到胡凤莲所在村漩水湾的旧土窑前徘徊,他的思绪仿佛回到当年和老大娘相处的日子,那交给他生命一部分的两把金钥匙"生生"和"阴阴",是否又在他艺术生涯的孔洞里旋转和弹动。

> 半百踉跄拄杖行,
> 秦道似铁梢如墙。
> 风雪弥漫子午岭,
> 阴山嶂里长城长。
> ……

眼见日坠西天,黄土高原四野风光更加瑰丽。斜阳照在山坡、崖畔、村庄上,用油画表现这样的风光是最好的时间。靳之林说:"陕北最适宜画油画,用油画表现这些风光,最美!"这些年,他不停地画黄土地,画黄河,耄耋之年新作不断。在2010年中国美术馆举办个人画展之后,2012年5月又在国家大剧院举办以"黄河"为主题的个人画展,他的艺术生命仿佛黄河之水,绵延不绝。

天气虽然不早,但在安塞的行程还未结束。下一个目的地,化子坪镇黑泉驿沟。陕北石窟,历史悠久,艺术价值极高。自南北朝至唐宋时期进入中原后,仅在陕北大地上就留下几十处遗迹。靳之林就是通过考察,才宣布陕北大地上的三个历史文化高潮,即新石器时代的彩陶、汉代画像石和唐宋石窟雕塑、绘画为代表的三个历史文化高潮。当年他们考察的第一站就是黑泉驿石窟。黑泉驿石窟在一红砂石悬崖上修凿,取天然山势,凿山崖壁而入。崖壁上经过近千年的雨水侵蚀,生出一层美丽的"石花"。洞内千佛、罗汉造像虽然在"文革"中被严重破坏,但保留下来的仍然弥足珍贵,很有价值。当年由于是初期考察,初定为唐代石窟,在随后的30多年里,这个问题一直困扰着他,他越来越觉得应当为宋代石窟。面对高高的凿石台阶,85岁的他经过一天的劳累,显然已经没有气力走上去了。他说:"就是架着胳膊也要上去。"我们两个从两边架着他,艰难地往上面走,毕竟是80多岁的人了,没走几个台阶,靳老师还是坐下来了。我们有些担心,休息了一会,他要求我们继续上。终于上到顶端,走进了石窟。

　　走进石窟,靳之林经过认真考察认定是宋代石窟。他像完成了一个使命一样,在我们的搀扶下走下崖壁的石台阶,并在石窟前留影。石窟对面即是黑泉驿村,只见村容村貌焕然一新,家家户户新修了石窑,并且都是白瓷砖挂面,和村外的庄稼地以及映掩的绿树辉映,组成了一幅崭新的田园画卷。靳之林走进了一户旧窑院,这是当年安塞青年剪纸能手张莲的家。张莲当年是在靳之林、陈山桥等人发现下,成为安塞有名的青年剪纸能手的。如今她早已远嫁延安马家湾。这些劳动妇女在生活中创造的美,正是靳之林所一直赞美的手握金钥匙的劳动妇女……

　　当晚回到县城,已经是十点多钟了。靳之林已经太累了。他明显地感到身体的不适,急忙拿出随身携带的速效救心丸服用。随后,他喝了一碗香喷喷的小米稀饭。

黄土情深

——刘文西侧记

2005 年元宵节,地处陕北高原腹地的安塞县鼓乐动地。一年一度的"陕北过大年"活动在安塞隆重举办。"陕北剪纸大赛"、"安塞腰鼓大赛"、"摄影比赛"等活动把安塞城乡闹得热火朝天。以陕北生活题材创作而著称的著名画家刘文西,又一次踏上了这片热土,同行的有"黄土画派"画家王有政、王胜利、刘永杰、陆震华等 20 多位。刘文西夫人、画家陈光健也随行。

一

安塞是以刘文西为代表的"黄土画派"的生活创作基地。一年多时间里,他们先后三次深入安塞体验生活,创作写生。刘文西一踏上黄土地,情绪就变得活跃起来。展现在他面前的,是那么熟悉而又亲切的世界:面颊上面满是沟沟道道的陕北老汉,吟唱着信天游的陕北女子,打着粗犷豪放的安塞腰鼓的陕北后生……

说起刘文西和陕北这块土地的"缘"和"爱",那还得追溯到

40多年前。1958年,毕业于浙江美术学院的刘文西自愿来西安美术学院工作。他坚持不断深入生活,深入实际,刻苦创作,几十年来,他先后60多次来陕北写生,仅反映陕北生活的速写就有两万多幅,他和陕北这块浩瀚深厚的黄土地,他和这里纯朴可爱的人民建立起了深厚的感情。在陕北的土地上,处处留下了他的足迹和身影:宝塔山下延河之畔,柳林三十里铺的农家院落,安塞腰鼓的表演队伍里,毛乌素的沙海,绥德米脂的沟沟岔岔,九曲十八弯的黄河边上……而那些沟里背庄稼的受苦人,远山的牧羊人,唱山曲的脚夫,黄河边上的纤夫等普通劳动人民就是他追寻不完的美,描绘不尽的彩。而陕北人特有的个性气质,更是令他沉迷,令他如醉如痴。他说"陕北女子美,像红艳艳的山丹丹,但陕北老汉更美,更好看,像大山……"他画了许多陕北劳动人民的形象画,奠定了他在中国人物画领域的地位。与此同时,他追寻陕北革命历史,画了大量以革命历史和领袖人物为题材的美术作品,深得赞誉。《毛主席与牧羊人》、《解放区的天》、《转战陕北》、《更喜岷山千里雪》等佳作不仅使他成为"黄土画派"的领军人物,也使他成为深受陕北人民热爱的画家。

二

早在去年正月和五月,他带领"黄土画派"的画家就来过两次安塞。这次是一年多里他第三次来安塞。陕北正月天,年味十足。黄土地的人们正沉浸在新年的祥和快乐之中。火红的窗花,热闹的秧歌队使陕北正月天笼罩在喜庆的氛围中。在山峁上,他观看了山地腰鼓表演,不顾年迈体弱,信步登上山顶。满身的黄土使他真正像一个黄土地人。他坐在黄土高坡上,倒掉满鞋窝的黄土,兴奋地说:"安塞腰鼓天下第一、世界第一!"去年五月,他还参加了安塞县"新秀杯"民歌大赛。晚上10点钟,随行的"黄土画派"画家铺开纸笔,开始作画。沉浸在黄土地独特的乡土风情和浓郁的陕北生活中的画家们,灵感迸发,激情澎湃。饱蘸笔墨的画作问世了,他的脚也站肿了,这一次依旧是这样。他依然作画到深夜。

面对这些画作,人们联想到刘文西过去许多画陕北的画作来,那一幅幅饱含着对黄土地和陕北人民的深厚情感的作品,凝结着画家对陕北那么深沉的爱与执著。他热爱陕北人民,表现陕北人民,这种爱和执著一直伴随着他几十年的创作历程。

今年正月十三,安塞县首届陕北剪纸大赛如期举行。来自全县14个乡镇和县直党委代表队的200多名剪纸能手,在县城文化街一字排开,占了半条街。巧手剪出新天地。壮观的场面、热闹的气氛,把大赛推向了高潮。年龄最大的80多岁,年龄最小的10多岁,每位选手都成为摄影家镜头追逐的对象。"黄土画派"的画家们也参与其中,向民间学习,向生活学习。面对火热的生活,刘文西说:"黄土地人民可爱,黄土地的生活一辈子也画不完。创作是吃苦的事,是表现劳动人民的事。我们要把更多更好的作品献给人民,用好的作品来感谢人民……"

三

深入生活是陕西艺术家几十年来的光荣传统。在陕西卓有成就的艺术家中,作家柳青、杜鹏程、路遥、陈忠实、贾平凹,画家石鲁、赵望云等,他们坚持深入生活,创作了一大批艺术精品。而画家刘义西,更是深入生活的楷模。

人们至今记得,有的人他从几岁的孩童一直画到成为饱经沧桑的中年人……安塞沿河湾、谭家营的村民都走进了他的画作之中。这些普通而又平凡的事，已在陕北成为美谈。

辛勤的汗水换取的是丰硕的艺术成果。如今，刘文西已成为蜚声海内外的知名画家，但是，古稀之年的他仍然心系陕北，情系陕北，魂系陕北。他来陕北次数比以往更多了。近年来刘文西在中国画坛创立了"黄土画派"，其宗旨是"立黄土画派，创时代精品"。他说："我们创立黄土画派，是要向生活学习，向人民学习，向传统学习，向世界艺术学习，向时代学习，创作出具有大西北黄土艺术特色的艺术作品和无愧于时代的美术作品。"每次来陕北体验生活，他都能拓展创作空间，丰富创作内容。

在安塞，"黄土画派"的艺术家们观看了安塞县文化文物馆的历史文物展、艺术探源展、剪纸艺术展、农民画展、腰鼓文化展和馆藏书画展。独具浓郁地方特色文化的腰鼓、剪纸、农民画、民歌，使他们感受到黄土地深厚的文化底蕴和内涵。黄土画派在县文化馆挂牌"黄土画派安塞生活创作基地"，西安美术学院挂牌"民间艺术研究教育基地"。在高科技示范园，在大棚里，五彩的瓜果蔬菜，五光十色的生活画面，多像画家笔下的彩墨！

面对新生活的深刻变化，刘文西沉醉了，他和夫人陈光健不停地拍照。他想把这些美丽的生活图案留在岁月永久的记忆里。仅山地腰鼓，他一下子拍了近50个胶卷。

正月十四，安塞腰鼓大赛在县城体育场举行。比赛安排他在主席台上就座，可他一直在场地边拍照。他在人群中穿梭，他在生活中穿梭。西河口腰鼓勇夺大奖，刘文西为他们发奖。只要在生活中，他就乐此不疲。

在黄土地，他曾深情地说过："毛泽东的文艺思想不仅为当时的革命文艺指明了方向，影响了大批艺术家的创作道路，取得了丰硕的创作成果，繁荣了延安时期的文艺，形成了一个革命文艺大发展的里程,而且影响了几代人,并将继续指导社会主义文艺创作。毛泽东的文艺思想就是我们的理想,我们的任务就是学习和实践。只有深入生活,了解和熟悉人民的生活和情感世界,用人民的情感去画人民,用作品去鼓舞人,才是发展先进文化的必由之路。也只有这样才能在自身的创作实践中体会出《讲话》精神的深刻内涵和巨大力量。"他表示,安塞是黄土画派永远的生活创作基地。

深情的黄土地,可爱的人民,是永远画不完的美,割不断的生活!

2005 年正月

陈山桥记

　　有人说，一个有影响的农民画乡，必然有一个优秀的辅导干部。这句话若用在画乡安塞，应当说陈山桥就是这样的辅导干部。

　　1980年春节快到了，陈山桥在安塞县文化馆窑洞里给远在西安灞桥的妻子写信："春节，陕北农村一个村子，就是一个展览……"他决定不回家了。春节是陕北老乡剪贴窗花的黄金季节，作为县文化馆的美术干部怎么能放弃收集民间美术的好时机呢？他背起挎包，一个人走在那弯弯的山道上。

　　普查民间剪纸，早在这年秋季已开始了。省上和地区群艺馆发出挖掘抢救搜集整理民间美术的通知后，陈山桥就背着挎包一个村子一个村子地去打问会剪纸的婆姨女子。庄户人不知道，这个朴素得像个农民的美术干部要那些纸花花做什么用，因为人们还记得"文革"中剪纸是被视为"四旧"的。可是，当不管晴天雨天，陈山桥一趟趟从沟底走来时，安塞的老婆婆们对他已经没有生疏感了。有的老婆婆把他像亲儿子一样领回家给他教剪花，有的把老人留传的花样熏好，让他拿走。陈山桥收集了一沓又一沓的剪纸花样。白天普查，晚上，在农家如豆的灯光下，他登记整理收集来的剪花。一天的劳累，他不觉得，和老乡一样，吃土豆、小米饭、酸白菜，饥肠辘辘，他不觉得。他沉浸在民间剪纸艺术的大千世界里，山河大地，五谷草木，飞禽走兽，在婆姨们的剪纸中都那么美，那么富有灵气。他高兴得像得宝贝一样，把收集到的剪纸背到延安，请地区群艺馆的靳之林老师看。虚心好学的陈山桥从靳老对一幅幅剪纸的评品中懂得了：安塞的民间剪纸是安塞几千年历史文化的缩影。白凤兰剪的《牛耕图》构图简练概括，酷似汉代画像石；常振芳剪的《龙与凤》，龙凤造型古朴，颇有仰韶文化遗风；高如兰剪的《抓髻娃娃》把娃娃头上两个抓髻剪成两只鸡，是早已失传的商代民俗的反映……普通的民间剪纸真是"地上活文物"。剪纸的高手都是年近花甲的老婆婆，有的巧手因年高，拿起剪刀手抖得剪不成，有的慕名而去，人已谢世了。人亡艺绝，抢救民间美术已刻不容缓！陈山桥迈开双脚，加紧寻访一个个剪纸艺人。安塞的沟沟岔岔，山山水水留下了陈山桥的脚印。为了寻找一个剪纸能手，有一次他踩着"圪洞圪洞"的厚雪，一个下午跑了40多里山路。

领导支持，陈山桥组织业余作者深入全县每个村庄进行更广泛的调查，收集剪纸4000多幅，近百个剪纸能手被发现了。这些剪纸能手被请到县上办剪纸学习班，精美的作品出了一大批。1980年5月，"延安民间剪纸"在北京中国美术博物馆展出，其中安塞剪纸占60％。展出时，陈山桥看着听着全国美术界的专家学者江丰等人对民间剪纸的高度评价，他好兴奋，他觉得自己为民间艺术做了件有意义的事，雄心壮志又在心中勃起！

陈山桥想到了农民画。1975年，他从西安美院毕业来安塞时,正是各地学习户县农民画的时候。他也曾学户县文化馆的做法,组织回乡青年办农民画培训班。遗憾的是,办了几期,却拿不出有特点的作品。在成功普查了安塞民间剪纸后,陈山桥朦胧意识到,画好农民画,安塞要走自己的路,也要从民间入手。"民间剪纸不仅是独立的艺术形式,也是其他民间美术的造型基础。"陈山桥突发"灵感",能不能让能剪纸的婆姨们试着画画呢?

一辈子都是拿剪刀剪花,如今却要执笔作画,能行吗?在农民画学习班,有几个剪纸高手,经过陈山桥引导,让她们随意、自由地画,还真画出了好画,构图、造型富有民间特色,形式感很强。可是更多的老婆婆握笔画画显得无能为力,发挥不出剪纸的艺术天赋。从没听说过"构思""疏密"绘画术语的老婆婆真是太难辅导了!每次办班,先用几天时间起草图,陈山桥一个一个地给看,帮助作者多次设计、修改,让作者明白什么好,什么不好,直到作者能画出为止。有的老婆婆拿起笔怎么也画不成,陈山桥让先剪出大样,然后用白纸把大样摹出草图,这种办法使一批老婆婆的代表作《六畜兴旺》、《毛野人》等都是用这种办法画的。陈山桥终于找到了发挥安塞民间剪纸优势、辅导农民画的经验。

1981年,"陕西民间美术之乡"四县进京联展选作品时,陈山桥和馆里的同志办了26人创作班。20天出作品83幅,其中54幅参加了中国美术馆的展出,27幅被该馆收藏。7幅被选入1982年在法国举办的"独立沙龙美展",安塞农民画代表东方现代民间绘画登上了艺术的"大雅之堂"。成功的尝试,鼓满了陈山桥事业的风帆。他钟爱木刻创作,作品屡屡见诸报端,但他毅然放下木刻刀,全身心投入农民画创作班辅导中。初成气候的安塞农民画毕竟是留有剪纸和刺绣的痕迹。陈山桥认为，绘画毕竟是画出来的，而不是剪出来的。他潜心致力于突破"剪纸型"的农民画。启发作者画形象时，不要面面俱到，要有取舍，从全景推到近景，特写镜头，用色要有主次，有主色调。辅导薛玉芹创作的《牛头》，画面上只画了三个牛头，黑、红、黄三色穿插使用，打破了传统的构图办法和"刺绣配色"的模式，是一幅有艺术震慑力的佳作。曹佃祥画的《吹手》也局部特写构图，把人物欢快的情绪淋漓尽致地表现出来。重点作者的突破、示范，使一批优秀的农民画进入了新的境界。

辛勤的耕耘，迎来了喜人的丰收。1988 年由文化部、中国美协等 7 家联合主办的首届全国农民书法大赛在京举行，安塞选送的 5 幅作品全部获奖：《牛头》获一等奖，《伏虎》获二等奖《毛猴抽烟》《十二生肖》《毛野人》三幅获三等奖。1988 年，安塞县被文化部首批命名为"中国现代民间绘画之乡"。同年，陈山桥被文化部社文局授于"民间美术开拓者"光荣称号。1991 年，文化部群文司命名陈山桥为"民间美术优秀辅导员"，安塞农民画创作作品 700 余幅，县文化馆藏精品 500 余幅，其中一半参加全国各地展览。中央美院及美国、法国、德国等国博物馆、美术馆收藏安塞农民画 100 多幅，剪纸 600 幅。陈山桥把心血和汗水倾洒在民间艺术的沃土上。陈山桥赢得了安塞人的厚爱。如今，他虽然调入省群艺馆辅导全省民间美术，但他年年都要回安塞——他的第二故乡，去看望那些像亲人一样的农民画作者。

墨

缘

　　身居偏僻的陕北安塞小县城,搞文化工作不觉已多年了。接触了一些外来人士,全是因了这里的地域文化。在这些接触的人士中,有的渐渐忘却,有的印象却随着时光的流逝愈加清晰,成为一种美好的记忆。

富田和明

　　这个日本朋友是我在 1990 年冬天认识的。那时他正在北京中央音乐学院留学。在日本,富田和明是大名鼎鼎的打击乐手,他成名之后就来到中央音乐学院留学来了。

　　那年夏天,他与日本大阪外国语学院研究中国社会学的深尾叶子女士和上田信夫妇来安塞旅游,有一面之交。关于安塞,我总是喜欢和文学大师沈从义先生的故乡——湘西小城凤凰来比。然而,有外地朋友则说这里更像黄山脚下的黄山县城。总之,这一隅小地方还是挺吸引人的。

　　第二次,我们就成了朋友,他从日本带来了深尾叶子给我捎来的贺年卡和一本在日本出版的印刷精美的留学生日记《我爱五星啤酒》。他说,这样的书在日本印刷是相当昂贵的。富田和明来安塞带着另外一个人——留学于北京大学的日本冲绳女子那岭幸代,他们好像在恋爱,而且到了火热的地步。我送了他们几幅安塞剪纸。

1993年元旦,我收到寄自日本东京的电脑打印贺年卡,得知"淡路男富田和明和冲绳女那岭幸代三年的留学已结束,去年10月从中国归国,已结婚。"并且在贺卡上贴上了他们的合影照片。背景是一片红叶,富田和明身边站着微笑着的那岭幸代,那笑容使我感到在人类世界拥有着的共同感情,国度已不存在了。

汤保华

汤保华本来与我素不相识。1992年早春他要写一部有关安塞腰鼓的小说,千里走单骑来安塞体验生活,我们相识了。这位年长于我的老兄是中国作协会员,贵州的专业作家,已有几部长篇小说出版,仅《人民文学》一家就发表过他的10多篇(部)作品,这次创作的小说也是应《人民文学》之约。

人这东西说来也怪,周围那么多的人,心灵相通者甚少,可有的人一遇便心心相印。我与保华兄的相遇,大概就是后一种类型。

那天,我带着保华去采访50年代曾在天安门广场打过腰鼓的蔡维杰老人,天气很冷,川道里的杨柳树已发芽,而远处的山顶上还覆盖着茫茫的白雪,真有"千山戴雪"之意境。在那孔简陋的石窑洞的土炕上,保华兄从中午一直坐到晚上,吃了主人做的饭菜,我是提前打道回府的,直到天黑才见他骑着自行车从城外回来,很是感动。

短短的三天时间,保华就离开了陕北。临行前,他为我分别向他所熟悉的四家刊物的熟人编辑写了推荐信,他自知业余作者的水平与门路都不是高和宽的,其意善也。当然,这四封推荐信我没有好意思用。

保华先生回到贵州不久就写来了书信,他说归途中甚悦的事情是看见了壁立蜀道的剑门关。李白曾在这里写了旷世佳句《蜀道难》。

保华回去后,他的中篇小说《乾坤鼓》就写出了,不久发表在同年第 12 期《人民文学》上。安塞腰鼓和陕北民歌贯穿于其中。他写了陕北生活,甚至陕北方言,贵州和陕西的读者读后都称奇。

前不久,他来信说今年要沿黄河流域采访。他说他要溯源而上,一直到黄河的源头。

冯健雪

这位以唱陕北民歌出众的著名歌唱家,最早我们都是从歌中认识她的。她的歌很美,特别是那"上河里鸭子下河里鹅,一对对毛眼望哥哥",如陕北的山泉一样纯净而美妙。

今年五月,安塞腰鼓队应邀赴北京参加首届中国服装服饰博览会文艺晚会。在 36 次列车上,我们就知道北京火车站有人接站。车到北京站,在站内大厅里,我们看见北京车站广场人山人海。紧挨出口处竖着一块牌子:"接安塞腰鼓"。出站后,我们瞧见打牌子的女士好眼熟,却又一时想不起是谁。在汽车上,一听熟悉的陕西方言,大家终于认出打牌子来接我们的竟然是冯健雪!

关于冯健雪，陕人对于她的歌声是非常熟悉的。她的美妙的歌声走进了千家万户。那一年，她被评全国十大歌唱家（民族唱法），并且名列第三位。她来接安塞腰鼓不是晚会组委会的安排，而是她自己来的（因为这台晚会只有陕西的这两个节目）。她来了，我们既感到突然，又感到兴奋，据我们所知，这台晚会是名人荟萃，其中有世界著名服装设计师皮尔·卡丹和他的时装队，有国内200多位名模和施鸿鄂、毛阿敏等一批著名歌唱家。

这台晚会在天坛公园祈年殿前演出。临时搭起的简易化妆棚，安塞腰鼓对着的是毛阿敏和冯健雪的化妆棚，只是在晚会开始才在台上见到了毛阿敏。我们感激的是在彩排的过程中，冯健雪还为我们的腰鼓手换衣服。这位艺术家大姐满足了每一个队员的要求，与他们都合影留念。给我们留下了极深的印象，觉得有种"闪光"的东西在她身上体现着。

姚有多

姚有多先生是中央美术学院教授、国画系主任，我国著名的写意人物画家。日本前首相海部俊树曾邀请他画肖像，这幅肖像不仅在日本受赞誉，而且颇受韩国人青睐。去年9月韩国总统卢泰愚访华，他又为这位总统画了一幅肖像，接受画时总统当即尊称他为"画伯"（日本、韩国对画界中顶尖的人物称画伯）。

我与姚先生相识纯属偶然。这年夏天，中央美术学院国画系应届毕业生来安塞实习，他与杜健副院长、水墨室主任王同仁先生一同来安塞看望实习中的学生，相识就在陕北小城安塞。这位师承叶浅予、蒋兆和、李可染、李苦禅等大师的著名画家，为我作了一幅《荷花图》，连在座的杜健院长也说："在北京你要是讨姚先生的一张画，那就困难得多了。"此言极是。我们相信姚先生是"车如流水马如梭，裴公门前宾客多。"画是一幅大写意的水墨，乱墨上面一点红，运笔用墨无半点生涩之感，一看就是大手笔，令人爱不释手。画毕，姚先生又顺着一斜荷茎上题道："宇鹏小友雅赏，壬申年夏月有多写于安塞。"我实在无以回报，就送他一枚安塞产的中华黄陵石印模作为永久的纪念。

雪国人

今年八月的一天，三位日本朋友来到黄土高原腹地的安塞县考察陕北民间生活和民间艺术。他们是：大阪外国语学院助教深尾叶子女士，日本立教大学讲师上田信先生和中央音乐学院日本留学生富田和明。

日本朋友是从安塞北部的靖边县进入安塞的。在这之前，他们还到塞上古镇榆林进行考察，丰富的陕北民间生活和民间文化吸引着他们。在安塞，他们又住了两天。

深尾叶子女士讲一口流利的汉语，几年前她曾在中国南京留学学习中国农村社会学问题。我本人喜欢读日本作家川端康成的作品，我试探日本人对本国文化的兴趣，深尾叶子女士说："我的名字叫叶子，和《雪国》中的人物那个姑娘的名字一样！"引得大家一阵快活。据他们讲，每年寒假他们都要来中国农村考察，了解中国农村情况，进行教学实践。

第二天，应客人的请求，观看安塞腰鼓。几个安塞后生为日本客人作了表演，日本客人深深地感动于这种豪迈、独特的民间舞蹈艺术,他们说,如果有机会把安塞腰鼓介绍到日本进行表演该多好。当我们说起1986年800余人的安塞农民腰鼓队参加了中日合拍的电视系列片《黄河》时,日本客人兴奋地叫了起来。日本客人随即向我们介绍说,在日本北方,有个叫佐渡的县,那里的农民丰收后也打鼓。能把安塞腰鼓介绍到那里进行交流,也是两国民间文化交流的重大活动。他们的话,是大家共同的心愿。

下午,日本客人要求听陕北说书,安塞县剧团的曲艺说唱队正在县自来水厂表演。曲艺队有三个刚从农村招收来的姑娘,她们民歌唱得很好。为了满足日本朋友的要求,每人为客人加唱了一首陕北民歌,日本朋友真切地感受到了黄土地人民的质朴与可爱。在一家街头小饭馆,日本朋友随便地坐了下来。围观的群众友好地围了过来,中央音乐学院留学生富田和明唱起了日本传统民歌《拉网小调》,大家和着他的歌,街头的气氛一下子活跃起来。叶子女士也来了兴趣,唱起了日本流行歌曲《时光流逝》:"时光流逝,让爱永存……"大家的情绪随着她的歌声起伏。

十天以后,我们收到深尾叶子女士从西安寄来的信和一本台湾出版的《汉声》画册。原来,在安塞,深尾叶子女士讲起了她买到台湾《汉声》"陕北年俗"专辑,我们知道那里有许多安塞民间风情镜头,都想一睹为快,由于无法买到,叶子女士欣然答应将她个人收藏的那一本寄给我们。信上,她希望明年春节的时候再次访问陕北,并祝我们的亚运会成功!

看了日本朋友真诚的话语,我们对中日两国民间文化交流充满了信心。

1990 年 8 月 20 日　夜记

高原歌手

1984 年 8 月,来自黄土高原的民歌手贺玉堂应聘到西安音乐学院讲学。

> 哥哥走来妹妹照,
> 眼泪滴在大门道。
> 山又高来路又远,
> 照不见哥哥照山。

一曲黄土谣,这是高原人心绪的写照,此刻,正撞击着他的心。

台下是一双双热情的眼睛,里边深藏着一个神秘的世界,谛听着民间歌谣淳朴而又浑美的韵律。这时,他想起了古塬上的黄土地,那黄漠漠的山之世界,就在他身后,也有一双双热切的眼睛,使他想起了远古的穴居,想起高原世界的沧桑变迁,那枯涩的、"终岁无欢"的岁月伴随着一曲曲冗长的古谣,伴随着乡土上骤响的腰鼓声。

校园里，一位女同学走过来，问："您是怎样求索于民歌艺术的？""我也不知道。"他老实回答了。"那儿所有的人都会唱信天游，我只不过是其中的一个罢了。"

"诱惑！……"

诱惑，充满诱惑的是高原的土地！

贺玉堂的故乡在陕北黄土高原腹地的安塞县，那是一块贫瘠而富有的土地。延河从山川间汩汩流出，它旷年隔代的古朴，正显示着悠久的历史文化。自秦汉以来，延续了边塞纷繁、热烈的生活，冉冉的烽火伴着羌笛，流传下来今天豪放的民间腰鼓；粗犷的山川风土人情，造就了这方人民细腻的心理，剪纸、农民画、信天游，一朵朵璀璨的民间艺术之花，从小就熏陶着他。

他生长在一个叫沿河湾的村庄的民歌世家里。延河从村外流过。那儿的土地多情而又充满生命力，兰花花、山丹丹开满了山山洼洼，信天游满山满川里飘。爷爷和舅舅都是当地出色的歌手。在人生天真无忧的童年，爷爷上山揽羊时，他紧紧跟着。有多少次爷爷可能是耐不住山野的寂静，抖着灰白的胡须放声唱了起来。那声音颤颤的，音域宽广，动人心弦。他被民歌的韵律打动了，看着爷爷那噙满泪水的饱藏人世沧桑的眼睛，他哭了，苦难而不屈的高原人，在他幼小的心灵上埋下了民歌艺术的种子。他听到：从山坡上扶犁持鞭的农人口里传出的是那悠长、婉转的《三十里铺》，那拦羊后生唱的是连绵不断的艳情小调《五哥放养》，在河滩的柳丛中，传荡出的是婉转悠扬的《白脖子鸭儿朝南飞》；他还从野地里掏苦菜的女子口里听到那向往爱情的《女儿嫁》，从赶生灵跑脚人口里听到那自叹命运的《打马茹》，从豁牙露齿的老汉们口里听到追忆往事的《揽工调》……

哦，信天游，这一曲黄土谣，道出了多少人的悲欢离合，成为高原人精神上的一种安慰和寄托。过去,高原人唱对生活的不满和忧虑,今天,唱着对新生活的向往和追求。世世代代给这片贫瘠而壮美的土地留下了一首首优美动人的诗。

贺玉堂曾随县剧团下乡演出过。有天晚上,他把用信天游形式谱写成的陕北民歌《延安儿女想念周总理》第一次演唱给观众。他浑亮悠扬、情真意切的嗓音拨动了多少人的心弦!这正是周总理逝世一周年纪念日。他一边流泪,一边演唱,台下的观众也流泪了。

他一走下台,一位大妈流着泪,握住他的手说:

"你把我们的心都唱出来了。"

他陷入了深深的沉思之中。他感到了民歌在人民中间的分量。多少次,他走上山去,在黄土地上流连。太阳从天边升起又落下,茫茫的群山如海的雕像,在蠕动中延伸,朝着天际奔涌。这独特、壮美的黄土地把他引入一个神奇的世界。他热泪涟涟,心波漾起一层层涟漪。

他放声唱了,歌声响遍了漠漠的黄土高原。

这一年,延安的春节文艺调演活动前所未有地热烈。他演唱的民歌像安塞腰鼓一样擂响了自己的名字。

他被一片人围住了。那一张张淳朴憨厚的脸上漾着山一样诚实的笑靥,每当人们围住他希望他唱民歌时,他总是谦逊地唱了。他想,人们既然是喜爱,就含有对民间艺术的欣赏与美的需要。这是一种渴念。

一次外出到砖窑湾演出,同车的两个陌生人被他的歌声迷得错过了站,索性与他到砖窑湾:"再给我们唱两首吧,就是步行回去,我们也心甘情愿。"

有一次,在楼坪开罢会,他又坐在农家的炕头上唱了起来。窑洞里的人实在多,有一位老农边听边向他移来,憨态十足地瞅着他。等他唱完了，说："唱得太好了，每听一首，我就好像回到了年轻时代。"老人的旱烟锅燃了三次还是灭的。

他唱了，第一次应和着那悠扬的旋律。他感到高原上的生活气息是那么和谐、美丽，像延河、无定河、洛河的流水一样，欢快明朗，带着生活的节奏朝前奔腾，久久不息地回荡在黄土高原山连着山的土地上。

他唱了，从黄土走向《黄土地》。在影片中，他扮演个穷汉，出现在影片中婚宴的酒席上，用民歌渲染着高原黄土地的群山，震荡了山外世界。

"婚宴上的民歌实在感人。"台湾《中国时报》评论《黄土地》的文章这样称赞他的歌声。

日本当代著名影评家佐藤忠男为他演唱的民歌所沉醉："……突然响起的歌声是那样美妙，民谣的旋律是那样悠扬，我顿时屏息静听，而且从此完全被这部影片所吸引。"

在国内，《全国民歌集》收录了他演唱的两首歌，省卷里也收集了 12 首。省戏曲研究院的同志听了他的民歌，高度赞扬他的唱腔："音高而不杂，悠扬而婉转，情景交融。"

他的演唱，音韵和谐，声通气通，曲调高亢、嘹亮，感情奔放，音域宽、旋律起伏大，节奏自由而富有变化。有的艺术家听了他演唱的民歌后，激动得恨不能让所有专业音乐工作者都来听他的歌。

1985 年元月，贺玉堂从西安音乐学院讲学归来。一踏上黄土高原，他感慨不已，啊，魂牵梦绕的高原热土，他亲近地扑进了她的怀抱。

这是傍晚，高原上。夕阳孕育着一颗红的太阳。傍晚是富有魅力的。他习惯了，每每在这傍晚的时候，出现在静寂的高原上。他想，民歌艺术也像这山间的小路，走下去，是通着更广阔的世界。

他开始整理选编民歌。在民间传唱的陕北民歌仅有数百首,而他演唱的劳动号子、信天游,传统民歌、新民歌就有好几百首。整理出来,无疑是要花费大量心血的。作为县里的一名普通干部,他只有利用业余时间了。

春去冬来,他献出四册厚厚的油印民歌集子,囊括了他演唱的400多首民歌。音乐界有人称颂他"不惜一切代价,将民歌艺术奉献给人民"。

去年三月,他在中日合拍的展现黄河流域古老灿烂文化的电视片《黄河》中,录下了他演唱的两首民歌。8月,他去北京录音。六月底,他在省民歌音乐舞蹈比赛中获奖。

12月,在全国民间音乐舞蹈比赛中,他又获得了演出二等奖和创作三等奖。参赛期间,他举办了一个别开生面的独唱音乐会,掌声如潮。许多音乐工作者对这种按照原来形式,保持民间特点的表演表示出极大兴趣。

演出结束了。他耳边依然回响着那雨点般热烈的掌声。此刻,他感到兴奋,内心一阵又一阵灼热,独自一人徜徉在宽广的长安街上,心情怎么也不能平静下来。他知道,民歌,作为一种民间传唱的歌谣形式,能在今天还备受欢迎,是有缘由的。哦,黄土地,拦羊的爷爷,还有那在群山间延伸的小路……我从你的怀抱中走来,带着你火热的爱。山上有人在唱吧,那一定是信天游! 想起信天游,我就想起黄土高原。

谁知道,有多少人踏着高原的黄土地寻觅古老的民间艺术。"特别是当他们来到了安塞,那里有远近闻名的民歌大王贺玉堂,他家祖祖辈辈都是唱民歌,而他可以不重样地唱两天,并且韵味相当地道。"有人这样记录下他在民族化道路上攀登的足音,而他的足音,连着那艺术的远峰。

远逝的乡魂

安塞县砖窑湾镇庙湾沟里传出一阵低回的唢呐声。一队送葬的队伍从沟底的小村庙湾迤逦缓行而上。沟底里站满了送行的乡亲。村人说："剪花老婆走了。"

剪花的老婆叫高金爱，去世时已九十岁了。按乡间通常的说法，九十岁的人殁了是喜丧，但是人们还不免有几分惋惜。此时，正是陕北农历四月天，沟里一派盎然春意。山坡上的紫丁香花开了，开得浓浓的，芳香四溢。碱畔上的桃花虽快开尽，但还露着星星点点的粉红。而梨花以及那些不知名的山花正开得一片洁白，显示着山里特有的生机。

高金爱十几岁上来到陕北安塞县砖窑湾镇拐沟庙湾村，一住就是七十多年。她生前是国家非物质文化遗产传承人、陕北著名的民间剪纸艺术家。早在1978年，在全县开展的民间艺术普查中，她被县文化馆发现，从此开始了一手务农，一手剪花绘画的平凡人生。第一次参加县上的民间美术创作培训班，人们首先记住了她乐观的性格。那时，她家还住着简陋的土窑洞，家境十分贫寒,但她乐观开朗,看不到任何被困苦生活所困扰的情绪。她在哪里,欢笑声就在哪里。1980年5月,高金爱在剪纸创作班上的作品随"延安剪纸展"在中国美术馆展出。此次展出的主要作品是安塞的,还有延喜芳、王占兰、白凤莲、白凤兰、曹佃祥、胡凤莲、陈生兰、张凤兰、李桂莲等的作品。延安剪纸大厅内参观的人络绎不绝,还来了许多外宾。中央美院院长江丰在《人民日报》上发表了《我爱延安剪纸》的文章。这是民间美术第一次进京展出,也是第一次登上国家最高美术殿堂。中国美术馆邀请美术界人士在京开了座谈会,江丰、华君武、吴作人、古元、曹振峰、腾凤谦等知名艺术家和学者到会。随后,出版了《延安剪纸》一书。高金爱等人的作品被中国美术馆永久收藏。

1985年,高金爱同安塞的胡凤莲、曹佃祥、白凤兰等六位民间剪纸艺术家被邀请到中央美术学院讲学。老婆婆们第一次坐火车,走在半路上,几个老婆婆都纳闷,问随行的工作人员:"火车咋还不开?"工作人员说:"都过了渭南了。"她们看见车上的水杯水不外溢,以为火车还停着,引得一阵大笑。到了北京,有的要去看北京皇帝住的金銮殿,有的要看毛主席纪念堂。高金爱说想去动物园看老虎。回去再剪时,随行的靳之林先生说:"坏了,她们不会剪老虎了。"她们剪的是心中的老虎。

说起高金爱的剪纸,尤以剪老虎而闻名。高金爱剪老虎有她自己的理论,这理论叫做:"十斤老虎九斤脑。"意思是虎头要大,这样老虎剪得才威风、可爱、稚拙、逗人。你看她剪的老虎百态千姿,各不一样,但都是威风凛凛,虎虎生气。《爱虎》就是她最著名的剪纸。2009年,《爱虎》荣获中国民间文艺家"山花奖"。

赴中央美院讲学,老婆婆们第一次坐了火车、飞机。随后,中央电视台专门为老婆婆们拍摄了电视纪录片《源——陕北民间艺术》摄制组追踪着几位讲学的老婆婆们的足迹，一同乘飞机回到陕北。中央美术学院民间美术系主任杨先让先生在后来的回忆文章中写道："陕北如同一支神秘的歌，长久地吸引着。中国传统民间美术主力军是劳动妇女，是她们伴着民俗活动，将中华大地打扮得五彩缤纷。她们对民间美术所创造的主题，是生命的繁衍，爱情的赞美，幸福的颂歌。"

　　老婆婆们回到黄土高原的窑洞里，又开始了她们日出而作、日落而息的生活，并继续剪着花花，剪着她们与生俱来的天赋和人生的梦想。一同去北京的几位民间艺术家到上世纪九十年代已先后去世，只有高金爱活到了九十岁高寿。

　　过去曾经偏远的庙湾村，近年来交通环境明显改善，柏油路一直铺到村口她家的门前。十几年前，她家也告别了土窑洞，搬进了有五孔石窑的新家。一些慕名而来到村里找老太太剪花的外地客人，顺便买她的一些剪纸，县上也每年配套给予奖励。国家传承人也每年可以领到八千元的补贴。收入明显增加，家中的生活有了极大改善。2006年县上举办剪纸大赛，八十多岁的高金爱还被邀请到县上进行了现场表演，她收的一些徒弟有的成为安塞中青年作者中的佼佼者，有的参加了北京奥运会和上海世博会剪纸表演。

　　近年来，她在家中剪了大量的老虎。她说，绘画眼看不见了，剪还能剪。她说她要剪《百虎图》，把自己心中的花剪完、剪尽。几个月前我随陈山桥先生和既堂先生看望她，她能一卜子认出二十多年未见的既堂先生，在场的陈山桥老师说"老婆婆记性真好"。

　　高金爱一生创作了大量剪纸和民间绘画作品，其中代表作有《爱虎》《人鱼》《狮子》《下山虎》《猪》《飞马》《抱鱼老汉》《娃娃骑车》《财神》《门神》《打腰鼓》《人物》等，创作民间绘画作品《伏虎》《边墙骆驼队》《多喜》《骑驴婆姨》等，有的被中国美术馆和世界各地美术馆、美术院校收藏。民间绘画作品《多喜》参加法国独立沙龙美展，《伏虎》获文化部主办的首届全国农民书画大赛奖和陕西民间绘画新作一等奖。加入中国剪纸研究会会员，当选为陕西省民间美术家协会副主席，获陕西省民间美术家称号。《人民日报》《人民画报》《中国艺术报》等全国美术权威报刊介绍了她的作品。50 多幅作品入选各类民间美术画册。如今，在中国美术馆的二楼，仍然陈列着高金爱的作品。民间艺术家的作品能够与其他国家级艺术大师们的作品位列到一起，这是对她艺术的最好肯定。

　　高金爱去世后，我们曾留恋于她曾经住过的土窑洞。一棵老梨树正开着洁白的梨花。它寂寞地开着，在偏远的山村，在陕北的丛山沟壑间，它的根是那么深，这老根扎在厚重的黄土地里，含大地之灵气，得山水之清音，定会年年开，经久不衰。

剪花的人

1998 年 6 月 25 日，古城西安迎来了一位特殊而重要的客人——美国总统克林顿。

克林顿把他来中国的第一站选在了西安。要了解悠久灿烂的中国历史文化，还有哪个地方会比这十三朝古都合适呢？

于是，西安南门的城墙上下、城区内外，被用大红灯笼布置得喜气洋洋，这十三朝古都装扮一新地再次担当起了文化大使的角色。

于是，就有了白天盛况空前的入城仪式、一项项的参观游览和当晚在南城墙上精心安排的民间艺术表演。

于是，樊晓梅剪纸表演作为迎接总统的重要内容，被放置在总统走上城楼的第一展位。

晚上七点整，克林顿携夫人登上了城楼，随行的还有总统的女儿、岳母及白宫工作人员。

克林顿一家最先来到了樊晓梅的表演点。

总统真帅，总统夫人可真漂亮！樊晓梅心里这样感慨。

琳琅满目的剪纸作品，一下子就牢牢地吸引住了总统的目光。这是什么？这就是剪纸吗？这么漂亮的图案，真有意思。真的是用普通的剪刀剪成的吗？能给我们表演一下吗？

樊晓梅心里一阵紧张，尽管她已给无数人剪过无数件作品，但给美国总统表演剪花，毕竟是第一次。一半是紧张，一半是激动，她的手有些发抖。但她还是非常娴熟地为克林顿剪了一只威风凛凛的老虎，同时送给他一套十二生肖剪纸。看着这剪纸诞生的惟妙惟肖的"纸老虎"，总统乐了，总统一家子全乐了。

总统夫人希拉里也喜欢剪纸，晓梅又送给她一套十二生肖，最上面的是一只兔子。

尽管事先知道克林顿所在的共和党和对手民主党之间是"驴象之争"，晓梅还是没想到，当她将选出的一幅《老汉拉驴》的剪纸送给克林顿时，克林顿会那么高兴。不仅连连"OK"，还问她"要不要钱？"

"不要！送给你的！"

克林顿连忙竖起了大拇指："OK！我回去一定留着它。中国剪纸真是了不起！"

在场的陕西省省长和西安市市长也高兴地笑了。

自始至终，照相机的咔嚓声响个不停。当天晚上，陕西各家媒体就都对此进行了报告，有家报纸的第一版上，还刊登了她给克林顿送剪纸的大幅照片。远在黄土高原的家乡人也在电视上看到了这一镜头，都说："晓梅真了不起！"

樊晓梅，这位来自陕北高原的剪花女，凭借一把小小的剪刀，又成功地当了一次促进中外文化交流的天使。

当天使的感觉真好。可有谁知道，天使之路曾是多么坎坷。望着克林顿一行渐去渐远的身影，樊晓梅的心里久久难以平静。

陕北黄土高原偏僻的山沟沟。遥遥远远,细细如线的山路,就是这些山沟通往外面世界的通道。冬天里,山显得黑苍苍的。沟里的河成了一道铺排在沟底的冰川,山崖上的冰凌冻得像白色的大理石柱。村里偶尔传出几声鸡啼狗咬,间或有一两声娘唤儿女的呐喊,显示着黄土地的活力。冬天的寒冷使庄户人闲暇下来,又有人开始拾掇着剪窗花了。

这年腊月初八晚上,安塞县楼坪乡张新窑村传出一阵恸哭声,剪花婆婆张芝兰殁下了!临逝前,张芝兰拉着小女儿樊晓梅的手,迟迟不愿撒开:"我去了,你怎么办呢?当初不要你多好……"张芝兰生前留下不少剪纸和农民画作品,她教会了女儿樊晓梅剪纸,也把这个未成年的女儿撇下了。

妈妈的早逝,将晓梅推入了痛苦的深渊。

她是家中的老小,她跟妈最亲,妈也最牵挂她。妈妈不但生她养她,还是她剪纸的启蒙老师。兄长们成家了,姐姐远嫁了,现在,该死的病魔又夺去了妈妈的性命,孤零零的三孔土窑里,只剩她和沉默寡言的父亲黯然相对。她真不知道往后该怎么办。孑然一身的她,常常站立在飒飒的黄土冷风中,眼泪不住地往下流:我的命咋就这么苦呢?

很长一段时间里,她一闭上眼睛就会想起母亲,常常一个人跑到山坡上母亲的坟头前哭上一阵。姐姐们对她说:"你这样下去不行,没有人能帮你,你必须自己救自己!要改变现状,还得靠剪纸,你会有前途的。"也有人劝她早点成个家:咱这黄土山沟的人,没什么出路。这一切都令她想起了妈生前对她说过的话:"以后不要剪纸了,这活太累了,别指望它能给你带来什么,找个人家嫁了算了。"

她还小,却不得不在人生的十字路口徘徊。面对人生,她选

剪花的人

297

择哪里呢？身前身后山连着山，那些司空见惯的梁峁，像一堵墙挡在她的面前。

两年前，县文化馆举办民间美术创作班，娘去了好些天。她一来想娘，二来想学剪纸，小小的她从楼坪的山沟里步行几十里到山外的川道里搭上车，走了多半天赶到县城文化馆的创作班上。娘一见女儿一个人竟然跑到县城来，又惊又喜："死女子，你一个人咋敢跑上来？"晓梅说："我想你，也想学剪纸，咱农村人不念书，再没出路了！"

回想和母亲见面的情景，樊晓梅的眼泪又一次止不住地流下来。

也许剪纸真的是一条出路？

千年的老根黄土里埋。神奇的陕北黄土高原，孕育传承了华夏悠久的民间文化，是民族文化的根与魂魄所在之地，而民间的普通劳动妇女正是这一文化的载体。那一双双小巧的女人之手，创造了灿烂辉煌的当代文化景观。

"陕北剪纸，群芳母亲；民族之魂，陕北可寻。"中央美院教授、民间美术专家曹振峰先生简洁明了而又活脱脱地概括了这一艺术的生发和存在之谜。

陕北婆姨爱剪纸、善剪纸，安塞是著名的剪纸之乡。一向体弱多病的张芝兰，是一个心灵手巧生性要强的人，是方圆百里著名的剪花能手之一。她虽然脾气大，对儿女要求严，但对晓梅这个老生女却难免有些偏爱。从小受母亲的言传身教，樊晓梅对剪纸有着特殊的爱好。从8岁起，每逢过年，或村里有啥事，她都会按着妈妈的花样学着剪，兴趣越来越浓。慢慢地，她可以独立剪纸了。到13岁那年，北京有个"首届中国民族民间剪纸大奖赛"，妈妈把她的两幅作品寄去，其中一幅《猫头鹰》竟然得了个优秀奖,这更激发了她对剪纸的兴趣和信心。到母亲去世时,她的剪纸技艺虽仍欠功力,但已相当娴熟。

感谢县文化馆的陈山桥等老师和剪纸创作班里众多的大娘大姐们,在樊晓梅不幸丧母后,是她们继续给予了她无私的关心、帮助、指导,使她终于度过了那段悲苦彷徨的日子,剪纸技艺突飞猛进。

闻鸡而起,日落而息,伺奉老父,剪纸度日。这样过了两年多,在姐姐的鼓励和支持下,她终于迈出了黄土地的第一步,来到了古城西安。

坐落在西安城南部的秦王宫,本是西安电影制片厂的一个拍摄秦代古装影视片的外景地。由于来西安旅游的人多,这里渐渐成了一个旅游景点,里边专门开设了一个民间艺术村,展示极具地方特色的民间艺术品和剪纸表演,艺术村里还专门修了陕北窑洞,表演剪纸,接受内外宾客的参观。她不停地剪呀,剪,不仅创作了大量的剪纸作品,也使自己的剪纸技艺有了进一步的提高。很快地,她引起了人们的关注。电视台的人来了,请她去为晚会的"陕西八景"剪节目道具,邀她当"TV好时光"节目的嘉宾主持;她剪的《抓髻娃娃》入选了"万博杯全国艺术之乡精品大赛",一批作品相继在报刊上发表。不知不觉地,自然而然地,她成了陕北民间艺术的推介者,她成了向海外游客表演推销中国优秀传统文化的使者。

然而,就在此时,一份来自黄土高原的电报使她不得不匆匆赶回家。父亲得了急病,一下子连话也不会说了。一辈子面朝黄土背朝天,在黄土地上艰辛生活的父亲就这样去了。这又一次沉痛地打击了樊晓梅。办完父亲的后事,带着心中抹不去的伤痛,樊晓梅像一只孤雁,挥泪告别黄土地,又向南飞去。

秦王宫的陕北窑洞尽管偏僻,但每天都有人纷至沓来,因为这都市里的一隅,飘荡着阵阵的黄土清风。樊晓梅剪下的世界,绽出一片缤纷的色彩,一幅幅迷人的剪纸,动物呀,花鸟鱼虫呀,像神奇的童话,又像绵延不尽的黄土情韵,引得人们无比好奇,驻足观赏、购买和收藏。一张张普通的大红纸,经过樊晓梅的手便蕴藏着如此神奇美妙的魅力,真是化腐朽而成神奇!

转眼到了1997年,樊晓梅的剪纸新作《农家生活》、《牛头》等以浓郁的生活气息和精湛的技艺,获得"凯伦杯"迎香港回归民间美术大赛优秀作品奖;电视连续剧《好戏连台》、《玫瑰依然红》等剧组专门请她去做剪纸道具。

每一次机会,都是她施展才艺的机会,她要静静地、认真地去完成。她珍惜这样的每一时刻,因为这最能体现她的人生价值。

身在古都,樊晓梅常常思念着故乡的黄土地。自从父亲病故后,她回家的时候少了,但她不由自主地想念自己的家乡,想念村子里那走了无数次的黄土路,想念着那山、那村、那窑洞和那里的人。尽管那里还很穷,但那里的人乐观、开朗。那里的人像太行、王屋二山前的愚公,挖山不止,奋斗不息。有时,会有一只故乡的蝴蝶或小鸟飞进她的梦中;有时,会有故乡的一声问候在梦中把她唤醒,让她流下两行热热的思乡泪。

魂牵梦绕的黄土地,成了创作的源泉,在她剪刀下化成一幅幅栩栩如生、美轮美奂的剪纸作品。

1998年初,樊晓梅接到陕西省文化厅的通知,要她随陕西民间艺术团赴日本访问表演,并出席高松市和西安市结为友好城市五周年庆典活动。陕西总团团长是省长程安东,去的有杂技团、服装表演团、经贸团、文物团和艺术团,可谓阵容庞大,人才济济。

3月28日早上,代表团一行登上了赴名古屋的国际航班。这是她第一次坐飞机。透过舷窗看群山大河在脚下,万里长空任驰骋,回想自己从小长大的黄土地和那偏僻闭塞的小山村,她感慨万千。

4月的日本,正是樱花盛开的季节,中国的民间艺术和日本樱花竞相绽放。盛大的活动整整历时42天。来看表演的人是那么多,每天要从上午9时一直表演到下午5时半才能结束。一幅还未剪完,就有人要下一幅了。原来预计会有15万观众,到结束时实际参观人数达30万之多,日本人热情地称她为"剪花天使"、"来自黄土高原的文化使者",当地电视台还热情邀请她当嘉宾主持。樊晓梅陶醉在成功的喜悦中,她真真切切地看到了中国民间艺术的魅力。告别晚会上,她穿上和服,深情地放声唱了一曲小时候就学会的信天游。

1999年2月,青岛啤酒节,樊晓梅应邀到青岛表演。设计场地的人别出心裁,把剪纸作品装入镜框,摆成窑洞形,吸引来一批又一批的中外客人。樊晓梅的剪纸表演受到意想不到的欢迎,短短三天,销售一空,青岛多家新闻媒体纷纷进行专题报道。离别青岛的那天晚上,樊晓梅又高兴地唱起了信天游。

3个月后,作为陕西省民间艺术代表团的一员,樊晓梅又越过太平洋,来到了美丽的温哥华。

这是一个美丽的城市,天空透明如洗,草地铺满城市,鲜艳的杜鹃化正在开放,清清的菲沙河从中穿过,一只只游艇在波中荡漾,点点海鸥在河面上飞掠,而远处,高山上的积雪还未消融,闪着银光,令人心驰神往。

5月16日,陕西省民间艺术展如期举行,不少游客对剪纸艺术产生了兴趣,有的客人以为剪刀上一定是安上了先进的计算机,否则不可能如此地出神入化。加拿大当地媒体在报道中说:"美丽的天使手拿魔剪创造着神奇的美。"直到展览结束后,还有不少加拿大朋友和当地华人,专门找到宾馆要求购买、收藏她的剪纸作品。20 天的展出中,她印象最深的是,一位华裔客人要为她的母亲剪一幅大大的"寿"字,用来庆贺母亲88岁寿辰。起初樊晓梅有些犹豫,她还从没剪过那么大的剪纸。在场的陕西省文化厅副厅长党荣华鼓励她大胆地剪,并亲手为她画样。这样,一幅大大的"寿"字她整整剪了两天半。当这张有特殊意义的剪纸送到那位客人手中时,对方高兴得不得了,非要额外送给礼物以表示感谢。看着客人高兴的样子,不知咋的,樊晓梅忽然感到鼻孔一酸,眼眶里湿湿的——她想起了自己的父母。

2002 年2 月,樊晓梅取道香港,又到台湾进行了为期4 个月的民间艺术表演。

神奇的安塞,群山连绵,沟壑纵横,却保留、承传了古老的民间艺术,先后被国家文化部命名为中国"剪纸艺术之乡"、"现代民间绘画之乡"和"腰鼓之乡"。每当樊晓梅感到人生艰难时,她就不由得想起家乡这片令她自豪的黄土地。

小的时候,樊晓梅总是喜欢站在家乡的黄土山梁上眺望。山连着山的黄土地,似乎永远望不到边际。使人对山外的世界产生无尽的遐想,也使人感到说不出的迷茫。

14 岁那年,她才第一次来到县城。小小的安塞虽然不是车水马龙,但在她的眼中,这里就是一个大世界了。这在她幼小的心田里,勾起无限的憧憬。

2001 年春节刚过,湖南人民美术出版社的左汉中老师和山东青岛来的鲁汉老师带着她重返黄土地。他俩被樊晓梅的故事深深地感动,决定为樊晓梅出一本生活写真和剪纸作品画册。

天还不亮,天飘起了雪花!

早上8点多,他们赶到了县文化馆。参观安塞民间艺术陈列馆时,在一幅题目为《三个老汉》的农民画前,樊晓梅久久地站立着,注视着。这是她母亲生前创作的作品,这里的一切似乎都能触发她对往事的回忆,欢乐的、痛苦的……

上午10点多钟,小小的安塞县城锣鼓喧天,人如潮涌,十几支腰鼓、秧歌花车队开始上街表演,欢乐像潮水般灌注进了这个文化名县。樊晓梅走访了一个又一个和她母亲一块创作过的民间艺术家:李秀芳、王西安……第二天晚上,冷月高照,她们又参加了民间传统的转九曲活动。

回到偏僻的张新窑村,她受到乡亲们热情接待。大家拉着她的手"晓梅,晓梅"地叫着,叫得她心里热乎乎的。坐在家乡的土炕上,她又拿起了剪刀,教小女子们剪纸。

早晨起来,她又爬上村子对面的大山峁。山坡背面,残雪未融,日头一照,晶亮晶亮。和着早晨第一缕橘红的阳光,高原充满了瑰丽的色彩。

看到家乡那一道道熟悉的山梁梁,她心中感慨万千。人说故土难离,她终于还是走出了黄土地!她用自己手中一把普通的剪刀,创造了自己的世界,自己的人生。

白格生生的窗户上,映着红格彤彤的窗花,这是民间的美,山里人的美。不论身处何地,追求美好生活的人就从来没有停止过他们的想象和创造!

远处的山道,一直伸到天边。她的人生还很长,她要更坚强地走下去。回故乡的几天里,多少辛酸苦涩,多少欢乐甜蜜,多少振奋乃至憧憬,又一次次袭上她的心头,也给她心头抹上了一丝失意,几多希望……

2001年,《樊晓梅——一个安塞姑娘的剪纸故事》正式出版,在美术界引起很大反响。人们感佩一个平凡陕北女子的剪纸人生。她走的是一条平凡而曲折的人生之路,却像生长在陕北高原的山花一样,不畏苦寒,不嫌瘠土,年年开放,且一年比一年开得更娇艳。

回到西安,樊晓梅又开始了她平凡的生活。靠着一双巧手和灵动的心灵,用一把普普通通的剪刀,这位剪花天使继续创造着美的世界,也叙写着自己朴素而辉煌的人生。

都市繁华,人海茫茫,哪一缕视线是来自她那双美丽而明亮的眼睛呢?

瘠土上的陕北柳

出书找人写序，一般请名人，然而，杨士杰是个认死理儿的人，他叫我写。这是因为我们相识多年，交流甚多，相互知己知彼。他创作的经历我比较熟悉，他的散文我看得也多，就这样，我就说一说他这个人吧。

我与杨士杰相识，大约是十几年前。那时，我还在乡下蛰居。一日，我骑自行车去县城办事，回来的路上，取道杏子川，到他家看他。都爱好文学，通过几次信，但未曾谋面，只知道他在他们村教民校。茶坊村位于安塞县杏子川公路边，交通条件较好。村子有一个很好的名字：茶坊。传说过去有人在此开过茶坊，因此得名。茶坊的村前，长了一滩年久的枣树，粗壮且密植，远远望去，颇有些景观。村前是一片开阔的川地，下边就是浪花翻溅的杏子河。杏子河不大，但极有韵致，河水日夜喧哗，流向前方，给多是山地的一方乡土增添了无限的情趣和灵性。杨士杰家在路边的一座旧门洞里，几孔旧石窑，完全是农家的景致。去时，我一问，村人说今天是星期天，不教学，他在后川台上犁地去了。此时天气正是陕北阳春三月天,太阳暖融融的,杨柳已吐绿,上下川道烟柳片片,人的心气很高。在一块地上,见有一对夫妻正在耕地,男的瘦弱,扶犁执鞭,吆喝着犁牛;女的拿粪,在种玉米。一问,果然是杨士杰。中午到他家,他婆姨给我做了荞面吃,知他孩子多,又笔耕不辍,甚为感动。后来,杨士杰调到了县教研究工作,但他家仍在乡下,并没有离开土地。并且常常伏案执笔,用他那执过牛鞭、执过教鞭的手叙写着乡土感发。我知道,一个没有离开过土地的人,写出的东西必定是富有真情实感的。我们期待着他的收获。

然而,他的生活还是比较窘迫的,又患了严重的耳聋,听觉十分困难,有时要用笔写和他交谈。妻子后来随他上城来,迫于生计,不得不操起卖豆腐的生意。妻子的生意,其实就是他的生意,他白天上班,晚上要帮妻子做豆腐,为此,严重耳疾的他不得不干起繁重的体力活儿。晚上八点准时睡觉,午夜两三点起床,开始做豆腐,一直到天亮。打发走妻子,又要喂猪,收拾家务,去别人的食堂担泔水,然后上班。这是一架高速运转的机器,外界的声音他听不进,但脑子里时时刻刻在回味着故乡事,那乡土上从童年到后来的一切美好的、愉快的和不愉快的感受与记忆,时时激发着他的灵感,使他不顾生活的重压和体力的疲乏而秉烛耕耘,写了一篇篇乡土气息的散文作品,成为一个默默的耕耘者。一些作品不断在报刊上发表,使他在劳作的闲暇中有了一些快慰的享受。这些来自乡土上的散文,充满了真情实感。而更为可贵的是,杨士杰的散文,几乎都是写陕北普通的生活、人、事和情。《陕北柳》写了陕北人的精神风貌,那一株陕北柳,不就是陕北人的真实写照吗?《陕北男人》直抒对陕北人的情怀,这篇散文后来被发行量很大的《读者》(乡村版)转载。"烧酒喝成二朝朝,唱上曲信天游解心焦",这就是活生生的陕北人。而《吃一颗黑豆爬一架山》用陕北人常说的那句口语,把陕北人吃苦耐劳,不畏艰辛,直面生活的勇气和精神抒写得淋漓尽致。杨士杰的散文有一个可贵之处,就是写平凡的事,平常的人,甚至有些别人从来不涉猎的题材,像《砍柴》、《洋蔓菁》、《棉蓬》之类的散文小品,他也写得真实生动,读后令人回味。他热爱生活,从细微处观察生活,写出了《夹竹桃》、《蚁穴》、《蛛网》等一批耐人寻味的作品,这是难能可贵的。特别是对于故乡故土的往事,他的回忆似乎更意味深长一些,像《爷爷的石床》、《父亲的小屋》等等,读后让人被一种乡土真情所感动,叫人咀嚼回味。

纵观杨士杰的散文,可概括为"纯朴真挚"四个字。他的散文像泥土里长出的新芽,像石缝里流出的山泉,充满了浓浓的乡土气息和旺盛的生命力。土语、土味、土情,字里行间带着泥土的芳馨。他挚爱着乡土,挚爱着生活,像一棵陕北柳,深扎泥土,奉献绿意。美国著名作家福克纳说:"我只写邮票那么大一点点乡土。"是的,乡土虽小,心灵的世界却很大很大。愿他这棵陕北柳迎着沙尘,长成繁茂的姿色。

作于 2002 年正月

墨人

安塞邑人宋殿勇,号鱼翁、芦关居士。形象高古,如竹林逸士。上学时开始喜爱书法,每日临池不辍,至今已不觉有 20 余年,吾与其交往,甚异其志。80 年代中期,殿勇先在县畜牧局工作,后调至县政府办公室,每日行文草稿之余,致志于书道,先楷后行,再草,已是安塞这个文化名县响当当的书法家。80 年代末,安塞县新编《安塞县志》,从南京图书馆好不容易找到一本乾隆版《安塞县志》,这是最早的《安塞县志》,后来的民国本《安塞县志》就是从这本志书基础上写成的。当时多人要借阅,没办法,就找了殿勇用楷行结合的风格手抄了一本,然后再复印装订成册。这本手抄乾隆本《安塞县志》,字迹刚健,行笔流畅,很受邑人推崇。这大概是殿勇早期的书法代表作。后,殿勇被任职为安塞县体改委副主任,居于县政府大楼三楼办公。吾恰巧也从窑洞办公的文化局抽调到三楼的公务员办公室工作。闲时常去小坐,见殿勇办公室兼书房的地方最具瀚墨之风。兰草垂于书架,书案上堆满了各种法贴、墨砚、宣纸。书卷清气,松墨散香,很具吸引力。而书写后撒落的满地宣纸,颇有些"须臾扫尽千张纸"的感觉。后来,殿勇被任职到基层,他的工作更忙了,每挪一位,那个书房就整体搬迁。农村工作之余,挑灯夜战,夜夜临池,从不间断。在坪桥镇,吾见其墨趣更大了,纸堆得更厚了,大有倾江河而下之感。因此,有人送了他一个"墨痴"的雅号。

殿勇在书写之余,又喜爱上了石头。他说石有可爱之处,质朴、大器、浑厚。人生当如此,弃其浮华,守其质朴,此至高人生境界也。在他"痴墨"的同时,又成了"石痴"。收罗了许多石器石物,有石动物、石斧、石铲,连去黄河边上也不忘取回一块黄河鹅卵石。最多的是鱼化石,大大小小,已有上百条"鱼"了。朋友们见了,甚是惊讶,不知其什么时候从何处弄到的。他却说收藏是一个"缘"字,是你的,五千年前就等上你了,非你莫属。于是乎,他的书斋称"百鱼堂",又新增一雅号曰:"鱼翁"。鱼翁者,颇有些意味,"姜太公钓鱼,愿者上钩。""子非鱼,安知鱼之乐?"鱼与人有许多哲理性的东西存在着,故而他对他这个雅号总是津津乐道,并由白世锦先生篆刻"鱼翁"一印。

宋殿勇写书法,笔力工巧,形质脱俗,清新隽永,有些妙味。这几年,他四处出击,在北京参加中国书法培训班,从西安观看第八届全国书展,对书法的兴趣更浓了,写得也更刻苦了,也交了许多书法界的朋友,对自己的提高很大。江西书协青年书家毛国典专程来安塞举办了笔会,二人交流书法,兴趣相投。我们去西安参加省上的书法培训班,闲暇之余还去找了书家吴振锋,吴赠予个人书法集勉。钟明善来延安,他作为市书协的领导组织了演讲课,使许多书者增长了见识。组织工作之余,他自己的作品也屡屡在市上获奖,拔得头筹。他被选为安塞县书协主席，延安书协副主席兼秘书长。我觉得他的视野更加宽阔了。

"八月九月天气凉，酒徒词客满高堂。笺麻素绢排数箱，宣州石砚墨色光。""驰毫骤墨剧奔驷，满坐失声看不及。""须臾扫尽纸千张。"唐代大诗人李白的《草书行歌》和戴叔伦的《怀李上人草书歌》道出了书家"气"和"势"。乙酉年夏，书界高士、《临池撷录》的作者朱贵泉（既堂）先生布衣草履来安塞，吾与殿勇相伴朱老师到甘泉书家上官永祥先生处交流书画之意。我们先在上官的"草堂"观他的巨书，后又到其"云梨山庄"游玩。上官亦爱书，延安书界也颇有名气，他和艾生、乔明山、白世锦、张红春、张建林、张振华、蔡伯虎等延安众多书家撑起了延安书法的一片新天。新笔，新墨，似有一缕清风拂过。上官"云梨山庄"坐落在乡下的农村，那是甘泉县一个偏僻的川道，上官青年时曾在此耕牧于原野。后，这个乡土的文化人，舞文弄墨，充当起了甘泉县的文化馆长。文化馆长这个差也难当，没文化不行，有文化没钱更不行。于是乎上官学了陶渊明，"采菊东篱下，悠然见南山。"选一青石溪流之处建亭台，修楼阁，立碑石，聚山泉，俨然一块乐土。上官每日来往于城乡，城里烦了就去这处清静之所，虽不多赚钱，但精神徜徉于至高境界，每日也享乐陶陶。这日，吾与朱老师和殿勇、虎林、上官一行至云梨山庄，古树下浓荫遮日，藤条倒挂，置一书案，朱老师挥笔泼墨，淋漓尽致，吾恨自己不是丹青高手，否则仅将此情此景描绘成图，亦是一幅《林下高士图》。

那日归来后，殿勇创作了许多大幅书法，气、韵、理、章、法、度更显笔力。我建议办个书展，但他却说："我不急于出个书法集子，更不急于办个展，时候还未到。"这话令人感到踏实。自古道，不浮不躁，不气不短是从艺之真谛。所谓"气"，乃不意气用事也;所谓"短",不以艺为短期行为也。艺贵恒,贵久,贵守。如果顺着这个路子下去,他会有一番天地的。

2005 年不觉就到了最后一天了。前一天,北国终于迎来了纷纷扬扬的一场雪,尽管雪下得那么吝啬,但是人们还是沉浸在新年的气氛中。在茫茫的天宇之上,那圣洁的、精灵似的雪花从天而降,大地银装素裹,令人心醉。似有新年的钟声从那遥远的天宇下传出。雪花中,钟声里,殿勇又在他的"百鱼堂"临池挥笔泼墨,想他兴致一定很高。是为记。

2006 年春于松风堂

邂
逅

　　几年前,和黄土高原上许多的农民儿子一样,中学毕业我便回乡了。那时已经看到有什么出路了,但我还是不相信命运是注定了的,就到门外去闯荡了。我来到一座城市里做工。我做的是一件很苦的工作,是在建筑工地上挖石碴。我累得实在不行了,就常常背过工头儿,一个人偷偷地绕到街上。我去的地方只有书店,说实话,那里真像是有一个情人在诱惑着我。

　　那时,书店已经开店售书了。我像其他人一样,任意去翻动我喜爱的每一本书。吸引我的书好多好多。我在这静静的角落里,身心完全沉浸在一种难喻的惬意之中。每一本书籍扑向我心灵的,都是一个新奇而美妙的世界。书太好了,我可以在它的世界中摆脱一切痛苦、失意和筋骨上的疲劳。

　　一天,我又像往常那样朝书店里去。好像是春天来了,街上的柳枝显得鹅黄嫩绿,姑娘们也穿起了春天艳丽的衣装,北方这座小城要脱去冬之荒凉了,街心花园的榆叶梅也开了。我并没有被春天的气息所陶醉,我很沮丧,像往常一样去了书店。

书店里人迹寥寥,显得很清冷。在文学书架的下面,我看见几个人的背影。我加入进了他们的行列。

我一般到书店是很少买书的,因为我没有钱。每次我从那里走出去,总要遭到售书员的白眼儿,我视而不见,强装正经,但每一次总是悻悻离去,以至走了很远,好像觉得背心上还盯着一双眼睛。这一次我进来,却意外地发现了一本好书。书是《边城》,我很早就知道沈从文笔下的湘西风光的美妙,我也知道沈老先生年轻的时候到北京,在饥寒交迫中得到过郁达夫的帮助。我对一切苦难中成长起来的人都充满敬意,我很想买下书。我下意识地在上衣兜里摸摸,我窘迫地翻着书,内心充满了难以名状的难堪,脸火辣辣地直烧上耳根。

"是《边城》吗?"

我抬头一看,才见身边的一位姑娘正看着我手中的书。我把书的封面摊开,让她看,我并没有作声。

"你想买下吗?"她又问道。我见她的眼睛充满了亲切和友善。但我心想,我不想得到旁人的什么怜悯。

"是一本好书,我也在找。"那姑娘又说,"中国的小说写得像《边城》这样纯美的太少了。还有一本《围城》,是钱钟书的,可惜这本书人知道得太少了。"

"我不知道。"我故意这样说道。

"你买下吧!"姑娘说。

我的窘迫终于还是被姑娘看透了。她忽然又说:

"你像没带钱吧? 不要紧,我先给你付了,下次还我好了。"

姑娘为我付了书钱,可是她却没有买到那本书,因为书店里只剩下那一本了。我很歉疚,想把那本书让给她,可是我没有勇气。

后来我常去书店，每次都带上钱。我真想再一次在书店碰到她。可是一直再也没有见到过她。我的欠债累积在感情的深处，化成了一股人类友爱的甘泉，时时在滋润着我的心。

　　后来我在一些报刊上发表作品了，我常常希望她能偶尔看到一篇，但她也是不知道我的姓名的。哦，人世间的事情总是这样，美好的东西总是留给记忆的。但我相信，这记忆对于我们的生命和世界，是多么值得珍重。

作于 1988 年 7 月 18 日　仲夏之夜

人际

　　那时我在一个乡上做临时性工作。一天，县文化馆的老程来了。他看了我写的东西，点了点头，说以后多多联系。那时，我正和乡上年龄最大的一位老同志在一个最偏远的行政村蹲点，常常很苦闷，总想给外边的熟人写信。我给老程去信了，很快收到他的回信。他说他中秋节下乡来、画画写生、搞点创作。老程是搞版画创作的，省上也有名儿，又是县文化馆的馆长。

　　中秋节到了，老程背着画夹下乡来了。县委书记的小车这天也到乡上来，答应搭他，可他硬是挤班车到的，比县委书记迟到小半天。他一幅极普通的打扮，不像个县文化馆馆长。晚上，乡上招待县委书记。书记跑来拉他作陪，他没去，在我的"茫然斋"里谈了起来。我去买了一颗西瓜，他也跟着去了，钱是他掏的。

　　老程是外地人，妻子，孩子和二老都在省城。他平时在馆里忙着辅导，中秋节，他才能出来散散心。

　　第二天，我陪他下乡了。我们上了山的高处，在一座山脊上的烽火台上坐下来。老程在那儿画山景。陕北八月天成熟的五色庄稼让他边画边赞叹不已。画罢，我们又到了烽火台山下我们的小村。

中秋节过罢，老程回县上了，我写信给他。好像信里有这样一段话，是引用斯大林致苏联一位工人运动活动家的话："……在我们国家里有成百成千有才能的年轻人，他们竭尽全力要从下面冲上来，以求把自己的微薄的贡献投入我们建设事业的总宝库，但是他们的努力往往是徒劳无益的……我们的任务之一就是要打穿这堵死墙，使不可胜数的年轻人得到出路。"信寄出去了，又觉得不妥，总怕老程笑我。可是不久，我就收到了老程的信。他说看了我发表的东西真让人感动，能写这么多是不容易的，他将和乡上商量把我借调到文化馆，之后不久，事便顺利办妥了。

老程来接我来了，一个黄土高原农民的儿子就要到县城去了，这是现实吗？希望，有这样近吗？

我记起在文化馆阅览室里的那位陌生姑娘用陌生的眼睛排斥我的眼神儿，我真感到要长长出一口气了。

一晃就是几年光阴。高原上的秋景又变幻了几重？春上，老程被调到了省城。回想我们相处的几年，我感慨颇多。临行的头天晚上，我特意买了一瓶酒为他饯行，这是我们头一次买酒喝。我们这才记起几年来相聚的日子颇多，可是从来没有买酒喝。我在县城里没有一个朋友，也没有一个亲戚，仅仅是一个农民的儿子，在这个对于我来说是一个困境的县城里，何以谈得上有多少人际关系！但仅此一遇，我就知足了。

第二天我醒来很迟，老程早已走了。一阵茫然若失的情绪袭上了我的心头。人生有相聚就有分手，我们很可怜了，相聚时没有酒肉，分手也没有客套的道别。但，我已经满足了。

人际，那么淡的，才是真正那么浓的。

《烛光》办了好几期了,每一期都能看到。打开《烛光》,扑面而来的是一股清新的校园气息,字里行间仿佛跳动着一颗年轻的心。再一看阵容,又仿佛是一排站立着年轻的白杨,每棵葱绿的白杨上,都醒着一只只不眠的眼睛;每一根枝丫上,都摇曳着一片片沙沙作响的叶子。这是《烛光》的声音,这是梦想的絮语。

过去,人们感叹,吾乡吾地偏僻,其实,现在没有严格意义上的偏僻一说了,各种现代化的传媒,使它的网络延伸到各个角落,就是过去地理意义上的闭塞之地,新文化的冲击也是非常大的。因此,人们的观念在不断改变着,特别是在青春的人群中,他们的思想之活跃,文笔之清灵,感受之新颖,是难能可贵的。因此,我们要赞美《烛光》。

"飞翔吧,年轻的鹰。"这是一个作家献给青春的一句诗。我也愿意把这句话献给《烛光》里的每一位爱好文学的青年。

文学依然神圣，这是一位著名作家的话。我们不希望人人都成为作家、诗人，但理想对人精神世界的力量的确不能低估。

我很喜欢俄国作家柯罗连科的散文诗《烛光》，至今还能背诵出来，我把它献给《烛光》中每一位年轻的鹰："很久以前，一个秋天的昏暗的傍晚，我乘着小船在西伯利亚一条阴沉的河上漂流。远处的灯光很强，很亮，而且看上去非常近，似乎只要再划两三桨，路程就可以结束……我在墨水似的河上又漂流了很长时间，而灯光还是在前面……我现在经常回想起两岸山峦的阴影覆盖着这条昏黑的河，回想起这飘忽的灯光。在这以前和以后，有许多灯光以其距离之近迷惑过不止我一个人。可是，生活还是在这阴沉的河岸之间漂流，而灯光还很遥远，还得使劲划桨……不过，在前面毕竟有着——灯光！"

书　累

　　这些年别无他求，茶余饭后的闲空儿没去别处，到处拣书来读。进城的机会有了，书店便成了常去之处，不知不觉，书摞得越来越高，床头案头，比比皆是。论藏书，其实也倒没有多少，但要找个地方把这些书齐整地摆在一起，还犯难。那次从原单位的库房里发现了一个柜子，与头儿通融了半天，总算腾空给我，成了藏书柜。柜分四层，上三层一律插放世界文学名著、精装工具书、画册，只留下一层堆放衣物之类的东西。书柜每层都插两行，所有的空隙都被利用，摆满了书。有多少次我站在藏书面前遐想，能有一个大大方方，气气派派的书架多好呵！

　　其实我生活中值得自豪的也只有这么一些藏书。我很贫穷，可以说一无所有。金钱没有，财物没有，好的住房更没有，只有这么些书籍。说起来也黯然神伤，七八年过去了，我从 18 岁起买书至今，业余时间大部分与书为伍。别人学会了新潮的现代舞，有绝对的时间在理发馆吹一个漂亮的发型，自己却失去了许多的青春活力，整日喜好皱着眉头沉思于书中的东西，确为书籍所累。

再说那书,没办法有个书架,自然还会奇想。想如果有一日要搬迁的话,那书怎么个移法？书是要最先拿走的,搬书却最累,想到搬动时书籍难免有损伤,真感到对不起书,对不起书的自己。舍命不舍书,爱书如痴。书累源于我爱书,爱书也不只是因为"书中有女颜如玉"、"书中自有黄金屋"。这些年读了一些书,写了一些小文章,见于报刊,和那藏书相比,确实感到惭愧,不过读书一方面供消遣,一方面想进取,而不是要为"著作等身"而好书。

书是好物。书使我的思想常常在历史巨人的身边萦绕,也常常使我的思绪在未来美好的境界中遐思。累归累吧！

　　延河从黄土高原的山川间流出,水流是纤细的,然而她延伸
得很远很远,直到注入黄河宏大的水势中,才实现了她在高原怀
抱中孕育了好久好久的梦。她留下的,是一路的歌。

　　杨家岭树是从沟底往上长,<u>丛丛簇簇</u>,郁郁葱葱。她的追求
是向上的,信念是抚摸那洁白的云;同时,她的追求也是向下的,
根须尽力扎向泥土的深处,去吸吮那里丰沛的水分和养料。

　　这里本来就是一块活土。

　　这里流过的水是沁甜的,甘畅淋漓;这里的树是繁茂笔直
的,无论大树小树,总都在认真地修养着自己的风格。

　　有土地的滋养和哺育,有煦风的爱抚和吹拂,有河水、雨露
的浇灌及阳光的沐浴,以及这块山川土地本身具备的无穷魅力
和灵气,还愁长不起参天大树么?

　　这块土地上一定能够长起伟岸、参天的大树;这里对事业有
所追求的人呢,也一定会有所建树的。

作于 1985 年 6 月 23 日

水是美文

　　乡居其间，读了一些作品，我发现许多作家喜欢写水，也善于写水，常常是文以水而美。

　　小时第一次读到朱自清的散文《荷塘月色》、《桨声灯影里的秦淮河》，我被那水的境界感染了，现在我还记着那落着月光、沾着水灵的句子："月光如流水一般，静静地泻在这一片叶子和花上。薄薄的青雾浮在荷塘里，叶子和花仿佛在牛乳中洗过一样；又像笼着青纱的梦。"水与月交织的世界是那么美妙，以至我居然能背诵其中的章节来。后来，又读了不少关于写水的美文来，感受更深一些。许多作家一写水就活，就能放出灵光，似乎一写水，文也鲜活了。

　　孙犁的《荷花淀》和《芦花荡》，人物、场景、故事都发生在一片美丽的荷花与芦花的世界里，既写残酷的战争，又充满了诗情画意，这是小说中的美文。刘绍棠的乡土小说，一直没有离开过运河，似乎离开运河，文笔也枯涩了许多。《蒲柳人家》中七月的运河滩，瑰丽的晚霞，打着鞭花的牧童，归来返去的行人，以及月上柳梢头、人约黄昏后的意境，使乡土文学达到了一个质朴而充满美妙的境地,是一幅瑰丽的乡土风情画卷。

"秦淮河的水是碧阴阴的,看起来厚而不腻,或者是六朝金粉所凝么?"朱自清笔下的秦淮河水,像六朝史所凝结,他语言的独到与水的异样,使水凝重而富有变幻。"灯光是浑的,月光是清的。"文章是阴柔之美,做人是阳刚之美,饿死也不领美国的救济粮。最终,他还是要在水中发现美,创造美的境界:有月时月影映在水中,无月时灯影映在水中。

顿河的早晨薄雾弥漫,阿克西尼娅汲水来到河边。战争给顿河两岸人民造成了多大的心灵苦难。雄奇的世界名著《静静的顿河》中,顿河成了贯穿这部巨著的一条线。如果不写顿河,这部作品一定逊色。当然,他写的就是静静的顿河。

没有河,文章会枯燥,这在贾平凹小说里得到印证。贾平凹主要的小说里,一直在写一条"州河"——丹江。一写丹江,贾平凹的文笔就会汪洋恣肆,充满灵性。最令人玩味的是《小月前本》中写小月在月夜的"州河"水中欣赏自己的胴体,女性的青春美与大自然的和谐美融为一体。女人是水做的,文章也似乎是水做的。水做的文章读起来有味,清灵且多姿多彩,变幻无穷,如诗如画,如梦如云。

"最熟悉的,还是他的家乡和一条延长千里的沅水。"著名画家和作家黄永玉在记述沈从文时,这样说。沅水和沈从文太亲近了。其实,沈从文一直就写着家乡的这条沅水。一写沅水,边城那条船上就似乎站着一个水灵灵的"翠翠"。他的名篇《边城》自然景物优美,人物细腻而朴实,湘西凤凰古老的小城,风情独特的沅水,构成了边城的艺术世界。他从未停止写沅水,甚至专门撰写了一篇《我与水的关系》。

秋水文章不染尘。水,孕育了作家,诞生了美文,因此我说水是美文。

读诗札记

乡居期间，书少、报少、刊物少，见到诗文，总是贪着去读。每遇好的诗句，又喜欢摘录下来。多少年下来，不觉积累了好些句子，常常回头去读，意味仍觉无穷。

> 黑夜给了我了黑色的眼睛，
> 我却用它寻找光明。

这是八十年代朦胧诗人顾城的诗。整首诗就这两句。"黑夜——眼睛——光明"，一个简单的意象群构成了一个开放的空间——历史转折关头特有的社会景象和人的心理结构，也体现了一种现代美的风格。当时同样风靡的诗句有北岛的"卑鄙是卑鄙者的通行证/高尚是高尚者的墓志铭。"

> 与其在悬崖上展览千年，
> 不如在爱人的肩头痛哭一晚。

舒婷的《神女峰》中的两句诗,像敲击人心灵的惊人之问,既写出了人间的真情,又给千古屹立的神女峰赋予了人性。毛主席诗"神女应无恙"也是写神女峰的。游三峡,第一眼看见神女峰时候,想起了这两句诗,差点掉下眼泪来。

写中秋的月亮的诗不知有多少,也有很多好诗成为千古绝唱,李白有,苏轼有,张若虚有,今古多少写月的好诗经久传唱。一个并不出名的四川诗人周苍林的诗却是另一幅图画,很有一番境界:

> 中秋月,
> 硕大的一颗泪珠,
> 滑过夜的面颊。

诗人梅绍静是延安走出的知青诗人,她写了不少关于陕北的好诗。有一首叫《痴情》的小诗,有几句让人过后不忘:

> 我们还没有一片红叶痴情
> 心枯萎了
> 就不再鲜艳

人生苦短,谁在历史的长河里也只是匆匆过客,诗人把人类共同的感受和情绪写出来了。

> 屋里的灯衰弱地亮到天明,
> 而彗星的一生只亮了一瞬。

欧阳江河的《彗星》以星喻人,比有些口号式的诗高明很多。而诗人李琦有一组写给女儿的诗,同样令人心动。她用女性特有细腻的心理,把人间母性的爱写得那么细致入微,那么崇高无私。那种希冀与深情是舐犊之情,真情所致处,令人眼噙泪花,请看《与女儿在郊外》:

> 世界
> 你真能恬静成一座村庄么
> 那么我与赤足的女儿
> 就永远是田野里
> 两盏盛满鲜花的篮子

而另一首《给女儿》,更让人心动不已:

> 吻着你美丽洁净的小脚趾
> 想着它就要去走那条长路
> 孩子,我多么心疼
> 那条路上如果有树
> 每一片叶子
> 都是妈妈闭不上的眼睛

诗人把杨树的叶子比成自己的眼睛,诗意美,人的心情更加复杂化。不管孩子们将来如何,母亲的真爱永远是那么无私。

写人与人之间的交情,也有耐人寻味的,有一首叫《交情》的诗有这样几句:

冲过三遍的茶

淡了

淡如水

只有这杯水

永远冲不淡

　　有一首诗是写人对爱坚定的表现的,很有些悲壮的味道,它
却不是固执,不是痴情,也不是盲目,而是一种理性的选择:

假如上帝再给我一次机遇

我仍然选择你

即使是一杯苦酒

我也愿意高高举起

　　人民日报原总编辑范敬宣先生有一首《人走茶凉》的小诗,
很直观,很坦白。这首诗很能说明些当今人际关系的微妙来:

人走自然茶就凉,

不凉反而不正常。

只要留得真情在,

纵然成冰又何妨?

　　有些诗是戏谑,有些诗则是幽默诙谐。杰尔斯·西米克的
小诗《西瓜》,就十分有趣:

一个个绿衣菩萨，

端坐在水果货架。

我们吃他们的微笑，

吐掉他们的牙。

而有些讽刺诗也很耐人寻味：

抹几瓶生发水

难长出的是少年狂

染几回黑发水

染不透的是头盖骨

一颗头颅早被世俗的泥沙

塞成了缺氧的卵石

叶延滨《关于头发的某君》，是讽刺，也像一幅漫画。

如今狼已越来越少

荒原里尽是人的嗥叫。

程宝林的《大写的人》，写了生态，也寓意人，很有些苍
凉感。

量一个人的真正高度，

总是脱去高跟和帽子。

叫得醒睡人，

却叫不醒装睡的人。

主子睡着了，

奴才还要从鼾声中寻找意义。

攀附在树干上的藤萝，

有时比树干爬得还高。"

这首诗是摘自《人民日报》的。不藏情，不露骨，深刻至极。

有一些诗充满了大自然的气息，充满了美好的意境。同样写雨，金克木和雷抒雁各有一首好诗：

夜雨

点点滴滴

点点滴滴

点点滴滴

稀疏又稠密

记忆

模糊的未来

鲜明的往昔

……

这是诗人金克木的《夜雨》。

五月的雨滴

像熟透的葡萄

一颗，一颗

落进大地的怀里

这是酿造的季节啊

到处是蜜的气息

到处是酒的气息

而雷抒雁是这样写《雨》的。

读到的好诗远不止这些,有些诗整篇都好,当然都抄了下来,这里没有篇幅能容纳下来。诗是生活的写照,更是心灵的火花的闪现,但愿我们的生活像诗,像蜜,充满蜜的成分,充满酒的气息!

清代诗人李娓娓,延川县孝河里(今马家河乡)李家原人,她一生著有大量诗篇和词作、有诗集《咏月轩吟草》、《幽香馆存稿》、《绿窗词草》。由于战乱,诗集里的大部分诗已失传,现收集的仅有百余首。

在现在传下来的这些诗中,有不少诗篇是写战乱岁月的,这和诗人生活的时代有关。在《延水关避兵感赋》这一首诗中,诗人为烽火连天的战乱所忧虑,诗中,无论是夕阳烟水下的古渡,还是杨柳桃花的村落,皆在明丽的景象中寄寓战乱的悲怆和诗人忧国忧民的思想。诗人在诗中写道:"桃花有泪啼粉红,杨柳无人上翠楼。拂面风尘谁与共,惊魂鼙鼓未曾休。"从这四句诗中我们可以看到,诗人眼前正是芳草鲜花、桃李争春的三月春色,但是,就在这样美好的大自然景观中,惊魂动魄的鼙鼓依然不肯终休,诗人感到前途渺渺,忧虑地站在黄河古渡头。诗中融进了诗人对人民的无限同情,读之使人深切地感到兵乱岁月令人忧心如焚啊!

李娓娓的诗中有许多写田园的,在《村居即事》的八首诗中,诗人描绘出了不同时节的迥异的田园景象,文笔优美,清新质朴,那些野草斜阳,柴门炊烟,无不体现出田园景象的美好来,意境、声、色是从提壶在田埂上行走的农家少女以及山鸟的歌吟中表现出的,在这些诗中,诗人不但写了田园的秀美,同时也热情地歌颂了劳动人民的勤劳俭朴和田家生活的美好情趣:"笑她椎髻东家妇,犹摘山花插鬓旁。""门前芒草绿平铺,又向桑园伴小姑",这些诗句,无疑是农家生活的真实写照。但是,由于时代的局限,即令是田园诗章,也隐入诗人晦涩的情感和淡淡的乡愁。

李娓娓的诗清健雄厚,绝少有胭脂气,文笔朴实,情真意切。《秋朝捣衣有感》中,诗人写出了一个处在封建社会而豪爽不屈的女子心理,表现出了巾帼的豪情壮志:"我虽一女子,恨无三尺剑。乾坤一扫清,也我心中愿"。

我们从李娓娓诗中可以看出,诗人受唐诗的影响比较深,在她的诗中,唐人的诗风依然存在。从《咏月轩吟草》中遗留下来的诗中看,绝大部分有着浓重的感情色彩,寄寓着诗人热爱故园山河和人民的思想。《哭六弟慎斋》、《暮春忆外》等诗章里,诗人借夕阳与烽烟抒发了自己的感情,感叹人世飘零,发出"恨无利剑诛群鼠"的感慨。

在艺术上,李娓娓的诗也有许多可取之处。我国诗歌的鼎盛时期是唐代,唐诗也是我国诗歌发展史上的重要发展时期。李娓娓的诗十分重视诗的意境和内涵,在写法上,力争从前人中走出,以自己对现实生活的观察和思考去运用笔墨,结构严谨,感情浓重,读来冗长隽永,思绪纤纤。同时,由于诗人深入了民间,知道人民生活的痛苦,因此诗中对现实生活进行了深刻的揭示,具有强烈的现实主义思想,与诗溶在一起,已达到了明显的艺术效果。

清代,陕北由于受到地理环境的限制,一直是"质朴而少文"的地方,就是在清代以前,也由于地处边隅,一直是战乱频繁的地区。在清代,陕北能出这样的女诗人也是令人惊叹的,尽管她的诗中还缺少千古绝唱的诗句,但是,《咏月轩吟草》中留下的三十余首诗,也是诗人惨淡经营下的传世佳作。

作于 1987 年 4 月 13 日于安塞

信天游手记

喜爱音乐的人最近大概能够敏感地听到古老的信天游又走到现代流行歌曲中去了。

只要你出去走走,在城市的街头农村的田间,都能听到信天游《寻觅》的歌声。这不免使人觉得新奇和震惊。古老的信天游和现代歌曲结合起来,竟产生出如此具有魅力的旋律。

信天游在陕北高原上传唱的年代很久远了。甚至到现在,还无法探究其渊源。它是一种具有很强生命力的民歌形式。堪称奇葩。近年来,现代音乐对民歌的发展无疑有一个很大的冲击。但人们似乎难以想象,现代流行曲居然与信天游在靠近,并且结合得那么完美。

信天游在陕北高原上一直保持着旺盛的生命力。近年来,一些反映黄土地生活的影片,运用信天游作为插曲、主题歌和电影音乐,起到了很好的艺术效果。信天游与现代流行歌曲的组合,是否预示着它的又一次"青春期"?听过歌曲《一无所有》那高亢、通达的韵味,无疑也是信天游的旋律。而信天游《寻觅》

则是侯德健先生作词创作而成的,可见信天游的影响所涉及的范围有多大。

无独有偶,最近,我又在电视中听到一首歌曲《黄土高坡》,它是流行歌曲,也是信天游。那高亢、悠扬和深情,不时出现的快节奏变化,一下就会把人带进那个属于信天游的世界。无论是《寻觅》中的"风沙茫茫满山谷……"追寻童年的足音,还是《黄土高坡》中的"我家住在黄土高坡。大风从坡上刮过……",我们都不难去想象和体味黄土高原上的纯情。我觉得这些歌曲,在信天游的旋律基础上更深化了。不再像大多数的信天游一样是感情的寄托和表现。而且融进了对生命、对人生意义的思考。加之,它的旋律结合了流行歌曲的特点,迎合了现代人的心理。这惟妙惟肖的结合,就构成了它独具风格和魅力的曲调。

现代生活与现代歌曲

　　生活离不开歌曲,正如人们离不开其他艺术一样。有春天,就有鸟儿的欢快叫声,就有山泉冲破冰封的淙淙流水声。歌曲,是生活真情的流露,也是生活必不可少的组成部分。正像俄国作家伏契克所说:"没有歌唱,就没有生命,就像没有太阳就没有生命一样。"

　　歌曲与生活有紧密的关系,一首好的歌曲可能就是一个时代的精神体现,歌曲既是生活的反映,也是人们精神面貌的反映。随着高科技的发展,人的生活节奏加快了,一首首节奏明快的现代歌曲也随之产生,涌进了人们生活大潮之中。在现代生活中,人们对现代歌曲比较感兴趣。一是它流行速度快,二是它捕捉人们的感觉世界比较敏感,能唱出一大批现代人的心理情绪。香港歌星齐秦演唱的一首现代歌曲中有这样两句词:"外面的世界很精彩,外面的世界很无奈……"的确,外面的世界对于生活在现代生活中的每一个人都是很无奈的,也是很精彩的。首先不说曲调,就歌词本身就迎合了一大批人的心理。一个生活在小村庄的人,对都市这个外面的世界感到无奈,都市里的人对他的外面的世界也感到无奈,而谁又对外面的那个世界不感到精彩和向往呢?

从曲调上说,现代歌曲的曲调就像我们生存的这个时代一样,很具有魅力。它不再像过去的有些歌的曲调,只能虚假地附庸和图解它所处的时代,而是在那里唱人的心境,唱属于这个时代的人的心境。这极符合歌曲有史以来之所以形成和代表的东西,即人唱歌就是为了抒发内心的感情。

黄土高原上的信天游应该说是一种经历较长的"现代歌曲"。之所以能长久流传,就是因为它在很早很早就唱"心声"了。现代歌曲的曲调,主要是唱"失望的心情"、"期待的心理"、"愤懑的情绪"、"心底的呐喊"、"无奈的喟叹",可谓悲喜交加,悲多于喜。积淀于心中的烦忧、个人的痛苦和彷徨,用歌声发泄出去,就可能成为积极因素。

现代生活与现代歌曲就像一棵花树上开出的鲜花,那么芳菲袭人、令人陶醉。它既是生活的反映,又是人生内心的表白,正像花树为了表白自己的内在而开花一样,人们从现代歌曲中,会感受到现代生活节奏的变化和多彩多姿。

相见时难别亦难

一本好书，是要通过社会的鉴定和时间检验的，但一般说来，一本好书，读者是会认可的。我读到陕西人民出版社的《李商隐传》，便感到它确实是一本有价值的好图书。

我对传记一类的书籍一直是很喜欢的，但书店里这类书籍又很少，一年内很难买到一两本，现在《李商隐传》依然藏在我的书橱里，它的扉页是粉红色的，我觉得很美。

李商隐是唐代著名诗人，在唐代文学史上的地位和价值是引人注目的，这本书比较准确透彻地对诗人的人生和诗作了深刻的研究和细致的记述，系统而具体地阐明了诗人的思想、性格、气质及他的诗歌作品的艺术特色。书分上中下三卷，对诗人的生活经历和幕僚生涯作了详细入微的描述。书中还详细地写了诗人的几次爱情，特别是诗人与一位姓宋的女道士的恋爱故事更是深为感人，使人窥到诗人既穷困而又丰富的人生经历，对于了解诗人及他的作品有着更深刻的认识价值和意义。

高尔基把书籍比作面包。好的书籍不但能陶冶人的情操，而且能启迪人类的智慧、影响或指导人生。像这一类能够以真实为特点的传记文学图书更具有这方面的特征,也能赢得读者的好评与欢迎、触动人们的心灵。我们可以肯定地说:这类书籍的社会效益和价值也是很高的。它对读者中会有良好的影响。它同时对出版界也是一个启示:好书,既是人类的良师,也是人类的益友。那些情趣低下、格调不高的作品也许能暂时迎合一部分人的猎奇心理,但最终会被唾弃。那些好的图书给人们带来的激情和美好的记忆,将会伴随着我们一生,这也正是《李商隐传》受到读者欢迎的一个重要原因。

文化的『信天游』

陕北高原,是孕育华夏文明的沃土。延安,就处在这块文明圣土的焦点上。在保留古朴的民风民俗的同时,再现着瑰丽生动的民间文化,其独特的文化精神内涵是值得人们大书特书的。延安作家浏阳河的散文集《延州列土志》最近由陕西旅游出版社出版了,这是一本迄今为止最全面、最通俗,也最具有代表性的纵览陕北民间文化的书。作者通过对延安地区 14 个县、市(包括现已划归铜川市管辖的宜君县)每县的描摹,用审视的目光,对陕北(特别是延安地区)古老的历史文化和民间文化进行了较全面、系统和独特的表现,记叙、论述了发生于这块绵绵厚土上的人文、历史、自然和民间文化景观,颇有特色。可以说,这不仅是一部纯地域性的散文集,同时也是一部研究悠久灿烂的陕北历史文化的论著,它丰富的民俗生活表明这部作品是较全面的陕北民间民俗文化史,是当代黄土文化的"信天游"。

《延州列土志》是作家浏阳河苦心研读陕北这块文化"圣土"40 余年的结晶,作者对于这块自轩辕氏开发以来的文明土壤表现出极理智而又极富情致的热情,无论地表地貌、山川河流、风土人情、民俗民意、民间艺术、历史人物等等,作者皆通晓,冷静而又仔细的描摹,体现出一个文化学者的风度。

如果说,这本书具有艺术魅力和艺术价值,即在于表现出的陕北民间文化。在当今,文化越来越显示出它的不可取代性。各种文化现象证实:愈是具有民族性的,才愈具有世界性,在当代东西方文化相结合之际,研究和探索民间文化是一个非常严肃的课题。因而,浏阳河的这部作品无疑正在此列。

诚如作者所说:"我写这本书从未有过详细的计划,我更多地是唱信天游,想到哪里就写到哪里,想写什么就写什么。"作者心随笔至,尽情挥洒,把一方厚土之上丰富多彩的民间艺术世界描绘得色彩斑斓。走进这本书,正如同走进了一个神奇的民间艺术世界,一人一事,无不有其独特而深刻的历史文化背景,仿佛正溯着中华民族一条古老的文化渊源,走向民间,走入灿烂辉煌的黄河文化和古朴浑厚而又瑰丽迷人的视野。

《延州列土志》,一部当代文化的"信天游"。

谁也不会淡漠

去年夏天，到西安书市闲逛。说是闲逛，其实是想买几本自己喜爱的书，可是那阵儿书市"黄潮"充市，大有泛滥成灾之势，满目是通俗的（说穿了是低俗的）刊物和书籍，既让人眼花缭乱，又让人心有余悸。可是我很庆幸，我买到了世界名著《简·爱》。这一类世界名著，曾影响了多少读者。尚有一点文化的人，是不会不知道《简·爱》这本书的。

世界名著《简·爱》在 1847 年初版时，一下子就轰动了英国文坛。夏洛蒂·勃朗特是英国文学史上的著名作家。《简·爱》中的主人公简·爱是曼彻斯特一对传教士夫妇的遗孤，从小受舅母一家人的虐待。作者通过简·爱一生的经历，塑造了一个来自平民而精神高于贵族的新型反抗形象，倾吐了自己不甘屈辱的心声。陕西人民出版社把这样一部世界名著推出，确实是一件有意义的事情。

出这本书，它本身的意义是不言而喻的。重要的是，其一，它肯定了纯文学，特别是在"黄潮"泛滥的时候在人们心中的地位;其次,它以高雅的姿态出现在读书界,与那些低俗读物形成鲜明的对比,也是一种有力的抵制。真是可喜可贺!

再要说的是这本书的装帧之美,与这本世界名著的内容和价值是一致的。我买的是精装本,无论封面和护封,都具有一种典雅富丽之感。作为一部有收藏价值的书,能够做到这些,读者便满意了。这精装本在香港、北京书展上很吸引读者的注意,堪称是一本装帧设计的精美的佳作。

谁也不会淡漠。对于《简·爱》这类世界名著,我永远有着特殊的感情,永远视它为书架上的珍品。

记住脚印

　　志东把一本复印的文学作品散集呈现出来,想给自己小结一下。这是他的一个夙愿,我明白这个夙愿对一个在文学之路上苦苦追求了十几年的人的重要。这些作品,散见于全国各地的部分报刊,有诗歌、有散文、也有小说,林林总总,已有好几十篇了,这是他在文学的长路上攀登的脚印,可没钱付印,只能复印后叫《散集》了。

　　志东是我的朋友,他的人生道路像他的作品一样,平凡中见奇,朴素中有真。他高中毕业于1988年,从县中学的门里一出来,便无所事事了,于是便在自行车的后座上带了一个冰棍箱,赶庙会卖起了冰棍儿。后来,在延安街头摆起了书摊,同时又在县城图书馆阅览室的一角租一个书架,办起了租书业务,他给租点取了一个名:"无奈书屋",我记得招牌还是我用毛笔手书的。办书屋的前前后后,他读了大量的书,但总觉得生活底子薄,就第六次跑去报名当兵,终于如愿穿上了军装,去了那个"西出阳关无故人"的甘肃酒泉。在酒泉当兵他一去就是五年。戈壁风沙,铸造了他棱角分明的性格,再加上他的努力,已是武警酒泉地区支队文笔佼佼的秀才,被部队选送到北京总政治部解放军文艺出版社当了几个月的实习编辑。说来也巧,那次我正好去北京,在西什库茅屋胡同甲三号解放军文艺出版社的院子里找到了他,并在朱德手书的"解放军文艺出版社"牌子前合了影,这张照片至今保存着。以后,他又复原回到了生他养他的安塞故土,带着三枚三等军功章。这军功章当然要归功于他的笔。

志东这个集子里的作品较"杂",这也难免,因为他这种集法,无非是把自己曾经发表过的作品不分体裁地一页页复印后合订成册。但是,不管有多"杂",有一个主题却是特别突出的,这就是贯穿于始终的他对生他养他的陕北黄土地以及橄榄绿军营的热爱、赞美和思考。于是,就有了描写陕北的散文《陕北人的路》、《我是腰鼓手》、《童年是首信天游》等较好的作品。描写军营的《雪山上那抹橄榄绿》、《肃州警魂》等作品也颇见功力。1994年底,他复员回到家乡——这个以腰鼓闻名天下的艺术之乡。他又拿起了笔,并对一个残疾少年的命运进行了关注,可以说,他是用一支富有良知的笔,叙写了一个残疾少年的人生命运,《一个残疾少年的命运》和《续篇》在《陕西日报》上发表后,很快在社会上引起了较大的反响。但是真正标志着他创作新起点的应当是他今年在大型文学双月刊《昆仑》上发表的中篇小说《看天》,这部小说一发表,便在同行中引起关注。对挚爱文学的志东而言,这是一个真正意义上的开始。

安塞,是一块富有传奇色彩的民间艺术沃土,狂放与精美的艺术并存。这些年,安塞人的英姿连同他们创作的艺术在神州大地上一次次走红,像屹立于黄土高原的红高粱一样,在民间艺术的高地上组成一道迷人的、魅力不凡的风景,志东便是其中的一个。我愿他带上陕北人坚韧的风格以及一名鼓手的雄劲之势,抒写新的篇章。

一个人，总是有想唱歌的时候：当他高兴时，当他悲凉时，当他寂寞时，当他有难以名状的情绪时……这时，他心中就会旋起情绪或者是情感的咏叹调，这便是歌声。我们姑且不论这歌声是出自一位嗓音优美或者嗓音喑哑的人。我们常想，每个人都有这样的权利。这便是自由。自由的歌声，就是人心绪的写照。

作为黄土高原的儿子，从小到大，一直在山野里徜徉。我亲眼目睹过那些受苦人、揽羊人、赶牲灵的人放声高歌的情景。我也亲耳聆听过还是出于这些人口中的那些悠扬的信天游。因此，当我紧锁着眉头在黄土高原群山的曲线上踽踽独行，我咀嚼着像苦菜一样苦味的、像高粱一样甜丝丝的民歌时，我并没有把民歌单纯地理解为一种情呀、爱呀的东西，而更多的是理解为他们人生的乐与苦、荣与辱、追求与尤奈、渴望与失望、梦想与现实这些种种的情愫。因此，民歌就被赋予了另一种更加深刻的涵义。它不仅是人生的一种东西，而且是人类的某种东西。这种东西你只能在那种真切的民歌声中去体味。

大山是舞台,蓝天是帷幕,白云是点缀,轻风是扬声器,山野上奔走的人们是听众……这是一种怎样的境界呵! 可惜,这种境界离我们所谓的现代人是越来越远了,越来越远了。今天,我们把陕北民歌中的一些词句归纳成一个小册子,奉献给那些返璞归真的旅游者。有一种微微的满足,但更多的是遗憾。这些文字带来了民歌的字面意思,而不能带来它具有深刻内涵和悠远境界的旋律。那么,就只能让人们在文字的意境中去自己理解。

　　民歌已经成为真正的世界非物质文化遗产,越来越引起人们的重视。打开电视,那么多的文艺节目,如果少了民歌这道菜,那将索然无味。好在,它还占有很重要的位置。这是民歌的幸运,也是民歌自身无法被埋没的价值所在。

　　最后,应该感谢那些曾经为陕北民歌做出贡献的人们。他们将和民歌一样永存。让我们乘上民歌的翅膀,自由地飞翔吧!

　　民歌,是原生态的。

由生活、读书、新知三联书店出版的朱自清的《经典常谈》一书摆在我的案头。这是我偶然看到的一本书，不禁爱不释手。叶圣陶先生在为这本书撰写的序中说："朱先生所说的经典，指的是我国文化遗产中用文字写记下来的东西。假如把准备接触这些文化遗产的人比作参观岩洞的游客，他就是给他们当个向导，先在洞外讲说一番，让他们心中有个数，不至于进了洞去感到迷糊。"

叶圣陶先生在这里道出了这本书的内涵。对于中国的传统文化遗产，我们每个人都有必要弄懂它，像说文解字、周易、尚书、诗经、三礼、春秋三传、四书、战国策、史记、诸子、辞赋，以及其他诗、文等。这些，《经典常谈》里都涉及了。朱先生在里边已摸透了，知道了"岩洞的成因和演变"，因此讲说得十分娴熟。

中国的文明首先表现在它的传统文化上，这些传统文化是人类的智慧，是有严格意义的，也是不同于一般著作的，是不能马马虎虎对待的。因此，我们有必要读一读《经典常谈》，相信它对于我们每一位读者是会有好处的。

乡土上的彩页

　　安塞是闻名于世的民间艺术之乡。出了一批传承中华民族古老文化的杰出民间艺术人才。已作古的有王占兰、曹佃祥、白凤兰、胡凤莲、朱光莲、张芝兰、常振芳、潘常旺、张凤兰。健在的名家还有高金爱、白凤莲、李秀芳、薛玉芹等。民歌方面有已故的胡世山、张启旺。胡世山我见过，20年前一次在高桥乡政府院子里，砖窑湾下来的胡世山一口气唱了一个下午。他脑子里究竟装了多少民歌，谁也说不清，这真是一个活着的民歌词典。健在的有贺玉堂。贺玉堂被誉为"民歌大王"。歌动九州，享誉天下。人得到这个名分也不易。腰鼓手也有一批"能人"，只是腰鼓是一种群体艺术，个人出名难。安塞的艺术归根到底是一种黄土文化艺术。是黄土地深厚的文化底蕴养育了这些人。安塞的吸引力也就是安塞的艺术。

　　我在安塞文化上干了多年，熟悉安塞文化的发展过程。我亲自接待过许多来自全国的知名艺术家，他们每一个人都觉得安塞是有吸引力的。来的艺术家中，搞摄影的居多。一次，中国摄影家协会就组织了几十位全国知名摄影家,浩浩荡荡在安塞拍了一天腰鼓,中央电视台主持人,也是摄影家的陈铎也来了。后来担任中国摄影家协会主席的邵华女士,在几年前来过安塞,那一次她是骑驴上山的。而更多的人来安塞拍到了好的镜头。广东中山的欧阳洪益拍了一幅《安塞腰鼓》,获得了当年文化部"群星奖"摄影一等奖。总之,你只要留心报刊,不时就会有从安塞拍摄下的作品被发表。如果说你能见到似曾相识的照片,那很可能就是从安塞拍去的。张艺谋在拍电影《黄土地》的时候,就是在县城以北的大沟阳台村找了一群安塞腰鼓汉子,一阵猛打,震惊世界。

不光摄影家,作家、画家也来了不少。路遥曾在安塞县中学的宿舍里躺着感受生活。王蒙、陈忠实也来过。李天芳来了,写了一篇《安塞的高速》,发表在《陕西日报》文艺副刊上。中央美术学院、浙江美术学院、广州美术学院、西安美术学院来的师生更多。中央美术学院国画家姚有多先生和水墨室主任王同仁、油画家杜健、国画家石虎也来过。天津美术家协会主席、著名国画家杜滋龄先生也来过安塞写生。陕西的画家几乎都来过安塞。刘文西先生更是多次到安塞。他的画作里的许多人物就取材于沿河湾、谭家营等地。这两年他在创作巨幅人物画卷《黄土人》,仅安塞腰鼓就画了15米。他的《黄土魂》就是直接表现安塞腰鼓的。山水画家赵振川画了一幅山水画,干脆取名《安塞印象》。2003年的时候,中央美院两位实力派青年人物画家王珂、李洋在文化馆楼顶上和乡下画了半个月画,回去就出版了各自的人物画册。我们许多熟悉的人物都出现在画册上。

安塞是一块充满魅力的土地、艺术的土地。许多艺术家不约而同地把目光聚焦于此,绝非偶然。但安塞搞摄影的,十几年前也就那么一两位。第一台好的照相机是靳之林先生从法国带回的。那是改革开放的初期，中国的国门还没有真正打开。靳之林先生用安塞剪纸在法国卖来的外汇买了一台照相机，交给了安塞县文化馆。这是安塞第一台好相机。

这几年，安塞的艺术土地上忽然冒起来一批摄影艺术家，像雨后新笋一样。对于这个群体，我们总是用欣赏的目光去看他们。他们每取得一些成绩，我们都会为他们击节叫好。他们的镜头，立足安塞这块土地，又伸向外边更大的视野，有的已经出版了好几本摄影作品集，这在一个地方小县是难能可贵的。

安塞摄影家的作品是有生活，有视觉的。他们所表现的题材主要是陕北黄土地，或者说得更准确一些是表现安塞的。他们把艺术的触觉伸向陕北生活，伸向那里的山川、人物和风土民情。哪怕是一枝一叶也能引起他们的创作兴趣。这是一群有灵感、有思想、有视野的乡土艺术家，他们的出现，可以说弥补了安塞大文化的缺口。我曾经不至一次地向同仁们说过，类似安塞这样一块文化底蕴深厚的土地，必将养育出更多的艺术家来，不仅仅是民间艺术家，还应该有诸多的现代艺术家。像文学、美术、摄影、书法、曲艺、民歌等多方面的艺术人才，只有这样，安塞的文化才能全方位地发展，才能相得益彰。相对来说，摄影家这个群体已基本形成。当然，摄影是一种借助于现代工具的艺术生产过程，和其他艺术形式有所区别。

2004年春节，安塞开始搞"陕北过大年活动"。这是一个互动式的文化旅游形式，有特点、有内容、有吸引力。甚至有些地方开始效仿。全国的摄影家春节就喜欢来安塞，这是宣传安塞的一个很好的形式。同样，对于促进安塞业余群众摄影也是很有帮助和推动作用的。这两年，安塞的摄影家信心更大了，他们每逢节假日或闲暇时刻,背起行囊,行走于陕北高原的千沟万壑之中。不论寒冬,不论酷暑,追逐着晨曦,追逐着夕阳,哪里有美,哪里有动人的画面,哪里就有他们的身影。几年来,一批优秀的作品呈现给了观众。那浓郁的生活气息,独特的画面为人们所称道。他们不仅在县城办展,还在省市参展,一些作品获了奖,受到了业内人士的好评。2004 年,参加了在贵州都匀举办的第六届中国摄影艺术节暨第二届都匀国际摄影博览会。2005年他们又组团参加了"平遥国际摄影大展",作品和国际 19 个国家的作品媲美。可以说,他们的活动极大地推动了我县文化工作的发展与创新。生刚是个干事业的人,他是这支摄影队伍的领军人物。他想开辟这个园地,把安塞摄影家的优秀作品呈现给更多的读者,我们亦可通过这个"窗口"领略一下他们的艺术风采。这是安塞文化艺术发展里程中的一件极其有意义的事情。相信安塞摄影家协会会以此为起点,创作出更多更好地反映我们这块厚重黄土地生活的佳作。

作于 2006 年春

志乃为史

盛世修志。《安塞县志》第二轮编纂工作在县委、县政府安排下正式启动。这是一项浩繁艰苦的工程。第一轮修志是在1990年结束的,第二轮修志工作的成书日期是2010年。这20年是一个非常时期,是安塞历史上经济社会发展最快的20年。为了促进全县第二轮县志编纂工作,县志办主办的《安塞县志通讯》今天与大家见面了。这是编志工作的一个创新,也是一个了解《县志》编写工作的"窗口"。

一个地方志,是一个地方政治、经济、历史、文化等的发展史记。据说作家贾平凹在陕南深入生活时,每到一地,必先翻阅当地的《县志》。他是从县志上了解当地的人文历史的,因此他可以旁征博引,妙笔生花。著名作家陈忠实在创作长篇小说《白鹿原》时,也翻阅过不少当地《县志》。如果说今人要了解古人,或者说未来人要了解今人,他有一个有效的途径,就是《县志》。由此看来,地方志所具有的功能和价值,一时还是不会被取代的。

《安塞县志》的编纂，至今已有三个版本。一个是清代乾隆年间《安塞县志》，这本《县志》据说有关人员不远千里到南京图书馆才找到的。另一次编纂是民国年间，邑人（本县人）郭超群、郭超伦二人主持编纂的承接了乾隆的《安塞县志》，又有对安塞一些新内容的补充，日臻完善，但难免有遗漏之憾。前人毕竟有其局限，故在所难免。到了20世纪80年代新编《安塞县志》的编纂历时数年，终于成书。新编县志有其特色，亦有其新意，但时间跨度较大。这是安塞今人的一个创举。今天当我们翻阅其厚厚的版本，仍不禁感慨万千。多少人呕心沥血，倾注汗水，这又应了一句话"众手浇花花始红"，编志就要"众手编志志始成"。

　　历史毕竟成了历史。今天，第二轮安塞县志编纂的任务又一次落在了我们的肩上。这是新世纪的又一次长途旅行，一次续写安塞历史的旅行。每一位被赋予此使命的同仁，都将通过此"通讯"了解进度，互通信息，掌握知识，促进提高。这是一个"园地"，又是一个"窗口"，愿此把我们联结在一起，为了我们所肩负的历史使命的最后完成而奋进。

风景就在太阳下

　　20年前,著名作家高建群同《黄土地》的编剧张子良先生来陕北安塞体验生活。在县城中心的一个旅馆里,我们几个安塞文友每天晚上都去看他们。高建群是我们的文学老师,在《延安报》"杨家岭"主持副刊期间,高老师对基层作者颇为关心,安塞许多作者的第一篇散文都是由他亲手编发的。经常听高老师说:"如果遇到好稿子不发表,那作为编辑就是犯罪。"我们就因此知道建群先生是一个具有良知的人。1998年8月,高建群随中央电视台《中国大西北》摄制组来安塞,我们再次向他求教和深谈。不久,高建群应《延安报》之约,写了一篇标题为《我的几位安塞朋友》的文章。高建群当时已出版了《最后一个匈奴》等重要作品,已经成为陕西重量级的作家,他能写几位安塞的小文友,确实让我们受宠若惊。我记得写到甄伟才时说:"甄伟才是一个深刻的人……",给的评价不低。因为他在延安时对伟才也比较熟悉,伟才当时还是延安中学的一名文科学生,已经开始给报社投稿,高建群曾编发过他的稿子,所以他如是说。

20世纪80年代,我在故乡安塞县高桥乡政府工作,因在报刊上发表了一些小散文,引起了安塞的呼海州、伟才、志东等文友的注意并相识。我记得是1985年的秋天,玉米成熟了,地里的玉米还未收获,于是我们几个就到我家的玉米地里用了一天时间,将玉米收到玉米笼里。我母亲见这么多人来帮忙,很是感激,就给他们炒瓜子吃。有一年春天,我们结伴还去了王窑水库玩耍,感受高原平湖的美景。当年,伟才正在延安中学上学,工作闲暇我骑车去延安,常去延中校园看他。延中的春天很美,垂柳依依,榆叶梅盛开。伟才正编着延中团委小报《延中团讯》,已显示出其文学才华。并且,时不时在《延安日报》上发表些散文,在校园里很是引人注目。有一年,《延安日报》在"杨家岭"副刊举办征文大赛,每县组一版文学稿子,伟才的稿子《在烽火台上》占据了头条位置,当时很是风光。

伟才后来到西安上学,上的是警官学校,这与他文学特长似乎有些出入,其实也未必,我倒觉得是好事。古语道"武而无文,其心必愚;文而无武,其志必弱。"学校毕业后,他回安塞,等待分配工作。那时我已在县文化局工作,他就住在我的办公室,当时无床,夜晚就睡在一堆旧腰鼓服装堆上,这让他受了些委屈。伟才却不以为然,开玩笑说:"天降大任于斯人也,必先苦其心志,劳其筋骨,饿其体肤",如此如此。后来,他被分配到安塞南川砖窑湾派出所工作。他的足迹遍布南川乡村,并在那里结了婚。结婚那天的情景我至今未忘,是一个下了薄雪的好日子。

伟才是一名警官,对社会面的接触很宽泛。近年来,他对生活的认识更深刻一些。加之,能与外界来安塞体验生活的艺术家交流,大大丰富和陶冶了他的志趣,可以说,他感悟生活的

风景就在太阳下

357

"真味"有更深的层次。

　　这些日子，几位友人相约，去了一趟商州。"商州的山不高，但却很深"。一路急行，第一站到了丹凤县的棣花镇。棣花镇是著名作家贾平凹的故里，老宅寂寞，一把铁锁锁紧了门，院内一棵梨树花已开过，展出了鲜绿的叶子，使得小院依然春意盎然。少时，贾平凹曾在此生活。伟才在此沉思良久。贾平凹的小说很多他都爱读，特别是他把一方名不见经传的商州山地丹江水写活了，写出名堂了，写出魅力了。在贾家小院前，他更加坚定了编一本个人专集的想法，受到友人的一致支持。这些年，伟才发表了不少作品，这些作品，有的发表于各地报刊，有的散见于他的博客"太阳门前来"内，都引起了读者和友人的关注。他一改过去只写乡土，而写了不少抒写人生和生活感悟的作品。这些作品普遍的一个特点是，很有见地。这本散文集《太阳门前来》，正是他对生活的理解和思考的结果。

　　多年前，我们在讨论俄罗斯文学时非常神往大原野上遍地的金蔷薇，而现在我们知道陕北高原上的"大马茹花"就是金蔷薇。我就常想，其实，我们有时往往把目光投得更远，认为风景是远处的好，而忽视了身边风景的存在。为此，我要说，我们的身边就不乏这样那样的风景。风景就在你身边，只要你留心，就会发现美丽的存在，风景的存在。

　　风景就在太阳下。

2010 年 4 月 16 日夜　秉烛

《守望剪刀》序

几年前，读过散文家周涛先生的一篇文章，文章的题目叫作《写序十难》，值得玩味。为人写序，实在是一件不易的事情。就一般而言，写序这差事，多由名人、领导或其他能提升本书某些方面的人来担当。我一非名人，二非成功人士，只是一介草民，一棵黄土高原上的闲草，牛羊不食，无药用价值，无星点野花开出，一个农民出身的乡土文化人，一个喜读诗书，写散淡文章，好画涂鸦之作的平凡之辈。无奈近年来乡土上一些喜好舞文弄墨、赋词咏诗、吹拉弹唱、画画照相的乡土文化人不时有人出一本书或一本画册，叫我来写序，不知不觉中已写了六七篇之多，实在令人汗颜。想也是令人同情，这些人中间，出书出册并非是自己有钱，有的是从自己一点微薄的积蓄中挤出来的，有的是壮着胆子抹着面子向有关方面领导伸手要来的。因此，写个序也算君子成人之美吧。这样就一次又一次地心安理得地给人写了一篇又一篇，但尽量真诚地写，不夸大，不压低，也算一种良知吧。

志东先生要编这本书，原本这个序的任务是由陈山桥老师写的，但因他忙，这活儿又落在了我身上。陈山桥老师要编《中国剪纸·陕西卷》，一本较大工程的书，延安卷的文字也落在我身上，忙了好长时间。

志东先生是一个热心人，他爱好文学，是安塞的青年作家，他又喜欢搞摄影，是安塞的摄影家，他原来的工作是新闻，写了十多年的通讯报道，获了好多奖。他搞文学时，写过中篇小说《看天》，在《昆仑》杂志上发表。他搞摄影，拍摄了一张千人腰鼓下山来的照片，气势之大，令观者惊叹，成为他的代表作。十多年前，他又开始研究民间艺术，经常到作者家采风，了解民间艺术创作。

民间文化艺术植根于中华大地之土壤，是一切艺术之本源。过去曾不被重视，自生自长，然经千年而不衰，说明它是具有生命力的。随着时代的变迁和市场经济的冲击，民间艺术面临很大的冲击，过去自娱自乐的形式，若再保持原生态的状态已很难了。近些年来，人们在认识到这些文化价值的同时，对保护工作重视起来，特别是党和政府出台了一系列文化保护工作的政策和措施，在人力、物力、资金方面给予了很大的投入和支持。各级政府也把非物质文化遗产和当地的民间艺术作为地方经济发展的战略内容之一加以保护和提升，有的成为地方的名片，有的成为吸引游客的龙头项目，这是可幸的。一些民间人士也有对民间艺术感兴趣的，他们自费、自发、自觉地去了解研究民间艺术，为民间艺术注入了活力，正所谓众手浇花花始红。这本书最后用百余页篇幅所写的陈老师，是我的恩师。他先后有十几年的时间在安塞工作，为安塞民间艺术做出了很大贡献。他像陕北的老黄牛一样忠于他足下的土地，值得赞美。同时，我相信，这本书也是很有益的,他一方面可以展示一个个青年作者的创作成果,另一方面也可以鼓励年轻作者继续从事这方面的创作,使他们多出新作,不断丰富其艺术人生,把这安塞民间美术的后续人才培养上来,以丰富安塞文化艺术的内涵,壮大民间艺术创作队伍,推动县域特色文化的繁荣。

山梁上吹来凉爽的风

安塞县最北的是王家湾乡。王家湾有个城黄梁。城黄梁是一个山村,人家就那么十几户,且住得分散,东家一个院落,西家几孔土窑洞。印象中,硷畔上都是硬的红胶土,树自然就很稀,不是成了林子的,孤孤地一柱一柱,且都长在生长不易的崖畔上。庄子里人勤,院外总有用土拍起的光光的泥墙。很少见石头。泥墙围拢成一个一个的园子,长一畦一畦的蔬菜。院子不用石板或砖铺,都是土院,常常去扫,就扫出一片光光的地。夏夜里坐在院子中,看月亮从东山的城黄峁上升起,像一个大银盆。于是,老人们就开始说"古朝",或教育娃娃们去读书。再末了,就不住地提起这地方的苦焦。这是前面的话题。

城黄梁往北,就是靖边的地界了,长城的残垣都不远了。据说在古代,就是城黄梁这么偏远的山村,还有了一个城,也算是"边城"了。一说是有一个城隍庙,二说是山上的平处有一个屯马的场子,许是长城守军的后方马场。2009年盛夏,我曾随一位画家去了城黄梁村,画家说:"这地方是一个很好的写生基地"。我一看果然感觉是,一是村子留下的都是古朴的、原始的气息,再则留在村里的都是满脸沧桑感的老汉、老婆们。像时下中国农村的每一个村庄一样,年轻人都到城里去了,"麦田里的守望者"都是一群不离土不离乡的老人们或中年人。山野因为年轻人的离去更宁静,更显出村的气息……十几年前,本诗集的作者米宏清就生长在这个小山村。他的父亲,一个像路遥《人生》中高玉德老汉一样的,不识字,忠厚老实,又务得一手好农活的人,最大的指望是让这个娃娃有一口公家饭吃。谁知,小小的少年,竟然有一颗不安分的心。他每一次放学从山路上走过,总是想着山外的世界,真武洞有多大,延安城有多大,北京城在哪里……1990年,他从城黄梁走了几十里山路搭上了去县城的班车,在安塞中学念起了中学。学习之余,他开始做起了文学梦。他写的一首《山里的弟兄》在报纸上发表了,这首真情的小诗,是他身居县城,对他变得遥远的故乡小山村的思念。他"想化作一片流云,萦绕在高原的上空",道出了他的诗心和土地情结。谁也不会想到,这个人会少年成名,一夜间轰动了安塞城。1992年,他在上学之余,写了一部名为《山沟拐洼》的中篇小说,参加了华夏少年写作大赛,获得了二等奖,并赴北京人民大会堂参加了颁奖仪式,见到了雷洁琼、张志公、崔道怡、从维熙等知名社会活动家、作家和编辑家。回到安塞,学校为他举行了隆重的欢迎仪式。县中学为他组织了腰鼓队,锣鼓喧天,鞭炮齐鸣。他戴着大红花,走在队伍的最前列,被人拥着在县城街道上"游街示众",着实风光了一番。随后,他写了许多小说和散文、诗歌,分别在各地报刊上发表。诗人梅绍静曾为他的诗和精神所感动,多次给他写信,鼓励他不断提高。著名作家高建群在给他的油印本诗集《野山花》作的序中说:"他愈显露出的才华令人惊异。造物主也许觉得它对这一方人太残酷和严厉了些,所以,隔三过五,总要在荒山野洼开一枝或几枝奇异的花。"并鼓励他:"飞翔吧,年轻的鹰"。

米宏清这本诗集名为山野的风,正像一股山野的风,清新、纯朴、自然。全集共分三辑,分别是"野山花"、"校园诗草"和"山野风"。在"野山花"这一辑里,他把童年的梦化成高原的流云、荞麦花上的蝴蝶和陕北的晨雾,像风一样抚慰着他所热爱的故土,那么深情,那么令人心醉而又充满淡淡的幽思。可以说,是用真情打动了读者的心。这些年,诗坛上刮过多少风,但我说这诗中的真情是最纯朴、最真最美的旋律。今天读来,都是感人的、动人心弦的。第二辑"校园诗草"无论是写老师,写校园的黄昏,都充盈着一个少年赤子的涓涓心音,叫人对美好的往事产生无尽的思绪。第三辑"山野风"是对故人的思恋和感恩,是一曲曲真情的乡村恋歌,那玉米地、那圪梁梁、那苦涩呛人的旱烟袋、那温情的热土,无不萦绕着万千思绪,让我们读后对故土、对高原,对乡亲的感情激起层层涟漪。我们也真想化作袅袅的山野轻风,吹过高原,吹过黄土地,吹过我们思恋的小山村……

追寻黄土文化

　　米宏清同志是一个热爱陕北文化的人,这首先表现在他热爱本土文化上。多年来,他始终把自己人生的根扎在陕北安塞这块黄土上。十几年前,当他还是一个中学生的时候,就写过不少对故土充满无限眷恋和情思的诗。今年,他结集了一本充满清新气韵的诗集《山野的风》,读着那一首首写给故土的诗,令人感动。他是一个黄土地真诚的赤子。如今,能对故土如此深情和苦恋,叫人感动。

　　"在老远老远的地方就想着你,高高的、高高的山塬……"在他诗集的扉页上,他将陕北走出去的诗人梅绍静的诗郑重放在此处,可见他们对与陕北这块土地共同的情结和一致的情愫。陕北这块土地曾诞生过许多作家艺术家,可以说,他们对于故土都是有着深深的情感的。没有对这块土地的爱,便没有对这块土地深刻的认识和思考。只有当人生的足迹深深嵌入这足下的泥土时,这种爱便会升华。

　　宏清调入文化局工作六七个年头了。调入文化系统工作,是非常合适的。他有文学的底蕴,工作起来不受局限。再则,文化上的材料多,要求高一些,他都能随心所欲。一般来说,昏昏庸庸混日子,生活工作自然就轻松一些,但我知道他是一个有志趣的人,一个不甘寂寞,有人生追求的人。他好学习,肯钻研,业余时间里经常手不释卷。当下,爬在电脑前的人多,但肯读书的人少;好游山玩水的人多,读山水的人少。宏清则不然,他好买书,经常是书店的访客,这近乎成了他生活重要的一环。他结婚时买过两个书架,不几年工夫书架就塞满了书。及至现在,他书架的顶上,台前,床边都放着厚厚的书,而且书已不仅仅局限于文学方面的,有哲学的、历史的、文化经典等等,涉猎范围明显增广,这样必然有助于陶冶他的人生情趣,增加文化意识感觉。

一年前,宏清就说他想写一写安塞的文化,一来是这些年对安塞县乡土文化有了更深、便全面的了解,二来是他对安塞文化的认识上升到了一个新的层面,正所谓有感而发了。他说:他要唱一曲故乡长长的歌谣,走着,唱着,一直到地平线的远方……

这本书名叫《多彩的乡情》,正是写安塞多彩的黄土风情的。路遥曾借用西方一名著名作家的话说:文学的打击力应当在最后。写书亦同。显然,这本书是宏清写故乡安塞文化的开头工作,必须先以介绍、引见的方式切入。就像一个高明的讲故事的人一样,他是慢慢地把人引入故事情节里的,而不是一开始就亮出一嗓子,这样来显得唐突。一位政治家也说过,讲长篇讲话的时候,最好开始不要用很高的声音,这样到最后就讲不上去了。这些话从多个方面都很有借鉴的方面,也很睿智。

宏清是一个很忠于职守的人。这我知道,上班时间他从来都是认真的。他说:"我们都是圈里的羊,到归圈的时候不用人赶,不到圈里不舒服,心里不踏实"。在农村生活过的人都知道,羊进了圈子才踏实。一只羊即使给它自由,让它一个在山野,它会在那里咩叫不已的。这本集子,大抵都是在工作之余写的,可见他即是一个有心人,又是一个肯下功夫的人。写书的人,一般是吃大苦的人,否则就这些文字即使让一些人抄一篇也不是易事。

安塞是一块多情迷人的黄土地,曾吸引过无数的人。过去是这样,现在是这样,将来还是这样。革命战争年代,陕北是红都圣地,多少国统区的娇小姐脱掉摩登的高跟鞋,换上草鞋、布鞋步行投奔延安。今天,红色圣地仍然魅力不减,土窑洞、小米饭仍然被赋予神奇。而黄土文化内涵中的安塞腰鼓、安塞剪纸、安塞民间绘画以及陕北民歌这些安塞县特有的民间艺术,对他来说,更是从小耳濡目染,熟悉熟知,所以他写出自己的感受和印象。

陕北高原是一块神奇的土地。独特的黄土地貌令世人称奇,而孕育、流传于这里的民间文化更具有吸引力。历史上,陕北是中华民族文化的发源地之一,极具代表性。仰韶文化的陶器、汉代的画像砖、宋代的石窟等,无不印证着五千年文明的辉煌与灿烂。这些历史文化深埋于岁月的长河,熠熠闪光,直到今天。安塞地处黄土高原腹地,丰富的历史文化积淀长期处于封闭与半封闭的状态,既有中华文明的纯正血统,又具黄河黄土本原文化特色,是"最本真、最本质、最本色的原生态"。安塞作为一个文化名县,民间艺术之乡,在关注民间艺术发展的同时,也应有一批人从学术的角度去审视,研究它,这是对发展极有益的事情。我们提倡文化的自觉,这是一种使命。

我们正在走向一个大发展、大繁荣的文化时代。近年来,党和政府非常重视文化的发展与繁荣。可以说,文化也进入了一个盛世发展时期。同样,民族民间文化保护工作也越来越受到重视,这是民族文化遗产的幸运,也是时代发展的必然。安塞也不例外。我们应当动起手来,保护好、传承好、利用好这些丰富的而又有限的文化资源。黄土民间文化本身存于黄土地,它的文化生态也像它的自然生态环境一样,十分脆弱。让我们倍加珍惜,担当责任,勇于奉献,保护好这些弥足珍贵的文化遗产,造福子孙后代,以使伟大祖国文化艺术之树更加郁郁葱葱,充满生机。

2011 年 10 月记于　安塞

一花一鸟一世界

认识张雪丹先生，并不在他居住的长安城。一次，他来陕北体验生活，我们相伴而行去了安塞以北的毛乌素沙漠的长城边上。那是初春时节，陕北高原寒气尚未退去，毛乌素沙漠广阔的沙野显得依然有些寒冷。冷风阵阵吹来，在沙柳丛上呜呜作响，沙海人家的居舍，养在圈里的羊只，痴痴地看着如天外来客的我们。我们走在沙漠地带，享受着空旷与自由，比之长安城的拥堵，人的心境进入了自由的空间。记得那天雪丹先生兴致很高，不住地在沙柳丛中照相。末了，我们又继续向那人烟稀少的长满玉米茬子的庄稼野地里行。出了那尚在结冰的沟壑，又造访了那经年累月的老柳，几个叩问原野的旅人，漫无目的，且又兴致勃勃。

那一次，张雪丹先生赠我一幅化鸟水墨《春风土美人》，画的是玉兰，是我要他画这个题材。原因很简单，我曾见过他的玉兰，简简几笔，寥寥几朵绽与未绽的花，加上笔下足见功力的遒劲而不乏灵动的枝，叫人爱不释手。特别是那蓝色花蕾上的用色,极易见俗的兰与紫的颜色,竟然被他演绎得如此高雅、圣洁,不俗不土,进入了花鸟画娇艳多姿、气韵不凡的境界。

画我很快就装裱好了,托人在北京中国美术馆附近的装潢店装成,挂于我的斗室。也曾有不少友人赠我书作画作,但大都挂后不久,便觉索然无味,置于墙下。这并非是不珍惜友谊,我收藏了也是友谊。墙上的东西,一定是要入眼、入心、经久、耐看。正如人之衣着,合体的总想穿。他的画,大概就是那几幅不容易从墙上摘下来的那种。

那次,雪丹先生口中一直喃喃自语,说他一次在安塞下乡,曾见西河口的山村一种独特的秋果,让他念念不忘,但要找寻,一时又不好找寻。我寻思他真是一个有心人。这也由此让我感怀,艺术是要到生活中寻找的,那些生活中有情趣的一事一物,一山一景,一蛙一虫,一叶一果,正是花鸟画家表现不尽的东西,这些东西藏天地之气,聚山野之情,是真正具有生命力的。齐白石先生画家乡的草虫鱼虾,万类霜天,正是赋予了这些气韵。而当下,特别是一些花鸟画家,人云亦云,画自己生命体验和感受的少,步后尘者多,这正是他们艺术无法追求到更高境界的原因所在。由此我说,他是有心人,他是有生活的,那些生活中打动自己的正是他热衷于表现的。

张雪丹先生以花鸟画见长,尤擅写意花鸟。中国花鸟写意历来是人们追求的最高境界,也是一个难点。写意如西洋唱法中的"花腔",如书法中的狂草,如万山千壑中突现的虹霓,如李白诗《梦游天姥吟留别》中的非人间之仙境,叩唠醒时与醉时的不同。故而写意难,故而写意之境界高。张雪丹先生的写意花鸟,画幅上飞动着灵韵,落笔处尽写空灵之美,虚幻之境,难得也。在他的作品中,墨的着色也尽显变幻无穷的虚虚实实,色彩丰富而又不艳俗,线与面交织着一幅水墨的乐章,色彩又融汇成音乐的流淌,非世俗者所能见,非浮华者所会意。

常说十年工夫不寻常。何止十年。有俗语曾言,书法三十年始见功夫,绘画二十年始见才情。这里说的还要有作者的才气、悟性、恒力和正确的路子,可见书画之难。齐白石先生一语道破了书画的天机,书画乃寂寞之道。长期以来,雪丹先生深居简出,居于长安城北城的一个角落,在他并不大的斗室里,耕耘几十载,方见今天之气象。早年,他曾师从陈瑶生、叶访樵二位绘画大家,后又赴京师从著名花鸟画大师王雪涛。王雪涛是中国花鸟画不可不提的妙手,对其影响甚深。六七十年代,他又深受以赵望云、石鲁为代表的长安画派著名画家的影响,以致形成他后来的艺术风格。

在他的作品中,深厚古朴的风貌,得意于朴实低调的做人态度,也得意于他早年对汉语言文学的学习,传统文化打下了较雄厚的基础。文学和绘画是两个相连十分紧密的因素。画无文学,特别是中国古典文学,是支不起架子的。而他作品的风格,得益于他对绘画语言的深刻钻研。在走完基础性东西的路子后,画家要上境界是需升华的,这如茧之于蝶,如柴之于火。二十多年来,雪丹先生的画已形成了自己独特的风格,他先后多次参加国内外大型展览,并受邀到中共中央办公厅为北戴河宾馆、毛主席纪念堂等搞大型创作,创作了一批影响力深远的花鸟画巨制,成为当代具有影响力和实力的著名画家。具体到他的画作中,如他画的那幅以梅花为题材的《冬韵》,就是一幅可以登堂入室的佳构。画中雪压下的黄梅,境界幽深,而那几只飞过格上的黄色小鸟,灵动而奇绝,有别于常人,有别于常法。鸟身上墨色与颜色的过渡,是那样具有美感。整体构图呈大家气象,有正大笔墨。梅花题材自古常画,出新不易,古有王冕、沈周、文徵明、石涛等二三十家,近有吴昌硕、王雪涛、关山月、于希宁等为数不少人物,各具风格。梅之画法,实乃人格精神写意。有风格、有意趣、有笔墨、有精神、有新意便可成为一家。雪丹先生之梅花我看来就有新意,非小家之气。《终南幽兰》里的兰花调色调墨显得生机盎然,雪丹先生用色有一招绝活。《岭南春韵》是他常画的题材,水墨的掌控已非仅仅的"墨分五色"。鸟的造型概括洗练,融会贯通,一气呵成,由此让我们感发,画家画到最后就概括成了那么几笔,或几个图形,所谓方寸之间大千世界,万物皆入怀也。雪丹先生的一花一鸟正是他对艺术及人生高度提炼的结果。正是:

一花一鸟一世界,

凝聚天地方寸间;

野禽山花非寻常,

生命之语道天然。

雪丹先生画好,人更好。他随和、朴素、乐观、豁达。可登堂入室、可聚于酒肆茶摊。不争于世,不争于人,取道天人合一,取法自然旷达,实乃人生之高远境界也。我与之交往,甚感念其人之品念端庄。我去西安找他,他绝大多数时间被人请去在外画画。有一次,我们终于聚在一起,就跑到西安北二巷吃羊肉泡馍。席间,先生竟也能来几杯,令我甚欢。有一年春节,他为我寄了一幅斗方花鸟贺年,不想因单位搬迁未曾收到,随后他特意又补寄来一幅,令我非常感动。他的画已有价,我心里总是隐隐过意不去。

长安城愈来愈隐入都市林立的高楼了，而且还在不断地拓展着新区。古城墙曾经那么雄伟，长安城的落日曾经那么辉煌，如今也只有倒映在护城河里那隐忧的影子。

　　雪丹先生那婉然多姿、妙境如诗的花鸟画，正像古城墙上伸出的一片春韵……

陕北的色彩

　　李志忠是一个实在人，与舞文弄墨的道友说起，都有同感。

　　走进他的画室，里面摆满了框子、画布、颜料、画笔、纸张以及形形色色的与绘画有关的书籍、画册，还有不知从何处拾来的汉代陶罐。这间画室里，一个人的身影几乎从早到晚忙碌着，不觉中日头从延安凤凰山顶上沉入山中，不觉中寒来暑往。

　　李志忠生长于延安西北的吴起县。吴起这地方，山高、路远、坑深，因长征落脚地而闻名于世。今又因石油和退耕还林而名声鹊起。吴起过去不出文人骚客，出戍边守疆之士。历来，苦焦的地方出实在人。人自然都爱实在人，故而吴起人有好人缘。

　　李志忠是陕北的油画家。陕北历来出唱民歌的、铰剪纸的、打腰鼓的，画家很少出，油画家更少。能出一个西方审美观念的油画家，这也确实是陕北土地的进步。比方说，中央红军到陕北落脚之后，第一个到苏区采访的西方人埃德加·斯诺看到陕北后曾由衷感慨道："这里真是一片奇特的土地，像希腊酒神制造出的世界。人类能在此生存简直是一个奇迹。"希腊酒神是西方神话中的人物。今天，就是这块如希腊酒神制造出的土地上，走出了陕北油画家李志忠。

油画出自西方，是西方的审美体系；中国画是中国的审美方式，所以人们概括中西方文化时说，西方以人体为美，中国以山水为美。李志忠生长于黄土地，却从小有一颗不安分的心。他考取了西安美术学院，在油画专业学习，毕业后先后在县文化馆、市报任美编。多年来，他立足于陕北，用一支油画笔尽写陕北风情，逐渐受到了社会及业界的认可。从黄河边的乾坤湾、香炉寺，到长城内外，毛乌素沙漠，再到沟沟岔岔、山山峁峁、村村庄庄、家家户户，一批以陕北为题材的油画作品问世，并到全国各地展览。陕北不仅是一块奇特的土地，而且是一块神奇的土地。奇特的土地是它独特的黄土地貌，千沟万壑，壮观厚重。而神奇的土地则是因为它的与众不同，就说土地，它贫瘠却富有，春天一镢头下去，秋天应能收获丰稔的五谷、耐人咀嚼的洋芋，是养人之地。五谷杂粮却偏养出容貌姣好的男男女女。再说从艺，可以说陕北遍地是艺术家。就说打腰鼓，那可叫上至九十九下至刚会走，都会打，天生的，一个个能舞动群山。唱民歌，遍地民歌手，在陕北黄土大舞台上一辈儿一辈走来，又走去，把那优美的高亢的明亮的热烈的响遏行云的民歌传成了大山的回声。铰花的，一剪子下去就是一个世界……而陕北土地另有神奇之处，就是宜画油画。

这不是一个人的认识。这些年，陕北出了一批油画家，像勒之林、宋如新、李志忠、乔振东、贺成安、乜建飞、李彦君、冯颜明等等，形成了所谓的"窑洞画派"。这批油画家，他们已经画得都很好了，确实可代表陕北"窑洞画派"的油画风貌。这些油画家秉承延安"鲁艺"艺术作画，使一批批极具陕北特色的油画作品问世,形成了目前延安油画创作的崭新风貌和收获。李志忠便是其中代表性人物之一。故而,又有许多在京在省的油画家多次来陕北写生创作,出了一批好作品。最早的有靳尚谊的《陕北老农》,靳之林的"黄河系列""陕北系列",还有更多的新生代油画家,他们创作的目的地无非是绥德、佳县、米脂、安塞、延川等等。北京画家晓光先生是我的朋友,这几年他开着车,带着油画画布画架,在安塞一住就是几个月,那辆"乔梓公社"的大巴是他搬到大自然中的画室和家。他说,陕北的色彩最宜用油画表现,而用油画表现又有很大的收获,比方说画本身的收获、色彩的收获等等。

同样,李志忠在陕北收获了他的色彩。李志忠油画以写实为主,这样也就形成了他以"黄土黄河陕北人"为主题的写实陕北风情系列作品。被国家黄河博物馆收藏的《厚土》、《黄河古渡》凝结着黄河黄土的诗章。《陕北风景》、《草垛》以陕北熟悉的景物,给人以强烈的艺术视觉美感。《乡村七月》、《冬日》呈现出志忠油画特有的"调子",具有强烈的审美感觉和印象。而《陕北姑娘》以人物为主,突出了陕北姑娘特有的天真、淳朴、可爱的形象,尤其在人物面部光的应用上显示了作者扎实的艺术功力。光的提炼,使陕北姑娘形象呼之欲出。

李志忠的油画作品已引起美术界的广泛重视。《人民日报》、《美术》、《中国油画》、《光明日报》、《中国日报》、《中国文化报》、《文艺报》、《美术报》等报刊先后发表过他的作品。《中国风景油画集》、《中国美术50年》、《延安画卷》、《中国油画作品集》等画册收录了他的作品。1992年以来,先后有《厚土》、《山野的风》等8幅作品参加了"第八届全国美展"等多项展览,《家园系列》等作品在中省展览中获奖多项。

他本人也加入中国美术家协会、中国油画学会，并担任延安市美协副主席及秘书长。

陕北是一块高原厚土，也是一个五彩的世界。明亮的高原阳光和澄澈透明的蓝天给高原大地、群山、庄稼、土窑洞打上了斑斓的色彩。如果用一个油画家的眼光去找寻这里的美，是表现不尽的艺术"富矿"。生活在这块艺术的土地上的李志忠，像一位行吟诗人，把他的身子投在黄土高原的地平线上，而他，则把自己艺术生命的视野投到瑰丽的原野山川。

砚边随笔

　　这些年，我一直在业余时间里写一些乡土上的文字，结集出版了散文集《乡土的记忆》。这部散文集是我从十几岁开始发表的作品中选出来的，凝结了我多年的心血。一个人一辈子要成一件事很难，我自感我是一个顽强的人，一个有一些天分的人，但就此还不够。回过头来，我给自己的定义是一事无成。随着时光流逝，越来越有一种紧迫感。一万年太久，只争朝夕。我业余时间的主要精力是看电视、读书、写字、画画。画画是这两年的事。我忽然觉得我有这方面的天赋，皆因文学的一点底蕴作祟吧。

　　中国大画家中，古人我喜欢石涛、八大山人、吴昌硕、郑板桥。郑板桥作为一个七品小县令，每每听到风摇窗外竹子时，就时时"疑是民间疾苦声"，令我感动。近代傅抱石、齐白石、徐悲鸿、石鲁、李可染等大家都令我崇敬。画画是人格的东西，没有人格便没有精神。如今，在我的书架上，除了文学书籍以外，又多了许多画册画传。

我个人追求的领域又拓宽了。我知道爱好多了不一定是什么好事。对于"学"来说,"专"是最重要的。但反正我也只将画画作为一个兴趣而已。也就像别人喜欢打麻将、喝酒一样,纯属是一种爱好而已。我的画不好,但有深圳、西安等地的友人也要走了一些,令我有些安慰。我觉得我仅仅是一个初学者。

　　我侧重的是花鸟画,朋友戏谑曰:只"花"不"鸟",这话道准了我的不足。我非美院毕业,也从未学过画,速写、素描无基本功,所以一般只画"花",而少画"鸟"、山水和人物。这也算是"扬长避短"。

　　齐白石先生原来是一个木匠,后来成为一代宗师。他说:"学我者生,似我者死"。说的是创新。他画的多是少年时的东西。一草一木,以小喻大,情趣、笔墨,简约之美铸成大千世界、万物生灵。李可染这样的大师也说自己是"废画三千",朋友来了,送画必拿出二三张让朋友自己选,表现了他谦虚的人格风范。李可染尚是"废画三千",我们又何须怕自己的画是废画呢? 他后来干脆刻了一枚闲章曰:"废画三千"。这句话对我鼓励不小。我现在能坚持着画,就是这句话鼓励的结果。

　　我的画都是废画,愿大家一笑了之。

　　庚寅年春,我邀书法家朱贵泉(既堂)先生来陕北。朱先生从江苏来到陕北,和我的老师陈山桥先生就住在我的办公室。求字求画者络绎不绝,先生很是辛苦。看了我的字,他说有一些进步,令我又有了自信。朱先生要我出一个小册子,可作为书法交流用之。于是我斗胆将平时写下的一些自以为是的墨迹放在一起,就是后面这些"墨猪"。

　　这些年,我的业余精力主要用于文学,出了一本小散文集。书中乡土的真情尽管不是激流,但它是心灵之泉的流淌。至于习字,则是工作之余的事,想写的时候,涂鸦一阵,不想写的时候又弃之很久。以至每到用时,又恨自己书法的"东西"太少。好在这些年因工作关系,见了不少书家,所谓眼界还算开阔。同时,一有机会,就到全国各地博物馆、美术馆看些古代及近现代书画名家的真迹,长些眼界,对自己的书写也颇有些帮助。

书法之事,难也。有人说,画要二十年,书要三十年。这是说至少的时间。里边的因素甚多,包括路子,所下工夫和个人才学见识等等。朱贵泉先生人品、才华、书艺、书理和文学功底非凡,字也写了四十多年,但他说他的字至少还得下五年功夫再说。关于朱先生的书理,我建议去读他的《临池遮录》一书。另外,他随便所说的一些话,如"字形看才华,气韵看修养"、"人品不俗,下笔就自然不凡"等等,可让我们在书法本身以外寻找一些东西。

我是一个书法的初学者,我常见有些人大谈书法的高深,因此为书所畏惧。但启功先生的一席话,又使我胆子大了起来。启功先生讲书法时说:"人苦于不自信,因为他觉得神秘,就是被某些讲得神秘的人唬下去了,所以不敢下笔,不敢自信。"我写得不好看,但努力写出一些味道。

"雁过长空,影沉寒水。"这是一位书法大家的话,他好像是一位宋代的僧人,活了一百多岁。朱贵泉先生说这是书法的大境界。要体味,不易。要达到,更难。

作为一般的书人,书当有知,无知,无所谓。

庚寅年春

乡谚

我从乡下来到县城，不觉已有 20 来年的光景。当年，县政府要重修《县志》，给文化局布置的任务是负责《文化志》的编纂，我在局里编写《文化志》。局长是赵体仁同志，他是山西万荣县人，五十年代初分配到安塞工作，是一位和蔼善良的人。一年下来，我被县政府评为编志工作先进个人，奖励了两本书，一本是《新编读报手册》，知识密集；一本是一部大词典。《文化志》编完以后，省上要求各地要编出当地的民间故事、民间谚语、民间歌谣三套集成，当时发动了全县业余作者进行广泛搜集，并由乡镇文化站参与，用了一年多的时间，搜集到了一些民间故事传说和民间谚语以及民歌。收集到这本册子里的，是流传于安塞境内的民间故事传说、民间谚语和一些民歌。当时是用手动打字机打出，财力有限，油印了 20 本，报送省市后，才存档了几本。时过境迁，今天，找到的只有留在我手里做纪念的唯一一本《安塞民间故事传说、民间谚语、民间歌谣集成》了。后来的文化局长是任增元同志，他也给了这本集子很大的支持。

二十年后翻阅，感慨良多，一是感到搞文化工作多年，过手的工作很多，但大都烟消云散了，真正有几件值得回忆或留在记忆里的，倒是这本集成，越翻越觉得有价值、珍贵；二是诚如前苏联著名作家高尔基所说："民间文学是一切文学的母亲。"它的文学性、地方特色和民间文化价值是非常有意义的。何况，当今受现代文化和科技的影响，关心民间故事传说和谚语的人已越来越少，这些故事传说和民间谚语已经很少有人讲、很少有人去往下流传了。这些都将真正变成一个传说了。因此，从一个文化工作者的责任感和良知上说，应该把它重新编印出版，留住这些珍贵的民间口头文学，哪怕是以内部资料的形式，也是一种很好的留存方式。部分谚语我觉得也很珍贵，不一定全，但这些能够搜集到的谚语也像民间故事一样，来自民间，很有趣味，而有的谚语也可能本身流传就上百年、上千年了，因此也非常重要。篇幅原因，这次编印时没有收入民歌，民歌我们将在另外的书目中给予集中展现。

当今世界，即使是偏僻的乡村，人们也可以时刻守着电视观看世界发生的及时新闻，也可以足不出户观看电视上那些丰富的影视剧节目。而讲故事的时代已经离我们远去，只能变成回忆。那些在山坡上劳动歇息，在老牛反刍的垄沟旁、在村前的大槐树下、在冒着旱烟呛人的热炕头上讲故事的人，大都已经作古，而搜集这些故事的人也都步入中年老年，不再去关心这些故事传说，他们会专心致志地为生计而奔波，因为这世界比民间故事传说更吸引人的东西太多太多。但我们仍然要感谢他们，他们的名字印在每个故事传说和谚语的后面，在此就不再一一点出。2009 年，县上成立了县非物质文化遗产保护中心，体现了县委、县政府对文化工作的重视和支持。现在，我们将此作为非物质文化遗产资料编印成册,好让这些故事传说留着。毕竟,这也是安塞文化的一方面资料。至于说有没有人再去讲述它,我们不必苛求。而我们留在童年记忆里的那些美好故事,是值得我们终生回忆的。

因为,那曾经是多么美好的记忆。

2011 年 1 月

黄土高原的生活画卷

　　《安塞民间绘画新作集》是一册新创作的农民绘画作品集。早在1989年,安塞县文化文物馆曾经出版过一本以老一代民间绘画作者为主,中青年绘画作者为辅的画册,展示了民间艺术家的创作成果。时过境迁,物换星移,现如今,老一代的民间艺术家许多已经离世,而新一代的民间艺术家秉承着民间艺术的创作传统,在近年来又创作了一批民间绘画新作。今天,我们将这些作品结集出版,展示当今安塞民间绘画创作风貌。

　　安塞民间绘画是20世纪70年代末在全国兴起的农民画创作热潮中诞生的一种以农民绘画作者为主体的创作形式。农民一手握锄头,一手握笔,在劳动之余,用五彩的画笔描绘新生活,表现新时代,为美术创作注入了一股清新的乡野之风,吸引了当时许多专业的、著名的画家先后深入到农民画乡学习体验创作,而安塞民间绘画正是这个时期的产物。当时,在延安工作的一大批美术干部,如靳之林、陈山桥、艾生、宋如新、朱贵泉、秦剑、冯山云、孙向武等先后辅导并组织延安地区的民间绘画创作工作,在他们和农民绘画者的共同努力下,涌现出如安塞、洛川、宜君、富县、延川等为代表的画乡和民间剪纸之乡。在安塞工作的陈山桥具体负责安塞县的民间绘画创作工作,在县上和主管部门的支持下,在县文化馆具体实施中,先后举办过十几期的民间绘画创作学习班。他们一边挖掘、学习和继承传统民间美术,一边创作传统和表现新生活为内容的绘画作品,发现了如曹佃祥、白凤兰、高金爱、白凤莲、李秀芳、朱光莲、胡凤莲、张凤兰、张芝兰、常振芳、潘长旺、薛玉琴、王西安、李福爱、侯雪昭、孙殿珍等优秀作者,创作出《大公鸡》、《多喜》、《毛野人》、《蓝绵羊》、《端午节》、《牛头》、《金鸡展翅》、《伏虎》、《边墙骆驼队》、《十二生肖》、《毛猴吃烟》、《庄户人家》、《赶集》、《走西口》等一批名作,使安塞民间绘画创作者形成老、中、青三代相结合的民间绘画创作群体。《多喜》等作品参加了法国独立沙龙美展,农民画家的作品走向了世界,并被誉为"东方毕加索之作"。《牛头》、《毛野人》、《毛猴吃烟》等多幅作品在国家文化部举办的首届全国农民书画大赛中荣获一、二、三等奖。安塞民间绘画引人注目,1986 年安塞被命名为全国农民画乡。

安塞民间绘画创作在作者构成上主要以农民作者为创作群体,在题材上主要以农村生活为展示内容,在表现形式上以民间传统手法如剪纸、箱柜画、蛋壳画、刺绣、扎染为基础。安塞民间绘画的形成与发展,受到其植根的黄土高原的孕育与滋养。安塞是著名的民间艺术之乡,境内保留、延续、传承的安塞腰鼓、民歌、剪纸以及民间绘画具有浓郁地方特色,加之农耕文化、游牧文化、民俗文化、节庆文化、庙会文化、手工技艺、乡风乡俗等,无不对其有直接的影响。在全国县级单元内经过比对,安塞文化的丰富性、多元性、影响力、知名度和自身文化价值依然是留存和显现得最集中，最典型的区域之一。因此，植根于此的安塞民间绘画必然具有朴茂雄厚，质朴隽永的风格。

这些年来，安塞县一直重视民间绘画创作队伍的建设和巩固，始终把人才队伍建设放在民间美术工作的首位。没有一支稳定的创作队伍，便无从谈起创作成果的凸显。进入九十年代和新世纪以来，面对纷繁的社会变革，人们对精神层面的追求滞后于对物质的追求，而且民间艺术本身的生态环境堪忧，培养、发展、培训年轻作者就成为我们工作的核心。县上每年组织创作培训学习班，旨在培养新人、发现新人、创作新作，收到了一定的成效。同时，积极调动民间绘画创作者的热情，县上举办了声势浩大的民间绘画创作大赛，在街道中央搞了一次三百多米的创作展示活动，吸引来众多的参与者，并对优秀者颁发奖品。那年正是正月十五，街道上人山人海，活动产生了轰动效应，中央电视台、陕西电视台予以报道。中央美术学院教授、著名学者靳之林先生看后给予极高评价，说这是空前的活动，必将有力地推动安塞乃至全国农民画乡的工作。著名画家刘文西也深受感动，说这是绘画史上的奇景。县文化馆常年选出重点作者在馆里进行基础训练和绘画基本功练习，重点培养一批具有传承能力和突出绘画能力的作者，涌现出孙殿珍、徐瑛、孟梅芳、王福丽、陈海莉、陈莲莲等一批新秀。

安塞民间绘画创作风格鲜明，艺术个性突出，充盈强烈的民间色彩个性，这得益于陕北黄土地上人们对色彩的认同和地理环境影响。在陕北民间，一般对色彩的认同就是大红大绿，追求鲜艳与喜庆。陕北民间用色，主要以红色为主，红色是喜庆、热烈、吉祥、希望、红火的颜色，在他们的生活中，所追求和憧憬的无非是日子的红红火火。另外，红色在民间认为是驱邪的颜色，红色即成为他们心目中色彩文化的代表性颜色。在红色的辅助色中,给人强烈印象的色彩同时也是他们所追求的,这样就自然而然地形成了他们的色彩观念。安塞民间绘画就秉承他们一贯用色标准,并且沿用至今。这样,在安塞民间绘画中,就形成了用色大胆、主张强烈视觉冲击的色彩风格。此外,民间艺术家们还在构图上追求一些夸张变形,这符合他们求新求变的生活观念,这种意识自觉不自觉地进入到了他们的绘画当中,对于促成他们风格的形成,具有决定性意义。此外,民俗风情内容对于他们创作风格的形成也有很大影响。比如,清明节捏面花、生活中应用的刺绣枕花、鞋花、布老虎、针扎等系列手工技艺又直接影响了他们造型体系的建立。总而言之,色彩、造型、构图是形成基本风格的首要因素。因此,这种风格的形成和成熟绝非偶然,而是必然的。

　　生活是一切创作的源泉,民间绘画也不例外。安塞民间绘画作品直接来源于民间画家所熟悉的生活。他们在劳动中体验生活的酸甜苦辣,在夕阳朝晖、四时变幻中体味着生活的美与丑和爱与恨,表现在笔底,就变成更多地表现美好事物、追求美好、憧憬美好和希冀美好。在创作中,他们有一个朴素的标准,这个标准就是"好看不好看",所谓"好看不好看"就是通俗化了的"美不美",这正是一切艺术的真谛所在,这在老一代的民间艺术家作品中表现得尤为突出。今天,新的民间绘画作者们在向前辈民间艺术家继承学习的过程中,主要注重表现现实生活,因此他们的作品具有浓郁的陕北农村生活气息,在这本新作集子里,我们看到的更多的作品都呈现这一主线。我们基本把建国以后出生的作者划为新作者阵容,当然,更多的是改革开放以来涌现出的新作者。这些作者以清新的风貌出现在我们的视野里。在编辑的过程中，我们当然兼顾了一些仍然在世并坚持创作的老作者，这样，这个集子实际上仍然是由老中青三代作者组成，这样，我们仍然能看到安塞民间美术这个创作群体的延续性和仍然活跃的创作现状。

高金爱在她八十岁以后创作的新作《老虎》，用极其简约概括的笔法，勾勒出老虎的形态，整个老虎用线描手法，省去一切装饰和色的运用，就像齐白石老年时期的作品一样，至简至纯至美。高金爱尤擅画老虎，她有一句名言："十斤老虎九斤脑"。意思是画虎要把虎头画大，这样的老虎不仅可爱，而且威风。白凤莲的作品《猴骑羊》，羊的神态雄强而步履稳健，动态十足。过去相关的民间艺术作品中羊背上一般骑一只猴，而白凤莲的作品中羊背上骑了两只猴，而且猴的交流动作十分生动有趣，这是白凤莲剪纸造型的体现，特别是羊的前腿更体现了她观察生活能力的独到。《赶牲灵的哥哥回来了》是李秀芳作品明快清新的风格体现，以陕北民歌中的爱情为题材，富有情趣。薛玉琴是安塞民间绘画中具有代表性的一位作者，她的新作《狮子狗》依旧突出对描绘对象本身的装饰性的表现，动物身上被纷繁的花卉及纹理装饰一新，集中体现了民间绘画注重装饰的本色追求。高玉兰的《农家乐》、张虎莲的《安塞腰鼓》、谢万珍的《娶亲》、王西安的《养畜致富》、李福爱的《过大年》、侯雪昭的《回娘家》、孙殿珍的《美好生活》、王福丽的《陕北新农村》等都以陕北农村劳动生活为背景，描绘了陕北农村生活的巨大变化和欣欣向荣的景象，给人以积极向上的风貌。

年轻一代作者中，韩树爱、韩树叶的《堆玉米》、《崖畔上酸枣红艳艳》、杜焕的《哪哒哒都不如咱山沟沟好》体现了对家乡的热爱；郭搬转的《花果花》、陈莲莲的《五花马》、陈海莉的

《狗》和《加工玉米》、余梅的《社会主义新农村》、胡晓珊的《老照片》、李玉玲的《农村新生活》、薛富芳的《槌玉米》、王玲的《丰收农家院》、张旭的《沿门子》、孙艳艳的《五哥放羊》等，显示她们新的创作风格和艺术追求，可喜可贺，值得肯定。此外，还有中年作者徐瑛、郭爱梅、王朝辉、殷瑛、孟梅芳等作者，她们共同构成了安塞民间绘画新的创作群体。2009年在这个创作群体中具有代表性的徐瑛、王福丽等用长卷形式共同创作了大型民间绘画《安塞新貌》，画卷长30米，再现了安塞城乡新貌，让人耳目一新。2012年初夏时节，安塞县文化文物馆与陕西省群众艺术馆共同举办了民间美术创作班，120多位学员聚集安塞，其中安塞学员80多名，集中进行了培训和创作，创作民间绘画作品80余幅，剪纸作品120余幅。创作出如《富裕人家》(王朝辉)、《喂兔》(高玉兰)、《放羊》(李秀梅)、《红柳树上鸡斗鸡》(秦小华)、《陕北秋天》(秦小玲)、《五哥放羊》(王福丽)、《猪》(陈莲莲)等优秀作品，这些作品以新的内容和色彩赋予了安塞民间绘画旺盛的生命力。

近年来，安塞民间绘画正以新的创作风貌呈现在人们面前。先后有120余幅作品分别获各类奖项，在全国画乡中位列前茅。安塞县委、县政府及宣传、文化主管部门及文联对民间绘画创作予以积极支持和鼓励。县上出台了奖励政策，先后兑现了100多位作者及作品的奖金，极大地调动了作者创作积极性和热情。2008年6月安塞民间绘画被陕西省人民政府公布为首批陕西省非物质文化遗产，薛玉琴申报为省级传承人。安塞县文化文物馆为绘画作者建立了艺术创作档案。中共中央总书记、国家主席、中央军委主席胡锦涛以及贺国强、李源潮、王沪宁等先后到安塞县文化文物馆参观视察。省市县领导也多次到馆视察并指导发展,为安塞民间绘画这道艺苑风景线付出了心血。全馆工作人员以打造文化名馆,弘扬特色文化为己任,任劳任怨,辛勤工作,使安塞民间绘画薪火相传,发扬光大,走向新的辉煌。

民间绘画是在民间的土壤里生长延续发展的艺术形式,是农民的心声,是他们丰富的内心世界的表达。过去不入史册,今天,在党和政府重视扶持下,植根于民间土壤的民间艺术,正散发出泥土的芬芳,表现出泥土的韵味,绽放出更新更美的花朵。

1984 年 3 月，一向封闭的安塞县城走进了一支摄影队伍。为首的是陈凯歌和张艺谋。他们是来拍摄影片《黄土地》的。

张艺谋他们在此之前曾行色匆匆地来过一趟陕北，在这片黄土地上，对他们震惊最大的就是安塞腰鼓！

据说陈凯歌在云南插队，观看过西南少数民族的庆典。长刀成列，木鼓惊天，纵歌狂舞的气氛中洋溢着豪放的激情与伟力。汉民族的豪迈强悍之情是不是被五千年的重负所窒息？或者，是不是在尚不算发达的现代生活中泯灭？然而他们就是在这次陕北之行中终于找到了回答。当数百条安塞汉子在黄土地上打

起惊天动地的腰鼓，简直难以置信，小小的腰鼓竟然蕴藏着如此宏大之音和雄浑之势！

黄天之下厚土之上，朗朗晴日，150 名精壮安塞汉子一色黑衣黑袄，白羊肚子手巾红腰带。曾经有 3 个把来访的法国人震晕了的鼓手，何以比得了这 150 人的阵容！

在这群黑衣鼓手中,他们中间有人1952年就在天安门广场打过腰鼓。

嗬,那么威风?摄制组的人看着他们面前的这些尚未彻底摆脱贫困的受苦汉,他们一个个肤色粗糙,但表情激昂。是的,那充满活力的、振聋发聩的艺术正是在他们身上迸发而出的!

牛皮大鼓擂响了!队前的伞头使劲地扭动了,150名腰鼓手勇猛如虎,气势如浪,一忽儿从山坡打到沟底,一忽儿又在山梁上驰骋决荡,豪情的狂舞像滚过大野的沉雷,他们打出的是都市里永远也无法想象的阳刚之舞。观之,那简直是一种不可抗拒的力量,面对如此具有爱憎分明实感的狂舞,人的精神似乎被一种东西彻底摧垮了……

当拍摄到最后一个镜头,鼓手们从山坡后涌上来时,"犹如黄河咆哮,万马奔腾,摄制组的同志热烈鼓掌,激动得快要疯了!"

《黄土地》摄制组的同志拍完眼前的情景,热泪盈眶,不能自已……

《黄土地》摄制组走了。当鼓手们重新回首身后的黄土时,那兴奋的心情依然不能消逝,他们是第一次意识到这种存在的伟力。影片中的腰鼓场面,也让土生土长的安塞人大开眼界。当影片在安塞县影剧院上映时,场场爆满。着实为自己扬眉吐气了一番。

沉寂的安塞人第一次看到了自己真正的形象。

安塞民间传说,腰鼓距今已有两千多年了。想那一定是秦国戍边的发明了。威武的边塞士卒把腰鼓作为战斗中必不可少的装备,遭敌突袭时,以鼓报警;夺得胜利后,以腰鼓进行舞蹈,欢庆胜利。更重要的是在战斗中它可助阵壮军威。

相传神农氏有"土鼓",黄帝有"革鼓",征战蚩尤时,在涿鹿之战中擂响八十面牛皮鼓,鼓声"似像雷霆"。到了宋代,诗人苏轼的"腰鼓百面如春雷,打彻凉州花自开"的诗句分明证实,腰鼓在整个西北边塞线上流行!1981年,陕北梁村出土了两块宋代腰鼓画像砖,舞姿动态感强,人物栩栩如生,证实陕北腰鼓历史久远,流传甚广。

现代人认为安塞腰鼓之所以独领风骚,是因为它在黄土内地得以完整的保留和发展。

明丽的天空,觉醒的土地,那是解放区的腰鼓!"羊肚子手巾三道道蓝,把亲人们迎过延河来。"1942年,陕甘宁边区秧歌运动极大地发展了安塞腰鼓。边区的文化工作者挖掘、整理了安塞腰鼓。从此安塞腰鼓走向大江南北,被誉为"胜利腰鼓。"

欢欣的喜悦,高扬的眉梢,这是解放初的腰鼓!隆隆的鼓点诉说着心愿。1952年,安塞腰鼓带着翻身解放的陕北人民的喜悦,从天安门前打过。中国青年文工团学习了安塞腰鼓,在匈牙利首都布达佩斯世界青年联欢节上荣膺特级嘉奖。

1986年,中日合拍了一部大型电视片《黄河》。摄制组决定拍摄一个体现黄土风情和黄河文化的千人腰鼓大场面。

安塞县有8个乡镇的腰鼓手云集一起。因为场面宏大,摄制组还专门从某机场调来了直升飞机进行空中鸟瞰拍摄。

这天上午9时许,800名腰鼓手和200名鼓乐队员同时来到县城郊的白坪山。为了不错过这种场面,摄制组分别从东南西北四个方向架设了好几部摄像机,地面和空中另有主摄像机。10时左右,一架直升机从延安方向飞来,拍摄正式开始!导演一声令下,全体鼓手一起动作,摄影机下的壮观场面出现了,只见黄尘滚滚、人影恍惚,撼山动地的鼓乐伴随着全部由青壮汉子

安塞腰鼓走笔

组成的腰鼓阵容红绸舞动,本来已是黄尘滚滚,再加上低飞而过的飞机螺旋桨旋起一股股卷风,场面蔚为壮观,确有震天撼地之雄力! 山上山下,一忽儿打出一股虎劲,一忽儿打出一股猛劲;一忽儿打出一股能劲,一忽儿打出一股蛮劲……

摄制组的一位同志显得激动不已,一边抹眼泪,一边跑在人群中拍摄镜头;一位研究传统民族民间文化的学者说:"看到这些情景,感到民族文化的感召力太强了!"

1986年临近春节,中央电视台组织承办了一次别开生面的比赛:首届全国民间音乐舞蹈比赛。来自全国四面八方的、经过省地各级严格筛选的节目,汇聚在中央电视台,一展风采。

谁将摘取本次大赛最高奖,观众拭目以待。

当安塞腰鼓打完最后一个动作,鼓手们上气不接下气地接受采访的同时,评委们亮出了最高分。

12月7日晚,当决赛的实况转播刚一结束,观众们也抑制不住自己激动的心情。美国大使馆给中央电视台打电话,热切希望能将安塞腰鼓重播一遍。法国友人也打来电话说:"这场面确实是太感人了!"

比赛结束后,中央领导同志接见了参加比赛的腰鼓手。康克清怀着对延安时期难忘岁月的回忆:"我可是'老延安',1942年我就打过腰鼓。"彭冲说:"你们打得好,振奋人心呀!"廖汉生、贺敬之、高占祥也高兴地评道"腰鼓打得好。""有陕北男子汉的气质……"

一出安塞腰鼓,京城交口称贺。这伙参加比赛的人,他们有着土生土长的农民血液。他们踏出的鼓韵和舞姿传承了传统民间鼓舞的精华,像他们的父辈、祖辈们一样,打出他们的生活、力量和生命!

1990 年 9 月的北京,秋高气爽,举世瞩目的第十一届亚运会将在这里举行。

　　从陕北黄土高原小县来的 430 名安塞腰鼓手,将参加开幕式大型团体操的表演。

　　早在 1988 年,安塞数百名腰鼓手曾在首届全国农民运动会上一展风采,受到人们的普遍青睐。

　　在安塞农村,会打腰鼓的人比比皆是。有的孩童六七岁即可打腰鼓,是跟大人们学的,威风乎乎,令人咋舌。安塞腰鼓从 8 人的小场子打到上千人的阵势,而今在亚运盛会上一展英姿,这是每个腰鼓手的夙愿。县上从全局考虑,决定从南路、中路和北路的三个乡镇精选腰鼓手。南路选西河口乡,中路选沿河湾镇,北路选真武洞镇和谭家营乡。按照亚运会组委会大型活动部的安排要求,安塞腰鼓 425 名参加表演的鼓手在开幕式大型团体操《相会在北京》首场"欢庆锣鼓"中表演两分半钟,伴舞 11 分钟。六个方阵,每个方阵 64 人,有打击乐手 20 人,长号、唢呐 20 杆。

　　两分半钟的表演时间,鼓手们在烈日下苦练了 40 天。

　　1990 年 9 月 22 日,令人奋的时刻来到了,举世瞩目的第十一届亚运会宣布开始,数万名观众参加了开幕式,当大型团体操《相聚在北京》表演随着演出开始后,425 名安塞腰鼓手在地动山摇的鼓乐声中齐喊"噢——!",冲向绿茵场地,一个个头缠白羊肚子手巾,身穿白羊皮坎肩,腰系红绸带,腿蹬红马靴,茂腾腾如一片高粱,组成"鲜化遍地"的鼓阵画面,一时间长号响彻整个体育场的上空,紧接着奏起陕北唢呐传统曲牌《得胜回营》的曲子,群情激昂的数百名鼓手情绪高涨到了顶点,迈出坚实有力的步伐,打出铿锵的节奏,舞出豪迈的舞姿,留给数万名观众以振奋喜悦之情。

"丰收步"一过,"万马奔腾"的鼓阵犹如铁军驰骋疆场,推波助澜,锐不可当,一种奋发向上、勇往直前的力量占据了人们的心,挥动着、跳跃着的庞大鼓阵井然有序。旋即,又进入"万丈光芒"之中,六个圆圈队形,八条直线如光芒直射,加上两条长75米,直径1米的华夏飞龙的腾空而起,把安塞腰鼓的表演推向高潮。

亚运会组委会大型活动部的一位领导说:"好极了,安塞腰鼓是宝贵的民族艺术,表演太美了,太激动人心了!"

省长白清才在北京火车站欢送安塞腰鼓表演团回陕时介绍他在开幕式观礼台上观看时的情景说:"坐在他周围观看开幕式的贵州代表、甘肃代表等兄弟省的领导同志和外国客人,都伸出大拇指称赞打得好。我作为一名省长真为你们感到高兴。我代表陕西省人民政府祝贺你们的成功,感谢你们为陕西争了光,为全国人民争了光!"

1989年农历正月十五,是民间传统的元宵节。台湾地区《汉声》杂志社回大陆采风参观,将安塞腰鼓介绍到台湾。采风组在安塞参观活动,耳闻目睹了黄土地上的民间民俗活动后,以专辑的形式在大型画册《汉声》上隆重推出陕北民间舞蹈——《安塞腰鼓》。

在这之前,台湾著名电影导演凌峰先生曾赶到偏远的安塞县为他的影片《八千里路云和月》拍摄腰鼓场面。在一片收割过玉米的耕地里,鼓手们带着收获后的喜悦、挥洒自如的舞动,好像进入到一种忘情境界。

作为台湾影片《八千里路云和月》片头镜头的安塞腰鼓收到的强烈效果,是凌峰所不曾想到的。1991年秋天,凌峰的摄制组再次涉足陕北,拍摄安塞腰鼓。那收割过的田野,那陡立的黄土山梁,那响遏行云的鼓声,都传递着一种民族的信息,沟通着海峡两岸人民的情感。

安塞腰鼓无疑是一种文化现象。

安塞腰鼓既是豪情的大写意,又是黄土地和黄土人的大写意!

陕北信天游是黄土高坡上飘逸的纯情的云朵,安塞腰鼓就是响彻寰宇的惊雷!

专家认为,中国黄土文化最具有代表性的地域就在安塞。

安塞的文化背景也不是偶然的。

安塞,其取于"安定边塞"。早在秦襄王时,秦国修筑在陇西、北地和上郡的长城向东而北,就在安塞境内一分为二(《史记匈奴列传》)。据史书记载和古代历史地理状况分析,安塞在很长一段时间,甚至在几十个朝代都是中原文化与游牧文化的交流地带。以后安塞在很长的时间处于封闭和半封闭状态,这就自然成了保留古代文化的特殊地域,当战时的军鼓成为民间艺术活动之后,使得它才能够得以延续。

日本研究中国当代社会文化的学者深叶子女士在大阪外国语学院学报上发表的《黄土高原的见闻——中国陕西安塞腰鼓专门访》一文,称安塞腰鼓是一种有"高扬唤起"的美感、"踊跃豪情"的力感的民间舞蹈。

同样,当影片《黄土地》在香港上映时,安塞腰鼓给香港观众也留下了深刻的印象。1986 年,香港、澳门的暑期师生旅游团专程来安塞观看了腰鼓表演。

有趣的是,台湾回大陆拍摄的影视片《咫尺天涯》和《明月几时圆》等都将安塞腰鼓表演加到故事的情节里,而《吉庆有余》的导演干脆别出心裁,将一伙茂腾腾的黄土汉子请到故宫这座富丽堂皇的封建皇家宫殿。这是故事情节发展的需要,还是对一种文化的偏爱?

1992年春节,安塞腰鼓手出征沿海开放城市湛江、汕头等城市。回乡过春节的港澳同胞看了安塞腰鼓的表演后,心情激动,有人当即给亲人打电报,要求赶来观看。

安塞腰鼓在第十一届亚运会开幕式上的表演是成功的。世界各个民族、各个肤色的人看到了黄皮肤的中国农民的风采,也显示了中国人民在通往现代化进程中的自强不息!

黄土地的子孙敲响了他的腰间系着的一轮太阳一轮明月,把他们的理想写进了永恒。看着他们击鼓狂舞,尽情挥洒的英姿,你会看到中华民族几千年奋斗历程中强劲的身影。

黄河在奔涌,鼓声愈激越。安塞腰鼓,正走向新世纪,敲响时代,敲响明天。

　　黄土高原是我深深迷恋的故土。我出生在黄土高原腹地的安塞县高桥村。后迁往高桥乡更小的村子墩沟门村。故乡小村背靠着两座山顶上站立着古烽火台的大山,远远望去,像大地母亲的乳峰。少年时随父亲在黄土垄上耕作,进入我视野的是连绵起伏的黄土群山,蓝天上的白云,耕作的黄牛、农夫以及窑洞村落。耳畔时闻的,是那在山坡上悠扬的信天游。

　　影响我最深的是我的父亲。他勤劳、务实,一辈子在黄土地上艰难生存,给了我坚韧、执着的性格。父亲最大的愿望是要我当一个农民,一辈子做一个受苦人,在农村安身立命,与世无争。"无丝竹之乱耳,无案牍之劳形"。然而,恰恰相反,我变得极不安分,内心里攒了一股子劲,一定要冲出黄土地,到更大的世界去。1986 年 9 月,那是一个陕北高原上收获的季节,我坐在乡政府前往县城送粮的大卡车顶上,带着　捆羊毛毡铺盖卷,来到县城文化部门工作,从此与安塞文化结缘,一直到今天。

　　此时正是金秋,映入我视野的是黄土高原山坡上忙碌的农人,他们的身影令我思绪万千。而成熟的庄稼黄一块、红一块、紫一块,五彩斑斓,分外迷人。人生,前途,令我向往和憧憬。然而,一去20来年,我竟然固守在这个黄土高原县城,过着普通平凡人的生活,再也没有离开过安塞。

2009年,我所供职的单位被安排拆迁。原因是新的楼正在建设中。展出有安塞地方民间艺术的展览厅也要搬迁。这几年,安塞民间艺术陈列展厅接待量很大,全国各地及世界各地的参观者很多,单位的同事们都有些自感接待工作繁重,说这下可以"歇业"了。然而,作为一馆之长,事情并没有减少,反而似乎更忙了。更重要的事是我还为新馆的布展尽快入手考虑,正所谓"田家少闲月,五月人倍忙。"根据这些年工作,我重点考虑的是如何布置好新馆的陈列,把安塞这块土地上的一切具有历史文化内涵和价值的东西全部展现给未来的观众,让安塞文化的魅力充分展现出来。这需要做好多工作,更深的挖掘文化内涵。安塞已具有吸引力,但安塞自然景观少,因此,我的头脑里基本有了一个框架和结构,需要填充的东西很多。一是要对安塞历史文化内容进一步深化,二是要对安塞自然景观,包括摹崖石刻、石窟、古代关塞、崖窑,现代革命文物遗址等进行全面的拍摄,以补充展览内容,营造更加全面、系统的安塞历史文化背景,以凸显民间艺术"四大品牌"生息、传承、发展的环境及氛围。

我自参加工作以来,一直在安塞文化系统工作,先在县文化局干了20来年,又任到县文化馆工作。亲历了改革开放以来安塞这块古老的黄土地上发生的巨大变化,也接待了中外许多热心于安塞文化的各级领导、专家和普通民间文化艺术人,可以说,我亲身经历的一些事情至今让我难忘。1988年,县上准备出一本《安塞剪纸艺术》的小册子,我和陈山桥老师一个担任美术,一个担任文字编辑。约请到中央美术学院靳之林、杨先让、吕胜中、胡渤等人的文章。最使我感动的是杨先让、吕胜中先生的文章。吕胜中先生的文章题目是《回美的故乡探亲》，文中的真情实感深深地打动了我，让我真正知道安塞作为黄土一隅，其文化内涵和艺术吸引力竟然如此之大，在他们心头留下的印象如此之深，不能忘怀，这是以前我没有想到的。专家和外界人如此，我作为安塞的文化人，更应当为之出力。吕胜中先生已经成为闻名全国的以剪纸造型艺术为特色的艺术家，出版了好几本艺术理论专著，在美术界很有影响力。记得他当时曾几次来安塞学习民间艺术，并且在安塞认了"干爹""干妈"，就吃住在他们家里。如今蜚声国内外的艺术家徐冰，在赴美国留学临走时，专门来安塞选购了 10 多幅安塞民间绘画。是由我送到延安机场他手中的。台湾有一家《汉声》杂志，1990 年，《汉声》的几位负责人黄永松、吴美云、奚淞等来安塞采风，推出《汉声》民俗系列专集，他们采访安塞的内容，使那期刊物成为许多人的珍贵收藏。我们忘不了 1986 年初春的安塞黄土地，中日合拍大型专题片，《黄河》动用了直升机拍摄，隆隆的鼓声和直升飞机的轰鸣声敲动了深寂了多少年的黄土地，形成了一股席卷黄土地的雄风狂飙，一直到今天。

安塞是一块神奇的黄土地、迷人的黄土地、充满魅力的黄土地。安塞地处黄土高原腹地，境内黄土地丘陵起伏，沟壑纵横，有三条大川道，分别有延河、杏子河和西川河从境内流出。细心的人会看出这三条河流的走向像人手掌中的三条主要手纹，很有情趣。最具有历史文化价值的当属保留于这块过去相对封闭的土地之上的民间艺术，如今我们习惯称它为"四大"文化品牌，即"安塞腰鼓、安塞剪纸、安塞民歌、安塞民间绘画"。因这四种民间艺术，安塞先后被国家文化部命名为"民间绘画之乡"

（1988 年）、"剪纸之乡"（1993 年）、"腰鼓之乡"（1996 年）和"民歌之乡"（2004 年），安塞剪纸和安塞腰鼓被国务院首批公布为国家非物质文化遗产，安塞民间绘画被公布为陕西省非物质文化遗产，10 多位民间艺术家被列为国家及省级非物质文化遗产优秀传承人。

安塞文化的发展，是改革开放带来的。安塞作为过去不知名的小县，到如今成为闻名全国乃至世界的文化名县，是文化的影响力给它带来了知名度。当安塞腰鼓频频在全国各地及国外表演、获奖时，当安塞腰鼓勇夺全国大奖，当安塞腰鼓在全国农运会、亚运会一展风采时，当安塞腰鼓在建国 60 周年打过天安门广场时，安塞人同三秦儿女一起无不为之自豪和扬眉吐气。当今时代，文化已被提升到更高的层次，过去不登大雅之堂的乡土艺术，如今已展示出非凡的魅力，并成为一种影响力和软实力的具体体现。这正是我从事这种工作的价值所在吧。

话题再回到我的本职工作上来吧。2004 年，我由县文化局被任到县文化馆供职。在县上领导的支持下，新增了安塞腰鼓展厅，展示几年下来，最使我欣慰的是安塞县文化文物馆已成了延安的一个新景点，接待了许多游客。观众的满意程度都很高。最有幸的是时任中共中央总书记、国家主席、中央军委主席的胡锦涛于 2008 年 10 月 29 日到馆参观，这成为我人生美好的回忆。这是对我工作的最大肯定和鞭策。省上大部分领导也都到馆参观指导过。文化界名人古元、靳之林、王蒙、陈忠实、刘文西、杨晓阳、白云腾、唐国强、钟明善、伍绍祖、高占祥、奚美娟、关牧村等多位知名艺术家到馆参观并题词。许多人在参观后说"小馆大天地"，这是对安塞文化的称赞，是对陕北黄土非物质文化遗产保护和乡土文化自身魅力的称赞。

随着时代的发展,民族民间文化保护工作越来越引起人们的重视,这是民族文化遗产的幸运,也是时代发展的必然。重视和保护民族民间文化,已经成为人们共识。安塞也不例外。我们应当动起手来,保护好、传承好、利用好这些丰富而又有限的文化资源。黄土民间文化本身存于贫瘠的黄土地,它的文化生态环境像它的自然生态环境一样,也十分脆弱。让我们倍加珍惜,担当责任,勇于奉献,保护好这些遗产,造福子孙后代,以使伟大祖国文化艺术遗产之林更加郁郁葱葱。两年前,一位深圳友人给我写了"岂能尽如人意,但求无愧我心"的书法,这正好印证了我此时的心态。大千世界,物欲横流,能够坐在充盈着清气的书斋里做一点小事,已非易事。同时,随着时间的推移,我们看待人生的态度也在发生着改变。范曾先生说:"人生的道路不是一帆风顺的。不踬于山者,则踬于丘。不踬于丘者,则踬于石。"这也是一位乡土文化人要说的话。

2015 年 5 月 23 日

黄河二题

河口

山的尽头一色是青石的高崖。我想起了李白"且放白鹿青崖间"的诗句来。在高崖的顶端,有一所小学校,像巨幅山水轴上的顶端"画眼"。无定河迂回于这山崖的底部,弧一样的曲线,这就是无定河入黄河的地方。山谷中忽然传来响水的声音,呜呜地,是黄河倒灌回来的声响?我的步子急切了。

我是从无定河的尽头入黄河的。河口村就是无定河与黄河交汇处的一个村子。我们先是在一条狭窄的沟壑里穿行,这里离目的地尚远,车子行进在泥路上,未到黄河便抛锚了,深深地陷入黄土路的泥沼里。于是只好弃车步行。这里是黄河沿岸后山偏僻且相对贫困的山区。上了山后,情景大不一样。黄河沿岸的乡村风景不断映入眼帘。遍山红枣,压弯了枝头。铁质一般的枝丫上挑着无数的晶亮黑红的枣子。山坡阡陌,尽是风华。只是今年雨水多,枣子大都在树上就皴裂了,落了一地,枣农们也懒得去管,看去实在令人心痛。农人们依靠土地收获是有其不确定性的。前一段时期,黄土高原的雨季较往年迟来了近一个月,本来是秋高气爽的天气,却下了十多天不停的连绵秋雨。雨虽不比马尔克斯笔下的美洲马孔多小镇上的连连大雨,但对于属于干旱地区的黄土高原农作物来说,实在太嫌多了。"唉,枣子烂在地里了。"农民的叹息声不断从我经过的路旁传出。他们热情地招呼你享受树上那些尚好的枣子。看来,他们对今年的收成确实没有信心了。叹息归叹息,但他们绝不因此而伤感。他们会期待来年,因为他们经历过的困难和失望太多了。他们的心情很快会变成高原上明亮的秋阳。

黄土高原的山菊花是在秋天开的。有两种颜色,一种是无比优雅的淡蓝色;一种是无比明亮的黄色。于路旁、山坡上多处开放。近看花朵并不大,远望去都是光灿灿、密匝匝的一片耀眼花丛。陕北山花倔犟而可爱,质朴而美丽。就整个黄土高原讲,秋天是最美丽的、最宜人的季节。秋高气爽,山野斑斓,红的是红叶,黄的是山花,绛色的、栗色的是成熟的庄稼,白色的是在秋天的山林中显得耀眼的白杨笔直的躯干……这真是一个令人心醉的季节。广阔的黄土高原千山万壑都被如此美丽的景色装扮着。经过这样的山冈原野,心情自然会豁然开朗起来。

到了黄河沿岸,群山高峻起来。河在它亘古的流淌中总是要切割出更深、更开阔的出路,才能冲出群山的封锁。悬崖下静静淌着的是无定河。青崖顶上,犹有人家,远远望去,雄奇而壮观。黄河人家远看是奇险的。走近,但见青石窑洞,玻璃门窗,干净、整洁、透亮。从院外的石碾上望去,黄河和对岸的吕梁山脉尽收眼底:开阔、大气、壮美。石碾旁是一棵老槐树,苍劲、古朴、擎一天高原风云,有阅尽人间沧桑之感。男主人上山收割去了，一个人在山坡上刈高粱，寂寞，自信、豁达。女主人正在晾豆颗、竹糜和花生。那儿又堆了一地棉花、玉米、红枣，一地的五彩斑斓、五颜六色。一位十二三岁的女孩也帮着忙活。宁静、祥和、坦然、乐观、与世无争。这黄河人家真是采江河山川之灵气，聚一方山岳水土而憩身的。

主人说黄河不远了。二三里就到了。山里人习惯了山路，七回八折不算数，实际肯定要大于此数。"嘣嘣嘣"，一辆摩托车戛然而止。他说要十块钱捎我到河边。果然路长，走了七八里才到。一路上惊心动魄。小小摩托在黄河的高岸上飞旋直下，令人不寒而栗。

无定河入黄河处的村子就是河口。村子非常美丽，和我们想象中的那种沿黄村落不一样。后山是一座整山都长满了枣树的山，面积很大。每一户院子都种满了花果树木。新窑新门窗，很是敞亮。院外是一畦畦的菜蔬。村里很少见人。一问村长，说村子大哩，一满有八九百口人哩。现时是秋忙时节，人们都在山里忙哩，中午也不回来。村里有小学校，村长自豪地说办得好。高杰村那边都有来上学的。高杰村就在村子北边的不远处，与河口村是两个乡，但都离得不远。高杰村乡的袁家沟，正是毛主席写《沁园春·雪》的地方。黄河就在门前。住在最底处的人家和黄河的水面垂直高度不多于二十米。上游处有抽沙机不停地响着。村下无定河和黄河形成了一个长满沙柳条的沙洲。一个牧羊人正在那里放羊。正所谓"在河之州"。水边泊二三条铁甲机动船。如果有人则启动送人。现在铁锚拉在沙洲上，一颗又圆又大的像史前巨蛋的黄河鹅卵石压在铁锚上。还有一条更小的木船泊在远处，并无人看守。在村头，有一条古船被翻扣在那里，木已腐朽，看出村子是"古渡"。但村长说，下游的河畔上有一条石船,是用一块巨石刻成的,是过去镇河用的,类似"神船"。村长说听他爷爷说这村子光绪年间就落户人了,更远则说不清。

黄河在河口渡口段是比较平静的。似乎是在无声无息地流过的,以至在河边不远处留下了一个又一个狭长的、大小不一的、一道又一道的沙洲。并无水鸟。远远望去,黄河宽阔、无声地涌向前方。那些历经数亿年被河水切割下的山根,壁立千仞,尽显着黄河的浩气和亘古不变的流向。我们上了船,往对岸行。船的平稳令人吃惊。大音稀声,大象无形。艄公说,你如果往下去一段,看是什么情形。大凡古渡,皆选水流平缓处置渡口。黄河上放船,得十几个二十个人才行。人伏在船沿上的艄杆上,两边闪,一起搬,巨大的木竿得众人齐心协力才行。如果没有有经验的老艄公带,那翻船是指定了的区。一个往返,河上的行船结束了。遂感慨如果沿黄修一条公路,对于两岸的旅游是很好的。秦晋峡谷的山水奇观,其雄伟是令人感喟的。像河口这样有特色的村子,准是一个民俗文化村。但是,沿黄地形险要复杂,一时怕办不成。

终于,我们又爬上了河西的高岸。回身远望,高峻的山崖令人有"难于上青天"之感。黄河这条流淌在阳光下的河流以明亮的身影,浩荡的流水在两岸青崖的映衬下流动,是那样的坦然、大方。我真想在黄河边上点一盏青灯,像在塞纳河畔上的福楼拜(十九世纪法国作家)一样,用抒写的灯光照母亲河的夜。

佳 县

在陕北高原,佳县县城是最有特点的一个县城。其城坐落在黄河高岸上的一块巨石上,险峻、奇特,像一座立体的城。上得去城,也是满城石头。石山、石窑、石街、石墙、石桌、石凳、石板……无处不石。

城里有一座危如累卵的山寺,名曰香炉寺。寺有一座小桥通往更险处的一个独立的、底小上大的奇石上。上面居然还建有石房一个。险得令人胆寒。游人如果敢在桥上走一遭,也算是有胆之人。寺内长两棵古柏,盖因其扎根于石缝,故数百年了才碗口粗。树身树枝并不旺盛,但苍黑、古拙、像一须眉皆白的老者。铁铸的颜色,钢筋棍般的枝丫,和香炉寺搭配起来,真是奇景壮观。

从香炉寺望去,黄河舒展而来,迤逦而去,曲曲折折,很有气势。加之对岸起伏的山峦和平缓的沟坡皱褶映衬,大河更显得气势非凡。道道沙洲、道道流水,分而合,合而分,勾勒出舒缓、柔和的曲线。再看河上,小船点点,如同蚕豆。黄河上的小船一般是宽帮子船。宽帮船稳,窄帮船快。在黄河上行船,要的是稳。据说许多画家曾在此采风写生,都被黄河的气势所折服。画家刘文西数次游历于此,曾以此为题材画了一幅《黄河·黄土·陕北人》的巨幅画。

佳县黄河人家的居住都在高高的石畔上,一般外界人看了都会吃惊不少的。如此险峻之居所,有恐高症的人是绝对不敢涉足的。有的房屋一半就在陡峭的石崖上,看上去岌岌可危,有倾江河而下的感觉。就这样的地形,一般乡下人也谋不到的。"有幸福的地方早已有人把守。"普希金有句诗可证实这情景。

佳县黄河人家面黄河而居,临黄河而眠,大起大落,大气大象。己酉初夏,满山枣木吐芽,阳光下清新嫩绿可人。余为匆匆过客,以笔记之,遂以成文。

作于2005年秋黄河归来·苜蓿园

地平线·海

我不知道海离我有多远，但我知道，地平线的尽头，便是海了。

我没有到过海边，但我常常猜想海是什么样子。海或许就像大地、群山一样，有自己的走向，或高或低，或起伏连绵，或一望无垠。

我知道，海是博大的、宽广的，就像男人的心胸；我也知道，海是无私的、团结的，一排浪花，又一排浪花，总是一起向前推进，冲击着海岸，叩吻着岩石，甚至像母亲一样抚摸着宽宏的大地，亲切的，也是永恒的。

地平线的尽头是海；海的尽头是地平线。海与地平线的接触处，也就是水与陆的分界线。

下雨的时候，我仰起脸，我要迎接海派来问候我、问候大地的小客人；下雪的时候，我伸出手，我要接住海孕育出的一个个纤弱、细微的小生命。

我站在地平线上。望不到边际的地平线，使我联想到了望不到边际的海。我在向往着海。

我想,我总有一天要站到海与陆的交界处,看看海,然后再回头看看地平线。

作于 1984 年 12 月 22 日　高桥

海，并不遥远

一

汽车载着我们出现在南国这座美丽的海滨城市时，已是夜晚 11 点钟了。透过朦胧的灯光，我们看到了波光粼粼的港湾。那就是海么？同行者差不多都在心里发出这样的疑问。

此刻，对于我们这群从中国北方干旱的黄土地上走来的、曾在五黄六月天戴着柳叶草帽在毒日头下"祈雨"的陕北汉子来说，海，是一种久已向往的渴念。

这一夜，我不知道是怎样入睡的。夜幕下的海，让人感受到它无声的骚动，阳光下的海会是什么样子呢？

第二天早晨一睁开眼，我便急忙拉开窗帘。我居住的旅馆窗户竟临着海，不到百米远！真让人又惊又喜！

打开窗户，可以尽情地呼吸海的空气。那潮湿的、带着咸腥味的海风扑面而来，亚热带的树木青翠欲滴，令人心旷神怡。我久久地站在窗前，欣赏着南国海湾的风景。

早饭一过,我们便迫不及待地来到了海边。海的涌动并不见汹涌,不见惊涛拍岸,也不见浪遏飞舟,但它是真切的海。正是它的平静,才显示出海的一种宽广、博大和一种巨大的不平静。

我沿着海边的沙滩,默默行走着。初见到海时的那种激情与狂热一下子没有了,我甚至觉得看海有些令人伤感。海那么大,但它是清的;故乡村前的小河那么小,却是浑浊的。博大宽宏的海总容纳着、净化着河的污浊!海是这么亲切可爱,我只觉得我们就是那一条浑浊的小河,正投入清澈的海中。

二

真正的涉海,我们要感激南海舰队湛江基地的官兵了。头天晚上,我们安塞腰鼓手和同行的全体演员为他们打了一场"西北风"。第二天,海军出动了一艘登陆小艇载我们在军港里兜了一圈,以表达他们的谢意。

刚接到上艇的通知,天忽然下起了大雨。机会不能放弃,大家在雨中沿着海滨大堤飞也似的奔向舰艇,去体验涉海的滋味。

大雨中的海面显得烟波浩渺。那海水绿得几乎透底。登陆艇在无垠的海面上行驶着,显得很渺小。我想起 19 世纪法国思想家弗兰西斯·培根的话:"只见汪洋就认为没有陆地的人,只不过是一个拙劣的探索者。"而现在,我们尚未驶出海湾,而真正的迷人的海应该说还没有涉入!

三

我放弃了在澳门环岛浏览的机会,决定早些回到我那山的世界里去。告别海的那一瞬间,我的确怀着一种遗憾。在山里天天念叨着海,真正有了机会走近海,我却又要匆匆离去了。记得我曾写过一篇题为《地平线·海》的散文,文中有这样一句话:当我有一天能站在海边时,我一定要看一看海,然后回头再看一看地平线。现在看来,我能做的,也只有这些了。

列车向北驶去的时候,我突然意识到,对于山来说,海并不遥远,只要我们在流动。

新安江放舟

　　从黄山下来，在黄山市的老街上匆匆一转，第二天一早，便驱车前往一个叫深渡的码头。这个码头在安徽省的歙县境内，原本甚是偏僻，自黄山至千岛湖旅游线开通以来，这个小镇便红火热闹起来。从黄山下来的游客大都取道于此，在这里搭乘游船走水路入浙江。码头在镇子的东头，早晨天气尚早，早有小商小贩沿街向游人兜售当地土特产。小镇在宁静的清晨就显得吵吵嚷嚷。步行不远，来到码头，只见码头上已来了不少人，大都是游客。好些大的游船小的游船已等候在那里。一担子新鲜的、备午餐用的蔬菜也往船上担。我们也跟着上了船，准备顺流而下，大约三个小时后我们将弃舟登岸。

　　新安江是一条美丽而清澈的江，流经安徽、浙江两省。去时已是深秋天气，南方大地稻菽重浪，遍地金黄，但一入江，则是另一番景致，只见秋水共长天一色，幽深碧绿，江水的天然美姿不觉中就陶醉了人们。50年代，新中国修的第一座水电站就在这新安江的下游。江水上溢，又在下游的浙江境内形成了蔚为壮观的千岛湖。而在上游,则水越发显得平静,既保留了原始古朴的风貌,又不使自然美景有所破坏。江水浪敛波平,清澈而幽深,两岸群山相依,松树密植;山入水中,水倒山影,有时连天上的白云也投入其中,真是一幅美丽图画。加之两岸人家相毗,依江而居,更增添了图画的生机与活力。美丽的风光,多彩的风情,被誉为"小小三峡"。郁达夫先生二三十年代曾游历于新安江上。"新安江水碧悠悠,两岸人家散如舟。"他这样描绘新安江的美,由此,新安江愈发吸引人。

舟入新安江,身入画图来。一叶游舟,顺流而下,两岸连山,相依相伴。虽是上游,但她的美已尽收眼底。水是那么深,那么平缓,那么清澈,那么富有情致。撑开的波浪上是一朵朵雪白的浪花,浪花的水雾上,一条彩虹跟着舟船前行。放眼两岸,一村一户的人家毗邻,白墙灰瓦,尽在水中倒映。山坡上,有树的地方则是树,无树的地方则是茶,一畦畦,一行行,从山顶落到山坡,像山的一件翡翠的衣装。有渔人逐舟于沿岸,撒网的撒网,垂钓的垂钓,似一幅宁静的田园牧歌般的图画。

舟在飞,在飞……在船上,我惊奇于江水的清澈、碧绿、幽深,更为两岸的青山所迷恋。如果说江水是碧幽的,那么两岸的山就是黛色的。它凝重、深沉,那一山山的秋树,组成密不透风的绿,像山水画家浓墨的泼洒,远远望去,江水在它的映衬下就像碧绿的绸缎,行不尽,走不完。行着行着,两岸的山峦明亮了起来,太阳升高了,明亮的光线反射在水中,新安江像镜子的面,光滑、细腻;又像北方结冰的河流似的,水面简直成了冰面。而舟呢,就像在冰面上无阻力滑行。远处,山笼罩着一层薄薄的山岚雾气,蓝幽幽的,使山显得神秘,江显得幽深。

舟在飞,在飞……快到中午时分,告别了安徽,入浙江境内。

两境相交的地方,两边的人家稀少了一些,但山越显得稠密,似乎这山水的境地不曾有人莅临。正在寂寥之中,忽见前方正行着一叶舟,船的中间端坐着一位红衣姑娘,惊异地发现,这原来是一家迎亲的小船,上头端坐的就是新娘,红的绿的嫁妆就堆放在船上,迎送的亲戚也坐于其中。今天是国庆节,连山里人也选定这样的好日子娶亲哩!这船上一个红袄绿裤的人真是一个山里的精灵哩,纯朴而美丽,真如山菊一盏。船上的人似乎都兴奋起来了,挥着手,向着娶亲的小船挥手致意。但新娘没有做任何表示,她含羞而坐,只好像看见那带着憧憬的眸子的明亮的一闪。

新安江两岸的山是美的,群山如黛,组成森罗万象之势;水是美的,温情如丝,浩浩然前行,又似乎有无尽的潜力,真是一条充满生命力之体。而这黛山夹岸,碧水中流之势,有如男与女,阴柔与阳刚,和谐了这个世界,它是哲性的山水。

舟在飞,在飞……忽然,眼前开朗起来。群山退开,江水铺开,一座座岛屿象鲜菇般冒出水面。有人喊了一声,千湖岛到了,我才似从梦中醒来。回首江峡,如丝如缝,新安江的影子匆匆间闪隐在群山之间。

舟,飞过了万重山。

作于 2002 年 10 月 9 日

黄山小记

登黄山,人皆曰其奇松、怪石、云海、温泉四大特色。吾登黄山,为其松树所折服。怪石奇异,峭耸成峰,森罗万象的石山如果少了松树,则少了生命力;云海诡异,神秘莫测,变幻无穷,如果少了松树,则自然显得平庸;温泉虽有其奇异之处,但无什么景致可言,因之唯松有大美。

壬午年秋月,吾怀向往已久之心情登临黄山。先从后山上山,再从前山下山,行色匆匆,但颇有感触。黄山美真令人陶醉。车在山脚下盘旋而上,峰回路转,天高云淡,但见两边松杉高攀,修竹茂然。远处,松影或孤立峭壁,如同壮士,或披坡掩峰,有如天衣。再上,则山势陡起,松壑幽深。青崖之上,红叶如丹,装点山色,人即有走入巨幅山水画之境界。春之杜鹃是黄山彩的点缀,亮的着色,而秋树则是黄山永恒的主色调和浓墨重彩。此一山,彼一山,但见那一片片松涛,一棵棵独树皆长在所谓的"皴"的崖缝里,然而竟是那么生机勃勃,那么傲然挺立,人对松的敬畏由此达到了登峰造极的境地。在黄山的松树中,最有名的就是迎客松，它几乎独占鳌头，家喻户晓。温良恭谦的神态，英姿勃勃的长势，以及历经千年风霜雨雪的雄姿，堪称"华夏第一松"。其他名松也独具风姿，送客松独立石崖，似踌躇而留恋着什么，是一棵几近人格化了的松树。黑虎树森然威严，树中有霸气，令人肃然。竖琴松似有音符"铮铮"流出，嘈嘈切切之音不绝于耳际。情侣松一体二松，修正而高攀，心心相印，堪称连理……说不完的奇松，形成了独具个性风格的姿态，而生长在狮子林、始信峰、丹霞峰上的松树，则成片成林，笔直向上，看似旌旗万杆，绿云片片。如有山风过处，松涛阵阵，浩浩之气如大江涌流，急急之声如万骏腾奔，组成的是无比壮观的景象。而其单个的、无数无名的松树愈是立于绝处险境，愈是姿态万千，美不胜收。正所谓，峰愈高，气愈寒；岸愈危，松才愈奇。石上的生命，无土无壤，却根如剑，剑劈花岗山岩；根似钩，攀附巨石以立身；无养分，用根敲石吸髓壮年轮，这才幻化成千年虬龙身躯。

黄山的美是松，但黄山的美不仅仅是松。黄山的美是全方位的，可以说它是山水美的一个典范。早在明代，著名的旅行家徐霞客就冒着生命危险登上黄山。那时道路未通，人如猿猱，面对险山峻岭和山中伏虎，可想而知其难其险。然而从一阶阶石阶上前行，他还是爬完了黄山。下山后，发了一连串的感叹："薄海内外之名山，无如徽之黄山，登黄山，天下无山，观止矣！"后人据此总结了更加简洁的说法，谓之曰："五岳归来不看山，黄山归来不看岳。"由此，历朝历代登黄山的文人墨客、黎民百姓，甚至帝王络绎不绝，赋予黄山神奇的一面。70年代末，有一天，人们在登黄山的人群中发现了邓小平先生。他高挽裤腿，手执山杖，谈笑间登上了黄山之顶。观云海，察大潮，雄心壮志气贯长虹，为改革开放绘蓝图。2000年5月，江泽民主席怀着向往已久之情，登上了黄山，写下了一首气势磅礴的祖国大好河山赞美诗："遥望天都倚客松，莲花始信两飞峰。且持梦笔书奇景，日破云涛万里红。"其情豪迈，其笔瑰丽，如日破云，光耀神州。

如果说登黄山的人中对黄山最留恋的，恐怕还要数那些画家。中国的山水画家中，有好些人就是从黄山上得到了山水美的启迪。正所谓"师法自然"。西方人从人体中发现了美，许多著名的油画、雕塑都以表现人体美为主题。中国人从山水中发现了美，山水画成了中国历代画家诗人表现的一个永恒的主题。张大千、徐悲鸿、潘天寿、刘海粟等一批近代或当代国画大师登临黄山写生。张大千六上黄山，刘海粟大师九十三岁上黄山，成为奇谈。海粟大师一生钟爱黄山，如醉如痴，他笔下的黄山和黄山松更是无与伦比的佳作，几近成了当代山水画作的巨制和典范之一。九十三岁那年，他十上黄山，在清凉顶上用朱墨画了一幅黄山松，情致难收时，在上题了一首诗："古松擎攫如苍龙，涛声战落天都峰。是谁借得木偃笔，朱黑淋漓云气浓"。海粟大师笔下的黄山，可以说是泼墨重彩，云吞万里。情不自禁处，常有诗句题于画作之上："年方九三上黄山，绝壁天梯信笔攀。梦笔生花无定态，心泉涌现墨潺潺。"

松是黄山的灵魂，那么石则是黄山的精神，松与石在黄山是两个分不开的世界。山的局部也是石。山总体是一个花，一个硕大无比的石花，而那些形形色色的石的造型太多了，也太奇特了：猴子观海、松鼠跳天都、飞来石……哪一个石不是一个天然的雕塑，哪一个石不是一个完美的故事传说呢？而那些未曾标明的山石中，我们分明看出了酷似"李白赋诗"的神态……可以说，凡石无不神形皆备，凡石无不奇特而精美。我们面对这石组成的奇异世界,竟想这可能是远古天国里的一个玩具世界,这一个个奇石就是他们摆放下的玩具。

黄山的水也美,迷人的"人"字瀑,就有"飞流直下三千尺,疑是银河落九天"的意境。山有多高,水有多长,山高水长,缥缈而迷茫,瀑布似挂在云端的彩练或素帕,流水如珠玉飞溅。这大抵都是我们遥看的感受,这也是一种奇妙的感觉啊。只有奇妙的山,才有奇妙的感觉。而翡翠石下的泉,也真是一处人间天上的风景。水如豆绿比豆绿,翡翠的颜色,水波不兴,涟漪如绿的玉石。

黄山的美是山水的美,只一瞥是难道其真谛的。但吾感觉云海是黄山的情愫,奇石是黄山的精神,流水是黄山的诗意,而松树则是黄山的灵魂。黄山一时是难于形容的,它是悬挂在中国庭堂里的巨幅山水画作。

于黄山归来,是为记。

华山观松

　　游华山，人们为华山的奇险而惊叹不已，但是，我更爱长在华山的松树。

　　在北峰，我看的是雾松。登临华山那天，正是初夏时节的大雾天气。因为是坐空中索道上山的，突然间直上云海，及至到了北峰，竟然看不出一点华山的高来。周围是云雾笼罩，看不见身下的景物，更看不清其他的山峰。于是，真如进入"不识庐山真面目"的境地。站在北峰的最高处，心里觉得华山之险之高不过如此，景也未见好处。然而，当云海开始变幻时，发现一些松树竟然生长在深不可测的悬崖上，多么孤傲的树啊，它们是悬崖上的舞者。人们惊诧于它的选择，或许，它本来别无选择，所以就选择了千仞绝壁。据说，石鲁先生十分喜爱华山的松树，五六十年代，他曾多次上华山写生，画了不少的华山松树写生画。以石鲁先生鬼斧神工之笔，华山松一定增色不少吧？

　　华山的雾是流动的，万丈深渊之上，乱云飞渡。这是仙境？或是梦境？人有时真的不知是在醒时还是梦中。而正是这飞翔的雾,更给华山上的松姿添了几份神秘莫测。观赏那雾中的北峰松树,你真的不知是云动雾动,还是山动松动,简直是飘摇的心旌,是舞动的生命!就像一盘盘驾云腾雾的苍龙。

在东峰,人们怀着极大的兴趣去观日出。站在高处,四周景象一览无余,那日出也肯定壮观,然而我更为那最早映衬在东方天幕上的一个个无比壮观的松影而倾心。

东方既白,曙光来临之际,巨大的、如铁兽般的山的轮廓上站立着一棵棵静止不动的松影。那一瞬间,它简直就像支撑在天幕的脚手架,或者像是能撑开黑暗、透出光明的巨人的手指……当红日真正莅临,霞光霓彩投射过的时候,日头像被松影挂着的红灯笼似的。之后,日出便像画家笔下的浓墨重彩晕染开来一样,给华山顶峰所极的天际涂漫开巨大的曙色来,这色块极至整个东方天幕,使人联想到,不远处黄河的颜色也成了曙色,它拥抱着华山,水天一色。而华山松树的顶端,枝叶的稠密处,曙色给它镀上了一层金碧辉煌,像皇宫的建筑屋顶。古人刘勰曾曰:"山之精神写不出,以烟霞写之;水之精神写不出,以草树写之。"看来,自然界的造化,终究是鬼斧神工,人皆莫及。日出中的华山松姿,如经大自然手笔一点,更是美姿天然。谁让华山松长在风云变幻的高处呢!美,该属于它。

画家说,画风松小枝和松针应朝一个方向,才能表达有风的感觉,用笔不可凝滞。游山观水,我曾有过两次震撼,一次是在黄河壶口瀑布看巨流一泻千里;一次便是在华山南天门感受风松。因为这里是华岳五峰之最高处。站在顶峰,向下鸟瞰,是猿猱胆寒、神鬼见愁的绝壁断掌,令人不寒而栗。如果再观察一下悬崖绝壁上的松树,更是胆战心惊,只见每棵松树皆重心外倾,摇摇欲坠,但它生长茂盛,非常迷人。而在风的作用下,这些松树不住地舞动着,这正是形成华山风松雄姿的主要原因。观华山风中之松树,一下子就使人想到了常上此山写生的画家石鲁先生来,华山松的乱势,简直就像石鲁的那一头蓬乱的头发和胡须!它在风中舞动着、呼啸着,能看出人的骨骼和松的风度来。即便是冒着随时被大风折断的风险,也要显出精神世界来。我想,这风松简直就是一种人格化的东西,再拿什么比喻,也显得平淡、显得俗气。那奇瘦而临风的松姿,像华山的绝唱,像石鲁的身姿!

黄河彩石

今年五月,我途经陕西宜川,搭车绕道在黄河边上行。原来是想上溯壶口去观赏瀑布的,不料车在半路上抛锚。公路就在黄河边上,不远就是黄河的流水。

那些天黄河流域大旱,黄河水量大减,没有了原先那么混浊,更不见从前的那种汹涌。远远望去,水是浅绿的,还跳动着雪白的浪花。我趁司机修车的机会,奔下河滩,来到黄河的水边。只见黄河的水边淤积了许多石子,黑、白、黄、绿、红,分外好看。黑是黧黑的,绿是浅绿的。我仔细地端详着这些沉浸在黄河浅水边的石子,看它们在水里排布出的那么美妙的图案,第一次感到黄河的胸襟里也有温情和细腻。

我小心翼翼地把那些彩石打捞出来几枚,捧在我的掌心。阳光下,它们十分娇娆鲜艳,像一枚枚带彩的花石,煞是好看。可是不久,全都蒙上了一层灰色,没有先前的美丽,顿时让人生厌。立刻,我的心里产生出一种难以名状的苦味。当初乍看到时的那种惊喜与兴奋全然没有了。

我懊丧地把手中的彩石又放回黄河的浅水里。奇迹出现了,那些在我手中黯然失色的彩石,立刻又恢复了原来那艳丽迷人的色彩。甚至比先前更加醒目夺人。

　　不大一会儿,车修好了。司机在公路上催人上车。我立即打消了当初要带几枚回去的念头,匆匆地离开了黄河边。

　　回到家里,我向朋友们讲了这件憾事,朋友说,这事儿遗憾的不是黄河彩石本身,而是你自己。只要你带它几枚回来,放归于水里,它不照样有光彩了吗?

　　朋友这么一说,我才恍然明白过来,哦,这彩石离不开水,就像鱼儿离不开水一样。我真想拣回几颗来好好保存,但不可能了。黄河边上,却留下我永远的情思。

从黄土高原到红土高原，我像一只鸟从一个枝头跃上了另一个枝头。

依旧是行色匆匆，我尽情地用目光猎取着一路奇异的自然风光。

剑门关的险是在梦中看见的，我看见仗剑出行的李白在蜀道上行吟。其艰其险，令人感喟！不禁如诗人一样感叹："噫吁兮……"

入川的路上，绿色占据了视野，竹、田畴、山林……四川盆地温湿的气候最适宜绿色生命的生长。

啊，好一丛紫色的花树，就在车窗前的农家小院中闪过，这花比红色含蓄，比白色炽烈！

于路上，我看到了金沙江的险和一泻千里的姿态，但那花树的姿容我却永远不能忘却，我极力搜寻着。

到了云南，我才发现，昆明人家的阳台上，好些都摆放了这样的鲜花，而且正逢开花时节，那一户一家的阳台上就是一首诗的展示。

我终于打听到了它的名字——三角梅！在云南的土地上，紫红色的三角梅最好看。

最大的一片三角梅，我是在去石林的途中看到的，那是一片紫色的云霞，那是一首深沉的歌。

最大的一株三角梅，我是在云南民俗文化村见到的，在一小小的过洞门上，一株几近成树的三角梅覆盖了整个门洞的上面，像一个硕大无朋的花冠盖在其上，其生机盎然的姿态、无与伦比的形体，尽情地展示着生命的繁茂和大自然造化的美妙！

最美的一株三角梅是在云南世博园的草坪上看到的，只一株，小小的一株，像仙客落下，美得让人惊叹。

云南的三角梅留给我的印象甚至超过了所有其他的花卉。它的深沉的紫红色，成了我的幸运色。

游西湖

在杭州，我是匆匆过客。匆匆的路过只能有些匆匆的感受。

杭州的整体印象是一个"绿"字。树是绿的，草是绿的，西湖的水是绿的。

西湖的绿不是清淡的，西湖的绿是浓浓的，象龙井茶泡出的。

一步一景。"三潭映月"处我们停留得最久。本来，苏堤最好，我在电视屏幕上见到过阳春三月西湖的美，桃红柳嫩，一切都是一个"鲜"字儿。不仅西湖，就是整个杭州也是"清明"前的春芽儿！现在是秋天，秋水肥绿肥绿的，于是，我们就看湖水，看鱼儿在其中戏水。西湖游只有两个小时，太匆匆，太匆匆了。只能说游了一回西湖，甚至走时，我还不住地回头。

秦淮河上

用散文的形式写秦淮河,真是一件不知趣的事情。以至于每写一个字,我的耳畔都不住地有桨声灯影里的秦淮河在拍打出声音。

秋天,我们去南京旅游,导游说,秦淮河是一个自由游览的地方。我们便去了。少时读朱自清先生的《桨声灯影里的秦淮河》,一直被那秦淮河所诱惑,我常想,那就是江南了,雨中它有清致,歌中它有情致,文中它有韵致。

未入街,先被"乌衣巷"吸引住了。原来这里就是唐人刘禹锡《乌衣巷》写到的那个"乌衣巷"。

> 朱雀桥边野草花,
>
> 乌衣巷口夕阳斜。
>
> 旧时王谢堂前燕,
>
> 飞入寻常百姓家。

站在秦淮河的拱桥上,凭栏而立,注目远处,秦淮河"碧阴阴"的,想这六朝粉黛凝成的河,竟是如此的平静。白墙黑瓦,朱门飞檐,最具江南特色的古建筑拥挤地排开在河的两岸。有船在水中行,缓缓地,缓缓地,有如一片落叶浮在上面。如果是在夜里,秦淮河才真正是一番情景吧。

过了石拱桥,一边是南京最繁华和最具传统韵味的夫子庙,一边是江南贡院,据说是当时江南最大贡院。遥想当年,来自全国的书生们,跋山涉水,兴冲冲来到这里,归时会有多少感慨!这里既是圆梦的地方,又是梦破的地方。而实际上,多少人梦破于此,而真正能梦圆的又有几人呢!

夫子庙的街道并不宽阔,沿袭了旧的老的街市,但其繁华热闹是有名的,人多,货杂,门类齐全,令人目不暇接。古玩珠宝市场、秦淮小吃、画舫、游乐园、花鸟鱼虫市场,应有尽有。最具特色的是花鸟鱼虫市场,猫、蛇、鼠、蝎、蛐蛐、画眉、鹦鹉、八哥、山雀……你想象不到的,这里也可能见到。

秦淮河两岸的江南古建筑时时隐现着江南的风情文化,像一首古老的诗,又像一幅奇异的风情画,作为一个过客,你只可去会意,而不能一一仔细探究。那缓慢的桨声也许就是几千年一个梦的延续。

上海的夜晚

到上海的那天,已经是夜里九时整,我们把随身带的东西往下榻的饭店一放,便兴冲冲地搭了出租车往外走,恰逢"十一"黄金周,上海市民和来此旅游者一同前往外滩。走过苏州桥,街上已经浩浩荡荡地形成了前往外滩的队伍。人越来越多,只能弃车随着人流步行前往。远远地我们就看见了黄浦江对岸的东方明珠塔的身影。无数束的光投向塔的上下,明珠愈发璀璨夺目,姿态万千。

到了外滩,但见宽阔的外滩被人潮覆盖,交通实行了管制,为的是让人们轻松自由地一饱外滩景色。上海的人真多,换句话说,外滩的人真多,仿佛全世界的人都朝这儿走来了。人声鼎沸、人潮如涌,这是东方明珠魅力的所在。灯火绚丽,万紫千红,夜如白昼,这是上海现代化的展示。居高临下的东方明珠塔,矗立在对岸的浦东开发区,分外夺目,与夜的外滩交相辉映,尽情地展示着新上海的伟姿。如果说外滩是涌起的一波波的潮,那么人置身其中,就是潮中的一滴水,随波逐流,与潮共舞,尽情感受着新上海的声音。

随后,我们离开外滩朝南京路的繁华中走去。上海的南京路是上海最繁华热闹的地方,也是上海的中心商业区。光怪陆离的霓虹灯,闪闪烁烁,像演奏着一曲都市交响乐,整个一条街被左右行走的人流所占去。最能显示其活力的,是那些年轻的上海市民,我们猜想大概大部分是上海的大学生吧,他们充满朝气,富有活力,周身透着大上海现代人的气息。他们也许不是为来购物的,只是利用节假日出来感受上海节日的气息的,他们每人手里都挥舞着一根根色彩鲜艳的塑料榔头、狼牙棒,互相打斗,几乎成了此时南京路夜晚的主要旋律。当然,也火了小贩们的生意。

我们是在夜晚进入南京路的,白天上海的情致我们还不甚了解,但它的热情、繁华、喧闹,把上海的精彩乐章提取出来献给了旅人,或者是我们有幸一到上海便进入它的精彩中了。

长城岭上风

冬天长城上的风,是真正的朔风,它来自蒙古高原,带着旷野的粗犷,带着沙漠的风格,带着草原的辽阔,与渤海湾的暖湿气流去汇合。它最先掠过的就是北部的长城上空。

夜宿北京城,早晨起来,北京的街上刮起了风。风不大,但很匀,我们去八达岭。一入山区,山势立即险峻起来,居庸关的雄姿昭然若视。“关”历来是路的霸者,居庸关的长城陡起陡伏,真是雄关漫道真如铁。

我们未在居庸关停留,就从它的身下而过,去了八达岭。八达岭的长城不似居庸关的长城险,也不比慕田峪的长城险,但它保存得完好。从山下往上登的时候,我们就明显地感受到风似乎更大了、更强劲了,果然,当我们顺着长城越往高处,风便愈大,那风从北边的口外而来,从长城的上空和崇山峻岭上掠过,吹得人脸发痛,能竖起人的衣领。

长城的风是我们想不到的一种感受,但长城本身是一种无尽的思绪。它的存在是一种象征,而对于人来说,是一种思绪,一种遥远的、绵绵的、跨越时空隧道的一种思绪。

当我们登上最高处的哨楼时,夕阳正朝西边的山岭上坠去,漠风笼罩着远处,天地混沌,西去的长城像巨龙一样向遥远的西天延伸而去,漫无边际。触景生情,我由衷地感喟长城之遥远,目光是不能企及的,而只有思绪才能触摸到它的历史,它的灵魂和它的精神。

风,越来越大,长城岭上的风,似乎是永远无法停止的,人的衣领、人的头发也像要被揪上天空,随着那风自由飘飞。在长城,目睹的是历史,感受的却是精神。

作于 2002 年旅次归来

三角梅——行旅小札(外四篇)

在老舍茶馆喝茶

　　农历进入了年关岁末，北京春节的迹象似乎越来越浓。然而，北京毕竟是一座现代化的大都市，春节已不是老舍先生笔下的春节了，年味儿好像被刷刷的车声取代了。前门这块还好，各种店铺里里外外比往常热闹、拥挤了。白日里是人声喧嚣，夜里是灯红酒绿。我们几个逛北京的同行，不觉拐进了前门西大街的老舍茶馆。茶馆已经开始热闹，上楼喝茶的人络绎不绝。我们在楼上的方桌前坐定，见人差不多陆陆续续地来齐了，有内宾，也有外宾，都是慕名而来的。一个个坐定，服务员开始上茶。前门情思大碗茶，这大碗茶一喝，一下子勾引起人们对老北京的一些说法来，就有人说，来北京，不到前门不算来北京，不喝大碗茶，更不知北京，这叫京味儿。前门这地方，据说老北京那会儿就热闹！大碗茶，前门戏楼听戏，那叫什么！不是一句歌词唱么："我爷爷小的时候，常在这里玩耍，高高的前门仿佛挨着我的家……"

　　老舍茶馆，是以已故著名作家老舍先生的名字命名的，京味十足。里间陈设清新、古朴、典雅。不仅能喝茶,还有京味小吃,更能看京戏,品味京味文化,因此名气越来越大,京外的、国外的,到北京,有些品位的人,都要到这里来。上至总统,下到黎民百姓。我们来呢,主要还是喜欢老舍先生的作品。老舍先生在文学上的成就是巨大的,他的语言特色、语言成就,使他成为中国现代文学史上屈指可数的大师。"文革"中,他投湖自尽于北京太平湖,留下许多遗憾,也完成了他的人格。想着想着,演出开始了,是京剧《赤桑镇》的片断。京城听京剧,也算十足享受了一番。接下来,还有京韵大鼓表演和川剧《变脸》,引得茶馆内一片叫好声。热闹中,人不觉要想起老舍先生来。老舍先生的《骆驼祥子》、《四世同堂》以及话剧《茶馆》,已成为名作传世。《骆驼祥子》改编的电影和电视剧更是家喻户晓。品味小说中的语言,那才叫够味儿! 就是写景,也不一样:"'长安牌楼',新华门的门楼,南海的红墙,都戴上了素冠,配着朱柱红墙,静静地在灯光下展示着故都的尊严。此时此地,令人感到北平真是一片琼宫玉宇,只有些老松默默的接着雪花……"这是描写祥子拉着曹先生在雪夜的北京城所目击的,品起这样的文字,耐嚼。

茶,上了一遍又一遍。客人依旧不肯散去。老舍先生 1899 年 2 月 3 日,也就是旧历祭灶的那天降生在北京西城护国寺小羊圈胡同一户姓舒的满族人家,原名舒庆春。"我昔生忧患,愁长记忆新。童年习冻饿,壮岁饱辛酸。"这是老舍先生概括自己人生的诗句。1900 年,老舍不满两岁时,八国联军攻入北京城,他的父亲在巷战中阵亡。贫困中,老舍后来读书读到北京师范学校毕业,于 1924 年经人推荐,赴英国伦敦讲学。六年后,他回到了祖国,写了不少优秀的文学作品,他同情劳动人民,揭示

"旧社会把人变成鬼"的残酷现实,也使他获得"人民艺术家"的称号。"文革"期间,老舍步屈原之后尘,投水自尽。这一过程被已故著名作家汪曾祺先生写成短篇小说名篇《八月骄阳》。

"张百顺年轻时拉过洋车,后来卖了多年烤白薯。德胜门豁口内外没有吃过他的烤白薯的人不多。"后来,这老头到太平看门,见证了老舍投湖的过程:"……这功夫,园门口进来一个人。六十七八岁,戴着眼镜,一身干净的藏青制服,千层底布鞋,挂着一根角把棕竹手杖,一看是个有身份的人。这人见了顾止庵,略略点了点头,往后面走去了。这人眼神有点直勾勾的,脸上气色也不太好。不过这年头,两眼发直的人多的是。这人走到靠近后湖的一张长椅旁边。坐下来,望着湖水。"这是老舍投湖前的一瞬,几个老汉看到的情景。如果我们设想,有人开导他几句,会是什么样儿呢?可是园里的几个老头现在还不知道他是老舍,也不知道他要投湖自尽。

"张百顺回家吃了中午饭。回来,那个人还在椅上坐着,望着湖水。

粉蝶儿、黄蝴蝶乱飞。忽上,忽下,忽起,忽落。黄蝴蝶,白蝴蝶。白蝴蝶,黄蝴蝶……"

千古艰难唯一死。看来,老舍当时想了许多。第二天,当几个老汉再进公园练功时,发现有人投湖啦!叫了两个打鱼的捞上来。有人看着就说:"投湖的时候,神智很清,上衣还整整齐齐搭在椅子上。一个人从上衣兜里掏出个工作证,是北京文联发的:"姓名,舒舍予。职务:主席。"于是,他们知道是老舍,《茶馆》《龙须沟》他们都看过,合着这人净写卖力气的、耍手艺的、做买卖的,是个好人,他们甚至看见了老舍头上的伤疤。在孔庙,有人见批斗中老舍挨了打。

"我本将心托明月,谁知明月照沟渠。"老舍先生大概想不通。"士可杀,不可辱"。这大概是对老舍投湖自尽最好的一种解释。

夜,浓了。茶,淡了,似乎味还未完全品尽。茶馆里的演出结束了,有人起身了,有人还在那儿坐着。我们几个出了茶馆,北京的夜还早。这个城市似乎没有夜了,时光把一切都抛在后面,只有记忆似乎还留着,不肯走。

遥远的牧场
——新西兰乡村随笔

　　飞机掠过无垠的太平洋,我的目光透过舷窗望着窗外机身下太平洋的蔚蓝和蔚蓝的太平洋上的天空。分不清哪是天哪是海洋,思绪像鸟在天宇自由飞翔。机舱里的乘客们昏昏入睡,似乎只有我一个人独自醒着。天空的空旷与寂寥使人思绪万千⋯⋯

　　越野车穿行在南太平洋岛国新西兰的乡村之野。碧绿的草地、高大的树木、延续不断的围栏牧场。奶牛、鹿、绵羊、矫健的骏马。机械打捆好的草垛、异国情调的乡村房舍、各式各样的汽车。蓝天、白云、鲜花。美丽的乡村,平静的乡村。富饶的地方,遥远的地域。异国他乡优美的环境使人分不出城镇乡村哪个更好。伊甸火山下的一片红屋顶,密匝匝的树林。海港上白帆点点,红帆点点,粉帆点点。幽深的海港,碧蓝的海水。乡村上早学的小学生热情地招手。城市里过着优越学习生活的中国留学生。黑天鹅、碧阴阴的湖泊、白色的海鸥。洁净的草地、供游人休息的木凳、阳光下闪着亮光的树叶⋯⋯哦,一切都是那么新奇、美好。还有亲切和蔼的陌生人的微笑,真诚、友善。黑脸的印度老司机,他开车的速度奇快,作为一个异国人,他在这里生活了四十年。他以自己的勤劳、守信赢得了这个社会的承认。还有英俊的小车司机卡尔,语言极少,吃中国餐是那么津津有味。金发的珍妮·弗有一个凝脂一样脸蛋的可爱的小女儿。还有新西兰总理克拉克女士热情的握手和亲切的微笑……我的新西兰之行就这样匆匆结束了。无数的风景,无数人的面孔,此时像一幕幕画面,一个个镜头在反复闪现。

到新西兰已是这个国家的早晨了。飞机开始降落。机翼下的城市并没有高耸的建筑物,倒是星星点点的奶牛引人注目。这真是一个牧场一样的国家。我深知在这片土地上,有深爱着这片土地的人民。

几天后,新方友人安排我们到一个旅游胜地去观光游览,我的心情像放飞的鸟儿翱翔在太平洋广阔的蓝天。

车速飞快。车外掠过的每一寸土地似乎都被绿色覆盖。我心里默默地称奇:这真是一个绿地铺成的国度,无论原野或是山坡,绿的草毯无限地延伸,看不到一点裸露的土地。如果有树木,那也是高大茂盛的树木,特别是那些云杉,简直高不可攀。据说过去新西兰水手们下大洋的桅杆都是用这种树木做成的。由此令人对这种树木肃然起敬。有一处,我远远地看见有一丛古松,高大的身姿、挺拔悍然的气度、遒劲苍老经风雨的枝丫,苍黑,古朴,凝重,像我国已故国画大师潘天寿笔下的松树,实在令人啧啧称奇。

我沉浸于新西兰牧场的田园风光的美丽。一个连接一个的牧场围栏,围圈着一群又一群的奶牛,一群又一群的矫健俊美的骏马,一群又一群秃尾的新西兰绵羊,一群又一群闲适的鹿……

而牧场主们则居住在绿树映掩的,有着鲜艳屋顶的乡村别墅里。院里的各色轿车闪闪发亮,那些乡村的孩子,背着书包,热情地向你招手,令人感到这是一幅和谐宁静的乡村图画。

越野车驶过了这无垠的草原和乡野,我们来到了一个美丽的湖畔,浩渺的波涛,在远处的群山背景映衬下,波光起伏,水波潋潋。湖水似乎并不平静,无声地汹涌着,一只只硕大的黑天鹅浮于波浪间,随着波涛起伏着。天空水鸟飞翔,海鸥点点,无声而又热闹。走近岸边,绿草一直"铺"到水边,白鸽徜徉起落于其上,我忽然间觉得,有时候,发达并不仅仅是高楼大厦,相对人类来说,这青青的绿地,新鲜得仿佛散发着玫瑰气息的空气才真正是一个标志。

新西兰是牧业国家,整个国家似乎就是一个大牧场,那么自然少不了牧业观光旅游。在一个小型的牧场里,他们把庞大的公牛,长着犄角的公羊展示给来自世界各国的客人。还有挤奶表演,小羊羔吃奶表演和剪羊毛表演。最精彩的是剪羊毛,三下五除二,几分钟即可剪好一只羊。而更精彩的是牧羊犬放羊表演,黑色的新西兰牧羊犬,围赶羊的本领比人更快捷,完全是听从牧羊人的口令行事,其忠实、准确地对命令的执行,叫人击掌叫好。

而后,我们又去了新西兰土著人毛利人的聚集区,进入了土著村落。原始的土著木雕和图腾纹样让人大开眼界。长老开会的大堂,庄严而神圣。活火山上喷涌直上天空的沸水令人联想起这个国家的热情和地火的澎湃。哦,异国他乡,世界似有区别,又似无区别。我们固守这个星球,我们固守家园,人类呵,有时是多么可亲可近,有时又多么遥远陌生。天涯可以比邻,对面无法相逢。说不清哪个是近,哪个是远,我的思绪一下子又回到了黄土高原,那司空见惯的而又奇异的黄土地。20世纪30年代,来自美国的埃德加·斯诺曾到这里说:"人类能在这样的环境中生存简直是奇迹……"新西兰的乡村原野,乡村牧场,我们的美丽梦境。

飞机还在太平洋的上空。地域遥远,思维遥远。但是,我的思绪早已降落在黄土高原。我心灵永远的高原牧场,何日也还绿色的梦……

作于2004年春新西兰旅行归来

辽阔的草原

——内蒙古掠影

鄂尔多斯的风

采风第一站来到了美丽的鄂尔多斯市。鄂尔多斯原来叫东胜，是一代天骄成吉思汗的陵寝所在地。这是一座新兴的现代化中型城市，以煤炭、石油、奶制品为主，实力雄厚，城市现代化水平高，是内蒙古草原上的一颗明珠。采风组都感慨鄂尔多斯的巨大变化，这里的一切都和我们过去印象中的"天苍苍，野茫茫，风吹草低见牛羊"的景色完全是两样。

在成吉思汗陵，我们看见到经过重新修葺的陵园是那样雄伟，那样气势宏大、庄严，和成吉思汗"一代天骄"之雄姿和谐统一。

在鄂尔多斯市区，采风组被这座新兴的草原新城迷住了。鄂尔多斯市街道宽阔、平坦，就像她开阔的胸襟和开放的姿态一样。街道两旁高楼林立，气派非凡。鄂尔多斯人是以勤劳、勇敢而闻名，在新时代的发展中，成吉思汗的子孙们硬是用勤劳的双手和智慧把鄂尔多斯打造成一座蒙古高原上的明珠。

大青山

翻过大青山，向北部的草原上行进。大青山也就是阴山，是内蒙古最主要的山脉。路上，我们经过了著名的革命老区武川。在抗日战争时期，武川活跃着一支由共产党领导的抗日武装，他们以骑兵为主，给敌人以沉重的打击。踏上这片英雄的土地，人们肃然起敬。武川距离大青山不远。"大青山那个高来乌啦啦哟山，海海漫漫土默川……"大青山是河套民歌的主要诞生地，这里也是一块民歌的土地。河套民歌其实与陕北民歌、山西民歌是一体的，它产生的环境都是黄土高原和蒙古高原，也就是黄河经由蒙古由北而后再向南穿越秦晋峡谷大转弯所形成的河套地区周围的蒙、陕、晋三角地带。这里的民歌基本上是汉民族北方民歌的代表。五十年代，民歌研究家韩燕如先生曾编写过一本上、下两册的《爬山歌选》，其大量民歌内容就取材于这里。

辽阔的草原

因为干旱，六月的蒙古草原青草并不茂密，但那遍地的淡黄色的野花分明证实草原的夏天已经来临。翻越过大青山后，眼前一亮，地变得开阔了，草原的辽阔展现在眼前。一座座洁白的蒙古包像一朵朵白云飘浮在地上，一匹匹骏马在草原上奔驰，草原的美景令人流连忘返。

走进蒙古包，热情的蒙古主人端上了醇香的奶茶和烤羊腿，唱起了敬酒歌："金杯银杯斟满酒，双手举过头……"从蒙古包里出来，在草原上骑马是最能体味草原文化的精神的。蒙古马是我国著名的马种，以耐力和善跑而著称。当年，成吉思汗率领着蒙古铁骑驰骋于广阔的欧亚地区，就是靠蒙古马的力量，因此蒙古马被誉为"草原神驹"。

近年来，草原的植被开始退化，马越来越失去昔日的辉煌，退出历史的舞台。草原上的牧民也习惯了骑乘更现代的摩托车。马，这种与蒙古游牧民族息息相关的高雅的动物，显行并不重要。于是，人们开始在旅游景点上做文章，马匹被牵到旅游景点上供游人骑乘。在草原上，旅游产业对我们启发很大，打草原文化品牌，以蒙古风情为内容的旅游是一项新兴的、前景美好的项目。

王昭君墓凭吊

王昭君墓坐落在内蒙古呼和浩特市南部，这位汉代奇女子，一个大勇无比的非凡女性，现在在这里长眠许久了。我们想她会在这里孤独吗？她时时在那座高高的坟茔上眺望长安吗？历史的隧道太长了，所演绎过多少爱的故事，但绝对没有一个比王昭君更意味深长一些。那是一个复杂的心理过程，最后她选择了离开汉室皇城的高墙深宫，她是一只自由的鸟吗？她是一个悲剧或者是喜剧，总之我们的心情是复杂的。

王昭君墓园不大，但那高高的坟茔在草原上已经显得很高大了。据说，当年是人们用手掬来的土硬是把它填到如此的高度的。可见王昭君是深受蒙汉人民爱戴和敬仰的。

我们去时，昭君墓正在全面维修，但游人还是很多。人们怀着一种复杂的或者是单纯的心情来凭吊。高高的坟茔上如今依然是一派青草，站在上面向北望去，是横亘于北部的阴山山脉，坚硬的曲线和草原的广阔形成了鲜明的对比；往南望去，就是昭君故乡长安城的方向，当年昭君思乡的情愫是不言而喻的，但她的选择似乎又是那么坚强，那么义无反顾……

宇鹏小记

杨葆铭

很难用一句话将宇鹏的体态容貌勾勒出来。总之,在延安的文学圈子里宇鹏可算得上是一个美男子。王安石曾用"留候美好如妇人"这句诗来夸赞张良的美貌,宇鹏的容貌当然不好用"美好如妇人"来比喻,但却近似港台影视界的小生,身顾顾而面团团,给人一种很浪气的感觉。

我在当副刊编辑的时候,几乎每个星期都能收到宇鹏的来稿。当时他高中毕业回到农村,创作便成了他排遣积郁的一种手段。他的文笔很美,出手也快,而且来稿的卷面整洁而干净,一看就招人喜欢。

那一年,我去安塞,晚上无事,忽然想起应该到宇鹏那里走一走。当时,他刚被招聘到县文化局当临时工。我去的那天晚上,县上公映电影,只有他一个人钻在一孔石窑里正赶着为一个刚过世的剪纸艺术家写祭文。我的来访打搅了他,从当时的谈话中可以看出,他的神情已经沉浸在那篇祭文里。我知道,文章写到紧火处,最怕人打搅,于是,坐了约摸有半个小时,我便起身告辞了。

　　宇鹏是安塞高桥人。那个地方离延安很近。从枣园往西北方向走，过20来公里地，有一个名叫高桥的地方。安塞西河口、砖窑湾、包括高桥三个乡的乡政府就设在这条川道里。过去，我一直将西河口当成是陕北民歌里所唱的"走西口"的那个地方，其实，真正的西口是在陕北与宁夏的交界处，离延安和安塞都很远。不过西河口这个地方很有特点，除了地名带着一种浪漫情调之外，这里川面宽阔，山势平缓，打此经过的西河因为占了地利之便，河水汪洋恣肆，放得很开。宇鹏从小就生活在这里，并且在少年时就随同他的父兄们在河岸边垦地拓荒，并在夏日洪水泛滥的季节里，聆听过被洪水卷走的牲灵在河中所发出的那绝望的哀号。

　　我与宇鹏相识已经很有一些年头了，但在一起闲谈的机会不多。偶尔在延安或安塞见上一面，大不了寒暄上几句便各忙各的去了。记得那一年，延安市文化馆主办的《延安文艺》在苏世胜的热情奔波下又复刊了，为了将复刊号办得有点气势，世胜分别给各县的一些创作骨干写了约稿信，宇鹏当然是其中之一了。那一期的《延安文艺》确实是办出了水平，版面设计得又好，稿件的质量又高。宇鹏的《茅店月》被放在三版的头条位置上。那篇文章虽然写得很短，但涵盖的信息量很大，许多读者看了之后，都夸赞那篇文章写得好。事后，我见到宇鹏谈及此事，宇鹏很坦然地说，他的那篇散文是取了唐人温庭筠一首五言诗里的一句："鸡声茅店月。"他说，那一年初春，他到毛乌素沙漠的边缘去采风，一日黄昏，在一片平沙中见到一间茅草屋。草屋的主人是一个上了年纪的老人，他家就住在离草屋不远的一个山村里。他的儿女们因为耐不住山里的寂寞，都走南路去了，他一个人便在这里搭起一间草屋,管护着那一带新长起来的红柳树。宇鹏动情地给我说,他在老汉的草屋里睡了一夜,第二天早晨临走时,天刚蒙蒙亮,他走出草屋,只见平沙的尽头有一个老人正佝偻着身子给一株红柳培添新土。看到那一幕,他在想:真正有价值的生命不一定就要在红火热闹的地方去体现,而寂寞中的生命又何尝不是生命呢? 有了这样的思考,便有了那篇文章。而且当时的宇鹏已经在所谓的城市里生活了好几个年头,使他最不安的是他在人世无意义的喧嚣中又浪掷了一段美好的时光。于是,他去了毛乌素沙漠,并且见到了一个安于淡泊,并以自己的残年弱力在荒漠中栽种红柳、制服风沙的人。

"少时狂躁,老来窘迫",这句古训不知出于何人之口。宇鹏以自己特有的沉静气质在寂寞中默默地奋斗着、努力着,从他后来的作品中可以看出他的思想越发深邃,他的艺术表现手法越发老到。在安塞那块苦焦的地域中,能与宇鹏在一起谈论艺术的人不一定很多。自他最要好的朋友——陕北著名的版画家陈山桥调回西安之后,现在从事纯文学创作、致力于民间艺术的研究、挖掘和整理的人恐怕就剩下他一个了。但男子汉的第一要素就是要有孤军奋战的精神,这种精神在宇鹏身上表现得尤为突出,因为他曾说过,寂寞中的生命又何尝不是生命。为了证实这句话的正确,他将窗前的灯火一直点燃在夜半时分。

——选自《秋日小唱》一书

记忆的不仅是黄土高原

——品读宇鹏的散文

殷崇俊

一

宇鹏的散文集,一篇篇文章看下来,恍然看见了作者一生的成长。这里所说的"成长"是具有多重内涵的。它既是生理层面上的身体发育成熟,即每个个体从童年、少年到青年、壮年这样一个生命生长发育的自然过程,同时又是心理和精神层面上的完善,个体在社会人生的磨砺中渐趋成熟。同时,它还有写作上的成熟。从八十年代初期相对比较青涩、稚嫩的写法到现在的圆润自如,作者的每一步脚印也都是清晰可见的。

另外,作者的读书爱好、文化工作、行走足迹等,在书里也都有呈现。从这个角度上来说,这本书更像是作者的成长传记。

二

对于生活工作在长江汉江之间大平原的人来说,黄土高原无疑是另外一个世界，陌生而充满想象。然而读了这本书，所有那些空泛的想象——落地，变成了我无比亲切而熟悉的地方了。高原的风、高原的水、高原的云、落寞的村庄、淳朴的人们、嘹亮的信天游……仿佛都可触可及，有血有肉。

宇鹏的乡土散文，大部分是对黄土高原自然景观的描摹，家乡的一山一水、一草一木，一阵风过，一片云飘，高原冷月、长河落日……都化入作者淳朴的语言中。作者对家乡景致，信手拈来，深深的乡土依恋，无处不在。除了自然景观，作者也展示了家乡的风俗人情，如《走西口》、《安塞腰鼓》等；也细腻地表现出自己对土地、对童年岁月的怀念，如《乡间那一缕炊烟》、《腊月还乡》、《村人》等等。宇鹏的笔端，弥漫着无尽的黄土气息和对自己家乡的深深眷恋。这种眷恋，是用生命去紧贴着这块黄土地，是作家心音与地音碰撞而产生的火花。

美国赫姆林·加兰说："艺术的地方色彩是文学生命的源泉，是文学一向独具的特点。地方色彩可以比作一个无穷地、不断地涌现出来的魅力。我们首先对差别发生兴趣；雷同从来都不能吸引我们，不能想差别那样有刺激性，那样令人鼓舞。如果文学知识或主要是雷同，文学就毁灭了。"黄土高原的地方色彩与异域情调交融为一体的风土人情，凸现为宇鹏散文的审美特征。

三

陕北既是一个自然区域概念又是一个文化区域概念，作为中华民族象征的黄河、黄帝陵、万里长城、黄土地，在这里神奇地融为一体。到了近代，又与政治有了千丝万缕的联系。这里是华夏文明最早的发祥地之一，世世代代的人民在这里留下了奋斗的足迹和光辉灿烂的文化。陕北在作者的笔下,至少有这么两个背景:一是陕北古代是中原农耕文化与草原游牧文化的结合部,民族战争与民族融合贯穿古代陕北的始终;二是陕北在中国现代史上有过辉煌的历史,陕甘宁边区曾经是中共中央的所在地。生于斯长于斯的作者自然深受这种文化熏陶,字里行间浸淫着历史的硝烟、政治的气息,放在中国各地散文里来说,这种地域特色非常鲜明,作者也抓住了陕北地域的精髓。

这类文章有《拴过将军马的树》、《陕北大转战》、《碉堡山》、《延安土》、《告别古塞》、《张冠道上》,或者在写别的物事的时候,自然就带出了历史的、政治的一些故事。这些显示出作者对政治的热情,对自己家乡这些历史沉淀的自豪,也歌颂了那些政治典型,如张思德,从中也投射出自己对人生、人性的一些看法。当然了,政治色彩也是那个特定的地域、文化氛围在当地人们心中的深刻印记。

四

通读全书的话,你会发现很多散文比较像哲理散文,里面寄寓了作者的很多对人生的、社会的、人际的、自然环境的思考,这一部分构成了作者散文里的思想深度和理性厚度。已故作家史铁生认为:"散文最要紧的是真切的感受和独到的思想,是对生命的发问。"散文作家韩小惠认为:"好的作品不能仅仅满足于反映了现实(包括深刻地反映现实),而且还要站在时代思想的巅峰,回答出新的历史时期所面对的社会思潮困惑。"

宇鹏在自己的散文里,无疑与这些观点不谋而合。《红马》写一匹马随着时代的变迁,从意气风发到被生活所累,最后意志消沉,那些曾经飘舞的理想灰飞烟灭。这其中隐晦地表达了作者对理想、现实、生活的某些思考。再比如《茅店月》，黄土高原上特有的苍凉冷月，以及坚守家园的孤独老人的形象，把作者对现代化进程对偏僻地区的影响和思考，用寥寥几笔便勾勒出来了。同时，作者也发出了自己的感想：生命在孤独与寂寞处是默默无闻的，但默默无闻的生命又何尝不是存在的标志呢？它存在的价值，往往要超过那种自以为不凡的生命。诸如此类的思考，在宇鹏的散文里随处可见，它不仅记录了作者人生的思想踪迹，也增加了他散文的内涵。

五

具有浓郁乡土气息、声情并茂的语言，构成宇鹏散文的语言美。文学是语言的艺术。对于宇鹏的散文，天马行空的想象与联想、比喻、拟人、夸张、通感等修辞手法的妙用，意象的叠加，都是通过带有诗性化的语言来凸现于纸面的。因此，他的散文语言中，既带有对特定土地的泥土气息的艺术感受力、联想力，也有对特定地域语汇的活用而形成的表现力。

语言之外，宇鹏主要用的写作方式是夹叙夹议。这样的好处是：笔法灵活多变，生动活泼，还可以起到总起、提示、过渡和总结等作用，不仅能够具体地记叙事件，充分地抒发感情，而且能直接揭示所写对象的意义。这与他散文总体的理性厚度是分不开的，也是最合适的。

六

与宇鹏的结识，看似偶然却必然。生活工作在在江汉平原的我，不是对西北黄土高坡的伟大有着由衷的敬仰，不是向往这块厚重土地孕育出的民间绘画、剪纸、腰鼓，我一辈子不会有陕西安塞行。至于刚巧遇上宇鹏,就职于安塞县文化文物馆,是本家兄弟,这位帅气的黄土高原的汉子,和他交谈在他到处摆满了书报刊和他的书法作品的办公室,融洽地谈到我们在民间艺术的合作拓展的种种可能,仿佛就是前世的兄弟在共同的万千年前老族长安排下的此生的"握手";在陕西返归湖北的动车上,读着他散文的一篇又一篇,头脑中迭现出属于那块厚土的著名肖像一张又一张,曾经黄土裸露着的如今已经覆盖绿色植被的陕北沟峁山梁,赋予宇鹏和他们共同的魂魄。

七

宇鹏的散文还有一种空灵的美,像用具有散文诗一般的语言抒写的《高原之雨》、《高原远村》之类的篇章,很耐人寻味,这归于他本身具有的诗人情怀。除此之外,还值得我们注意的是他有了自己写作的文化背景,即"河套"文化圈,近年来新创作的《河套》、《走三边》、《土长城》等一系列散文印证了这点。这大的文化圈让我们看到宇鹏创作视野的拓展和延伸。

宇鹏是一个长期从事基层文化工作的人,他曾自称是"一个乡土的文化人"。他用自己对故乡黄土地的真情,业余时间创作了这些散文,难能可贵。也是他对自己爱好的一种执着。他从小生长在陕北农村,丢了镢把舞笔杆,其意义已超越了文学本身。这是他人生的充实和延展。

2015 年 6 月于武汉